记忆之城

JiYiZhiCheng

■重庆大轰炸与八年抗战中的中国人

徐萌 著

中国青年出版社

记忆之城

重庆大轰炸与八年抗战中的中国人

目 录
Contents

序
在历史与历史感觉中寻找突破

央视这个平台与众不同，重大历史时刻总要求我们在场，每逢重要庆典，总要适时推出相关题材的电视剧，以示纪念或警醒，日常播出关注的点和面也需要相当规模的高度与水准。今年的抗日战争胜利纪念日，我们选择了《记忆之城》这部作品。

在我内心，我一直有一种期待，在重大题材与重要历史事件创作中，除了史实与史料的准确与翔实外，更期待有一个好的故事、好的框架，期待有一种历史感觉与人文情怀。关于抗日战争这段历史，我也一直期待着能有一部像《战争风云》那样的作品，既是全局的，又是个人化的。历史是死的，需要历史感来打通和激活，而在历史与历史感觉之间寻找突破口，把我们民族沉重苦难的历史用一个个活的人物形象来加以记忆，则一直是我所呼唤的。苏联的战争电影已经拍了六代，从《斯大林格勒保卫战》这种全景式的战略记录到《燕南飞》、《幼儿园》、《一个人的遭遇》《伊万的童年》，一代代的讲述，使战争和人这个主题不断被深化，不断被开掘，一个个活生生的人物从历史深处走来，形成一个个记忆中的亮点，这是文艺作品的责任，也是一代代艺术家的使命。

《记忆之城》让我眼前一亮，这部作品就是一部既关注历史又注重历史感觉、集丰富的史料与丰富的情感于一体的出色的作品。

我是四川人，对重庆大轰炸这段历史比平常人知道得多，知道得深，也更知道这段历史写起来会更难。但这部作品抓住了一个很好的切入点，把重庆大轰炸这段历史置放在整个抗日战争的八年历史中，成功地拓展了故事的历史时空。为了避免这类题材作品只讲历史不讲故事，只见事件不见人物的弊病，该作品从人物入手，建构了一个家庭。它从七·七抗战爆发写到抗日战争胜利，沿着抗战八年的时间轴，以一个家庭为故事主线，透过一个忠勇之家的悲欢离合，抒写了一群中华好儿女，在国难当头、家国不保的危难中，慷慨赴死、为国捐躯的英雄气概，既写了重庆大轰炸的残酷，又写了共产党领导的八路军和国民党军队共同抵抗日本侵略者的英勇顽强、不怕牺牲以及共产党领导下的抗日民族统一战线领导全国人民共同抗战，誓死不降，抗战到底的决心与意志，同时，它又全面细致地展现了以周家准女婿朱今墨为线索的中共特科在隐蔽战线的情报斗争，不只揭露了日本对重庆无区别轰炸的暴行，更写出了轰炸下的重庆人民和中国人民被激发的抗日热情和英勇抵抗的精神，最终完成了一幅有主有次、有“大”有“小”，既有广阔的全景展现，又有曲折的个人命运的画卷，完成了从小家到大家再到国家的布局。

写作需要想象力，更需要能量。

《记忆之城》既是一部聪明的作品，又是一部厚重的作品，其独特之处在于视角的新鲜，选择人物与事件的精到巧妙。它把八年的抗战历史放在一个家庭中完成，由家庭成员担负起讲述历史的任务，成功解决了历史与故事的冲突。此外，它用更广阔的视野与胸怀，着力描写了战争所带来的灾难，以及灾难中不屈服的灵魂。整部戏表现出一种顽强的生存意志与刚烈的精神气质，有一种既自豪又悲伤的激情。这种结构、这种故事布局、这种想像力和气魄，让我内心感到震动，而那一个个英雄人物也打动了我。

徐萌是央视电视剧中心有实力的编剧。严格的学院派训练和超出常人的勤奋，使她年纪轻轻就担纲起重大历史题材的创作，这在编剧中是不多见的。从1996年创作《中国命运的决战》起，她就一直潜心研究抗日战争史和解放战争史，其后在赴美访学、工作之余，她将全部的精力都用来搜集资料，在跨文化的体验中寻找对历史的反观，积累对历史的感觉。她对这段历史的研究、她占有的资料以及她的研究方法不逊于一位专门的学者，这一切使她拥有了一个开放的视界和准确的历史观，加上她扎实的文字功底、娴熟的技巧，以及独特的感受力与想像力，使她的作品既清醒大气又细腻婉转，还具有深刻的悲悯，所以才有了我们眼前这部厚重而又深情的作品。

我相信，这部作品一定会打动更多的人。我也相信，徐萌会写出更多、更优秀的作品。

朱彤（中央电视台文艺中心主任）

2007 年 8 月于北京

引子 东京来信

敏柔,我亲爱的敏柔:

当你读到这封信时,我正在东京忍受着巨大的煎熬。

日本正在进入一个狂躁的青春期,战争的阴云笼罩着这个狂热的城市。东京的街头,到处是好战的人们所贴出的标语、传单,以及没完没了的集会、游行。孩子们每天上课之前都要向天皇宫所在地的方向鞠躬。老师们问:我们最大的愿望是什么?孩子们回答说,为天皇献身!一个可怕的民族,一架正在高速运转的战争机器!中国人正在受到空前的排挤,不准住在高档公寓里,不准购买限量配给的食物。那天,从学校回住所的路上,我亲眼看见一群日本宪兵追杀一个没有随身带证件的中国学生,他就死在离我不到二百米的路边。

敏柔,我亲爱的敏柔,这样的生活我一天也过不下去了,我真希望能早一天回到你的身边,我也知道你一直希望我能早点回去,可是,我现在暂时还不能离开,我们还需要再分离一段时间,所以我希望你能坚强一些,跟家人在一起,保持愉快的心情。我知道,此刻的北平,正在日本关东军的觊觎之下,无数的仁人志士正在为国家的安危而奔走。我希望你也能出现在他们的行列中,也能为危难中的祖国做些什么。这样,当我们再见面的时候,我们才能说我们为祖国尽了我们的力量,我们曾无愧于自己的青春。

朱今墨

前三门外的一座四合院前,一位邮差按响了周冠忠师长家的门铃,给周冠忠的妹妹——周家小姐周敏柔送来了这封信。信是她在东京学习的未婚夫朱今墨写来的。

敏柔拿着这封信整整看了一个下午，她为信中所描述的中日前景而担忧，也为未婚夫那些深情的词句所感动。

周家祖籍四川涪陵，后来移居重庆。父亲周祖康，母亲顾玉秀，两儿一女，长子周冠忠，次子名冠杰，敏柔行三。敏柔从小没有见过父亲，母亲也从未对她说起过。从她记事起，父亲在这个家就是一个讳莫如深的话题。后来，她听大嫂程婉仪偷偷告诉她，她的父亲周祖康在她刚出生的那年去德国留学，一去六年，在德国好像又有了新的家庭，就再也没有回来过。她的大哥十几岁出门当兵，二哥到北方读书，两个哥哥在她记忆中都很遥远。直到有一天，大哥回家，接一家人北上到北平定居，她才经常看到大哥，也知道了家里的一些事，她从心里同情母亲，也敬重母亲，从小到大没有见过母亲流过一滴眼泪。未婚夫朱今墨是她在重庆读高中时的国文老师。当年他们的恋情在校园里也曾经轰动一时并引起了很多人的反对，结果，她还是坚持下来了。朱今墨后来到上海发展，在报馆做记者。敏柔随家人到了北平，先是读了燕京，毕业后又谋到了一份助教的工作，虽说跟朱今墨聚少离多，但两人的感情一直很深。敏柔很享受这种若即若离的爱情，充满了柏拉图式的浪漫。半年前，朱今墨去日本学习，现在半年的时间已经到了，这次大哥去日本访问，临走之前，母亲让大哥有空去看望一下朱今墨，把他带回来，让他们早点结婚。敏柔虽然对结婚的事并不热衷，但还是希望朱今墨早点回来，看到朱今墨信上说可能还要晚一点回来，她心里多少还是有些失落。

第一章 意外重逢

01

1937年初夏的华北平原。

寂静的田野上突然传出低沉又嘈杂的声音，那是汽车的马达声混和着杂乱的脚步声。

一队日本军车沿着田野开过来，车上的日本兵一个个神情严肃。

山炮、野炮、摩托车，一长串；车前车后是成队的士兵，弯腰在土路上奔跑。

狼烟四起。

这一列行进的队伍走着走着，突然停住了。

日本关东军驻华北军队一木清直大队长骑了一匹高头大马打马而来，一个日本士兵一路小跑来到他面前："报告大队长，前面就是宛平县城，中国军人已经把城门关上了！"

一木清直勒住马，向远处看了看，挥动着军刀，狰狞地对着士兵叫了声："目标——宛平县城，跑步前进！"

车队和士兵从他面前跑过。

宛平县城，城门紧闭，一队中国士兵早已列队守在城门外，枪上刺刀，严阵以待。

他们头顶上的城墙上，每个射击位上都有中国军人伏在上边，做好了射击准备。

一木清直策马而来，速度很快，似乎要冲进刺刀阵。守城的金营长斜刺里冲过来，用刺刀拦住马头："退回去，退回去！这是中国人的领地，退回去！"马扬蹄叫了一声，停下了。

一木在马上傲慢地叫着："我们，要到大瓦窑村演习，演习计划已经报过华北军政委员会批准。我们要从这里通过！"

金营长脸上的表情因愤怒而有些变形了："大瓦窑村在那边，不需要穿过宛平县城，不许通过！"

一木傲慢地看看眼前这个中国军人，一挥手，成队的日本军人冲过来，把中国军人团团围了起来。两边军人拼命抢位置，刺刀相碰，发出刺耳的响声。

金营长厉声地："我再说一遍，退回去，不然后果自负！"

一木翻身下马，傲慢地对金营长说："你，让开！我告诉你，我们的演习计划是经过你们的上司批准过的。你最好让我们从这里过去，不然的话，你的上司会让你好看的！"

金营长愤怒地："你们的演习地点不是这里，不需要从这里穿过去！"

一木用刀指着金营长："你不要跟我吵，你们的军政长官此刻正在日本进行友好访问，你应该知道你的长官会下什么样的命令！"说着命令通讯兵就地与指挥部联络。

这个局面僵持的时间并不长，很快，金营长就接到上级命令，准许日本军人通过。金营长据理力争，但上级给的理由是，演习计划上没有标注行军路线，所以只能准许通过。

金营长悲愤中只好下令打开城门，全体士兵撤回城内，加强警戒，没有命令不准开枪。

城门洞开，日本兵趾高气扬地穿过县城街道。一木策马前行，左顾右盼，只见中国军人持枪列队密密排列在路的两旁，他轻声笑起来："嗬，这看起来，像是仪仗队，更显出大日本帝国军人的威风呐！"

城墙上，中国军人列队注视着眼前的日本军队，忧虑而愤怒。

宛平城是全国最小的县城，从东门到西门一条中轴路整整640米，没有南门北门，中轴路两旁各160米即是南北城墙。从宛平中轴路通过顾望两边，城中一切建筑设施、军事部署便一览无余。更重要的是，这个县城所拱卫着的卢沟桥是平汉铁路和京浦铁路的咽喉要道，日本人觊觎华北已经不是一天两天了。1935年，日本通过华北事变获得了对冀察两省的特权，成立了冀察政务委员会，并迫使国民党及中央军退出平、津、河北，这对国民政府是一个沉重的打击。冀察政务委员会既是蒋日矛盾的产物，也是蒋日妥协的产物，一方面它是国民政府统辖之下的一个地方政权，另一方面，它的成立又是为了适应日方华北特殊化的要求，因此与日方存在着一定的妥协。1936年开始，蒋介石的对日政策逐渐趋向强硬化，冀察政务委员会也逐步趋向中央化，与南京政府的关系日益紧密，由此，国民政府和冀察当局的政策转变，即引起了日本的强烈不满。为阻止这一趋势，日本加紧了对华战争准备，日本军队频繁在平津近郊举行战斗演习，寻找机会擦枪走火，这一次硬闯宛平城就是一次明显的挑衅。

与此同时，日本军队也加紧了对冀察委员会的拉拢工作，频繁邀请各界军政人士访问日本，以制造日中亲善的气氛。

这天晚上，东京帝国饭店的大宴会厅里，就在举行着一场宴会。

宴会的主人——日本关东军驻华北军事机构理事长河田，是一位中国通，九·一八后就驻守北平。他名义上是军人，其实是个大特务，主要任务是搜集情报，结交华北军政委员会上层和北平各阶层人士，并寻找机会下手。

这一次，他专程从北平回到日本，陪同中国亲善代表团参加天皇的生日庆贺活动。虽然来的人层次比他预想得要低，但总算能交待过去。这几天，他陪着代表团参观他们的军工厂，参观军营，名义是亲善，其实是炫耀武力。

“各位，在今天这样一个特殊的日子里，我们能和来自中国军政界的朋友坐在一起，共享大日本帝国可纪念的时刻，是一个无尚的光荣！日本关东军与华北自治会建立了友好的合作关系，我们在军事外交领域进行了广泛的合作，而且正在向经济领域拓展！”

日本军人狂热地鼓掌、跺脚，那些少壮派军官，个个傲慢自负，踌躇满志，不可一世。

河田看了看站在他身边的周冠忠，其时驻守北平的一位师长，这是他特意请来的特别嘉宾。这位周师长，当年在喜峰口，与其他的将领一道，一把大刀片曾经让日本人吃尽了苦头，后来奉命驻守宛平县城，他们交手多年，谁也没有能力把对方吃掉。这一次，除了军界要员，他特意专门邀请他来日本，就是想在精神上折磨他一下。

周冠忠看着眼前日本军人的狂热，脸上没有任何表情。

河田摆摆手，示意台下安静，回头看看周冠忠：“我要特别向各位介绍我的朋友，周冠忠周师长。他带领军队驻守宛平，在我们进行的一系列演习活动中，给予了有力的支持和配合。我很荣幸能在这里招待他，请把最热烈的掌声献给他！”

一片掌声后，河田端起酒杯，微笑着对周冠忠说：“将军，让我们干杯，不过，我不得不说一句，我们都是军人，我们的关系比较密切，因为中日两国和平联合，要由我们先握手；假使不幸中日两国发生战争，也是我们先动手！”

会场突然变得很安静，安静得可怕。周冠忠脸上的肌肉动了一下，随即恢复了平静。

河田举起酒杯对周冠忠："来，将军，为了中日亲善，为了我们以后的合作，干杯！"

周冠忠心潮涌动，轻轻拿起酒杯，那酒杯对他来说有千斤重，他宁愿拿的是枪、大刀——系着红缨的大刀，举刀便砍，血溅疆场，就像决战在当年的喜峰口，何等惨烈，又何等畅快！日本人信奉神教，他们最害怕中国军人的大刀队，因为他们相信，如果一个人的头和身体分开了，他们的灵魂就永远回不了家了。他手上的那把刀砍下多少个日本兵的头？已经记不清了，可是，结果又怎么样？敌强我弱，兄弟不同心，国民政府对他们并不信任，最终结果只能退守宛平，并且到这里受屈辱。

他缓缓举起酒杯："谢谢！感谢热情款待。我没有什么太多的话要说，我能说的只有一句，我知道，日本要求生存，中国也要生存，作为军人，守土有责。"说着把杯中的酒干掉了。

02

周冠忠走进下榻的住处，他的副官郭连生走了进来，向他报告说，他下午去朱今墨的住处去找他，房东却说他两个星期前已经离开了住处，可能已经回国去了。

连生是周冠忠的副官，小他八岁，也是他看着长大的兄弟。连生的父亲郭富才，是周家的管家。连生生在这个家，长在这个家，两家从来不分彼此。周冠忠升到团长的时候，把16岁的连生从老家带出来，一直跟在身边，此时周冠忠听到连生的话，有些困惑："回国去了?那敏柔怎么会不知道?要是走了两个星期早就应该到家了啊！"

这个朱今墨让周冠忠很不放心，一是年纪偏大，比敏柔年长八岁，二是总觉得他有些神秘。朱今墨长相不差，气质也儒雅，性格内向，不多言语，每次到周家来，总是客客气气，礼数周到。只是不知道为什么，周家人总是觉得他有些阴郁，身上有一种捉摸不定的东西，不说话的时候，不知道他心里想什么。周冠忠心里对这门婚事并不是特别满意。他希望周家惟一的女儿——他惟一的妹妹有一份牢靠的感情和安稳的生活，但是妹妹喜欢的人，他也不愿意多说什么。半年前朱今墨来到北平，只住了一个晚上，说是要到日本学习半年。事出突然，周家人甚至来不及做任何安排，比如让敏柔一块来日本，或者订婚，而朱今墨就这样匆匆走了。周冠忠这次来日本，母亲特意叮嘱他，无论如何也要去看看朱今墨，最好把他一块带回北平，早点和敏柔完婚，然后一块去上海或者留在北平。于是，他命令连生再去找朱今墨，这两天再抽空去他住的地方看看，就算人不在了，也总得知道他上哪儿了，回去也好跟家里有个交待！

03

东京六本木一带，是有名的贫民区，到处是破旧而密集的木板房，里面聚集着大批城市贫民，还有相当多的外国留学生，主要以中国留学生为主。

夜晚昏暗的街灯下，朱今墨拎着皮箱，低着头，快步走向一座两层的破旧公寓。进门前，他机警地四下张望，随即闪身进门，一回头，却见房东太太正用打探的目光看着他。

房东太太是个五十多岁的老妇人，长了一张好事的脸，低俗、无聊、多疑又多嘴，有事没事总想知道别人的秘密，专门欺负中国学生，朱今墨早就对她头疼死了。朱今墨其实最想躲开的就是她，没想到迎面撞上了。他有些懊恼，冷淡地点了下头，拿出钥匙准备开门进屋。

房东太太却不依不饶地找他说话："咦，是你啊，中国人，你不是已经回上海了？怎么又回来了？"

朱今墨厌恶地看着房东太太："谁说我要回上海？"

"哦，是吗？是吗？我的天呐，那天我听见你打电话说上海上海，再加上这两周您都不在，所以我就以为您去了上海了。今天白天，有个中国军官来找过你，说是你未婚妻的家里人，我告诉他们你已经回去了！"

朱今墨开了门，推门进屋，刚要关门，听到房东太太的话，心头一惊："中国军官？未婚妻？难道是敏柔的大哥？"他回头看看房东太太，想问个究竟，可是他知道如果他开口问，眼前这个老女人是不会告诉他的，于是他只说了一句："你总是这样多嘴，你是不是管得太多了？"说着推门进了屋。

房东太太想跟进去，门却在她面前关上了。她有些恼火，嘴里嘟囔着什么走开了。

朱今墨在房间里坐下，心绪浮动：敏柔的大哥到东京来做什么？噢，对了，访问，他想起来了，报纸上这几天全是他们的消息，但他来找自己做什么？一般的看望？还是催促他回北平结婚？他很明白周家人的想法。这几年里他一直有意无意地回避，并不是不想结婚，只是，他有更重要的事情要做，所以他迅速地决定不见周冠忠。

想到这儿，他急忙起身收拾起行李。他从上衣口袋里掏出一个信封，想把它放在合适的地方，却找不到。桌上放着一个镜框，里面是他穿着和服在富士山前的照片。他拿过镜框，掀开后板，把信放进去，随后拎起皮箱准备出门。他轻轻拉开门，却看到房东太太正背对着他站在走廊里打电话："是的，先生，他回来了。

我不能确定我这样做是不是做对了，但是我的确感到他的行为有些奇怪，而且，今天有个中国军人来找过他，那些人住在帝国饭店的！”

朱今墨心头一惊，急忙关上门。他知道他遇上大麻烦了，不出十分钟，宪兵队就会来盘查他，这个城市到处是宪兵，一点小事就会惹出无数麻烦。他甚至有些后悔自己为什么不表面上对这可恶的房东太太客气一点！为什么要得罪小人！他在屋里走来走去，想着怎么脱身，没办法，只能硬闯了！他走到门口，刚要开门，就听到房东太太在说话：“哦，是你啊？你不是上午来的那个中国军官？那个中国学生他刚回来，你来得可真巧！”

朱今墨心头一惊，知道是连生来了！他急忙回身走到窗前，打开窗户，想试试能不能从窗户里出去，却听到街面传出哨声，接着，一队宪兵已经向这边跑过来了。门口，房东太太在敲门：“喂，开门！上午来过的中国军人又来了！”

朱今墨思索着，迟疑着，其实凭他的身手他是可以从窗户逃走的，可是他知道，如果贸然走掉，在东京这个铁桶一样的城市，他走不了多远。门外传出连生的声音：“朱今墨！快开门！我知道你在里面！”接着房东太太已经用钥匙开了门，连生和一位翻译站在门口。

朱今墨看见连生，一动不动。连生一眼看见了打开的窗户，走过来，盯着朱今墨：“你回来了？”看看地上的行李，笑了笑：“喝，行李都收拾好了？你怎么知道我要来接你？走吧，跟我走吧，师长让我带你回家！老太太说，让你早点回去，早点跟敏柔小姐完婚。”

朱今墨看看连生，心里盘算着，他知道眼前能救他的也许正是连生，于是他起身去拿行李，跟着他出了门。刚走到门外，一队日本宪兵就冲了进来，看到朱今墨和连生，把连生和朱今墨围了起来，嘴里喊着：“别动，举起手来！我们听说这里有可疑的人出入，奉命例行搜查！”

房东太太急忙迎了上来：“啊，你们终于来了！这就是我说的中国军人，这个人就是我的房客！你们要好好盘查他们！”

连生冷冷地对宪兵说：“喂，搞什么鬼！我是日本天皇的客人，跟随关东军驻华北特别助理河田先生和周冠忠将军到日本访问的，有什么问题吗？”

翻译急忙向宪兵解释着，宪兵头子怀疑地看着连生，指着朱今墨：“你又是什么人？你的证件！”

连生拉过朱今墨：“这位是我的亲戚，我来接他走！”

日本人互相看着，犹豫不决。朱今墨跟宪兵队长耐心地解释着，又陪他去打电话确认。好一会儿，宪兵队长才打完电话，回身向连生恭敬地行礼，告诉他是误会了，才让他们离开。

04

燕京大学校园。

突然间，仿佛是从天而降，又像是从地底下冒出来，一面鲜红的校旗迎风飘扬，随即，几百个学生手挽着手呼喊着口号，沿着校园的大路走来。

队伍来到一座教学楼前，停下。一位二十多岁的学生跳上了高高的台阶："同学们，朋友们，我们的国家，我们的民族，正面临着前所未有的危机：日本军国主义占领了我们的东北，现在又把魔爪伸向了华北，他们天天在演习，天天在窥视。我们再也不能坐视这一切，我们要起来，要斗争，要把日本鬼子赶出去！我们要发动五月四日全市总罢课，我们要向教育部递交请愿书，表达我们要求抗日的决心！现在，校长正在里面开会，他们要阻止我们的行动，我们坚决不能答应！谁阻拦我们，我们就要跟谁斗争到底！"

二楼阳台的门突然开了，宽大的阳台上，出现了七八个学者模样的人，他们聚集在阳台上，紧张惶恐地看着楼下的学生们。

校长周祖康看到楼下聚集了很多学生，急忙转身要下楼，旁边的人急忙拉住了他："校长，不要去！学生们情绪正是激动的时候，您现在去会被他们误解！"

周祖康甩开了对方："过不了十分钟，军警就会把学校围住了，会有危险！我们对这些孩子们是有责任的！"他快步冲出楼门，对着学生们高声喊："同学们，孩子们，请你们安静，请听我说！"

学生们依然在喊口号。

周祖康跳上高台："同学们，静一静！请你们听我说几句！我是校长周祖康，我要对你们的安全负责，你们的心情我都理解，但今天任何人都不能离开校园！"

人群里有学生高喊："谁想阻止我们，谁就是投降派！"

"孩子们，我知道，你们是满腔热血，一腔忠勇。我支持你们的感情和立场，国难当头，每个热血青年都会挺身而出。可是，你们是国家的未来、民族的希望，我们不希望你们就这样做无谓的牺牲，希望你们能理解我们所做的一切！"

敏柔从校门的方向跑过来，边跑边喊："同学们，学校的大门已经被关上了，我们出不去了！"本来她一向并不热衷这些政治运动，是朱今墨的信点燃了她的热情，所以一大早就从家里跑来了，正赶上这样的场面。

学生们听到敏柔的话，一个个全都激动起来了，喊起了口号，边喊边往校外的方向冲。

周祖康急忙跳下高台，对卫队喊："赶快拦住他们！"

卫队冲过来，队伍乱了。

学生队伍里，一位漂亮的女教师，也是敏柔的好朋友林艳艳看见敏柔，大声叫着："敏柔！周敏柔！快过来！"

周祖康听见周敏柔这个名字，心头一震，他轻轻叫了声："敏柔？"目光追寻着她，她是他的女儿吗？他的女儿也叫敏柔，是他离家之前起的名字，天底下会有这么巧的事？她应该生活在重庆老家，怎么会到了北平？周祖康一时间有些困惑。

艳艳和敏柔跟着队伍往外冲，周祖康冲过来就要挡住她，学生们把周祖康团团围住，混乱中，他的眼镜被愤怒的学生们打掉了。周祖康摸索着往前跑了几步，想找眼镜，敏柔看见地上的眼镜，迟疑了一下，弯腰捡起来，递给周祖康。周祖康戴上眼镜，看见敏柔，又惊喜又难过："你是不是叫周敏柔？你怎么来了？你怎么会在这里？"

敏柔困惑地看着周祖康："您怎么会认识我？您是？"

周祖康尽力保持着平静："啊，我听见有人叫你！"回身对周围的人："快去把孩子们拉回来！他们不能出门，军警就在外面，快！"

敏柔已经转身跑开了，周祖康担忧地跟在后面："敏柔！孩子！你不要去，不能去！"跟着一块跑上了街。

街道上，学生们手挽手在街道上行进，边走边唱着歌。敏柔和艳艳手挽手走在队伍中间，脸上是庄严和激动。

周祖康从人群后面挤过来，抓住敏柔的手，一步不离地跟在她身边，队伍向前行进着。敏柔并不知道挽着她手的是她的父亲，而周祖康却认定这就是他的女儿。他心情激动，有些难以控制，他有太多的话要问她，但又无从说起。

迎面，一位四十多岁衣着华丽的妇女穿过人群，冲进队伍，扑向周祖康："祖康！祖康！你怎么在这里？"她是周祖康的妻子赵蔓君。她头上包着一块花头巾，满头戴着发卷，急切地说："你怎么在这里？不是去开会的吗"看到周祖康身边的敏柔，她十分敏感地："这是谁啊？这是什么人？你为什么跟她在一起？"

敏柔愤怒地看着她，心里对这位恶俗的教授夫人充满厌恶，甩手跑开了。

周祖康急忙往外推赵蔓君："你怎么到这儿来了？赶快回去！"

"我正在四联做头发，听说这边出事儿了，就跑来看看汉英！"说话间，她正好看见她的儿子汉英冲上高台，在高声讲演："同胞们，朋友们！今天是一个值得纪念的日子，我们终于喊出了自己的声音，我们要求抗日，要把日本鬼子赶出中国去！"

赵蔓君看见汉英，大声喊："汉英！下来，跟我回去！"汉英却继续演讲着。

敏柔和艳艳在人群中兴奋地叫着，跳着，高声呼喊着。周祖康的目光一直追随着她。

一个小个子女同学在散发传单，她个子太小了，传单飘不起来，敏柔冲过来，抢过她手里的传单，登上高台，用力把传单撒向高处，传单散散落落像雪片一样飘落。敏柔兴奋地冲向人群，继续撒传单。

街道上传出哨声，有人高声喊："警察来了！"学生们开始散开。

周祖康急忙冲到高处，高声喊："同学们，赶快离开这里！请你们离开这里！"

人群一片骚乱，汉英冲过来，拉起敏柔的手就跑，敏柔却甩开了他的手，继续撒传单。

赵蔓君冲过来，拉起汉英就跑，汉英边跑边回头对敏柔喊："赶快离开！赶快离开！"

敏柔不顾一切地继续撒着传单。她兴奋，激动，刚要把手里最后的传单撒去，两个警察已经把她抓住，再一抬头，几个警察已经把她团团围住。

周祖康看见了敏柔被围住，急忙冲过来，却被赵蔓君死死拖住。

街角，郭富才挽着菜篮子，领着周冠忠八岁的女儿瑞雪正走过来，一眼看见敏柔正被警察带走，惊讶得说不出话，接着又看见周祖康绝望地在叫："敏柔，敏柔！"他更加惊讶，叫了声："老爷——"接着就往人群里冲。周祖康也看见了郭富才，脸上也是震惊的表情，他不顾一切地冲过来："富才，富才，你怎么在这儿？"

赵蔓君再次冲过来，把周祖康拖走了。

郭富才手指着远去的周祖康，一句话也说不出来。瑞雪在一边大哭。

05

顾玉秀脸色发青，一句话也不说，死死盯着郭富才。自从20年前丈夫带了一个年轻的女人回家，且怀里还抱着一个不满周岁的男婴，又自从他们北上北平以后就再也没有音讯，但在她的大儿子冠忠的部队驻守北平后把她从老家接到北平来，她就知道，迟早会有这么一天，他们会重新相遇。只是她万万没有想到，这一天会用这种特殊的方式到来！周祖康——她的丈夫，敏柔的父亲，居然眼看着女儿被警察抓走，而那个女人，赵蔓君，居然会阻止！如果说，20年前，她默默接受了命运的打击，如果说20年里，她一直努力克制着内心的怨恨，从不在孩子们面前提半句他们的父亲，更不说半句坏话，可这一次，她心底的火气是彻底爆发了，但却一句话也说不出来。

周冠忠的妻子，大儿媳妇程婉仪急忙拉住顾玉秀："妈，您怎么了？您说话啊！您倒是说话啊！"接着又回过身来责怪郭富才："郭叔，你在说什么？好好的哪儿来的什么老爷？您一定是看错了！"

郭富才一副无辜的表情："我就是看见了，我亲眼看见的，他也认出我了，还叫我呢！”程婉仪在一边急得直跺脚，顾玉秀一言不发，回身进了屋。

程婉仪急忙回屋，打电话到周冠忠的师部，告诉李参谋家里出了事，让他赶快想办法去打听一下敏柔的消息，随后又急匆匆跑来安慰婆婆。她走进堂屋时，看见顾玉秀正在掉眼泪，她心里一阵难过，她知道周家的日子不会太平了。

而此时的周祖康家也因为敏柔的突然出现而闹翻了天。周祖康回到家，就把自己关在书房里不出来，赵蔓君进进出出了好几趟，想跟周祖康说点什么，周祖康一直一言不发。儿子汉英从外面跑回来，告诉他，被捕的学生们直接被送进了军人反省院，这意味着可能会按军法处置。周祖康再也坐不住了，起身就往外走，他要到市府去找人，去教育部找人，保学生们出来。赵蔓君却拼命拦着他不让去，她害怕周祖康见到敏柔，也害怕他就此跟那个家联络上。两人为这事大吵起来。周祖康大发脾气，把赵蔓君骂了一顿，夺门而去；赵蔓君心里紧张，只是一个劲地哭，汉英怎么劝也劝不住。

汉英对自己的身世毫不知情，从小到大，周祖康对他一直很好，刚从外面回来的时候听到父母在吵架，他有些纳闷，不过他的性格一向大大咧咧，所以并没有往心里去。这个年轻人，他的心思全部用在学校的活动上，像所有的年轻人一样，他渴望激动人心的战斗，渴望改变国家的命运。

06

连生提着行李，与周冠忠一前一后走出站台。朱今墨不远不近地跟在一边，并不时四处张望着，故意落在后面，趁人不注意，想溜。

连生回头看着他：“哎，这边！”说着走过来，抓过他手里的行李，朱今墨有些无奈。

“来了，在这里，就在这里！”猛然地，十几个学生像从地下冒出来，冲向周冠忠，迅速围住了他，为首的居然是汉英，手里拿着一张报纸，大声喊：“打倒汉奸！打倒投降派！”

周冠忠困惑。连生看到了这边的混乱，扔下手里的行李，急忙冲过来：“干什么？你们要干什么？”冲过来推开汉英，汉英再次冲过来，指着冠忠的脸：“对，就是你，就是你，日本人已经打到了家门口，你们却跑去访问！你堂堂一个军人还不如一个弱女子！你妹妹都比你强！”

周冠忠震惊了，一把抓住汉英：“我妹妹怎么了？关我妹妹什么事儿？”

汉英把报纸举到他面前：“你自己看吧！”

冠忠接过报纸，看到报纸上自己的大幅照片：“周冠忠访问日本，妹妹反日被抓——”脸色一下子变了，推开汉英，向站外冲去。

汉英被推倒在地上，又迅速爬起来，大声骂着：“你们这些军阀，可恶的军阀，只会打内战欺压百姓，谄媚我们的敌人！早晚有一天中国会毁在你们手里！”

一队军人跑步冲进站台，看见周冠忠，急忙跑过来，拉开学生护住周冠忠：“长官，对不起，我们来晚了！”冲上来就要抓汉英。

周冠忠脸色铁青：“放了他们！”起身往外走。

军人们只好放了汉英，汉英在原地大声喊：“胆小鬼！汉奸！”学生们在后面叫喊着，周冠忠一声不响走出站台。

连生突然回头找着：“哎，朱今墨呢？朱今墨呢？你们谁看见朱今墨了？”站台上早已不见了朱今墨的身影。

火车站站前广场，朱今墨从里面走过来，四下看看，走到一根柱子后面，放下行李，长出了一口气。

报童跑过来，边跑边叫卖：“看报啦，看报啦，看周冠忠访日发表亲日言论，看周冠忠的亲妹妹抗日被抓！”他心头一惊，急忙叫住报童，买了一张报纸，看了一眼，陷入绝望的沉思中。

第二章 相见时难

01

高墙，铁丝网，守备森严的卫兵。放风时间，一队囚犯沿着前院跑步，转向后院。

周冠忠带着连生、李参谋和一队卫兵走进院子，刘野心远远迎过来，满脸堆笑，伸出手："周师长，您来了！我正琢磨着您也该来了！"

周冠忠伸出手与刘野心握了一下："我刚下火车，对不住，给你添麻烦了！"

刘野心嘿嘿一笑："是啊，是啊，周师长，令妹的事儿的确很麻烦啊。不是我不放人，而是，她的事儿恐怕没有那么简单！"

周冠忠："有什么不简单的？"

刘野心拿出一封信递给周冠忠："你最好看看这个！"

周冠忠把信拿在手里，看了几眼："这信怎么了？我没看出有什么不对！"

"怎么了？周师长，这信是从令妹身上搜出来的，写信的人很可能是共党分子！"

周冠忠苦笑了一下："刘所长未免神经过敏了吧！"说着把信装进口袋。刘野心脸色变得有些难看。周冠忠心里很不舒服，党国的事就坏在这些小人身上，神经过敏，动不动就搞政治："好了，把周敏柔交出来吧，我要把她带走！"

刘野心不满地看看周冠忠，回身对看守："去，把周敏柔带出来！"

连生和看守一块去带敏柔，敏柔却坚决不肯走，她大声哭喊着，绝不一个人走，要走跟同学们一起走。连生不顾一切把她抱了出来，敏柔又哭又闹。放风的犯人正跑步过来，都停下来，高声喊："打倒法西斯！不准迫害学生！"

周冠忠走过来,刚要训斥敏柔,无意中抬头,却一眼看到了一张熟悉的面孔,“冠杰?难道这个人是冠杰?”冠杰是周家老二,周冠忠的弟弟,十几岁离家北上求学,就再也没回过家,开始的几年还有信来,再后来就一点消息也没有了,周家人到处打听他的下落。周冠忠到了北平后更是通过各种关系到处找,他心里一直觉得弟弟很可能是参加了共产党,说不定被抓起来了或者已经死了,私下里也一直留意监狱处决犯人的消息,可是没想到就在自己眼皮底下,弟弟出现了。

冠杰也看到了周冠忠,一瞬间两人都愣住了,互相对视着。看守冲过来,推开了放风的人:“不许聚众闹事儿!走开,走开!”犯人被带走了。

连生看到了周冠忠的异常,把敏柔交给随行的卫兵:“大哥,怎么了?出什么事儿了?”

周冠忠看着远去的犯人:“连生,我好像看见冠杰了!在刚过去的那些人里!”

连生震惊:“谁?二哥?在哪儿?我去看看!”急忙向后院跑去。刘野心看见连生跑向后院,急忙让人跟了过来。

连生跑到后院,看到犯人们正在被赶进牢房。冠杰正被推进牢房,连生看到了他,叫了声:“二哥!”

冠杰看到连生,愣了一下。不远处,罗看守急忙走了过来。连生急忙指着冠杰问罗看守他是谁,罗看守告诉他叫林世光。连生愣了一下,走开了。

冠杰看着走开的连生,与罗看守对了个眼神,罗看守脸上露出了疑问的表情。

连生跑到监狱门口,周冠忠正带敏柔上车,连生轻声对周冠忠:“大哥,我看到了,应该是二哥,可是已经改了名字,叫林世光。”

周冠忠怔了一下:“林世光?”随即叹口气:“哎,我真蠢!早就应该想到他改了名字!想不到就在自己眼皮底下,让家里担心了这么多年!”

“怎么办?我现在就带人去把他接出来?”

周冠忠摇头:“这事儿没有这么容易!他的情况我们现在还不清楚。我听说那里关的都是共产党的大头目!”

连生着急地:“那怎么办?现在局势一天比一天紧张,万一哪天开战,说不定就要处决他们!——要不然,我先去打探一下情况,看看是怎么回事。”

周冠忠点头:“先回去,再想办法。不要跟家里人说,尤其是老太太!”

02

朱今墨坐在旅馆房间里,面前放着那份报纸。黄昏的太阳照进来,屋子里明暗变化很强烈。朱今墨下决心收拾起桌上的东西，拎着箱子走出了房间。

他走到街边，叫了车，说出了他熟悉的那个街道的名字，心里依然是矛盾的："我只到周家门前看上一眼，只停一小会，我不进去，我必须走！"他不时对自己说着话。

车子已经在周家门前停下，朱今墨下了车，来到周家大院门口，看看关闭的大门，有些迟疑。

身后，传来车声，随即，周冠忠的车开了过来，在周家门前停下。连生下了车，拉开车门，敏柔下了车，朱今墨急忙躲到树后面。敏柔边走边哭，回头张望了一下。

朱今墨看见敏柔的泪眼，一下怔住了。敏柔哭着进了门，连生和周冠忠也跟了上去。

门关上了，朱今墨从树后面走了出来，脸上是矛盾和关切，想走又不想走，盘盘旋旋。

大门却突然打开了，郭富才拎着菜篮子出现在门口，看见朱今墨，十分惊讶："姑爷？你怎么回来了？你怎么回来了？你这是从哪儿来？"回头喊："太太，姑爷回来了！"接过朱今墨的箱子就往里走，朱今墨心里长叹一口气，他知道他输给了自己，也许他一直就在等着这个时刻，等着有个人把他叫住，然后，他能走进周家，见敏柔一面。

他脚步沉重地走上台阶，走进了周家大门。

他的出现，让顾玉秀又意外又兴奋。连生刚要向他发火，周冠忠制止了连生，并意味深长地看了朱今墨一眼，随即让他赶快去看看敏柔。朱今墨知道周冠忠是替他解围，便向周冠忠点点头，接着向后院敏柔的房间走去。

敏柔看到朱今墨仿佛从天而降出现在她面前，再也忍不住心里的委屈，当着大嫂的面，她不顾一切地扑到朱今墨的怀里："你怎么回来了？你终于回来了，我好想你！"

朱今墨看到敏柔，心里也是一阵激动。他心里一直牵挂着敏柔，一直渴望这样见面的时刻。两人紧紧拥抱在一起。敏柔靠在朱今墨怀里委屈地哭着："我心里好难过，我一个人回来，可是我的同学们还在受苦！我觉得我像一个不光彩的逃兵！"

朱今墨轻轻拍着敏柔的后背："好了，都过去了，没事儿了！你已经做得很好了，我就知道你很勇敢。"

敏柔哭得更凶了。

03

周家客厅里，顾玉秀、周冠忠坐在堂屋里。

敏柔的意外被捕搅乱了周家的平静，一连串的事件让顾玉秀和周冠忠都有点不知所措。

顾玉秀很想跟大儿子说说他们父亲的事，可是又不知道从何说起。敏柔回家了，朱今墨也回来了，不管怎么说也算是不幸中的万幸了，既然人已经回来了，就赶快结婚吧。顾玉秀让程婉仪去叫敏柔和朱今墨过来，一块商量结婚的事，却没想到一开口就谈崩了，敏柔坚决不同意现在就结婚，理由是，她的同学还关在监狱里，这个时候是不能考虑儿女私情的。顾玉秀被敏柔的言语吓坏了，母女两个你一句我一句地吵了起来。顾玉秀吵不过敏柔，只好转向朱今墨："墨儿，先不管她，她现在是疯子。我问你，你的意思呢？"

朱今墨的态度更让她意外，朱今墨说这事听敏柔的，他们的事由敏柔决定。朱今墨的话让敏柔也有些摸不着头脑，谈话就在这种尴尬的气氛中结束了。

顾玉秀让周冠忠再去劝劝敏柔，周冠忠应声走进敏柔的房间，敏柔任性地不理他，周冠忠好言相劝，敏柔却依然固执。周冠忠知道敏柔的性格，他并不打算真劝，只是母亲让他做的事，他就要做。而且从日本回来到今天回家，朱今墨的表现他一直看在眼里，他知道朱今墨一定有什么事儿瞒着他，也瞒着敏柔，只不过他并不想把事情挑开，不想在这个混乱的状态下把事情弄得更复杂。不料敏柔越说越来劲，竟然开始指责周冠忠："哥，你看现在的北平都成什么样了？我倒要问问你，身为军人，天天看着日本人在你们眼皮底下演习，你难道不感觉到窝囊？为什么不起来抗争？"

朱今墨急忙拉住敏柔："柔儿，别这样！"

敏柔："不，我就是要说！哥，虽然你把我从监狱里救出来，可是，我一点也不感谢你！因为，你根本不是为了我，而是为了你自己！你怕给你自己惹麻烦！怕你的妹妹因为反日坐牢，你跟上面不好交待是不是？"

朱今墨着急地："敏柔，你不能这么说大哥！"

敏柔激动地："我就是要说！我宁愿回去坐牢，也不愿意这样苟且偷生！如果你真为了我好，你就去要求把所有的人放出来。不然的话，我就会认为你是个胆小鬼！一个懦夫！"

周冠忠脸一下沉了下来，张口结舌，一句话也说不出，转身往外走："狂热，小资产阶级知识分子的狂热！"他知道敏柔的话不能当真，也知道敏柔根本不知道世事艰难，她什么都不懂。

顾玉秀走了进来，厉声地："柔儿！怎么跟你大哥说话呢？别以为家里人都宠着你，你就无法无天！告诉你，这婚结也得结，不结也得结！我现在就告诉你，最晚下个月，就把事儿办了！"

敏柔哭了起来，看朱今墨。朱今墨一句话也不说，他真的不知道怎么说。他只知道事情越来越难办了。

04

郭富才拎着菜篮子走出院子准备去买菜，一眼看见周祖康正在门口徘徊，"老爷！你怎么来了？"郭富才一面迎过来抓住周祖康的手，一面急忙回头看家里人是不是跟上来了。周祖康又激动又不安，告诉郭富才，他好不容易才打听到了这个地方，并说他去过部里、市府，已经知道了老大周冠忠驻守北平的事，接着又责怪他为什么不早点跟他联络。郭富才只是一个劲地叹气，周祖康自己也明白，他这些话说了也是白说，顾玉秀不可能给他消息。可是白说也得说，谁让自己做了亏心事！他问郭富才自己能不能去看看顾玉秀，哪怕就是让她骂一顿也是好的。他其实就是想进去看看家里人生活得怎么样，虽然他知道周冠忠会把一切都安排好，但还是想亲眼看看。郭富才却不敢答应他的请求，他知道太太一定不会答应的，弄不好还会再气出毛病来。

门开了，周冠忠和连生从门里走出来，顾玉秀也跟在后边，边走边说着话。周祖康看见顾玉秀和周冠忠，也愣住了，气氛一下变得很紧张。顾玉秀一时百感交集，悲愤交加，两人对视了好一会儿。郭富才急忙说："太太，老爷他是自己找过来的。这大太阳地里的！"顾玉秀看看郭富才："你说的什么糊涂话，我们家哪儿来的老爷！"转身就往回走，周祖康张着嘴，追了几步："玉秀，你听我说，我不放心柔儿！"

顾玉秀在门前停下，看看周祖康："她现在已经是大姑娘了，已经不是吃奶的孩子了；再说家里的事儿有他大哥呢，你就别瞎操心了！"对周冠忠："忠儿，你还不赶快走！"周冠忠急忙往车前走去。拉开车门，刚要上车，忍不住又回头看看周祖康。周祖康急忙走过来："忠儿，你，你还好吧？我，柔儿的事我已经找到市府和部里了，正在努力！"

周冠忠眼里闪过一丝感动，回身看看院门，说了句："您费心了，我已经接她回来了！"说着拉开车门上了车。

车子开走了，周祖康站在原地，看着远去的车，看着紧闭的大门，很失落。

05

周冠忠连晚饭也没在家吃，就匆匆赶回了军营。母亲留他也没有留住，他担心军营里的事。一进指挥所，参谋长老李就向他报告："长官，日本人明天又要在宛平县城演习了，上面要求我们派兵监视！"

周冠忠心里说不出的悲愤，一句话也没说。他平素话就少，现在话就更少了。李参谋知道他的性情，把文件放在桌上，退了出去。

周冠忠坐在灯下，一动不动。他不想看地图，也不想看文件，什么也不想做，此时的他，真的有些万念俱灰。身为一个军人，灰心的想法是可耻的，可是眼下他除了灰心，还能怎么样？

连生匆匆从外面走进来："大哥，老爷来了，来看你！"

周冠忠困惑的表情："老爷？"他起身，回头，一眼看见周祖康站在门口，他脸上立刻呈现出惊异的表情："这么晚了您怎么找到这儿来的？"

周祖康有些局促："我，我来，是想问你，敏柔她还好吧？"

周冠忠的目光很复杂，有感动，也有意外："她很好，很好！"

周祖康不安地："出事儿的那天，我本来是跟她在一起的。"周冠忠流露出问询的目光。两人目光相遇，都有些尴尬，连生急忙退了出去。周祖康愧疚地："我知道她是柔儿，可她不知道是我。警察来的时候，我没保护好她。"

周冠忠急忙打断了周祖康，他不想听20年没见面的父亲一见面就检讨，忙说："啊，您，这么晚了，有什么事儿吗？"

周祖康有些为难地："啊，对，有事儿。我来，是想问问，能不能帮帮忙，把其他的学生也放出来。我联合了七个委员，给市府写了信，可是听说日本人压力很大，暂时不能放人，学生们正在准备更大规模的抗议活动。我，是担心，事件升级，对你们，对孩子们都没有好处！"

周冠忠明白父亲是个什么样的人，他就像了解自己一样了解父亲的正义感，也知道父亲的态度。但是，他知道这事没有那么简单，那些年轻的学生，相当一批知识分子，以狂热为时髦，喊打，喊杀。但是一旦真开战，恐怕以国之兵力支持不了三个月。他沉吟着："我明白您的意思，可是，我是个军人，恐怕，有心无力。"

周祖康为周冠忠的话失望了："忠儿，你怎么能，你——"

周冠忠听到周祖康叫他的小名，心头一动。

周祖康有些尴尬："对不起，我不该来找你，我知道你也有你的难处，我先告辞了！"说着起身就要走，周冠忠急忙伸出手拉住他："父亲——"周祖康听到周冠忠叫他父亲，像触了电。两人都有些激动，又有些不自然。

连生正好走进来，周冠忠急忙指着连生："啊，父亲，这是连生，郭叔的儿子，现在是我的副官！"

周祖康听到周冠忠叫他父亲，再次怦然心动，想拉周冠忠的手，又急忙掩饰，拉起连生的手："连生，我知道你，你跟柔儿同岁的，你小时候我见过你！"连生激动地拉着周祖康的手："周伯伯，想不到咱们一家人又见面了！"

"是啊，是啊，一晃十几年，我都没想过会有这么一天！"

连生看看周冠忠："大哥，我在外面听见你们说话了，你还是帮忙想想办法吧！"

周祖康急忙摆手："啊，没关系，不用说了，我要回去了！"

连生急忙劝："周伯伯，您别走，晚上就住在这儿吧！"周冠忠却冷静地："连生，送老人家回去吧！"连生惊讶地看着周冠忠："大哥！"

周祖康有些失望，急忙往外走："不，不了！我自己有车，不麻烦了！"周冠忠和连生起身相送。

周祖康的司机拉开车门，周祖康上了车。他在车前回过身来，渴望地看着周冠忠："你，跟你母亲说，让她多保重。这些年，她一个人撑这个家不容易。还有，要是，方便，我想去看看她！"

周冠忠默默地看着父亲："我一定转告，您放心吧！"

车开走了，周冠忠和连生站在夜色中向周祖康挥手，依依不舍。连生问周冠忠："大哥，老爷说的事儿，你为什么不答应？"周冠忠沉默着。

连生："大哥，这么多年，头一次见面，你怎么能不帮忙呢？"

周冠忠苦笑着："我何尝不想帮这个忙？可是，我现在要救冠杰！"

连生有些困惑："这两件事儿有什么关系吗？"

周冠忠："当然有关系。我不是不同情那些学生，可是，现在的局势这么复杂，关东军向市府施加压力，不许释放学生。你不希望我去向河田求情吧？"

连生震惊的表情。

周冠忠悲愤地说："我现在什么也不能做，什么也做不了！我能做的，只能想办法救出冠杰！我所求不多，只求一家人能平安！一个军人，不能扛枪打仗，只能求平安自保，你以为我不痛苦吗？"

06

号子里关了七八个人，冠杰靠在门口发呆。

罗看守走到门前，往里看了看："林世光，出来！"

冠杰走出监舍,罗看守说了句:“周冠忠来了,点名要见你!”冠杰心头一惊。

刘野心的办公室,周冠忠正坐在里面等冠杰。刘野心掏出一支香烟递上去,周冠忠示意不抽,摆了摆手。

刘野心自已点上一支,观察着周冠忠:“周师长,这位林世光,是周师长什么人?亲人还是仇人?”

周冠忠沉默了一下:“不是亲人,也不是仇人,是受一位远房亲戚之托,打听一下。”

刘野心邪恶地笑了起来:“这个人背景可是不简单,师长要有心理准备。想救这个人,可不是件容易的事儿!”

周冠忠疑问的目光:“他什么罪名进来的?”

刘野心说:“这个人,背景我们还没有最后查清,可是据我所知,不是个简单的人,详细的恕我不能告诉您。反正,据我的观察,这个人可能是共产党的一条大鱼!”

周冠忠看了刘野心一眼,知道眼前这个家伙也不好对付。

“周长官,您应该知道,我们这里是军人反省院,归国民政府政训处直接管辖,何部长都亲自来这里上过课。上面让他们反省,每月交一篇心得,这个人,一篇也没有交过。从去年开始,党国有令,让这些人写一个自白书就可以出狱,他们居然不写,为这事儿闹绝食,还出过人命。这个林世光,从来没有家人来看过,也从来没有提出过出狱的要求。我们找他谈过多少次话,动员他申请出狱,他一点反应也没有,根据我的经验,越是这样的人越麻烦!”

冠杰被看守带了进来,看见周冠忠,眼里闪过一丝光亮,随即淡淡地没有表情。

周冠忠下意识地起来迎接,可一看到冠杰的冷淡,就急忙转向刘野心:“我想跟这位兄弟单独问几句话,不过分吧?”

刘野心一直观察着两人的表情。听周冠忠这一问,他尴尬地笑起来:“啊,啊,不过分,不过分。您是师长,又是长官的红人,放心,我放心!”随即就不情愿地起身,往外走。连生跟了出去,门轻轻带上了。

周冠忠看见门带上了,激动地冲过来,上前抱住冠杰:“冠杰!二弟,真的是你?!你怎么会在这里?”

冠杰警觉地看看门口,推开周冠忠冷冷地:“你认错人了吧,我叫林世光!”

门又开了,刘野心推门进来,正看到冠杰冷漠的表情,随即便走过来,拿起桌上的香烟:“我的烟!您不抽烟,我拿走了。”周冠忠的下巴咬得直响。

门再次关上了,屋里一阵沉默。冠忠带着受伤害的表情看着冠杰:“冠——,你怎么会在这里?怎么进来的?”

冠杰一声不响地看着他。

“你说话呀！怎么到这个地方来的？待了多久了？这些年你都到哪儿去了？”

冠杰情绪有些激动，但他克制着：“母亲，她一切都好吗？家里人都好吗？”

“亏你还记得她老人家——咱们一家人现在都住在北平，我的部队就住在丰台！”

冠杰打断了冠忠：“我听说了，你现在是师长吧？刚从日本访问回来——”

冠忠有些难堪：“你，怎么什么都知道？你是不是早就知道我在北平？为什么不送消息出来？”

冠杰摇摇头。

“你倒是说话啊，怎么了？难道你是共产党？你？”

“你不要问了，问了我也不会说的，我的事儿你管不了！”

“你真的是共产党？已经曝光了？是不是？”

冠杰震惊的表情：“你怎么也懂这个？”

“我当然懂！这些年为了找你，我把这些事情弄得清清楚楚！我的部队里也有共产党员！告诉我，到了什么程度？暴露了没有？”

冠杰既感动又无奈地看着冠忠：“谢谢你，哥，真的不用了！”

冠忠冲动地拉住冠杰：“不，我一定要把你救出来！日本人就要打进来了，这些天关东军天天在演习，假想敌全都是我们的守军，一旦北平失守，最先倒霉的就是你们这些人！”

冠杰：“哥，不，我不能走！我一个人走了，没有任何意义，我要我的同志，我要我们的人全部出去！”

冠忠震惊的表情：“你说什么？你要你们全部的人都出去？”

冠杰诚恳地看着冠忠：“大哥，你不用管了，你不用担心！我会好好活下去的！哥，你赶快走吧，我知道你现在的处境也不好，那个典狱长是个很坏的人，会对你不利的！”冠忠冲动地拉起冠杰的手，十分激动：“那我更得把你带走！”

门开了，刘野心推门进来：“长官，对不起了，犯人要回号子里了。”

冠忠急了：“你什么意思？今天这个人我们要带走！”

刘野心不慌不忙地：“对不住，周师长，你明天再来吧，我问过上面了，他们说您是来视察的！没权力提犯人！”说着架起冠杰往外走。

冠杰回头深情地看了周冠忠一眼。冠忠站在那儿，绝望地看着冠杰走开。

07

周祖康拖着疲惫的身体从外面回到家。这几天他到处奔走，为这些学生们，看起来情况没有那么好，他身体很累，心情更糟，突如其来的变化让他难以适应。他走进客厅，赵蔓君从里面探出头来，看到是他回来了，迎出来："你回来了？部里刚送来的加急公文！我帮你收了！你今天没去办公？"

周祖康接过信封，边打开看，边走进书房。赵蔓君跟进来："学生们的事儿处理好了吗？"

周祖康头也不抬，硬梆梆扔过来一句："你要是想问敏柔的事儿就直接问，用不着拐弯抹角！"

赵蔓君有些尴尬："啊，我也是好心嘛！"赵蔓君知道周祖康的脾气，平时周祖康让着她，但遇到他心情不好的时候，她是不敢硬顶的，更不敢说假话。

周祖康觉得自己话茬有点硬，往回收了收："敏柔已经出来了，她大哥把她保出来的！"

赵蔓君怔了一下："啊，好好，太好了！"

周祖康看了赵蔓君一眼，觉得她有点虚伪，哼了一声，把信放在桌上，想着信的内容。国民政府邀请全国各界知名人士300余人，于7月15日到23日在庐山牯岭图书馆召开国事谈话会。这是要打仗了！如果他没猜错，这实际上是一次吹风会，听取社会各界的意见，商讨对日作战的可行性！

这时，仆人阿三走进来："老爷，外面有人找！"其表情有些紧张。周祖康急忙问："怎么了？出什么事了？谁呀？"

阿三不说话，只是指着外面。周祖康急忙走出屋，看见两个日本军人正站在院子里，也吓了一跳："你们，你们，是什么人？找我有什么事儿？"

日本人客气地向周祖康鞠躬："我们，是河田先生的助理。河田先生本月7日要在家里搞一个宴会，邀请您去参加，这是请柬——"

周祖康怔了一下："啊，我，刚接到国民政府的通知，要去开会，恐怕去不了了——"

日本人微微一笑："具体事宜您再与河田先生商量吧，我们先告辞了！"说着双手递上信封，走开了。

周祖康拿着信封，有些不知所措。赵蔓君走过来，有些兴奋地问："河田要请你吃饭？什么时候？"接过请柬看着，"哦，六国饭店，是东亚文化委员会组织的。参加的人一定很多吧！"

周祖康看看赵蔓君："管他是多是少！这种聚会我是不会参加的。"

"不参加？怎么行？"

周祖康忧虑地："看来河田一定是听到什么风声了，看来这仗真的要打起来了！"

"真的要打仗了？我们怎么办？"

周祖康咬着牙:“能怎么办?走!我们离开!你明天就开始收拾家里的东西,该扔的扔,该卖的卖,我们准备离开,听到没有?”

赵蔓君震惊:“离开?去什么地方?”周祖康干脆地:“回重庆老家!我宁可回家种田养猪也不会待在这个地方!”

赵蔓君心头一惊,冷笑着:“得了吧,要去你去,我这辈子再也不想回什么四川了!”

周祖康不满地:“你当然不想去!我知道你离不开这北平的灯红酒绿,舍不得我这个名教授的头衔!”

赵蔓君微微一笑:“你说对了!我知道,你不是想回重庆,是想回你那个家。告诉你,我不会放你走的,我不会放弃我这个名分!因为我的儿子需要你,我也需要你!教授是你的名片,你就是我的名片!”

周祖康惊恐地看着赵蔓君,赵蔓君微笑着。他背过身去,沉默不语,但他心里知道,赵蔓君说的是对的,他的确想回那个家。这20年,他受够了。

第三章 别亦难

01

周家后院一间很小的房间，里面只有一张床，一张桌子。

朱今墨从床上醒来，坐起来，点起一支烟。这个房间一直是他的临时住处，每次来周家，就在这里栖身。

阳光照进来，照在地板上的花砖上，感觉很温暖。

朱今墨从小离家，父母早就过世了，有一个哥哥在老家，年龄比他大很多，供他读完书，等他找到了工作，就跟他没有了太多的来往。

朱今墨生性内向，话语不多，却十分重感情，这一点只有他自己知道。他并不愿意表露给外人看，在他心里，他早就把敏柔当成了自己的亲人，把周家当成自己的家。他抚摸着身下的床单，看着熟悉又陌生的一切，有些茫然。烟灰掉落在床上，他急忙拍打着。很快他收回了飘忽的思绪，掐灭烟，走了出去，他必须按他的计划做。想到这里，他不再迟疑了。

院子里很安静，朱今墨沿着门廊走过来，四下看了看，走进了堂屋。堂屋里没人，他拿起放在门边花架上的电话，拨了几个号码，电话里传出一个日本人的声音："么西么西？"

朱今墨压低声音用日语说："大野君，是我，朱今墨，我在北平，请你转告我父亲，我生病了，暂时不能回家！"他身后，敏柔从院子里走过来，听到朱今墨在说日语，停下脚步。朱今墨感觉到身后有人，说了句："对不起，你打错电话了！"把电话放下，回身看，是敏柔，有点尴尬，却不想解释。

敏柔看见朱今墨，满脸笑容："你这么早起来了？我刚看你还没起呢！"

朱今墨温柔地笑笑。

“我找你是想跟你说——”敏柔在朱今墨面前总是想到什么就说什么。她最喜欢的就是他温柔的笑容,这个男人话不多,也没有太多的甜言蜜语,但总是能在她最需要的时候出现:在她情绪波动的时候体会她的每一个变化,让她走出混乱,迅速恢复平静,一个浅浅的笑容,一个温柔的眼神,一个轻轻的抚摸,敏柔喜欢这种感觉。虽然她性情直率甚至激烈,但心思却很细腻,这种深厚的感情让她一头扎进去,永远不想出来。她拉着朱今墨回到自己房间,把门关上,急切地说:“今墨,我在想,我妈一定要逼我们结婚,我们干脆私奔吧!离开这个家,我们去上海,去任何地方!”

朱今墨无声地笑了:“私奔?我只听说过家里人反对私奔的,没听说过这样私奔的。”

“那就逃婚!”说完自己也觉得不对,逃婚是一方不愿意,而两个人一起走叫什么逃婚?敏柔苦笑了一下,又怕自己的态度让朱今墨误解,便急忙对他说:“今墨,我这样说你不会生气吧?你不会觉得,我不爱你吧!”

“怎么会呢?”朱今墨温柔地笑了笑,敏柔一下又被他的笑容击中了。她拉住朱今墨的手,放在自己的脸上:“今墨,你知道,我其实最大的愿望就是跟你在一起,永远在一起!”

朱今墨不等敏柔说完,就打断了敏柔的话,并伸手摸着敏柔的脸:“会有那么一天的。”

敏柔眼圈红了,朱今墨眼圈也红了。他知道敏柔的性格,与她相恋八年,她从来没有或者很少对他说这样直白的话。虽然他们彼此都知道对方的心意,但他们真的是很少缠绵,很少表白,他知道这些话的珍贵,但现在,他不想让敏柔说下去。他不知道自己会不会辜负敏柔,不知道后面会发生什么,所以他什么也不能说。

顾玉秀推开门走了进来。朱今墨看到顾玉秀,急忙收回了手,敏柔也急忙起身。

顾玉秀有些尴尬,但心里还是很高兴,她一直担心这两个年轻人感情没有那么深,现在看到了,她踏实了:“这么恩爱,怎么会不愿意结婚?”

敏柔不满地叫了声妈。

顾玉秀:“你大嫂已经跟裁缝店和照相馆的人说好了,一会儿就去量衣服,日子已经选好了,就在下月7号。”

敏柔急忙看朱今墨,朱今墨只是微微一笑。

02

老裁缝热情地迎接着敏柔和朱今墨，叫伙计抱过来一匹匹布，放在柜台上，热情地推荐着花色和样式。敏柔一下有些眼花缭乱，朱今墨却有些心不在焉，他拿出香烟点上，抽了口烟。敏柔以为他是不喜欢这些老太太的事，急忙说："这样吧，你到外面等我吧，我量完尺寸去叫你！"

朱今墨迟疑了一下，起身往外走。敏柔看着他，他却头也没回。他走到门口，心里有点乱，回来好几天了，每天待在家里，一步也走不开，今天才有空出门，不知道后面会怎么样。他必须行动了，再下去，会误事，会更加伤害敏柔，会把事情弄得更复杂。他把手里的烟抽完，烟头弹出去很远，挥手叫了一辆车，飞快回到周家，取出他的行李，让车夫带他走。郭富才追出来问他去哪儿，他一句话也没说。他不能说话，他不想说假话骗人，可是又不能说真话，只能在沉默中离开。

郭富才忧心忡忡地看着朱今墨离开，刚要回身进门，儿子连生开着车到了家门口，看见郭富才："爹，你怎么在这儿？"郭富才指指远去的黄包车："姑爷，说是跟柔儿做衣服，一个人回来了！"

连生心头一惊："他上哪儿了？"

郭富才看看连生，欲言又止换了话题："——儿啊，你怎么回来了？"

连生这才想起自己的事儿，急忙往院里走："啊，我找大嫂！"他走进院子，在厨房找到程婉仪，大嫂永远在忙活。"大嫂，大哥让我问你，家里还有多少钱。"

"钱？要钱干什么？"

连生迟疑了一下："要去救二哥，要用钱！"

程婉仪一听，顾不上问老二是怎么找到的，就急忙拉着连生进了屋，走进里间，拿出一个首饰盒子，从里面取出一包钱，放在连生面前，有些为难："我只有这么多。你知道，这家是老太太管家。这是我的私房钱。"

连生数了数钱，只有区区几百块，叹了口气。

程婉仪又从箱子里取出一个盒子："噢，想起来了，还有这个，这是我从娘家带来的陪嫁首饰，拿去卖了吧。"

连生拦住了程婉仪："算了，管不了什么大事儿的，我跟大哥再去想办法吧！"刚走到门口，一眼看见顾玉秀眼圈红红地站在那儿，程婉仪和连生都愣住了。

顾玉秀拉起连生就往外走："走，跟我走！"进了上屋，手忙脚乱地打开一个柜子，从里面取出一个比枕头大一些的黑漆箱子，把箱子打开，里面露出油纸包着的一封封的长条状的东西，推到连生面前："这里面是十根金条，当年我们一家人到北平来的时候，我把老家里的房子、地、铺子全卖了。你把他拿去，只要能把杰儿救出来，花多少钱都行！"

连生和程婉仪都傻眼了。连生急忙劝阻着："不，孃孃，不能动，不能动。我，我去找大哥，我们再想别的办法！"

"他能有什么办法？他这师长当得难我还不知道，他一不喝兵血，二不克扣军饷，哪儿来的钱？难道你要让他做坏事儿？"顾玉秀说话声音特别大。程婉仪和连生看着这个刚强的母亲，都哭了。

03

敏柔坐在裁缝店里还在等着朱今墨，却怎么等也等不到。她脸色有些难看，抓起桌上的包往外走，走出店面，周祖康的车远远地开过来。他无意中回头，透过车窗，看见了敏柔，眼前一亮，急忙对司机："停车！停车！"拉开车门，跑向敏柔："敏柔小姐！敏柔！"

敏柔见周祖康，有些意外："您是？啊，怎么是您？"

周祖康热情地："啊，我去学校办点事儿，从这儿路过，你在这做衣服？"

敏柔羞涩地一笑："啊，是。"

伙计跑了出来："小姐，您的烟。啊，不是，是新郎倌的烟落在这儿了！"

周祖康听到新郎倌，有些意外："怎么？敏柔小姐要结婚？"敏柔有些不好意思地点点头。

"啊，是吗？这可要恭喜了，新郎是谁？什么地方人？"

敏柔看了周祖康一眼，为他的热情感到奇怪。周祖康急忙说："啊，对不起，对不起，我只是好奇！"敏柔灿烂地一笑，有些无奈："先生，对不起，我先走了！"说完，客气地点头，走开去。周祖康急忙跟了两步，又觉得不妥，停下了，迟疑着走到裁缝店门口，老裁缝急忙迎出来："先生里边请吧。"

周祖康有些为难地开了口："啊，不，刚才那位小姐，她怎么了？"

老裁缝终于得了说话的机会："啊，您说周小姐吧？那是周师长的妹妹，这小两口真怪，说好了来做衣服，男的说话就不见了。你说量个尺寸都不顺，这婚还能结成吗？"说过又觉得自己话多，急忙捂自己的嘴："嗨，您瞧我这嘴，对不起！"

周祖康心震动了，他胡乱向老裁缝点头告别，转身就走，他要去追敏柔。他不放心这个家，他为自己的失职而难过。体面不要了，什么都不要了，他只要自己的儿女好，哪怕只远远看着她就够了。他沿着敏柔走的方向追过来，看见敏柔东张西望，然后无助地站在路边。周祖康走过来，不顾敏柔惊讶的目光说："敏柔小姐，别误会，我，我只是担心你。上车吧，我送你回家！"

敏柔的眼泪扑簌簌流了下来，一句话也没说，转身就走。周祖康呆呆站在原地，非常悲伤。

04

看守抬着饭桶往牢房门口送："开饭了，开饭了，白米饭炖猪肉，开饭了！"

每个牢房门口都放着白花花的米饭和菜，监狱里的人们都在牢房间里静坐，没有人动作。

刘野心走到院子中央，大声叫着："你们这些混蛋！是不是活腻了？大米饭炖猪肉都不吃？想吃什么？吃枪子？快了，日本人就要打进来了，日本人来之前，先让你们吃枪子，红烧还是清炖，随你们点！"

牢房里的人愤怒地望着他，身后传出口号声："打倒反动派！无条件释放政治犯！"

刘野心惊慌地回头，口号声已经响彻了整个牢房。他侧着耳朵听，看口号是哪儿先传出来的，随即就大步冲向冠杰所在的监狱："谁带的头？给我抓出来！"

牢房里的人继续喊着口号，冠杰冲在最前面。

刘野心一步跨过来，指着冠杰："又是你！林世光！给我拖出来！"

两个看守冲过来，打开门，把冠杰拖了出来，几下绑在院子里的木头架子上，这是公开惩罚犯人的地方。刘野心命令手下拿来一桶水，一只牛皮鞭子，蘸了水开始对着冠杰没头没脑地抽："我打死你这个共产党！我就不信打不死你这个硬骨头！是不是你带的头？"

冠杰一声不响地忍受着，闭上眼睛，向后倒去。牢房里的难友们愤怒地聚集在门口，有人在喊口号："不许打人！不许打人！"

周冠忠和连生带着卫兵从外面走进来，看见刘野心挥着鞭子正大打冠杰，大吃一惊。连生冲上来，抢过鞭子："住手！住手！"把鞭子扔在一边。

刘野心看见连生身后的周冠忠和一队士兵，怔住了："周长官，你怎么来了？"

周冠忠心疼地看看冠杰，眼圈红了，转身就走。

连生急忙上前解下绳子，两个士兵架起冠杰就往外走，刘野心急忙跟过来。

连生把冠杰安放在刘野心办公室的椅子上。刘野心进来，走到桌前大摇大摆坐下，刚要说话，周冠忠已经将一份文件拍在他面前："这是长官的手令，今天我要把这个人带走！你没什么可说的了吧？"他压制着愤怒，但声音依然很重。

刘野心看看手令，眼睛转了一下，拿起桌上的电话："我得给上面打个电话确认一下！"

连生上前按住了电话叉簧:“你还有什么不放心的吗?”

刘野心眨着眼睛,连生指着信下面的印章:“党国的规矩历来是只认关防不认人,你连军政委员会的关防大印也不认了,想干什么?周师长亲自来是给你面子,你别给脸不要脸!”

“长官,这个林世光,最近活动猖獗,他在狱里串通绝食,要求无条件释放,而且据我所知,他们准备发动暴动,正是关键时刻,我不能放他出去!”

连生一拍桌子:“放不放不是你说了算的!刚才的账还没跟你算,你给我出去!”说着一把抓起他的衣服,把他推到门外。

屋里,冠杰安静地坐在椅子上,闭着眼睛。周冠忠走过来,心疼地注视着冠杰,冠杰好像感受到了周冠忠的目光,睁开眼睛看看哥哥,勉强一笑。

周冠忠克制着内心的感情,从怀里掏出一份文件,放在冠杰面前:“来,把这个签一下,我们走!”

冠杰伤感地一笑,随即变得严肃:“我说过,我不会签这个自首书的!更不会一个人出去的!”

冠忠有些急了:“这不是自首,这只是个手续!二弟,你先走,别的人我另外想办法!”

冠杰摇头:“不,哥,这是我的原则,我不会这么做的!”

冠忠抚摸着冠杰的肩膀:“二弟,别再倔了!日本人就要打过来了!不论是中国还是日本高层都知道,中日之间必有一战。母亲天天在家为你发愁。你要替她想想!”

冠杰眼里闪过忧伤:“哥,你不要再说了,我是不会签的!你说的一切我都明白,我们不要再谈了。”

冠忠痛苦地看着冠杰,从口袋里掏出钢笔,在文件上签下冠杰的名字。冠杰看见了,一把扯过来:“哥,你要干什么?”冠忠护住文件:“我来替你签,这样总可以吧?”

冠杰一把抢过文件,两下撕碎。两人撕扯着,冠杰大声喊着:“这是我的信仰,请你尊重我!”

冠忠伤心地看着冠杰:“二弟,你这么做到底是为了什么?你不知道,母亲为了你,天天睡不着,为了救你出去,她把家里的钱全拿了出来疏通关系。你不能让母亲失望!我求求你了!”

冠杰悲愤地:“我说过,这是我的信仰!哥,作为我的大哥,我对你十分敬重,你为我做的一切,我心里都明白!可是,我绝对不能答应,绝不!”

冠忠默然。

05

周家堂屋，气氛十分压抑，周冠忠、程婉仪坐在顾玉秀面前，伤心地看着母亲。

顾玉秀抹了一把眼泪说："忠儿，你带我去，我要去见老二，他见了妈会心软的。要不然，你带一队士兵，把他直接抢出来！"

周冠忠沉默。

顾玉秀大声责骂着儿子："你怎么连这点事儿也办不好？你的枪是干什么吃的？你这个师长怎么当的这么窝囊？"

连生急忙劝："您别骂了，长官他，这是费了很大的劲，才搞到批示。冠杰他是共产党，共产党的案子都没有人敢管，也没人愿意管！"

"我不管共产党国民党，他是我的儿子，是我的儿子！"

周冠忠叹了口气："母亲，您别急，我会再想办法的！"

院子里门声一响，敏柔走了进来。一直站在院子里听着堂屋动静的郭富才看见敏柔，急忙迎上来："柔儿，你，你这是怎么了？姑爷呢？你怎么一个人回来了？"看到敏柔满脸泪痕，一下愣住了："柔儿，怎么了？出什么事儿了？"

敏柔一句话也不说，转身走向后院，进了自己的房间。堂屋里的人都跑了出来，你看我我看你，面面相觑。

周冠忠急忙跟了过去。他走进敏柔的屋，敏柔坐在床前低着头在哭，周冠忠走过来："柔儿，能告诉我出什么事儿了吗？"

敏柔抬头看看周冠忠，摇头。

周冠忠："你告诉我吧，朱今墨去哪儿了？是不是已经走了？"敏柔敏感地看着周冠忠，摇头。

周冠忠心疼地看着敏柔："柔儿，你和朱今墨的感情，你们年轻人的事，大哥一向是不干预的。但是朱今墨这个人，你认真想过没有？你到底爱他什么？他到底是个什么样的人，你心里有数吗？"

敏柔敏感地看着周冠忠："大哥，他怎么了？有什么不对吗？"

"没有，他是个什么样的人，你应该比我清楚。朱今墨这个人，我跟他接触不多，只见过几面，每一次都给我不一样的感觉。"

"大哥，你有话就直说吧！你是不是不喜欢他？是不是觉得他这个人有什么问题？上次连生哥说你不喜欢他。"

周冠忠迟疑着："不，不是。我只是觉得，这个人，跟我们家人是不一样的。他很聪明，也很有能力，可是，我总觉得我有点看不清他，一眼看上去，不知道他在想什么。不过,最重要的是你的感觉,不管他什么样子,你都喜欢,你都愿意接受,我们就不会干预!”

敏柔坚决地:“大哥,你别再说了!你的话我明白,朱今墨的确跟你们是不一样的人,我知道你们看不惯他的作派,可是我就是喜欢他,我就是喜欢他满不在乎,喜欢他表面上满不在乎但心里很热。”

周冠忠忧虑地:“柔儿,那今天到底怎么了?他是不是已经走了?”

敏柔伤心地哭起来,周冠忠震动的表情:“他走了是不是?这个混蛋,我就知道他一定会来这么一手的!”

敏柔伤心地哭着:“大哥,真的没有,你也不要再问了!你千万不要告诉妈,我不想让她再为我操心!”

06

大野宿舍墙上的挂钟响了六下,朱今墨坐在桌边,身边放着箱子,他手放在箱子的提手上,一动不动。

上午他从裁缝店与敏柔不辞而别,就匆匆忙忙赶到前门的满铁事务局,找到调查科的大野,就是一早给他打电话的那位。大野是日本人,他把朱今墨带到宿舍,听到朱今墨是不辞而别,十分不安。他力劝朱今墨不要草率行事,不要伤害敏柔。朱今墨态度却十分坚决,告诉大野他必须尽快回上海,今天必须得走。大野告诉朱今墨,他接到朱今墨的电话后,已经向上海方面报告,一会儿他再去看看有什么新指示,就算是走,也要跟敏柔见上一面,不然对敏柔太残酷了。

大野接了一个电话,然后高兴地对朱今墨说:“刚来的消息,那边命令你继续待在北平。据我们的情报,中日之间会有大的动作,你要待在这里了解相关情报。”

朱今墨惊喜交加,随即又沉默了。

大野让朱今墨赶快回到周家,一是可以获得更多的情报,二是比外面安全。朱今墨听到这个消息心情十分沉重。他今天突然离开,现在回去,不知道怎么向敏柔解释,说不定周家已经闹翻了天。他艰难地起身,告诉大野,他把箱子就放在他这里,有什么情况随时通知他,说着向大野伸出手,两人重重地握了一下手。

他走出满铁,叫了辆车,再次来到周家门前。望着眼前紧闭的大门,犹犹豫豫,他麻木地伸手按响了电铃。门开了,郭富才的脸出现了,看见朱今墨,大吃一惊:“姑爷,你回来了,你怎么才回来?”

朱今墨有些慌乱，一低头进了门，刚走进院子，连生已经从屋里出来，看见朱今墨，脸一沉："你怎么回来了？你上哪儿了？"听到连生的声音，周家人都出来了，一个个都在看着朱今墨，朱今墨有些意外，也有些发慌，头也不抬，往后院走。

连生冲过来，劈手就给了朱今墨一个耳光。朱今墨一闪，还是没闪开，嘴角流出了血。他一动不动擦了一下嘴角。连生盯着朱今墨："告诉你，今天饶了你，你要是再敢惹柔儿，我绝对不饶你！"周冠忠厉声喝止了连生。敏柔房间的门开了，敏柔站在门口，朱今墨看见敏柔，脸色苍白，哭过的样子，他心情复杂。敏柔平静地对连生："连生哥，请你以后对今墨客气一点！"走过来拉起朱今墨："走吧！"朱今墨怔了一下，敏柔拉起朱今墨："走啊！"她拉着朱今墨的手进了屋，朱今墨一直低着头，敏柔突然抱住朱今墨："你上哪儿了？我以为你不会回来了！"朱今墨心头一暖，也抱住了敏柔："对不起，我——我——"

敏柔捂住朱今墨的嘴："不要说，不要告诉我你去哪儿，我不想知道。"

朱今墨心头一酸，眼圈红了一下。敏柔头靠在朱今墨肩上："今墨，谢谢你！你能回来太好了，请你别离开我！"

朱今墨心头一热，把敏柔紧紧抱在怀里，热泪盈眶。

07

镁光灯一闪，朱今墨和敏柔的结婚照就定格了。他们照了结婚照了。

这天，窗外下着雨，听得见哗啦啦的雨声，老裁缝带着徒弟，恭敬地为敏柔试穿礼服。

敏柔对着镜子试着新衣服，问坐在一边的朱今墨："今墨，你觉得这衣服领是不是有点紧？要不要再放一些？"

朱今墨温和地笑笑："嗯，是有点紧，应该放一点。"

裁缝师傅一听，急忙说："哎，小姐，这个领子就是这样的。如果放一些，领子就包不住脖子了。"

敏柔一笑："那就听你的吧。"又对老裁缝说："行了，就这样，很合适，不用改了！"说罢从口袋里掏出两块大洋放在裁缝师傅手里："你们去我大嫂那里领工钱！这是我的一点心意！"

裁缝师傅千恩万谢，拉起徒弟往外走。敏柔把门关上，温柔地看着朱今墨。明天就要结婚了，不知为什么，她心里有点发慌，朱今墨回来后她什么也没问，这些天进进出出，她也从不打听，但心里总是放不下，觉得头上顶了一盆水。

朱今墨对敏柔温和地一笑："衣服很好看。"敏柔的心好像又平静了。她走过来，坐在朱今墨腿上，靠在他怀里，她希望明天快一点来，或者今天，这一刻永远也不要过去。朱今墨把头也埋在敏柔肩上，两人就这样默默坐着。

不知道过了多久，门外传出敲门声，郭富才在叫："小姐，柔儿！"

两人急忙分开，敏柔跑过去打开门。郭富才站在门口，对朱今墨说："姑爷，外面有人找你，我让他在门房等！"

朱今墨心头一惊，急忙起身往外走，走了两步，停下，回身拍拍敏柔的手臂，走了出去，敏柔下意识跟了两步，随即停下了。

朱今墨走到门房间，一位学生模样的年轻人急忙起身，叫了声："先生！"朱今墨急忙示意后面有人，年轻人从口袋里掏出一张纸条交给朱今墨。

朱今墨看了一眼纸条，随即装在口袋里，对来人说："我知道了，你先走吧，我一会就来！"回身往敏柔房间走。敏柔已经把门打开，站在门口，正用一种什么都了然的目光看着他，

朱今墨看见敏柔的目光，心头一惊。敏柔走下台阶："出什么事儿了？你是不是要出去？"

朱今墨迟疑着："啊，是，有一位朋友，他——"敏柔急忙打断他："噢，不用说了，一定要今天吗？"

朱今墨有些为难地点头，敏柔眼里有些失望，但还是说："那就去吧。"

朱今墨看着敏柔，沉默着。敏柔温柔地："去吧，早去早回！大嫂说，按规矩，今天晚上，你不应该住在家里，所以，如果回来得晚，就直接住到饭店里去吧。记着明天早点来接我！"

朱今墨感动地看看敏柔，狠狠心往外走。敏柔突然叫住了他："今墨！"

朱今墨回身，敏柔突然跑过来，把朱今墨紧紧抱住，给了他深情一吻，随即把朱今墨推开。朱今墨头也不回地走了。

刚走到大门口，周冠忠带着连生正走进来，看见朱今墨，十分意外："今墨？你要去哪儿？"

朱今墨看见周冠忠，也有些意外："啊，您，怎么回来了？"

"明天就要结婚了，你现在去干什么？"

"有朋友约，要出去一下。"

周冠忠看看连生，示意："你先进去吧！"连生急忙走开。周冠忠走到朱今墨面前，看了他好一会儿："借一步说话。"

朱今墨看了一下表，周冠忠坚决地："就几句话，不会占你很多时间的。"说着转身进了跨院，朱今墨跟了过来。周冠忠回身盯着朱今墨说："今墨，敏柔就要跟你结婚了。作为大哥，我有些话想跟你谈谈。"

朱今墨点头。

"我可以明确地告诉你，我个人对你并不了解，可是敏柔喜欢你，我们不会反对。我觉得你这个人，表面上不多言，可心里想法不少。当然，每个人有自己的个性，个性和一个人的德行是两回事，这我分得清。"

朱今墨意外地看着周冠忠，周冠忠郑重地："敏柔和你之间，有些事，希望你能处理得好一些。她对你用情很深，希望你能好好珍惜她——这几天日本军队天天演习，上层都在传七夕之夜，要有大事情发生。你们就要结婚了，我真希望不要出什么差错，所以，你最好还是不要出去了。"

朱今墨一言不发地听着，抬头看着周冠忠，看得出情绪有些激动，但什么也没说，只是喉结动了动。

周冠忠看了朱今墨好一会儿："我说了这么多，都换不来你一句话？"

朱今墨艰难地："大哥，你的意思我都明白了。我和敏柔，我对她，也是真心的。我理解你内心的痛苦，一个军人，眼看着日本人在眼皮底下活动又没有办法，我都知道。"

周冠忠困惑地看着他："你怎么了？你是不是知道什么情况？是不是日本人要动手了？"

朱今墨看看表，对周冠忠："对不起，我真的要走了！"说罢匆匆出门了。冠忠看着他，一脸困惑的表情。连生走过来："他还是走了？这个混蛋！"要去追，周冠忠拦住了他："让他去，连生，不要告诉家里人，不要惊动他们！"

08

清晨的宛平县城。雨后的青山与大地，太阳带着潮湿的雾气摇摇晃晃升起来，早起的人们扛着锄头上地干活，鸡鸣与狗吠，一片祥和的土地。

1937年的雨季，比往年来得都早，从7月6日开始，就下起了倾盆大雨。今天一大早，关东军又开始了例行演习。

几辆军车沿着泥泞的土路开过来，开到一片阵地前，一队队日本兵跳下车，指挥官跳下车后大声呼喊："各就各位，继续昨天的演习科目！目标卢沟桥！前进！！"

日本军人向阵地前跑去，不顾眼前的泥水，趴到工事里。

城墙上，中国士兵闻风而动，正在紧急集合。金营长站在队伍前训话："弟兄们，日本兵从昨天开始就在我们眼前疯狂演习。我昨天晚上已经请求了贺旅长，旅长命令，如遇日军挑衅，一定坚决回击，绝不手软！"

士兵们齐声回答："是！"

09

周家大院门口，一辆花车沿胡同开过来，花车后是一队穿戴整齐的士兵跟在后面。郭富才领人放起了鞭炮。司机把车子停好，从车上下来，向郭富才道喜："恭喜！恭喜！"郭富才递上一个红包："同喜，同喜！谢谢！谢谢！"向里面看去，车上没有人，他有些困惑，问司机："哎，姑爷呢？"

司机："啊，什么姑爷？我不知道！"

郭富才："姑爷你不知道？你来接亲，姑爷不在车上？成何体统？"

司机："我们去饭店找人，人不在。长官说让我们10点钟到这儿来，我们只好先来了！"

郭富才情知不妙，回身就往院里跑，一进院儿就看见敏柔已经从屋里出来。他有点不知所措，不知道应不应该把朱今墨没来的消息告诉敏柔：人已经出了闺房，就算抱只公鸡也得拜堂啊！他突然有些害怕，急忙走到程婉仪身边，对她耳语了一句，程婉仪脸色也变了。

顾玉秀替敏柔理了一下头饰，敏柔转身要走，程婉仪在背后叫住了敏柔："柔儿！"

敏柔回头，程婉仪有些紧张："朱今墨他——"

敏柔敏感地："他怎么了？出什么事儿了？"

程婉仪："他不在花车上，他没来！"

敏柔脸色一下变了，全家人脸色都变了。敏柔怔怔地站在台阶上，一只脚悬着。

连生匆匆走过来，对周冠忠说了句话，周冠忠怔了一下，随即对敏柔说："敏柔，你先回房间等一下，我派人去饭店找一下朱今墨！"说着就往外走。

敏柔说了声："不！不用找了，他不会回来了！"一家人瞠目结舌。

敏柔眼泪流了下来："他真的走了，他不会回来了！"说着向自己房间走去。

时钟敲响了十下，已经是晚上10点了，敏柔穿着婚纱依然不肯脱下。

程婉仪在劝："敏柔，吃点东西吧！要不然喝点水，要不你就哭出来。"敏柔一动不动，连眼珠也不动。

顾玉秀从外面走进来，看看敏柔的样子，叹了口气，又走到院子里，周冠忠带着连生走了过来："母亲，已经很晚了，我得回军营去了。你们好好陪柔儿几天，我忙过这几天就回来！"

顾玉秀轻轻点头："儿啊，你赶快走吧，别担心！"

电话铃急促地响了起来，一声接一声，郭富才从厨房里跑出来，要去接电话，敏柔冲了出来："今墨的电话，一定是朱今墨打来的，我来接！"冲到堂屋接起电话："今墨，是你吗？你在哪儿？"

电话里传出一个急促的男声："是周长官家吗？请周长官听电话！"敏柔看着电话，一句也不说。电话里的人在说话："喂，请周长官听电话。"连生听到了，急忙跑过来，接过电话："喂，我是郭连生，找周长官什么事儿？"

电话里："报告长官，这边情况不好，日本兵说他们演习的时候丢了一个士兵，要进城搜查。我们现在已经把城门围住了，两边军队已经打起来了！日本兵的炮弹炸了我们的指挥所！"

连生急忙回头看周冠忠，周冠忠已经冲出门去。他刚走下台阶，迎面，河田带着卫兵走了进来。周冠忠看见河田，怔住了。

河田与周冠忠的目光相视，两人对望了很长时间，随即，河田嘴角挂起一丝冷笑，伸出了手："周将军，对不起，这么晚来打扰你！门开着，所以我就直接进来了！"

周冠忠却没有伸出手，雨把他淋得精湿。

河田尴尬地举着自己的手："在我来之前，一直考虑是不是要握手，如果你拒绝，就算了。"说着假装整理手套，随即把手放在佩带的刀上："好吧，既然这样，我就有话直说了！今天晚上的事想必你已经听说了，我很看重我们之间的友谊，所以，为了和平，我希望我们之间能好好谈谈！"

周冠忠默然一笑。

河田："我们今天来，有两个要求，请你向你的上司转达，一是要将军处分这一次兵变的'肇事'负责人；第二个要求是，我们要求卢沟桥附近的中国军队在72小时内全部撤退！否则，我们将对后果不负责！"

周冠忠冷淡地看看对方："抱歉，您所提的两个要求，我都不会转达的！"

河田有些吃惊："为了北平的安全，为了中日两国人民的幸福，您最好慎重考虑一下。"

周冠忠："我没有什么好考虑的！"

河田长时间看着眼前这位中国军人："您知道不知道，您的回答意味着战争！"

周冠忠愤怒地："战争？你说的是战争？战争不是已经开始了吗？从九·一八你们侵占东三省开始，战火不是早就在中国大地上燃烧起来了？我说过，是不是发动战争，取决于你，而不取决于我。上一次，在日本，你说过，如果有一天中日开战，先动手的一定是你，你已经做到了！"

"将军，一定请你三思，一旦开战，生灵涂炭，北平的老百姓就要受难了！"

"哈哈，哈哈，简直是天大的笑话，一个侵略者举着刀到别人家的客厅，声言如果不投降这家人的性命就会不保,这简直是强盗逻辑!”

河田的脸色沉了下来,转身就走。周冠忠在雨中看着他们,一动不动。他身后,周家人在屋檐站成一排。

10

两天以后的上海,法租界一座老式的建筑前,朱今墨拎着行李匆匆走进一家旧书店。门上的铃铛响了一声,一位六十多岁的老人从柜台后面抬头看见朱今墨,一下呆住了,急忙走出来。

朱今墨也有些紧张地看着对方:“你好!我有一些旧的杂志和书籍想处理,不知道你们是不是有兴趣!”

老人指着楼梯:“里面谈吧!”领着朱今墨往楼上走去。

朱今墨刚走上二楼,一位四十多岁穿长衫的学者模样的人从阁楼上跑了下来。朱今墨看见他,有些激动:“老胡!”

老胡激动地握住朱今墨的手:“太好了,今墨,你终于回来!真是太好了,我盼了你好久了!”

朱今墨急忙打开箱子,取出藏在相框后面的文件,交给老胡。老胡打开看,激动地握住朱今墨的手:“太好了,今墨,真是太好了!你知道这是什么吗?那是我们最急需的可以为我们提供各类情报的日本在华人员名单。”

朱今墨震惊的表情:“真的吗?”

老胡激动地:“有了这个,我们就好比多了些眼睛,多了些耳朵!今墨,你辛苦了,北平那边,你未婚妻一家都好吧?”

朱今墨迟疑了一下,点点头。

“以后如果有机会,替我谢谢周师长,谢谢他在日本搭救你,也要谢谢你的未婚妻!”

朱今墨点头:“嗯,谢谢,我一定转达。”

老胡没有察觉到朱今墨的异样,继续说着:“这次急着叫你回来,是想派你去执行一项重要的任务。北平已经打起来了,上海也不太平。我们急需日本人在淞沪一带调兵的情报,需要你去做一些工作。你先休息两天,稍后我会把任务告诉你!”

朱今墨用力点头:“好!我知道了!”

第四章 逃离北平

01

1937年7月7日，日本军队进攻卢沟桥，中国军队顽强抵抗，掀开了长达八年抗日战争的序幕。中国共产党发表通电，呼吁全民族共同抗战，全国人民共同声援，中华民族空前团结。

北平守军在全国人民的支持下，奋起反抗，与日本军队展开了殊死的斗争。军队苦战一个月后，渐渐占了下风。华北军政委员会在天津召开紧急军事会议，商议作战事宜。会议开得异常艰苦，打下去，难以为继；不打，无法向社会交待，更无法向自己交待。会议进行中，突然传来消息，佟麟阁、赵登禹将军在前线阵亡，会议室里立刻哭成一片，每一个人都清楚，接下来的命运是什么。

此时的周冠忠率领部队在南苑已经激战了一个多月，伤亡无数。

这天一早他就到前线督战，直到午夜时分才回到军营。他的手臂上受了伤，血流不止，刚一进营门，卫兵就报告，有位姓周的先生已经等了他一天。

周冠忠急忙往里走，周祖康已经迎了出来。父子两个在这样的情景下相见，一时不知道该说什么。周祖康告诉冠忠，他是一早带着学生们来劳军的，离营地这儿不远，就过来看看儿子。

周冠忠感动于父亲的慈爱与牵挂。他告诉父亲，本来他也想让连生去找他的，可上面已经通知安排家属撤离，所以他想问问父亲是怎么安排的，愿意不愿意跟他一道走。

周祖康激动地抓住周冠忠的手，恳求儿子不能撤退：“忠儿，不能撤，不能撤啊！不经认真抵抗就放弃平津重地，如何向南京交待！又如何向民众解释！大好河山岂能拱手相让！”

周冠忠看到父亲焦急的样子，心情也很沉痛：“父亲，你说的我们都知道，可是这仗打得太艰难了——我们号称有10万人马，可是真正能拉出来打仗的没有多少实力，我们装备太旧了。日本军队声称只有5000人，可是真实的情况可能是20倍都不止！”

周祖康激动地：“可是你们身后有四万万中国民众，有全北平的老百姓，你们怕什么？”

周冠忠苦笑了一下：“父亲，你说的我都知道！人心、民意固然重要，可是我们需要的是实实在在的兵力和装备。我们什么都没有，只有大刀片，士兵们成百上千地死去，连赵登禹将军和佟将军都战死了。”

周祖康深感其痛，无限悲伤：“可是不管怎么说，这撤退跟投降有什么两样？忠儿，你要三思，国难思良将，乱世显忠臣，你可不能一失足成千古恨啊！”

周冠忠伤感地看着父亲：“父亲，我明白，您的教诲儿子记住了！”

父子两个都泪水涟涟。在民族危难的时候，他们的心再次连在了一起，虽然伤痛，却很相知。午夜时分，周冠忠送周祖康上车，告诉父亲，如果决定跟他一起撤离，就请他第二天晚上9点钟到永定门火车站，周祖康答应了。

周冠忠起身回营，刚走了几步，李参谋递上了一封军长写来的亲笔信，信上说，冯长官已经决定部队全线撤退，军长本人带领一个军的兵力留守，并出任代理北平市长，请周冠忠即刻撤出战斗，退防营地，就地留守。周冠忠看完信，大惊失色，急忙叫连生备车要去面见军长，连生和李参谋把他拦住了：“长官，不要去了，军长的心情一定比你还难过。你现在去找他，他能怎么办？”

周冠忠怒发冲冠，却无可奈何，只能拿属下发火。

师部里的参谋、卫兵全跑了进来，在他面前站成一排。

周冠忠看见面前一排人，大声责骂：“都站在这儿干什么？看我干什么？等着看我的笑话是不是？你们这些笨蛋！仗打成这个样子，还有什么脸活着！”恼怒地把帽子揉成一团，扔在地上，进了屋。

他走到灯前坐下，捧着头，一言不发，好一会儿，他看见了自己右臂的伤口。他把衣服脱下来，拿过桌上的绷带，自己包扎伤口。他动作很慢，一圈圈地缠着绷带。

连生和李参谋悄悄出现在他身后，连生走过来，接过绷带，替他包扎着。包扎完，连生退到一边，冠忠叹了口气：“事已至此，已经没什么好说的了。”

连生看到周冠忠如此痛苦，冲动地拉住周冠忠：“大哥，我们去找军长，让他换别人留守！”

冠忠却已经冷静了下来:“换别人？换了谁不是一样难过？作为一个军人,在国家危难的时候,有仗不能打,战而不能胜,奇耻大辱!如今,只能看着自己的伤口流血。”他看看自己的伤口,突然泪流满面:“既然局面已经至此,总得有人留下,那就让我来吧！如果能以我们的留守为国家换一点时间,我们就是死也认了！”周冠忠涕泪横流:“这是我的命,是弱国军人的命运！我们不承担。谁来承担？”

他起身下达命令,让士兵撤离战斗。把军营里的事务交待完毕后,最后交待连生,明天家属撤离,让他带一队人马务必把冠杰带出来,跟家人一块走,事已至此,他只能硬拼,就算触犯军法也不在乎了。

02

夜晚的监狱死一样寂静。黑暗中,牢房里的人们静静坐在黑暗中,一双双黑亮的眼睛机警地注视着夜空。

突然,探照灯全部打开了。探照灯的光照亮了整个空场,刘野心带着一队军人跑步进了院子,然后,分散站到牢房门口,刘野心大声喊着:“所有灯全打开,所有人全出来！紧急集合！”

一声声开门锁的声音,然后是一声声粗野的叫声:“出来,赶快出来！都出来！”

随后,牢里走出了人,一个两个,三个五个,随即是十个二十个,人们站在院子中,没有表情,互相用目光传递着某种决心。

冠杰走在队伍最后,罗看守悄悄走过来,向他点了点头,两人对视了一下,罗看守走开,趁着忙乱,跑向岗楼的高处。冠杰的目光看着他,随即收回了目光。

刘野心走到冠杰面前,三角眼闪着邪恶的光:“林世光,你的师长亲戚怎么还不来救你？怕是来不及了吧？”

冠杰冷冷地看看他,背过脸去。

刘野心走到队伍中间:“各位,你们可能已经听说了,中国军队已经决定撤离,日本军队就要进城了,你们这些人怕是活不了了。为了不把你们交到日本人手里,为了让你们生是中国人,死是中国鬼,所以,上面决定,今晚,就地正法所有的人。记住,今天晚上,是你们的祭日！”

人群中没有一丝动静,一张张脸上是坚定的表情。冠杰的目光捉住了身边的人,他轻轻点头,一个接一个,信息在传递,一双双拳头握了起来。

人们的沉静吓住了刘野心。

刘野心开始在人群中巡视,挨个看着人们的脸。他走到冠杰面前,把他揪出了队列:“你,出来！”

他把他从人群里揪出来，阴毒地说："好，就从你开始！林世光！我知道这不是你的真名字，可是我已经没有耐心知道你的真名字了！我知道，不管你们叫什么名字，是林世光还是何世光，你们这些人只有一个名字，叫共产党。只要叫共产党的，就是我的仇人！"说着他抓起冠杰的手，猛地背过去，一脚踢在他的腿窝上，冠杰站不稳，跪在了地上，随即又顽强地站起来，刘野心又是一脚："我要让你跪着死！"

冠杰再次顽强地站起来，刘野心的枪对准了冠杰的脑门。

冠杰的目光剑一样射过来，刘野心眼里闪过惊恐，他的手要去抠动扳机。

一声枪响，所有人都闭上了眼睛。刘野心的枪却掉在了地上，手臂负了伤。

高台上，罗看守的枪冒着青烟。他瞄准了刘野心又是一枪，刘野心闪开了，他杀猪一样叫起来："给我开枪！一个也不许放跑！"

罗看守对着探照灯又是一枪，一片黑暗。

冠杰跳起来，冲到队伍中间："难友们，同志们，现在是我们争取自由的时候了。我们跟他们拼了，冲出去！按照原来的计划集合，冲出去，冲出去啊！"他弯腰抓过刘野心的枪，对着行刑队开始射击。

难友们也都冲过来，每人抓住一个行刑队军警的枪往天上打，然后是近身搏斗，抢过枪，结果了那些军警。

有人打开了监狱大门，冠杰大声喊："快，冲出去，冲出去啊！"人群像潮水一样往外冲。

高台上，罗看守在用枪点射着反抗的看守。突然一声枪响，罗看守的手臂中了一枪，手里的枪掉在了地上。冠杰冲过来，压住他的头，一发子弹从头顶上飞过。冠杰对着子弹打过来的方向就是一枪，一个看守应声倒地。

冠杰扶起罗看守，对高台上还在还击的难友喊："快，下去，冲出去！"

成群的难友跑出了监狱。迎面，一队便衣打扮的地下党同志迎面跑过来："同志们，跟我走，跟我们走！不要慌，不要乱！日本人已经开进城了，跟着我们出城去！"

难友们跟着前来接应的人向远处跑去。

冠杰扶着罗看守也跑了出来，迎接的人看到他，急忙冲过来，扶起罗看守，一行人向远处跑去。

街道的另一边，连生带着一队士兵，沿着街道悄悄向前跑着，一行人全部是便衣打扮。黑暗中，只听到一片脚步声，连生压低声音："快，快！再快一点！"士兵们低着头快跑。

一行人冲到监狱门前，监狱的大门虚掩着，连生带人冲了上来。

地上，尸体横陈，一片狼藉。

连生大吃一惊，急忙冲过来，挨个翻动着地上的尸体。看到一张张死去的脸，连生的脸因为惊恐而变形。

士兵们迅速冲向牢房，挨个房间搜索，不断回头报告："长官，牢房是空的，没有人！"

连生困惑地四下张望着，一个士兵跑过来："长官，全搜过了，一个人也没有了！"

连生如遭雷轰，呆呆看着满地尸体，哭了起来："二哥，对不起！我来晚了，我来晚了！"

03

一列火车停靠在站台上，成队的军人开进来，排队上了闷罐车。

顾玉秀和一家人出现在站台，周冠忠的士兵们帮着把行李送上车厢。

有军官不停地高声喊："注意了，注意了，以连排为单位，家属不得与军人同坐！20分钟后开车！"

顾玉秀边走边不时回头张望着，冠忠告诉他，已经派人去接老二了，这会儿不知道是不是已经把人接上了。

顾玉秀默默转身，向车厢走去，一家人默默跟在后面。

站台前一阵骚乱，连生带着几个人冲进了站台。周冠忠眼前一亮，快步迎了上去，顾玉秀、程婉仪和一家人也跑了过来。

连生看见周冠忠身后的一家人，迟疑了一下："我们去晚了，人已经不在了！"

周冠忠震惊，顾玉秀也震惊。

连生沉痛地："好像，好像，都死了。刘野心跑了。尸体里也没有二哥。"

顾玉秀起身就往外冲："我去看看！"周冠忠一把抱住了她："母亲！"顾玉秀泪流满面，周冠忠泪水含在喉咙里："交给我吧！"

顾玉秀含着泪答应了："老大，妈全指望你了！全指望你了！不管是活着还是……你都得给我个信儿！"周冠忠含着泪答应了。

开车的警报响了起来，顾玉秀带着家人一步三回头上了车。火车响着汽笛，冒着白烟开出了车站。轰隆隆的车轮声远去了，周冠忠在站台上，身影分外孤独。

04

中国军队撤离的当天晚上，日本军队就大规模地进了城，全城戒严，紧急封锁,任何人不准进出。

街面上不时响起零星的枪声,那是市民们自发的反抗,沉默的城市蕴藏着危机。这一夜如此不平静,有钱人家得到风声早的,早早就收拾了细软逃到天津去了。从卢沟桥枪响的那天起,市民们就陆陆续续开始往外走了,不愿意被日本人奴役的人们放弃了所有的一切,举家逃走。周祖康自从见了冠忠之后,一直在安排着走的事,儿子想着他,想让他一块走,他情领了。但他知道两家人往一块凑还不是时候,所以他并没有如期去火车站,他自己做了安排,准备单独带着一家人离开。

客厅里堆着一堆行李箱子,仆人阿三把行李往外搬,准备上车了,却突然发现汉英还没有回来,这孩子一早就跑了出去。赵蔓君一下急了,拉住周祖康又哭又闹,非让他出门去找汉英回来。

周祖康告诉赵蔓君,外面已经戒严,根本出不了城,今天走不成了,明天一早他就去找。赵蔓君不依不饶,吵着要自己去找,周祖康怎么也劝不住。她跑出屋子,拉开大门,迎面,两把闪亮的刺刀横在她面前,她吓了一跳:“你们要干什么？你们是什么人？”

一位日本军官出现在她面前,客气地问这是不是周祖康的家,周祖康闻声走了出来。日本军官告诉周祖康,他们是河田先生派来保护他的。周祖康一下明白了自己的处境:他被软禁了。赵蔓君却冲过来大吵大闹,周祖康假装不认识赵蔓君,大声斥责她:“你是什么人？在这儿干什么？还不赶快给我滚开！滚呐！”一把把赵蔓君推出家门。

日本军官想追问赵蔓君的身份,周祖康转身回了屋,日本人只好跟了进来。赵蔓君进退两难,只好一步一退地离开了家。

一夜之间,所有人的命运都被改变了。不管你愿意不愿意、接受不接受,这就是被占领,这就是被侵略。

此时的街道上,混乱仍然在继续。勇敢的市民、青年学生们在街道上与日本人展开了街垒站。汉英和一大帮同学也在其中,他们没有枪,只能躲在黑暗中,向过往的日本兵扔石头,引来日本兵疯狂的追杀,但他们不怕。

逃离监狱的冠杰扶着罗看守与十几位难友和前来接应的人也在街道上狂奔。

迎面,一队日本兵跑过来,两边人遭遇了,日本兵开了枪。

罗看守边打枪边让前来接应的老王带人先走,老王急忙招呼冠杰和其余的人撤离。

日本兵追过来,边追边开枪,不时有人中枪倒地。罗看守胸口中了一枪,已经跑出很远的冠杰看到罗看守中了枪，不顾一切冲回来，背起老罗就跑。

日本兵放着枪冲过来，汉英和几个同学沿着街道跑过来，看到这一幕，勇敢地冲上去，向日本人扔石头。

趁日本兵分神的当，汉英冲到冠杰面前，拉起冠杰就跑。

冠杰背着罗看守，跑得很慢，汉英从他背上接过了罗看守。他路熟，带着冠杰绕了几条胡同向自己家的方向跑来，冠杰在后边问："你要带我去哪儿？我要出城！"

汉英却说要去他家，躲过今天晚上再说。

三人向周家门口跑来。汉英远远看见家门口有日本人的刺刀闪动，日本人在来回巡逻，便停了下来说："糟了！"

冠杰："怎么了？出什么事儿了？"

汉英："我们家门口有日本人，咱们赶快走！"

周冠杰要接过罗看守："朋友，谢谢你，人交给我吧！"汉英坚决地："不，他受了伤，太危险了。我带你去我的朋友家，先帮你的朋友治伤！"转身往外跑，冠杰拉住他："不行，我不能连累你！我不能在这里久留，我必须离开这里，还是把人交给我吧，谢谢你！"背过罗看守就跑。

汉英跑了两步跟上来："不行，你不能一个人走。你要去哪里，我送你走！我知道你是什么人，你是共产党！反正我家也回不去了，我跟你走！"

冠杰感动地看着汉英，好一会儿，说了声："谢谢！我们现在出城！天亮前必须冲出去！"

汉英坚定地："行！"接过罗看守，向前跑去。

他们一口气跑到了南城的关口，罗看守虚弱地告诉冠杰，前面的村子里，村头最把边上的一家院子是他一个亲戚家，她的女儿雨婷在那儿等着他，他得把她一块带走。汉英急忙背着罗看守往这边赶。

后半夜了，三个人终于摸到了村边，找到了农舍。他们进了院子，汉英刚要把人放下，突然黑暗中，头上挨了一棍子，汉英哎呀一声，倒在地上。

冠杰冲上来，把雨婷扑倒在地上。雨婷对着冠杰的手就是一口，冠杰哎呀一声，把雨婷再次制服了。低头一看，一双火辣辣的眼睛正注视着他，他急忙松开手："啊？怎么是个女孩子！"

雨婷厉声地："你们是什么人？"

汉英看看雨婷："你是什么人？"

冠杰划亮一根火柴，照亮了雨婷。罗看守看见雨婷，脸上浮现出虚弱的笑容："雨婷！孩子，是你？"

汉英背着罗先生，冠杰拉着雨婷，在黑暗中穿行，沿着乡间小路，不知走了多久，汉英只觉得背上的罗看守越来越沉，开始时他还能指路，后来就渐渐没有了声音。

他们来到了一个村落边，刚才跑散的老王从路边闪出来，低声喊："世光！世光！"

冠杰看见老王，十分激动，低声叫了声："老王！"老王冲上来，接过老罗，一行人向前跑。前面不远处，一处农舍闪着微弱的光，老王背着罗先生，冠杰拉着雨婷，冲进了农舍，把罗先生放在炕上。

雨婷冲过来："爸爸，你怎么了？你怎么了？"

罗看守一点声音也没有，汉英摸了一下他的鼻子，一惊："他已经死了！"

雨婷扑在父亲的身体上失声叫着："爸爸——，爸爸——"屋里人都低下了头。

雨婷无助地看着冠杰。

老王说："世光，我现在必须先送你走，一会儿有一趟火车从这儿过，你得赶上这趟车。"

冠杰眼里闪出一丝不安，汉英也有些害怕。

老王："你快走吧，罗先生我们负责掩埋，你快走！"

冠杰看看汉英："你们怎么办？你们要去什么地方？"汉英和雨婷这才有机会互相看看对方，有些惊慌。

冠杰指着汉英对老王说："这个孩子，是他救了我，你们要好好帮助他，送他离开这里。这个姑娘，是罗先生的孩子，也要好好安置一下！"老王答应着："你放心，我会安排他们走！"

冠杰依依不舍走出土房。老王领着他沿着乡间小路来到火车线旁。几分钟后，一列火车呼啸着沿铁路线驶来。

老王挥动着马灯向车头晃了几下，火车减速，冠杰和几位战友飞身扒上了火车。

05

天快亮的时候，周祖康还坐在客厅里，这一夜太长了。

此时的周祖康坐在房间里，心情反而平静了，该来的总算来了，他已经看到了结果。他并不后悔没有早一点逃走，只是担心赵蔓君和汉英，还有另外那一家人。

阿三一声不响地出现在门口，周祖康看见阿三，急忙叫住他。他打开一个箱子，又从里面拿出一个小箱子："你赶快拿上这个，去找太太和汉英，让他们赶快离开北平，越远越好！最好回重庆！"

日本兵在门外来回走动，周祖康急忙把箱子塞进阿三怀里，把他推了出去。阿三走出客厅，日本兵看看他，叫住了他："你，站住！"

阿三站下。

日本兵的枪对准他："你，手里拿的什么东西？"

阿三双手举起来，手里的箱子掉在地上，哗拉一声，东西掉了一地，是首饰和钱，日本人上前就打阿三一个耳光，阿三叫了起来。日本人担心阿三是不是伤害了周祖康，急忙进屋看。周祖康听见外面的声音，急忙拉开了抽屉，里面放着一把枪，他拿起枪，对准了自己的头，闭上眼睛，就要开枪，一个日本兵扑上来，抬起他的枪。枪响了，打在了天棚上。

周祖康拿着枪对着日本兵就要开枪，日本兵的枪响了，子弹打在了他的腿上，他应声倒在地上。

阿三趁乱收拾了东西跑开了。

一阵脚步声，一个日本军官带着人冲了进来，看见倒在地上的周祖康，对着日本兵左右开弓打了十几个耳光："混蛋！谁让你开枪的！"日本兵嘴角流出了血，一句话也不敢说。

军官走到周祖康面前："周先生，您也太不爱惜自己了！为了大日本帝国，我们不会让你死的！你看，这么美丽的北平，你怎么舍得离开？我们需要你，需要你为我们承担很多任务。"挥手叫人："把他送进医院！"几个日本兵上来抬周祖康，周祖康绝望地闭上了眼睛。

周家门外，赵蔓君披头散发，从胡同头走过来，远远看到家门口前有日本兵在来回巡逻。她吓了一跳，随即不顾一切地就要往前冲，突然身后有人拉了她一把，她吓了一跳，刚要叫，一回头，却是仆人阿三，急忙问："阿三？怎么是你？老爷呢？"

门里传出杂沓的脚步声，几个日本兵抬着周祖康从门里出来。赵蔓君看见周祖康，惊叫一声："祖康！"就要往前冲，阿三死死拉住她。

日本兵把周祖康抬上汽车，开车向胡同外驶去，剩下的日本兵在周家门前站岗。

赵蔓君又疯了一样要往前冲，阿三死死拖住她："你不能回去！老爷说让你回重庆。他给我这个箱子，让我给你！"

赵蔓君接过箱子，看了一眼，眼泪就流了下来，她知道这是周祖康的积蓄，她知道关键时刻周祖康还是想着她的，可是她不能就这样走，没了周祖康，她简直不知道日子怎么过，于是她还是不顾一切地要往家里冲。阿三又死死拖住她：

"太太,别闹了,赶快走吧!送走您,我也得回家看看去了。老爷托付的事我得照办,别让我们下人为难!"

赵蔓君看看阿三,捂着嘴哭起来:"好,我听你的,你送我走!"

06

几天之后,日本军队举行了入城式,北平沦陷了。

周冠忠坐困愁城,心情烦闷。家人已经离开,可是父亲那天没来,二弟也没有消息。他派连生四处打探消息,只听说那天晚上军人反省院犯人暴动,一部分跑了出去,大部分都死了。

连生从外面跑了进来,向周冠忠报告说,他去周祖康家看过了,门口站满了日本兵,一个时辰也没见家里有人出来。

周冠忠更加忧虑,他猜想,父亲一定是被日本人软禁了。他们现在急需有名望的人出面替他们做事,听说有人不愿意合作,日本人已经准备开杀戒了。

连生知道大哥焦心,于是自告奋勇:"大哥,我们拼一下吧,我带一队弟兄冲进去,把人抢出来!"

周冠忠:"好!你一路小心!日本人派了一个师团的兵力已经把我们团团围住了,今天白天还派人下了战书,你接到人后就不要再回来了,直接把他送到南京!"

连生转身要走,这时,军营里突然响起枪声,周冠忠一惊:"哪儿来的枪声?什么人在打枪?"

李参谋浑身是血冲进来:"长官,不好了,出事儿了!日本人向我们驻地发动了进攻,三团有个营长受了日本人收买,想把他的队伍拉出去!现在已经打起来了!"

周冠忠一惊:"他妈的混蛋!我去杀了他!"

李参谋:"师座,你不能去。他们在军营外架起了机枪,任何人不能进出。"

周冠忠拔出了枪:"走,去看看!"他冲到军营,杀气腾腾。叛军士兵看见周冠忠,把枪放下了。

叛军团长看见周冠忠,恶狠狠地对他说:"师座,对不住!我们兄弟只是想给自己讨个生路,我们都上有老下有小,不想拿鸡蛋碰石头!"

周冠忠一拍桌子:"混账!你算什么东西?日本人给了你什么好处?"

团长说:"日本人没有给我们什么好处,我们只想保条命。你不要光说漂亮话了,你是什么东西?日本人给了你多少好处?你们一家人还没开战,就坐着火车逃命了。日本人请你去东京,吃香的喝辣的——你也不是什么好东西。兄弟们,不要再听他的话了，打死他，我们冲出去，求一条活路吧！”说着拔出了枪。

周冠忠迅速抽出枪，对着团长就是一枪，团长当即毙命，随即他又一枪打灭了灯泡。连生在黑暗中大喊：“弟兄们，想活命的放下枪！谁敢伤害师长，我先要了他的狗命！”

士兵们纷纷放下枪，只有几个顽抗的，连生几个点射，又倒下几个。

周冠忠趁乱冲了出去，他挥舞着手枪：“弟兄们，我们面临着危难。现在我命令分散突围，见到日本人，见一个打一个，见两个杀一双，只要能冲出去，我们后会有期！”

士兵们举枪叫着：“冲出去，绝不投降！”

周冠忠对着天空开了一枪，队伍出发了。

07

周祖康在医院已经躺了十几天，这是一家美国人开的医院，因为怕走露消息，日本人把他送到了这里。这些天，他不吃不喝，只求一死，他想过用各种方式解决自己，但日本卫兵寸步不离左右，他根本没有机会。这天夜里，他正半睡半醒中，一位白人医生推门走了进来，走到他床前，摘下口罩，叫了声：“Doctor周。”

周祖康睁开眼睛，好一会儿才看清了对方：“托马斯？”这是他认识多年的一位朋友，一个美国医生，想不到会在这个时候出现。

托马斯摇头：“别说话了，我已经联络好一位美国使馆的朋友，再过15分钟他会来接你，带你出城。”

周祖康：“托马斯，为什么救我？”

托马斯：“不为什么，因为我们痛恨法西斯！”

托马斯把周祖康抬到担架上，推起担架往外走。

门口，两个日本兵拦住了他：“站住！”

托马斯镇定地：“他需要检查！”说着推起周祖康往外走，日本兵跟在后面。

托马斯和护士推着周祖康进了X光室，日本兵要跟进来，护士把他拦在了门外，门关上了，日本兵无奈地来回走动着。

托马斯背着周祖康沿着X光室的后门偷偷走了出来，一辆别克汽车停在后门，托马斯背着周祖康出门，把他放进了车后座。车子开走了，身后，日本兵追了出来，远远地看见车子已经开出了后门，两个人用枪别住了托马斯。托马斯轻蔑地看看两个日本人，走了进去。

同一个夜晚，周冠忠和周祖康都逃出了北平。一夜之间，周家人四散分离。他们不知道命运将会把他们带到何方，也不知道什么时候才能再相见。

第五章 所有的人都改变了身份

01

一辆老式轿车沿着门廊开了过来，车停下，一个穿长衫、理平头，打手模样的年轻人下了车，朱今墨也跟着下了车。年轻人回头看了朱今墨一眼，示意他往里走，两人一前一后进了饭店。

打手带着朱今墨穿过长长的走廊，走到了一个房间前，他推开门，示意朱今墨走进去。

朱今墨走进了房间，还没有来得及看清屋里的东西，灯突然灭了。

朱今墨急忙回身看门，门在他身后关上了。朱今墨急忙跳到门边，就势蹲下。

黑暗中，几个黑影向他冲了过来，对着他就开打，朱今墨急忙回手反击，几个人在屋里摸黑打了起来。朱今墨靠着墙，与对面的人过招，开始的时候还很小心，只是防守，突然对面的人开始向他出了杀招，朱今墨开始还击，招招是杀招，几下就把对面的三四个人打倒，随后，拉开门就要往外冲。

身后，灯开了，一个声音在房子里响起："好身手！"

朱今墨回头，一位四十多岁、穿便装、面容清癯的中年人从里屋走出来，旁边还有穿中式长衫、理平头、着方口布鞋的杜老板。中年人边走边鼓掌。朱今墨一惊，急忙叫了声："杜先生！"

杜老板向朱今墨微微点头一笑，指着朱今墨对中年人介绍着："代老板，这位就是我跟你提起过的朱今墨，朱记者。"对朱今墨："今墨，这位就是代主任！"朱今墨看看地上被他打倒的人躺在地上，心里有些不安，中年人却向朱今墨伸出了手："朱先生，好身手！我姓代，对不住！只能用这种方式跟你见面啊！"

朱今墨伸出手，与代主任握手，杜老板向他投去满意的目光。

代主任在沙发上坐下，对身边的人吩咐道："收拾一下！"又对朱今墨说："朱先生坐吧！"朱今墨走到沙发前坐下。

代主任从口袋里掏出一个金质烟盒，打开，从里面取出一支烟，放在嘴边。朱今墨看了杜老板一眼，杜老板向他示意，朱今墨伸手拿过桌上的打火机，点着火，替代主任点上了烟。代主任吸了一口烟，吐出一口烟，满意地看看朱今墨，笑了笑。他笑的时候比哭难看，笑得快，收回去也快。他缓缓开了口："朱先生，杜老板向我介绍了你的情况，说你很能干，写一手好文章，说一口流利的东洋话，我都信，但是我们这个行当，光有脑子还不行，还得有两下子，所以就想出这么个法子考考你的功夫，你不会介意吧？"

朱今墨一笑："啊，不介意，只是我出手有点重了，对不住弟兄们了！"

代主任哈哈大笑："哎，一家人不说两家话！"他突然看着朱今墨说："朱先生，我听说，你跟中森先生私交不错。你们是怎么认识的，最近跟他有联络吗？"

朱今墨怔了一下："啊，我跟中森先生认识有五六年了。五六年前他刚到上海，创办杂志，我们经常在一起活动，有一段时间还租住在同一座房子里，楼下楼下。最近半年我去日本进修，回来后还没有联络过。"

代主任点头："你知道吗？他最近可是行情看涨，他现在是日本驻上海领事馆的副领事了，而且专门负责在上海的情报工作。"

朱今墨一怔，随即说："这我没听说过。"

代主任掐灭香烟："朱先生，我对你很满意。我希望你能为我工作，你觉得怎么样？"

朱今墨看了看杜老板，杜老板一笑："今墨，代主任看得起你，你就答应了吧！"

朱今墨起身："代主任高看了，我一定尽力，只是不知道能为你做些什么？"

代主任从口袋里掏出枪，飞快地转了几下，趁朱今墨不备，扔给朱今墨，朱今墨顺势接过来。代主任开口说："日本人已经打过来了，用不了几天，上海可能就要守不住了，所以我们要有长期作战的准备。你的任务就是，替我收集日本方面的情报，任何情报，战略的，军事的。我会派人跟你联络，并在适当的时候对你给予保护！"

朱今墨看了杜老板一眼，杜老板轻轻点头，朱今墨沉默了一下："你让我考虑一下吧！"代主任和杜老板都有些意外。

朱今墨微微一笑："对不起，我还有事，先走一步！"说着把枪放在桌上，走了出去。

杜老板急忙解释:“他这人就是这脾气,有本事的人都这样!”

代主任不以为然地笑笑:“好,我就喜欢有个性的人,这个人我要了!”

02

朱今墨从代主任那里一离开,就匆匆忙忙去跟老胡见面,一见面就迫不及待地把军统的事告诉了老胡。老胡轻轻点头:“我明白!我们将计就计。”他起身说:“今墨,我这里也有一个重要的情报,你还记得西村先生吧?”

朱今墨怔了一下:“当然,我们以前就是老朋友,今天下午,我就是打着他的旗号过的江。”

老胡:“对,就是他。本来我们跟日本方面的情报人员失去联络已经好几年了,这一次,因为你从日本带回的文件,我们重新接上了联络,而他,居然是我们的联络人!”

朱今墨惊喜地:“真的吗?这可太好了!”

老胡激动地:“是啊,是啊,你应该知道我们目前所面对的局势,西村先生说,日本驻上海总领事馆需要一个日语翻译。西村先生已经向领事馆推荐了你。管事的人,叫中森英,我记得你好像也认识!”

朱今墨惊讶的表情:“中森,他不是,不是也一直在办杂志吗?”

老胡微笑着:“你不是也办杂志吗?你不也有很多身份吗?”朱今墨沉默了。

老胡在地上来回走动着:“中森英还记得你!所以一口就答应了!你准备一下,这几天先不要露面,然后下个星期二,到这个地方,有人会接你,会直接把你带到领事馆那里去。”说着把一张纸条递到他面前:“你这一次去那里工作,名字不用换,背景履历都不用换,记着,你所有的背景与履历都没有什么特别需要隐瞒的。以后,我会随时派人与你联络。通常情况下,我们一个星期见一次面。我会随时通知你见面的时间和地点。领事馆对面有一家面包房,里面是我们的人,特殊情况,你可以直接去那里,我指的是极特别的情况。这里是地址和接头暗号。”说着把另一张纸条推到朱今墨面前。

朱今墨接过纸条,迅速看了一眼,然后放进嘴里,嚼了一会儿,又喝了一口水,吞了下去。

朱今墨回到自己住处,洗好澡,换好衣服,穿了一件白衬衫,走到窗户前,推开窗户,看着窗外街道对面的街道,点起一支烟,他心情有些不平静。从北平到了上海的这些天,朱今墨一直无法,也不想让自己空闲下来,短短十几天里,他经历了太多的危险。跟老胡见面的第二天,他就接到命令,化装成日本学生去浦东跟西村接头，之后在浦东到处游走，逐一计算着日本军队的调兵数量、火力配备和军事布防，好几次都险些被日本兵发现。最后一天下午，当他完成侦察工作后准备离开的时候，突然与日军巡逻队遭遇，一直跟在身边保护他的几个地下党同志冲过来与日军死拼，才让他趁机逃离。他亲眼看见那些同志为了保护他，勇敢地拉响手榴弹与日本兵同归于尽。回到浦西，当他把情报交给老胡时，他真想大哭一场，然而他心里清楚，这就是战争。就是在这样的生活里，他一天天变得坚强起来。现在，他又将进入领事馆与中森一起共事，太多身份的转变，这让他一时难以适应。他知道自己身上的担子很重，有点担心能不能承担得住，正想着，门外，突然传出门铃声，朱今墨警觉地回头看着门外。

门铃声继续，他走到门前，听了一下，猛然拉开了门，随即闪到门后面，中森英站在门口。

朱今墨看到他，大吃一惊："中森君？"

中森英哈哈大笑，用中文说着："朱桑！是我！是我！你怎么会这么紧张啊？"

朱今墨笑了笑，让开了门。

中森英在屋里边走边打量着朱今墨："朱桑！又见到你了！真是太高兴了！"

朱今墨一笑，与中森英握手，请中森英在沙发上坐下。中森英微笑地歪着头看着他："朱桑！你怎么不问我，怎么找到这儿来的？"

朱今墨笑笑："我已经接到通知了，但是说，下周才去见你的！"

中森英哈哈笑着："是啊，是啊，我听到你名字的时候，真是又意外又惊喜！朱桑，你回来得真是太巧了，也太好了！"他走到窗户前，推开窗户往外看："朱桑，你看到了吗？上海就要是我们的了！你心里不会不高兴吧？"

朱今墨微微一笑："不，我没不高兴，当然，我也不可能兴高采烈，是不是？"

中森英："朱桑，我们已经认识好多年了。你不在上海的这些日子，我很想你！我今天来看你，只是想早点见到你！而且，有一个请求，在你到这边来工作之前，我想请你跟我一起，去趟南京！"

朱今墨有些意外。

中森英："我知道，在上海，有很多国民政府的人，也有很多共产党的人，所以，我们也要去南京走一走。我听说德国大使陶德曼先生要到南京去，做中日关系的调停人，所以，要去看看情况！"

朱今墨心头一动，脸上却没有表情："好，我随时都可以！"

中森英兴奋地在屋里走动着："这个周末，我们一起去南京，你还是以记者的身份去。而我，是你的助手，怎么样？这个身份不委屈你吧？"

朱今墨笑了起来。

中森英说："我要感谢你。我们相处的那么多年，你教会了我做一个地道的中国人，认真纠正我的发音，能让我在这战乱的时刻，能进入敌国的都城！想想都让人激动啊！"

朱今墨无声地笑了笑，心里却越来越沉重。他努力控制着自己，尽量不多想，否则，他的神经是承受不住的了。

03

南京，秦淮河边，一座临街的破旧的房子，一大早，就响起了激烈的敲门声。连生浑身是土，身上的衣服已经刮破了，胡子很长，正在用力敲门。

门开了一条小缝，程婉仪的脸露了出来，随即门大开，程婉仪震惊的表情："连生？你怎么来了？"

连生站在门口，看着程婉仪，眼里已经充满了泪水："大嫂，真的是你？你们真的住在这里！"

程婉仪惊讶地："连生，你怎么回来了？你大哥呢？你怎么变成这样了？"

连生带着哭腔："大嫂，大嫂，大哥他，大哥他，他被关进了陆军部监狱！"

郭富才出现在门口，手里端着的一盆水掉在了地上，脸盆在地上不停地转圈，然后才停下。巨大的声响吵醒了一家人，顾玉秀、敏柔和两个孩子都跑了出来。

顾玉秀坐在客厅里默默垂泪。程婉仪也坐在一边哭着。敏柔走到顾玉秀面前劝慰道："妈，别哭了！大嫂，别哭了！赶快想想办法吧！"

顾玉秀泪眼看着连生："连生，你大哥到底犯了什么罪？他们为什么要抓他？"

连生："听李参谋说，从北平出来的人都要接受审查，人人过关！说是丢了北平，要查办。军长也被关起来了。"

顾玉秀："什么？丢北平？北平是你大哥丢的吗？他有这么大本事吗？"

连生："哎，现在说这些有什么用呢？政府总得找几个替罪羊啊！我们今天早上下的火车，一下火车就直接把人带走了！"

此时的老虎桥监狱，周冠忠在看守的带领下，正沿着走廊走过来。门开了，刘野心坐在办公室里，他手上包着纱布，用一根绷带吊在脖子上。

周冠忠看见刘野心一下子愣住了，刘野心也愣住了，两人相视良久，刘野心突然哈哈大笑："周冠忠！周师长！哈哈哈哈——你也有今天！你也有今天！哈哈，这可真是老天有眼！"

周冠忠愤怒地看着刘野心，刘野心克制不住地在笑。他走到桌边，翻看着桌上的卷宗："来，周师长，在这儿签个字！你放心，我会好好照顾你的。当初你怎么对我的，我还怎么对你！怎么样？我这人够意思吧？"

周冠忠愤怒地看着刘野心，两人对视了好一会。刘野心有些心虚，把目光转向一边。周冠忠接过文件，签下自己的名字，随即被带进了一座单独的号子里。周冠忠在牢房里坐下来，一张桌子一张床，他陷入绝望中。

顾玉秀、程婉仪、郭富才带着瑞雪儿、飞虎沿着门前的路走过来。监狱的门紧闭着。

连生上前敲门，门拉开了一个小洞，一个看守："干什么？什么事儿？"

连生："我们是周师长家属，想看看他。"门又关上了。

连生继续敲门，没有回音。他更用力地敲，大门突然开了，刘野心走了出来。他不可一世地看着周家人，一眼看见了敏柔："呵，这不是周敏柔周小姐吗？怎么？来看你大哥？"他走到敏柔面前，像打量着自己的猎物："人我已经收进来了，就关在小号里，见面不行！"

敏柔看到刘野心，肺都要气炸了，但还是努力克制着。

顾玉秀上来要跟刘野心说理，刘野心流氓气十足地挥了挥手："别，别，您别说话！我不听！不听！，你放心，你儿子关在我手里，我会好好照顾他，我会给他戴上脚镣，最重的，然后还会用铁门，再上上一把大锁，不会让他跑的！"

周家人惊恐地看着刘野心，敏柔愤怒地骂了一声："混蛋！"

敏柔愤怒地说："你，太无耻了！党国怎么会有你这么变态的军人！你根本就是个神经病！虐待狂！我要去军政部告你！"

刘野心哈哈笑起来："敏柔小姐，骂得好！说真的，别看你骂我，我还就是喜欢你的性格！"

敏柔冲上来要打刘野心，程婉仪死死拉住她。敏柔愤怒地挣脱着："大嫂，你放开我，让我教训一下这个可恶的家伙！"程婉仪死死拉住敏柔。

刘野心笑起来："哎，你不要拦她，她打我我不会介意的！"说着走到敏柔面前："敏柔小姐，你骂吧，你骂我的话都那么有文化、有品位！哎，大小姐就是大小姐，我要是有你这样一个妹妹就好了！"敏柔劈手就给了刘野心一个耳光，刘野心夸张地捂住脸，看看敏柔："你还真打呀？"

敏柔愤怒的表情，程婉仪死死拉着她。敏柔转身就走。

顾玉秀用愤怒的表情看着刘野心，冲到刘野心面前。刘野心自知有些失态，急忙正色地："对不起，我今天失态了！那么也就失陪了！我还是那句话，有话军政部去说，他们说什么我听什么！再说敏柔小姐也打了我了，您看见了，我可是没有还手。我这样不算病态了吧？"说完，扬长而去。

顾玉秀欲哭无泪。连生劝顾玉秀:“我们还是先回去吧!说了不让来,看,惹一肚子气不是?”

顾玉秀倔强地说:“连生,带我去军政部!我就不信,这么大个南京城,找不着个说理的地方!”

04

军政部门前马路边上,坐着很多衣衫不整的人。顾玉秀带着一家老小沿街道走过来,她惊讶地看着这些人:“怎么会有这么多人?这些人都在干什么?”

连生:“不知道,可能都是来告状的吧!要不就是等人的?”里面走出一个军人,开始驱赶路边的人。周家人走过来,士兵也把他们一块往外赶。

前面的街道,开过一队车队,有三四辆车,车头上挂着青天白日旗,车子在楼前停了下来。士兵赶着人群往边上走。顾玉秀边走边回头看着:“是不是部长回来了?”

停在楼前的车车门打开,一个国民党高官下了车,随即第二辆门开了,冠杰从车上下来。

连生看见冠杰,惊讶的表情:“二哥?”他不顾一切地冲过来,高声叫着:“二哥!二哥!”

冠杰没有听到他的叫声,随着大家往台阶上走。连生冲到他身后,边跑边高声喊:“二哥!二哥!”

卫兵们急忙冲过来,将连生团团围住,随行的警卫也跟着拔出了枪,两边的高官也都紧张地看着连生。

一个卫兵扑过来,把连生扑倒在地上,用力按住他的头,连生在地上用力抬头:“二哥,我是连生,郭连生,周冠忠的副官!他现在被关在陆军部监狱!”

冠杰听到连生的喊声,急忙停下脚步,回头找。

部长走下台阶,恼火地对连生:“这是什么地方?你怎么可以到这儿来撒野!这像什么样子!”对卫兵:“把他赶出去!”

顾玉秀从后面冲了过来:“放开他!”部长吓了一跳:“你,是什么人?”

顾玉秀分开卫兵的手,拉着连生走到部长面前:“你就是部长吧?我是周冠忠的母亲!我来是找你问问,我儿子他犯了什么法?为什么要把他关在监狱里?”

部长有些紧张:“我现在有事,下次再谈吧!”

顾玉秀:“什么下次!周冠忠他不是罪犯。日本人围了他的驻地,他不突围也是死,他有什么办法!”冠杰听到顾玉秀的声音,急忙跑过来,看到顾玉秀,脸上露出震惊的表情,想上前,又不敢。参谋长看到冠杰的表情,问:“怎么了?周参谋,你怎么了?他们是什么人?你是不是认识?”

冠杰紧张地:“啊,没有,没什么。”

顾玉秀仍然在说话:“你们现在要打日本人了,就拿我儿子当替罪羊!他到底做错了什么?”

部长的脸色越来越难看,沉着脸说:“好了,您不要再说了!我现在真的有事,您把住址留下来,我会派人了解情况的!”说着走开去。顾玉秀要追过来,连生拉住了顾玉秀。

冠杰和参谋长也跟着往里走。连生看着冠杰的背影,很失望,他没告诉顾玉秀他看见了冠杰,此时他心里已经生出一个念头,他要去监狱找周冠忠,死也要跟他死在一起。

他把顾玉秀送回家,说是要出门找人,就直接来到了监狱门前,对着监狱的大门又踢又喊,直到刘野心出来认出了他,让人把他暴打一顿,扔进了周冠忠的牢房。

周冠忠坐在号子里,猛然听见门开了,接着被扔进来一个人,吓了一跳。过了好一会,他才悄悄走到墙角,小心地观察着墙角的人。连生趴在地上没有一点动静。

周冠忠小心地伏下身子,才看清了居然是连生,吓了一跳:“连生!连生!怎么是你?你怎么了?”急忙把他翻过来,拍打他的脸:“连生!连生,你醒醒!怎么了?”他把他的头抱在怀里。

连生虚弱地睁开眼睛,看到周冠忠,灿烂地一笑:“大哥,我来陪你了!我来了!”

周冠忠用力抱住他:“连生,你怎么能自投罗网啊?你怎么这么傻!”

连生悲伤地看着周冠忠,叫了声:“大哥!”拉着周冠忠的手:“大哥,告诉你一个好消息,二哥他没死,他还活着!”

周冠忠激动地:“你是说真的?他真的活着?”

连生:“是,他活着,他活着。他现在是八路军的大官,到南京跟政府谈判整编,我在军政部门前看见他了,他很精神。”

周冠忠兴奋地:“他认出你来了吗?你跟他说话了没有?”

连生眼神暗淡下去:“我不知道他是不是认出我了。我叫他,冲他喊我是周冠忠的副官,告诉他你被关在了陆军部监狱,他好像听见了,可是又好像没听见。他没跟我说话。”

周冠忠眼神也暗淡下去:“恐怕,他也是身不由己,南京也不是他们的地盘。”

连生:“可是在北平,你不是豁出性命救他的吗?他怎么能不知道呢?”

周冠忠:“不要责怪他,只要他还活着,我就安心了!他们是共产党,共产党纪律比我们严明。”

连生:“大哥,你,你真是太厚道了!”

周冠忠激动地:“不是厚道,我说的是事实!当初我救他的时候,虽然知道他是我弟弟,我一定要救他,可是当我拿着钱去找人,看到那么多人,收了钱就答应放人,我心里一面因为弟弟有救而高兴,一面又觉得悲凉。这就是我们的党国,只要有钱,什么都可以拿钱买,所以,就算二弟不伸手救我我也不怨他。”

连生哭了起来:“大哥,你,你真是一个好人!党国真是瞎了眼,是他们三心二意,丢了北平!外敌当前,又怎么能对自己的将士下手?我心里真是不服啊!”

周冠忠叹了口气。

05

冠杰穿过八路军办事处长长的走廊,走进自己的房间,放下手里的文件,脱下制服,走到床边,坐下,有些发呆。整整一个下午,他的脑海里就不断闪现军政部前的那一幕。母亲已经老了,大哥身陷囹圄,可是他居然一点忙也帮不上,而且连相认也不敢。他自责,但是又无奈,只能默默垂泪。参谋长推门走了进来,一句话也没说,把一张纸条递到他手里:“我派人去向军政部了解过了。你大哥他的确出了点事,你母亲、大嫂、妹妹一家人现在也都在南京,这是地址,去看看他们吧!”

冠杰十分意外:“参谋长,这,不合适吧?”

参谋长责备地:“没什么不合适的!你应该早点告诉我!今天早上你是不是看到了你的母亲?为什么不告诉我?为什么不认她老人家?我们共产党人是讲感情的,绝对不是六亲不认!”

冠杰坐着谈判小组的车找到了家门口,伸手敲门,心里是抑制不住的激动。

郭富才拉开门,看见冠杰,怔住了:“老二?杰儿?你是冠杰?”冠杰微笑地看着郭富才:“郭叔,是我,我回来了!”

郭富才激动地回头喊着:“太太!大少奶奶!老二回来了,杰儿回来了!”转身往回跑。

顾玉秀听到门外有声音也走出屋,看见冠杰微笑着站在门口。院子里很暗,顾玉秀把脸凑得很近,终于看到了自己的儿子。她惊呼一声:“我的天呐,杰儿回来了!杰儿回来了!”一把搂住儿子。冠杰紧紧抱住母亲,母子两个都哭了。

身后,程婉仪、郭富才看到这一幕,都在擦眼泪。

顾玉秀不错眼珠地看着儿子，眼含泪花："杰儿，你，你怎么会在这里？这些年你都去哪儿了？你大哥到处找你，日本人进城那天晚上，还派了连生带人去救你，到了那看到人都死了，我们以为再也见不着你了！"

冠杰眼圈红红的，拉过母亲的手："母亲，我都听说了。儿子不孝顺，让您担心了！"

顾玉秀急忙摆手："不是，老二，不是。妈知道你这些年在外面受苦了，妈心疼你！"说着拉起儿子的手："儿啊，你是怎么出来的？你们怎么会从监狱里跑出来的？"

冠杰迟疑了一下："是，是我们的地下党组织营救的。因为救我们，一位姓罗的看守还牺牲了，他叫罗林，还有个18岁的女儿，现在也不知道在什么地方。"

顾玉秀心疼地："天呐，真是让人心疼！不管怎么说，只要你活着，妈就放心了，只是没想到，你现在没事了，你大哥又给关起来了，你听说了吗？"

冠杰沉默了一下，叹了口气："母亲，我听说了大哥的事儿了。今天连生到军政部，我看见他了。"

顾玉秀惊讶地："你今天在军政部？我们也去军政部了，怎么没看见你？"

冠杰有些不安地："我们这些天都在军政部开会。早上我也看见您了，可是，我们要开会，有纪律。"

顾玉秀震惊地："今天早上，我们在军政部门前，过来的车队就是你们？"

冠杰尴尬地点头："母亲，对不起，我们是谈判代表，不能跟外人接触。真的对不起！"

顾玉秀眼神暗下来："你，怎么，变得这么不近人情？怎么连母亲也不认了？"

冠杰难过地拉过母亲的手："母亲，对不起！实在对不起！我只是不想让家务事影响工作，是我们参谋长看到我表情不对劲，派人去查，才问到家里的地址，他让我向您问好。"

顾玉秀失望地看着冠杰，沉默着。

顾玉秀很困惑，说："你们，是些什么人啊？怎么会……这么，管得这么严？"

冠杰无奈地看着母亲。

顾玉秀担忧地说："那，你现在会不会有危险？他们会不会对你们不好？"

冠杰摇摇头："不会，母亲，您不用担心。我们现在是谈判代表，政府会保证我们的安全的。"

顾玉秀困惑地看着冠杰，看着儿子的眼神开始变得有些陌生。

冠杰憨厚地笑笑："母亲，您别这么看着我，我是您的儿子，等以后我们胜利了，我会天天回来看您的！"

顾玉秀辛酸地点点头："儿子，妈知道，你这些年在外面一定吃了不少苦，妈就是不放心你！”

冠杰笑着点头，拉着母亲的手。母子两个就那么坐着，看着，直到很晚了，冠杰才不得不起身告辞，顾玉秀急忙起身相送。冠杰走到门口，停下来问：“母亲，敏柔呢？怎么没见到她？”

顾玉秀怔了一下，与程婉仪对视了一眼，程婉仪说：“啊，她，她不在家，可能有事儿出去了。”

冠杰笑笑：“哎，真遗憾！真的好想见到她。我走的时候，她就跟雪儿这么大，现在一定长成大姑娘了吧！”

程婉仪：“是啊，是啊，已经26了。”

冠杰拉开门，顾玉秀依依不舍地要跟出来，冠杰说了句：“母亲您留步吧！外面黑，台阶太高了！”说着回身再次紧紧拥抱了母亲。顾玉秀心头一热，她知道，儿子还是她的儿子，永远会是她的儿子。

第六章 公开的营救

01

敏柔站在中央新闻社的门口，从下午到黄昏，再到夜晚，已经整整一天了。

上午的时候，她跟家人走散了，就一个人沿着街道在外面随意走，走到中央新闻社门前时，无意中回头那么一眼，就看到了朱今墨。

朱今墨是和中森英一起走出来的，敏柔以为自己看错了，没往心去，等她回过神来再去找时，朱今墨和中森已经上了一辆黑色的汽车。敏柔追着车子跑了很远，也没追上，于是就又回到了报社门前，她想试试看能不能再次等到他。敏柔从来不认为自己是个固执的人，但是当她似是而非地看到朱今墨的背影的时候，她身体里的这种固执复活了或者开始生长了。从北平到南京，这十几天，敏柔和家人一起经历了巨大的心理落差，但她一直是麻木的，只有这一刻，她才感到了某种真实，虽然她无法判断刚才看到的人是不是朱今墨，但她却决定在这里等下去。这多少有点刻舟求剑、守株待兔的意味，可是除了刻舟求剑、守株待兔，她还能做什么呢？

门里不时有人进进出出，一位四十多岁的中年男人从里面走出来。敏柔走过来，站在他面前，柔声地："先生，您好！"

对方停下来，有些疑惑地看看敏柔："啊，你好，你是叫我吗？"

敏柔温柔地一笑："请问你是这家报纸的人吗？"

对方戒备地看着她，点头："怎么了？有什么事儿吗？登广告去那边，那边排队的人就是。"说着指指不远处的一个窗口。敏柔有些困惑："广告？什么广告？"

对方："什么广告？不是寻人就是报平安啊。你没看，这些天报纸的门都踏破了。”

敏柔目光中掠过惊讶，随即说：“啊，对不起，我是想请问，有个叫朱今墨的人是不是在这里工作。”

对方有些困惑：“朱今墨？对不起，不认识！”说着走开了。

这时，一位年轻的男记者从边上走过，打量着敏柔。敏柔急忙向他点头致意。记者走过来：“你，找朱今墨？”

敏柔急忙说：“对对，我想找他。”

记者一挥手：“他，走了！”

敏柔心头一惊：“他去哪儿了？他是不是就在这里工作？”

记者戒备地看看敏柔：“你是他什么人？”敏柔犹豫了一下：“表妹！我从北平来，要找他。”

记者有些同情地看看敏柔：“哦，北平！我不知道他还会不会回来。他是来过，来采访的，可能晚上坐火车回上海了。”

敏柔呆呆地站在原地，有些发晕，不管怎么说，总算知道一点朱今墨的消息了，但接下来应该怎么办呢？敏柔看了一下手表，已经快10点了。她又渴又饿，但是她不想走，她总是希望能出现奇迹，也许下一分钟奇迹就能出现。正想着，刚才跟她说话的记者又走回来，看见敏柔：“哎，小姐，你怎么还在这里？”

敏柔呆呆地看着他，眼泪突然就流了下来，记者心中一动说：“这样吧，你到珠江路，珠江大旅社去看看吧。他这次来住在那儿的，你看他走了没有。不过，你最好不要说是我告诉你的！”

敏柔又不明白了：“为什么？”

记者急忙摆手：“不为什么，我只是不想让他知道是我告诉你的。小姐，现在是乱世，世事无常，感情也靠不住，你遇事千万要想开点。我本来是好心告诉你的，要是惹出什么麻烦，那就是我的罪过了！”说着就走开了。

敏柔追了两步问：“哎，先生，你什么意思？难道他跟别的女人在一起？”对方已经走开去了。敏柔困惑地停下来，回想着记者的话，她想去旅社找朱今墨，但又害怕真的有什么问题，最后终于下了决心往旅社走去。她走到旅社前，在门外停下来，再次迟疑、徘徊。旅社里不时有人进进出出，她站在阴影里，看着门里进出的人。过了将近一个小时，她看见朱今墨远远地从街道另一边走过来。一看到朱今墨，她突然有些慌了，急忙躲到门前的树丛后面。

朱今墨拎了一只黑色皮箱，气度不凡，走到旅社门前，警觉地四下看看，走了进去。敏柔急忙闪到一边，手放在嘴边，紧张地思索着，不知道该怎么办。

朱今墨沿着走廊走过来，用钥匙打开门，四下看看，推门进去。这是一间套间，外面是会客室，里面的门关着。他迅速把门关上，靠在门口，在黑暗中停留了一会儿，然后才走进房间，迅速拉上窗帘，打开卧室门，走进去，巡视了一遍，弯腰在床底下看了看，然后才走出卧室，打开灯，把手里的箱子放下，在沙发上坐下。突然他警觉地听着门外，门外传出窸窸窣窣的声音，门缝下，有光影闪过。

朱今墨轻手轻脚走到门前，往外听了一下，看到门缝里闪过的光影，便突然拉开了门。

敏柔正轻手轻脚在走廊里走过，猛地看到门开了，里面露出一个男人的脸，张大了嘴刚要叫，朱今墨出手更加迅猛，两只手像是钳子一把卡住敏柔的脖子，另一只手把她拉进门里，猛地把门关上。

朱今墨抱着敏柔进了屋。敏柔在他怀里拼命挣扎，又踢又叫，却叫不出声。朱今墨把她扔在沙发上，小声地吼着："别叫！我是朱今墨！"松开手，敏柔一副震惊的表情看着朱今墨。

门外，传出轻轻的敲门声。朱今墨急忙走到门边，警觉地听着。敲门声继续，朱今墨急忙跑过来，拉起敏柔，刚要往卧室走，却传出钥匙开门的声音，随即，门开了，中森英出现在门口。

朱今墨看见中森英，十分尴尬："啊，中森君！啊，先生！你怎么这么快就回来了，我正准备去接你呢。"

中森英疑问的目光看着朱今墨，看到沙发上惊讶的敏柔，也有些不自在："啊，我记下了回来的路，所以就自己回来了！"

朱今墨尴尬地看看敏柔，再看看中森英。中森英微微一笑："朱桑，你有客人，我先出去走走，顺便到楼下取报纸。"说着往外走，朱今墨急忙叫住他："我去吧！"

中森英回过身，表情有些阴森，看了朱今墨一眼。朱今墨急忙说："啊，你，还是不要出去了吧！我走！"说着对敏柔使了个眼色，拉着她往外走。敏柔走到中森面前，抬眼看了看他。中森看见敏柔，一下呆住了，客气地向敏柔施了礼："你好！，请原谅，我不知道您在这里！"

敏柔慌乱地点了点头，中森微笑地看着敏柔从她面前走过，走出门去。他下意识地跟了两步，随即停下了，好一会儿，才走到沙发前坐下。看到沙发上，敏柔的小包落在沙发上，他拿起来，看了看，打开，里面，一方手帕，一只口红，一面小镜子。他拿起手帕闻了闻，放回去，刚要把镜子放回去，无意中看到镜子背面镶着朱今墨与敏柔合影的照片，他心头一震，看了好一会儿。

朱今墨拉着敏柔的手，匆匆走出房间。敏柔慌张地问朱今墨："他是什么人？你怎么会在这里？"

朱今墨拉着敏柔："别说话！"拉着她下了楼，走到门前的树丛前。敏柔用力甩开朱今墨："你要带我去哪儿？你要干什么？"

朱今墨呆呆地看着敏柔，一时不知道从何说起。敏柔也不知道该说什么，只是怔怔地看着朱今墨。

朱今墨低头小声地问："你怎么会在这里？是专门来找我的，还是碰巧？"敏柔眼里蓄满了眼泪："问这话的应该是我。你怎么会在这里？你为什么要走？"

朱今墨怔了一下："敏柔，告诉我，你怎么在这儿？家里人呢？"敏柔悲愤地说："你还关心这些？"

朱今墨迟疑了一下说："你赶快离开这里，回家去！"敏柔悲愤地："这就是你要对我说的话吗？你难道不觉得你欠我一个解释吗？"

朱今墨长时间看着敏柔："敏柔，你听着，我没有什么好解释的！我很抱歉，没跟你打招呼就走了。可是，我得告诉你，我们之间，不可能再有未来了！你有你的生活，我有我的生活，我们之间没有任何可能了！"

敏柔眼里蓄满了眼泪："你说什么？没有任何可能了？为什么？到底为什么？"

朱今墨克制地："不为什么！"

敏柔喊了起来："不为什么？那又是为什么？你可以不喜欢我，我们也可以不结婚，可是你不能用这样的方式对待我！我是一个人，一个活生生的人，你怎么能这么对待我？"

朱今墨烦躁地闭上眼睛，好一会儿，才平静地看着敏柔说："好吧，如果你一定想知道，那我就告诉你理由！"他口气变得冷冷地："我有我的活法，我不喜欢婚姻生活，也不喜欢被女人拴住。还有，我其实一直很讨厌你的大小姐脾气，也不喜欢你们周家人个个趾高气扬的样子！这些理由够了吗？"

敏柔震惊地看着朱今墨。

朱今墨冷冷地说："现在，我要回去了。你也好自为之吧！我就不送你了！上面那位是我的同事，我们一块工作的，住在一起。你是周家大小姐，你不会做出什么疯狂的事去丢你大小姐的身份吧？"

敏柔用震惊的表情看着朱今墨，眼里蓄满了泪水。她绝望地看着朱今墨，好一会儿，一句话也没说，转身走开了。

朱今墨站在原地一动不动。他心里十分清楚，他的话足以将敏柔毁灭十次。看着敏柔的身影消失在黑夜中，他心中充满了担忧、焦虑，但是他更担心楼上窗帘后面那双眼睛，他害怕把敏柔卷进自己的生活中。他必须保护敏柔！

他回身走进楼门，到前台取了报纸，走回房间，对中森英一笑，把报纸放在他面前："报纸我拿上来了！"中森英微笑着看着朱今墨："朱桑，想不到你是个很风流的人！我们到南京不过只有三天，不过这个女孩，很漂亮，很美。"

朱今墨笑着挥挥手，没说话。

中森英："我们，需要不需要换住处？"

朱今墨看看中森英，好一会儿才说："换住处？不需要！"说完，坐在沙发上翻起报纸来。

中森英笑着："好的，在这儿，我听你的，我是你的助理。"

朱今墨苦笑了一下，看了一眼手上的报纸，看到上面一行字："弃城失地谁之罪，周冠忠等将领被押陆军部人人过关"。朱今墨心头一动，看起了报纸。中森有些饶舌，没话找话："朱桑，今天的报纸有什么新闻吗？"其实他是对朱今墨和敏柔的关系有些好奇，但又知道朱今墨这个人的性情是绝对不会跟他说这些话题的。

朱今墨放下报纸说："中森先生，有件事情要跟你说一下。明天一早，我送你去车站，我还要再多停一个上午。我去日本一去就是一年，这次回来，这儿的好多朋友说要跟我聚一聚，我想，我们以后的工作，需要这些人的帮助，所以，我就答应了明天中午跟他们聚一下，我明天下午的火车回上海，晚上就会到了！"

中森英心头一动，表面却不动声色："那，我留下来一起去见见那些人怎么样？"

朱今墨有些迟疑。

中森英一笑："好吧，要是不方便，就算了。我只是想再见见你那位美丽的姑娘！"

朱今墨笑了一下，没有说话。

02

朱今墨站在报社前，手抄在口袋里，在等人。昨天跟敏柔说话的那位记者从楼里走出来，看见朱今墨，热情地迎上来："哎，今墨，不是说今天一早就要离开南京的吗？怎么又没走？"

朱今墨一笑："专门留下来，请你吃个饭。怎么样？有时间吗？"

记者迟疑了一下，看看表："啊，还可以。下午两点钟，有个记者会，听说了吗？国民政府和八路军的整编协议谈好了，下午公布！"

朱今墨一怔："啊？是吗？这么快就谈好了？那好，我们就近找个地方，一点钟后放你走，我也回上海！"

记者笑起来："你，这么专门请我吃饭，不是来找我兴师问罪的吧？"

朱今墨一怔。

记者："是不是昨天那个姑娘，给你惹麻烦了？"

朱今墨一怔，随即明白了他说的是什么，便说："哈哈，项南方，你小子！原来是你出卖我！好，这下你可得还我一个人情了！今天的饭得你请！走走！"两人走进不远处的一家酒家，进了包间，酒菜摆上桌，两人碰了一下杯，各自把杯中酒干掉。项南方放下杯子问："今墨，说吧，找我什么事儿？"

朱今墨放下酒杯，从怀里掏出一张报纸，放在对方面前："这篇文章，你看过吧？"

项南方看看文章："怎么了？这文章有什么不妥吗？"

朱今墨："不是文章不妥，是想问问你，知道不知道这件事儿怎么回事，我是说周冠忠。"

项南方恍然大悟的表情："噢，你说他啊，他的事情，这些天报纸上炒得很热闹，这批将领可是受了苦了，老百姓都在骂。"朱今墨默默点头："这些我都看到了。我是想问，真实的情况是什么？你对这事儿怎么看？"

项南方："真实的情况？真实的情况就是，他们命不好！成了民意的替罪羊！政府由犹豫不决到决心全面抗战，肯定要有人承担这中间的后果。"

朱今墨："那你知道对这些人会怎么处置？"

项南方："难说！枪毙！杀头，军法处置！你应该知道，国民党对自己的军人从来不会手软，这个时候，谁赶上谁倒霉！就说这个周冠忠吧，天生有点背，本来，当年喜峰口，一把大刀片杀鬼子，一战成名。谁知道，政府跟华北自治委员会不冷不热，让自己的军人居间为难。军人，能不服从命令吗？可服从的结果就是这样，谁能有什么办法？"

朱今墨不动声色地看着项南方，突然拉住他的手说："老项！能不能以你的能力帮帮他们？"

项南方有些意外："帮他们？我有什么本事？我怎么帮？"

朱今墨沉吟着："你就把你刚才说的这些写下来，发表出去！你说得很对，问题的关键就在于政府的态度迟迟不决，导致自己的军人无所适从。现在政府已经决意全面开战，就应该把周冠忠这些人放出来！"

项南方看着朱今墨，好一会儿才说："周冠忠，他跟你有什么关系？为什么要帮他？"

朱今墨看着项南方好一会儿："这个——"他迟疑了好一会儿："我希望你不要把我的话告诉任何人。我可以告诉你，他，应该说，救过我的命，我欠他一个人情！"

项南方看看朱今墨，下决心地说："好，你让我考虑考虑。可是，你应该知道，现在是战时，新闻管制很严，政府需要树立威望，我的文章不能写得太尖锐。我必须想办法找到一个合适的角度，才能说出这些话！"

朱今墨伸出手用力握住项南方："全靠你了！我相信你会找到机会的！"

项南方思索着："嗯，下午国共两党就会达成整编协议了。政府既然连八路军都能接纳，为什么就不能对自己的军人宽容一些呢？”

朱今墨激动地点头：“你说得对，这就是一个很好的切入点！”

项南方看了朱今墨好一会儿说：“好的，我知道了！”

03

八路军的车队开到军政部前，门前围着的记者蜂拥而上，冲到车前，拍照。

参谋长和冠杰等人下了车，记者上前问：“参谋长！听说整编谈判已经达成协议，请问中共方面对这个方案是否满意？”

参谋长看看记者，有些激动地说：“谢谢！谢谢！关于整编谈判的事，我们十分高兴，只是名额太少了。具体情况我们还在商谈。我要说的是，不管怎么说，这是一个好的开始，国共两党放弃对抗，共同对敌，这是我们一向的主张，也是我们不变的共识！”

项南方站在记者群中，从后排往前排挤，边挤边高举起手：“参谋长，您对周冠忠等多位将领被关押的事有什么看法？”不时有人冲过来，把他往后挤，项南方还在喊：“参谋长，请问您对周冠忠等多位将领被关押的事怎么看？”

冠杰听到了周冠忠的名字，心头一动，目光投向项南方，项南方也看到了冠杰，两人目光相接。项南方冲过来问：“这位先生，请问你对周冠忠等多位将领被关押的情况有什么意见？”

冠杰回身看看项南方，又看看参谋长，有些迟疑。边上有一位记者对项南方问：“喂，你怎么问这个问题？这是国民政府内部的事务，他们无权评论！”

参谋长面有不悦，回过身对那记者问：“噢，你是哪个报社的记者？”

记者：“扫荡报，怎么了？”

参谋长停下来，笑着看着他说：“噢，扫荡报？那好，我倒要问问你，我们怎么无权回答这个问题了？全民抗战，这是我们民族头等大事，任何人都有权利发表意见吧！”

记者有些无趣。冠杰走下台阶说：“我来说几句吧。今天，这个协议就要发表了。我认为这个协议的意义，不仅在于解决了国共两党之间的问题，而且在外敌当前的情况下，为处理我们民族面临的巨大灾难提供了一种姿态、一个示范，那就是，动员所有的社会力量，共同面对我们的敌人！我认为你刚才的态度，并不代表你个人，而是代表了相当多的人的一种心态。那就是，认为这个协议只是事关两党，而且是政府的一种高姿态，因此，我必须告诉你，我们达成了整编协议，不是什么人的施舍，而是目前局势的需要，是一种共识！外敌当前，重要的是团结合作，不只是两党，而且是全社会。因此，关于周冠忠将军的事，关于那些将领的事，现在并不是讨论责任、惩罚什么人的时候，而是应该放手动员所有的社会力量，一致抗敌，不要做亲者痛仇者快的事！”

在场的记者都很兴奋。项南方兴奋地叫着：“说得好！代表同志！”说着上前拍照。参谋长用赞叹的表情看着冠杰，冠杰神情兴奋而严肃。

04

参谋长的车在八路军办事处院子里停了下来，他把一张报纸放在冠杰面前。冠杰接过报纸，看了一眼，上面的标题：“中共谈判代表为周冠忠等国军将领陈情，全民抗战势在必行！”他有些担心地：“啊，这么快就登出来了？这记者胆子也够大的。”

参谋长带着笑意看着冠杰说：“冠杰同志，你昨天说得很好！你调来这里工作之前，大家都告诉我说，你当年是北方局一张铁嘴、一支硬笔杆，看来，你果然名不虚传！”

冠杰有些紧张：“对不起，我其实，其实，只是气不过！”

“你做得对！我们就是要敢于斗争、善于斗争！越是难缠的话题越不要回避！”

冠杰激动地说：“谢谢参谋长！我之所以那么说，并不是因为周冠忠是我的哥哥，更主要的是，这就是我的观点！我还一直担心，我是不是说错话做错了事，会不会让他们听了心里不高兴，会不会对我们工作不利，心里一直十分不安呢。”

参谋长笑了起来：“哈，当然，我今天见了何部长，他心里的确有点不那么高兴，认为我们干涉了他们的军政事务。他下午的时候特意把我叫去，问到底怎么回事！我也没客气，话既然已经说出来了，就干脆把它说明白，所以，我们就说到了周师长和那些将领的事！我告诉他们，我们这样做完全是出于对这些将领的尊重。何部长说，他本人其实也对他们很同情，现在局势很危险，日本人双管齐下，华北一线，已经占领了天津，逼近太原、淞沪一线，十九路军的抵抗也很惨烈，一个师的兵力投上去，不到一天就打光了。所以，目前局势下，他们也知道不能这样随意处置自己的军人，所以，正在商议合适的方式。看来，周师长的事，很可能这几天内就会见分晓！”

冠杰激动地：“谢谢参谋长！谢谢！我真的不知道该说什么！”

参谋长：“什么也不用说，耐心等消息吧！”

05

郭富才拎着菜篮子，匆匆沿着门前的街道跑着，快步进了家门，一进院子，就大声喊:“太太,太太!”

程婉仪正从门里走出来,看见郭富才就问:“郭叔,你不是去买菜了吗?怎么这么快就回来了?”

郭富才丢下菜篮子,手里挥动着报纸:“快看,快看,这里面有忠儿的事儿,在说忠儿呢!”

顾玉秀急忙接过报纸,飞快地扫了一眼:“天呐,中共代表为周冠忠陈情,老二他,他,帮老大说话了。这么说,忠儿他,有救了?”

程婉仪急忙抢过报纸:“让我看,快让我看!这是什么时候的事?”看了一眼报纸:“就是昨天!哎呀,这么说,他爸有救了,是不是?”

顾玉秀拿过报纸看了又看:“看,冠杰的样子多神气,看呐!”一家人高兴地围了上来。

程婉仪想了一下:“可是,妈,这中共代表替他爸说话,你说这军政部会不会不高兴?会不会起反作用?他们,不是冤家吗?”

顾玉秀拿过报纸指给程婉仪看,说道:“哎呀,你说的那是什么时候的黄历了!看看看,这不是写着呢,政府已经同意把红军整编成八路军了!”

程婉仪惊喜地:“这么说,真的有救了?”

06

1937年8月18日,红军主力改编为国民革命军第八路军的方案获得国共两党通过。8月25日,中央军委发布改编命令,数万名身经百战的红军将士在陕北三原举行了誓师出征大会,并由侯马经由风陵渡北上,直赴抗日最前线。冠杰奉命前往侯马参与调兵事宜。临行前,参谋长特意把他叫到房间,告诉他,他的父亲周祖康已经从北平逃到了南京。冠杰心潮涌动,但他已经来不及回家向母亲告别,只好把这份思念挂在心里,连夜匆匆北上。

侯马火车站并不大,但因为是八路军东征山西惟一的一条火车线,所以显得特别重要。

站台上到处是席地而坐的八路军军人。另一边,成群的国民党军队排队上车。

一位年轻的八路军军官正与一位国民党军官吵架:“我们这里有军政部的命令,我们已经在这儿停三天了,让我们先走!”

国民党军官:“急什么?我们这儿还有八天的呢,还有步行的呢。不行就是不行!”

八路军军官:“我们已经出来十天了!既然都是一个政府,为什么不让我们先走？”

八路军士兵也排队上车，与国民党兵挤成了一团，两面的军人互相你挤我我挤你，突然一个国民党军官冲天开了一枪，部队立刻乱成了一团。

八路军军官也拔出枪来，对着天空放了一枪：“他妈的，不就是放枪吗？以为老子没枪？”两边拥挤的军人都停下来，惊恐地看着八路军军官。

远处，冠杰和一位国民党军官向这边跑来：“谁在开枪？为什么开枪？你们是什么人？”

八路军军官恼火地不理睬，冠杰走过来，严肃地问：“你是什么人？”

八路军军官看到了冠杰的制服，急忙回答：“报告，本人是八路军115师先遣团团长，杨天成！”

冠杰上下打量着杨天成，伸出了手：“我是八路军驻南京办事处参谋周冠杰。我奉命前来协调调兵事宜，今后的一切行动听我调度！”杨天成惊喜地敬了个礼：“是！”

身边，国民党军官继续指挥自己的军人往车上走，八路军士兵被赶下了车。杨天成激愤地冲过来，国民党军官甩开杨天成，要走开，冠杰对他做了个手势：“你等等！”军官回过身，冠杰问他：“你们今天走了多少人？我们走了多少人？”

军官傲慢地看看冠杰，不理他。冠杰冲过去：“我在跟你说话！”

军官：“我不想跟你说话！我不归你管！”说着又要走，冠杰追过来：“站住！你给我站住！你有什么可傲慢的？告诉你，这些军人今天必须坐上火车！”

军官困惑地看看冠杰：“傲慢？什么是傲慢？什么意思？”

冠杰哼一声：“你不懂傲慢？那你横什么横？你要是再不配合，我去军政部告你！”

军官被冠杰的话弄得有点晕，不敢再说话，回过身，对车上的军人喊：“下来，都给我下来！让他们先走！”随即嘟囔着：“又不是回家过年娶媳妇，抢什么抢！打仗！谁先到谁先死！”

冠杰冷笑一声：“我们就是要为国家而死！我们心甘情愿！”军官吓得不敢再说话了。

八路军士兵兴高彩烈地上了车。一个敞篷车厢装满了人，车里挤得像沙丁鱼群一样。八路军战士第一次坐火车，个个脸上写满好奇。

冠杰跟在杨天成后面上了车，杨天成有些意外：“您这是？”冠杰一笑：“我跟你们一起走！”

杨天成高兴地：“太好了！”对车上的士兵说：“同志们，周参谋跟我们一起上前线！我们出发吧！”

火车缓缓向前开去，带着八路军士兵，带着希望向前飞奔。

第七章 兄弟同心

01

这一年的山西气候实在反常，中秋节那天，好端端地就下起雪，娘子关、雁门关、平型关全部被雪掩盖了。山西人有句俗谚，“三关戴孝，祸事来到”。的确，火车在五台山车站停下，冠杰和杨团长带着士兵们刚下车，师部就传来消息，板垣师团已经沿张家口涞源一线直接向太原进犯，八路军总部已经决定在平型关一线阻击敌人，与晋绥军协同作战。师部命令杨团长率部紧急赶往乔沟一带。杨团长率部急忙赶了过来，两天后，终于就要到结集地点了，人困马乏，杨团长命令部队原地休息。

这一路他对冠杰充满好奇，也对他刮目相看。杨团长是湖北人，只有27岁，参加过长征，立过无数战功，小时家贫，没念过几天书，所以对文化人十分羡慕，也多少有那么些看不起。但这个周参谋让他很是喜欢。这个斯文的参谋真是厉害，两天行军，愣是没有掉队！他拉着冠杰走上山梁，两人席地而坐。杨天成拿出烟丝卷着烟卷，递给冠杰一支：“哎，周参谋，你见过日本人吗？这跟日本人打仗，还是头一回！”

冠杰接过烟，抽了一口，呛得直咳嗽：“我见过日本人，可是仗没打过！我这也是头一次上战场！”

杨天成笑笑：“真的？那你心里害怕不害怕？”

冠杰想了下：“不怕！怕也没用！日本人不会因为你害怕就不打你！所以，我们也得拿出不怕死的精神来打仗！”

杨天成想了一下：“嗯，你说得对！哎，周参谋，那你知不知道日本人打仗怎么打？我对这些日本人，人头还真是不熟！怎么老觉得有点摸不着头脑！”

冠杰笑笑：“噢，没什么神秘的，也就是一个鼻子两个眼睛！这一次进攻山西的日本军队，是板垣师团，就是我们所说的师的编制，是属于日本的满蒙军团。这个板桓，跟阎长官是日本士官学校的同学。好几年前，他到中国访问，还专门到太原看过阎长官，阎长官带着他把山西走了个遍。这家伙，其实那一次就把进攻山西的路线看好了！”

队伍的后面，一支队伍正开过来。一位年轻的战士牵着马，后面一个班的卫兵，中间走着一位神情严肃的军官。

一个士兵发现了军官，刚要问话，军官示意士兵不要说话，听冠杰说话。

冠杰继续说：“本来，这次阎长官以为他会从石家庄、阳泉、娘子关一线进攻太原，所以把主要兵力全放在了那条线上，没想到板垣从张家口涞源一线直接就打了过来。因为从张家口到涞源有一条古栈道，是过去晋商走货的路，从张家口到涞源只要一天的路，因为路比较险，已经多少年不用了。想不到板桓这家伙，居然从这条线过来，从涞源过灵丘直捣平型关，所以阎长官一下子就急了！”

杨天成听得目瞪口呆：“我的天，这小日本也太坏了！真他妈的太坏了！这种人以后谁还敢跟他交朋友？”

冠杰：“说的是啊！所以这一仗，必须得打出中国军人的威风！让他知道知道我们的厉害！”

杨天成：“好，我们现在继续前进！”他转过身，突然看到了身后的军官，眼睛睁的老大：“我的天呐，师长！师长！您怎么在这儿？”

冠杰听到杨天成叫师长，也睁大了惊奇的眼睛。

师长眼睛里带着笑意，脸上的表情却很严肃：“杨天成！你不好好行军，又吹上了？”

杨天成行了个军礼：“报告师长，我们正在行军中进行军事形势分析，这也是行军的一部分！”

师长笑了，目光投向冠杰。杨天成急忙说：“报告师长，这位是八路军办事处从南京派来的特派员，我们就是请他给我们做报告的！”

冠杰急忙过来，行礼：“报告首长，八路军办事处参谋，周冠杰向您报到！”

师长上下打量了一下冠杰，目光流露出欣赏：“嗯，我刚才听到了你的形势报告，很精彩啊！”冠杰咧着嘴笑起来。

师长：“好了，杨天成，让你的兵往前走。你们，跟我来！给你看点东西！”对冠杰：“你也一块来！”

杨天成急忙命令副团长带着士兵继续行军，他和冠杰跟着师长上了山梁。

师长站在山梁上，一直对着沟底往下看，回身叫杨天成：“小杨，你过来！”指着山沟下："你看看这面山谷，有什么想法？"

杨天成怔了一下，看看师长："师长，这，在您面前，我可不敢乱说！"

师长一笑说："扭扭捏捏的，像个娘们！问你话呢！"

杨天成笑笑："首长，还是您说吧！我真的不知道！"

师长哼了一声，回头示意参谋拿过地图，指着地图对杨天成："你看，这个地方叫乔沟，从河北涞源到山西太原的公路正是从乔沟沟底经过，这就是这位周参谋说的，日军前往太原的必经之地。"

杨天成和冠杰一块看着脚下这两山夹一谷的险恶地形。

师长问："杨天成啊！你看这个地方打个埋伏怎么样？"

杨天成有些兴奋："当然好了！两山夹一谷，打他个瓮中捉鳖，便宜啊！"

师长笑起来："嗯，山西人叫罐里捉王八呀！"杨天成和冠杰都笑起来。

师长："走！跟我回师部，咱们开个会，研究一下！看怎么布阵！杨天成啊，你想打哪段啊？"

杨天成憨厚地一笑："师长，吃饺子当然是头锅啦！那还用说！"师长笑笑，往山坡下走，杨天成和冠杰急忙跟上。杨天成边走边兴奋地对冠杰说："看到了吗？要有好事儿了！"

师部指挥所，巨大的作战地图挂在墙上，政委、参谋、几个军官和冠杰坐在桌子前。

师长站在地图前，神情严肃地说："同志们！我们今天开会，讨论这一次的作战计划！现在，号称钢军的坂垣师团已经冲破大同向太原而来，晋绥军已经开始在平型关、沙河、繁峙一线与日军作战——根据我们跟政府达成的协议，我们与晋绥军两方军队互为友军，可以配合作战，但作战计划不沟通不协调，独立行动。所以，总指挥提出了配合晋绥军主力作战的方案：以友军坚守平型关正面，我们师隐蔽集结于敌前进道路的侧面，从敌侧后夹击进攻平型关之敌，形成夹击之势。现在，日军的先头部队已经在9月21日午夜到达平型关下，开始向晋绥军发动第一次进攻，同时日军第21联队队长粟饭原秀大佐率两个步兵大队附炮兵两个中队，从浑源出发南下向平型关侧后大营绕袭，企图断晋绥军平型关后路，而我们就是要在乔沟这里设个埋伏，打阻击！这是抗战全面爆发后在山西境内的第一场大规模战役，也是我们八路军东渡后的第一场仗，所以，无论如何要打好！现在我命令，第343旅两个团主攻；杨团长带兵"打蛇头"，隐蔽于白崖台以西一带，准备吃掉关沟、老爷岭之敌，并阻击东跑池之敌回援；李团长"斩蛇腰"，埋伏在老爷庙至蔡家崖一线，占领小寨村至老爷庙以东高地，实施中间突击，分割歼灭沿公路开进之敌；张团长负责"断蛇尾"，占领西村、蔡家峪和东河南镇以南高地，断敌退路，并阻击由灵丘、浑源方向来援之敌；留下一个团为师预备队。"

参谋与军官伏在桌上飞快地做着记录。

师长："明天天不亮，我们要再去看一下地形，各部队立刻做出战前动员，做到万无一失！"

军官们齐声答应着："是！"

02

师长一声令下，部队开始行动，崎岖的山路上，一路路八路军战士在夜色中急行军，个个身手敏捷，行色匆匆。

各路人马分头开进到预定的埋伏地点。八路军士兵趴在草窝里、山坡上，成筐的手榴弹被搬过来，机枪架起来。

一夜之间，漫山遍野，到处都是活动的人影，日本兵做梦也想不到，他们精心策划的进攻路线上，早有千军万马在等候，将给他们致命一击。

冠杰第一次随作战部队行动，他虽参与了整编谈判，现在看到部队真的进入战场，心里的激动无法形容。八路军新军出征，气势如虹，战前动员、战前准备、战术操练都让冠杰看得眼花缭乱。入夜时分，他随着杨团长到了附近的一个村庄，看到不少战士正和老乡们一块从家里抬出铡刀，把刀刃拆下来，抬着往村外跑，他有些困惑，问："这是什么？"

领头的排长告诉冠杰："这是我们想出来的杀敌的好办法！日本鬼子汽车跑得快，进了伏击圈，来不及打，你看这铡刀，刀锋利、刀背宽、底坐又结实，我们把它刀尖朝上，埋在路上，把它的车胎扎破，它就跑不了了！"

冠杰兴奋地："啊，那得多少铡刀啊？上哪儿找去？"

排长："你放心！这儿的老乡家家都有。老百姓听说打鬼子，热情特高，争着把铡刀献出来！"

冠杰跟着八路军士兵和头上包着毛巾的老乡们一块儿挖土，挖好的坑边上，士兵们抬着铡刀过来，放在坑里，坑不够大，又有人拿锹补了几下，正好把铡刀放进去，人们迅速埋土，只露出刀锋，刀刃朝上，露出地面约50毫米，或横或竖地埋好，然后小心地在上面撒土。

一切结束了，战士们趴在地上，离远一些，眯起眼睛看了看，然后高声喊："记好位置，从这里退着埋，小心伤了自己人！"人们答应着，沿着埋好的铡刀往后退。有人铲来了干土往新翻过的湿土上撒着，风吹着土，留下一道白烟；又有人移来了杂草，铺在上面。很快，人们埋好了铡刀，撤离了战场。

一天之内，所有的准备工作全部完成，各路人马已经全部进入伏击圈。老天爷似乎要考验八路军士兵的意志，半夜时分突然下起了大雨。

大雨如注。

已经是秋凉时分，再下这样的雨，八路军士兵全部是单衣单裤，冷得根本受不了，但他们在山坡上持枪而坐，任凭雨水浇在脸上，一动也不动。

冠杰跟着杨团长在雨中奔跑着，忙碌着，望着战士们雨中静坐的神态，心里有一种说不出的震撼。他第一次深深体会到什么叫战争、什么叫野外生存。这些年他虽然也是风里来雨里去，但是，从未见识过这样一个庞大的群体有着如此整齐划一的信念和精神，所有这一切，都在冲击着他那颗年轻而激情澎湃的心。

师长派人叫冠杰去指挥所一趟，冠杰冒着大雨一路跑来。

指挥所内，一灯如豆，师长坐在桌前养神，冠杰喊了声“报告”，走了进来。

师长认真端详着眼前这位年轻的参谋，仔细地问起冠杰各路的准备情况。他手下有得力的作战参谋，但是他更愿意听听这个小伙子的意见，那天他说的那些话，让他对冠杰充满兴趣，他知道这个小伙子是个真正有文化的人。

冠杰认真又详细地向师长做了汇报，也毫不掩饰他作为一个初上战场的人对八路军战士的精神状态和战斗意志的分析和钦佩。师长虽然身经百战，但对他的汇报依然听得很认真，这正是他所希望听到的。八路军虽然是红军脱胎而来，但面对的是新的敌人、新的局面，也需要在精神意志上再进行塑造。他听得出冠杰是个有心人，条理清楚，语言简洁，又能抓住要领。他十分惊讶于他这一介书生对作战的事居然说得头头是道，于是便满意地点点头。接着他突然对冠杰说：“周参谋，这一次打仗，我派你去前面跟着作战，让你作护旗官怎么样？”

冠杰有些激动：“护旗官？”

师长：“对，护旗官！这是我们第一次打仗，我们要亮出自己的旗号，要让全国人民都看着我们！同时我还给你一个任务，就是要摸清日本鬼子打仗的特点，要打出士气，多抓俘虏！”

冠杰激动地行礼：“是！”

警卫员把旗帜交给冠杰。冠杰接过来，心情十分激动。师长手抚摸着战旗，语重心长地对他说：“战斗打响后，把旗打出来。人在旗在，旗在阵地在！记着，这是我们的军旗第一次在战斗中打出来！”

冠杰激动地行礼：“保证完成任务！”

03

乔沟的最高端是一座关帝庙，师指挥部就设在这里。

一夜大雨，到处是泥泞。一大早，太阳还没升起来，师长就带着参谋们到了山前的制高点，亲自指挥作战。按照各方来的情报，用不了多久，日本兵就应该到了。

师长拿着望远镜向着远处的沟底一直在望，不知过了多久，他轻声说了句："鬼子来了！"

右前方出现一个小红点，慢慢地向前移动，后面黑压压一片，还听见轰隆隆的马达声。

紧急传令，让各部队等待命令出击。军令传出，冠杰感到心狂跳不止，战斗就要打响了！这一刻居然如此平静，平静得让人喘不过气来。

山沟下，红点越来越近，人们渐渐看清了，那是一面日本太阳旗，一个士兵举旗走在最前面，与太阳旗几乎并排走着的有二十几个日本兵，身后是三路纵队的日本鬼子，后面是很多辆汽车，还有拉山炮的马车。

师长放下望远镜，冷笑了一声："哼，可笑！行军还要这么举旗，还以为是开运动会入场式呢！"接着头也不回地说："通知各参战部队，重复我的命令，一定要注意抓活的！"

一位参谋跑过来："师长，看样子，好像是一支给养部队！不是正规部队啊！"

师长看看参谋，不以为然地说："给养部队怎么了？挽弓当挽强，用剑当用长，射敌先射马，擒贼先擒王。你说说看，对日本人来说，在敌国作战，什么最重要？当然是给养！我们就是要打他的给养部队！这一仗最重要的是要打出士气，打出威风！再去传令！不要心急，再放近点！听我的命令！"

参谋："是！"

冠杰用敬佩的目光看着师长，目光又落在面前的旗帜上。能够如此近距离地看着首长亲自指挥作战，让他激动不已，他一遍又一遍地想象着怎样才能把战旗打得更高。

此刻的伏击点上，八路军战士密切地看着越来越近的日本军人。

鬼子越来越近了，打旗的日本鬼子已经深入到了先头埋伏部队里面。

杨天成紧张地想："怎么还不打？怎么还不发信号？"他不安地抬头向指挥所方向看去。一夜的守护，此刻的他心里有些躁动，看见敌人，恨不得立刻冲上去，师部一再传令，放近些再打，他有些忍不住了。

突然，三发信号弹在天空炸响，刹那间，步枪、机枪、手榴弹、迫击炮齐开火，一齐射向日军队伍。杨天成一枪把打旗的日本兵打倒，他身后的日本军官急忙向后面的汽车前跑，飞快地躲到了车后面，汽车继续往前开。突然，轮胎被扎破了，走不动了，车上的日本兵纷纷跳下车，往车底下钻。指挥官用刀逼着日本兵："给我射击，射击！"他用力指着远处山头上的关帝庙，高声喊："占领前面的制高点！占领制高点！机关枪掩护！机枪！"

日本士兵立即重新结集，三人一组，背靠背组成作战队形，往前冲。

杨天成急令通讯兵传令，附近的制高点一个也不许鬼子占领，又下令身边的士兵："给我往前冲，上刺刀！"

战士们从草丛中跃身而出，端着刺刀冲进了鬼子的阵营。立刻，沟底下展开了白刃战，杀声震天。

公路上到处都是从天而降的八路军战士。泥泞的山沟里，战士们同时成排成连地涌向公路，把鬼子拦腰斩成几段，端起刺刀，到处追杀。

冠杰趴在山坡上看着眼前这一切，心嘭嘭地跳。一位战士跑过来，高声喊："周参谋！周参谋！师长在问，为什么还不把军旗打起来？"

冠杰恍然大悟，急忙从身上取出战旗，挑在旗杆上，站在山头上，将战旗打了出来。他一面让战旗高高飘扬起来，一面用力高声喊："同志们！我们的战旗在此！人在旗在！旗在阵地在！为死去的父老乡亲报仇！打出中国军人的志气！同志们，冲啊！"

士兵们看到高扬的战旗，杀得更来劲了。

日本士兵紧缩战斗阵形，缩到了一个山洼里，然后开始撤退。杨团长带着士兵们沿着山沟追了过去，冠杰也举着旗帜跟了过去。

纵横几十公里的山路上，到处是战场。日本兵到处逃窜，然而所到之处到处都是埋伏已久的八路军战士。战士们埋伏了一整夜，好不容易见到敌人，冲过来就杀。日本兵连遭重创，急忙收缩队形，继续逃窜。八路军吹起了冲锋号，乘胜追击，将敌人赶到了小寨村。

山间起了大雾。

40多个日本兵拖着枪，一路逃到村口的路边。路边的山坡上，八路军士兵已经在两边的路口埋伏好了。

日军逃到了路口，一声枪响，领头的日本兵中枪倒下。八路军士兵突然从路边杀出来，霎时喊杀声又连成一片。沟底的鬼子无处躲藏，慌忙中与八路军士兵对拼刺刀，正在此时，追击的八路军士兵也赶了过来，两边的部队会合，沿着山谷乘胜追击日军的残部。

杨天成高声喊："师长有令，抓活的！要抓俘虏！"战士们抄着刺刀冲上去，与日本兵对抗。一个日本军官拿着刀对准自己就是一刀，八路军战士惊呆了，看着他倒下。

一个日本兵举刀冲过来，对着这个八路军战士就要劈下来，杨天成冲过来，开枪打死了这个日本兵。

冠杰也赶到了。杨天成看到冠杰，诧异地走到自杀的日本军官前，翻动他的尸体，说："这小日本人还真是邪门，宁可战死，也不投降！"

冠杰愤怒地："这是野蛮民族！对付他们只有一个办法，就是消灭他们！"

杨天成站在山坡上高声喊："同志们！给我冲！消灭日本鬼子！一个也不留！"战士们应声去追击敌人，如下山猛虎，几乎是嚎叫着冲了出去。

黄昏时分，整个战役结束了，战场突然就安静了下来。

开始打扫战场了。冠杰和杨天成跑了过来，放眼看去，长长的山沟里，到处是燃烧的汽车，烧着了的还在冒烟，车上车下到处是日本兵的尸体，有的还挂在汽车挡板上，半山坡上是日本的骑兵，连人带马尸横遍地。汽车和马车上满载着弹药、装备、被服、粮食、饼干、香烟……遍地都扔着枪支弹药、军服、大头皮鞋。

沟底下，八路军抬着伤员走过来，冠杰问了一句："是我们的人吧？"战士默默点头。

冠杰走过来，看到担架上是一位年轻的战士，双目圆睁，冠杰心头一酸，替他把眼睛合上。

不远处，一阵骚动，师长、政委和参谋们走下了山坡。

一位参谋跑过来，向师长报告："报告师长，战场打扫完了，共歼灭日军1000余人，击毁汽车100多辆、大车200多辆，缴获九二式野炮1门、轻重机枪20多挺、步枪100余枝、掷弹筒20多个，战马53匹，日币30万元——还有大量的食品及棉衣，我军伤亡近600人——"

师长听到600人这个数字，有些难过，说："嗯，好，给延安发战报！"参谋跑开去了。

师长问杨团长："有没有俘虏？有没有活着的？"

杨天成有些失落："报告师长，我打了这么多年，头一次见到这么凶恶的敌人！这仗打得太艰难了！日本人不是被我们打死，就是自杀！死活就是不让被活捉！"

师长也有些失落："杀敌一千，自损六百，让人心疼啊！"转身走开。

政委走过来，拍拍杨天成的肩膀说："不要难过，我们打得好！自从日本人侵入北平，这是中国军人第一次打败日本军人，意义不可估量！我们面对的是最凶恶的敌人，更何况，我们打得如此漂亮利落！"

杨天成和冠杰看看政委，点点头。

平型关大捷的消息一夜之间传遍了世界。延安来电，庆祝我军的第一个胜利！阎锡山和国民政府也发来了两次贺电。八路军首战告捷，长了中国军人的志气，打破了日本军人不可战胜的神话。

南京八路军办事处命令冠杰迅速回南京，汇报这次战役的战术详情。冠杰到师指挥所复命，师长却想把他留下。延安来电，要求八路军迅速转入吕梁山区，开辟根据地，征兵征粮，迎接更艰苦的斗争，因此需要冠杰这样的人。冠杰听到首长的要求，兴奋地不能自已，他渴望留在战争前线，渴望成为最出色的战士。

04

周冠忠正坐在地上养神，刘野心走了进来，用酸溜溜的眼神打量着他。连生惊醒了，看到刘野心，急忙跳起来，挡在刘野心和周冠忠面前："干什么？又怎么了？"

刘野心冷笑了一声："哈哈，周冠忠，你的好日子来了！"

周冠忠困惑地看着他，刘野心酸溜溜地说："什么意思？呵呵，什么意思？周冠忠，看来我不得不服你呀！我就是不明白，有些人为什么运气总是这么好！"

连生恼火地："你什么意思？有话快说有屁快放！要杀要剐痛快点！"

刘野心上前就要抓连生的衣服，连生一反手把他制服了："告诉你，我的伤现在好了！"

刘野心反着手，脸上的表情很难看："周冠忠，你他妈的不想出去了?！还不快管好你的人！"

连生急忙放开了手，刘野心无趣地："妈的，军政部来人了！放你出去！你他妈的自由了！"

周冠忠脸上现出惊喜的表情，连生过来又要拉刘野心："你说的是真的?"刘野心躲着他："哎，你要干什么?你爱信不信，你以为我想放你出去?"说着边往外走，边对看守嚷："放他们出去！"

连生冲过来，紧紧拉住周冠忠的手："大哥！大哥，你自由了！我们要出去了！"

周冠忠激动不已。

顾玉秀紧紧拉着周冠忠的手："忠儿，我以为不能活着见到你了！你在里面没受罪吧？"周冠忠憨厚地笑着："母亲，看您说的，怎么会呢?！"

程婉仪端来茶，放在周冠忠手边，坐在一边就要哭。周冠忠看了她一眼，程婉仪急忙背过身去，走出屋。周冠忠不放心地看看程婉仪，有些为难地对母亲说："母亲，我可能，住不了几天，很快就得走了！"

顾玉秀惊讶："为什么？"

周冠忠掏出一张纸："这是军令。我，现在，还是戴罪之身，让我重新回部队带兵打仗，将功补过！"

顾玉秀困惑地："那，你不再当师长了？"周冠忠平静地点头："应该是吧！"

"那，这，这，你不当师长，还要回原部队，这兵怎么带?他们会看不起你的!"

周冠忠苦笑着："母亲，别为我担心！当不当这个师长，我根本不在乎。只要能让我上前线打仗，就是当一个普通士兵，我也愿意！"

顾玉秀激动地："可是，我在乎！我儿子是个师长，我要在人前扬眉吐气！"

程婉仪从外面探过头来，敏柔也从屋里跑了出来。周冠忠看看一家人紧张的表情，笑了笑："你们怎么了？紧张什么？"他微笑地看着母亲说："母亲，郭叔，你们都听我说。这一次在牢里，我想了很多事，我14岁离家当兵，以前一直想的只是出人头地，挣钱养家，让一家人能过上好日子，我也做到了。可是，为什么我们会一夜之间失去那些东西？就是因为我们国家不够强大。只要日本人一天不走，我们就不会过上好日子，就是有什么好日子，也不会长久。所以，我就想，你们的生活可能不会像以前那样了，要早点做准备，不要再指望我能为你们做什么了，家里的一切可能只能靠你们自己了。我这条命，本来是应该丢在北平的，没有丢；本来这一次，我以为我会被军法处置，结果还是没有。我打算明天就回部队去，这一次回去，我不会再找借口！"

顾玉秀抓着周冠忠的手哭了起来："忠儿，你，不会要去死吧？你，说这话是不是不打算活着回来了？"周冠忠安慰着母亲："母亲，别这么说！我说的，只是我的心里想的。我走以后，你们，还是回老家吧。"

顾玉秀："我们一家人从老家出来，已经好几年了，已经不知道老家的情况怎么样了。"

周冠忠："我让连生送你们走！你们先到武汉，然后从那里坐船走！"

顾玉秀："那你怎么办？你怎么能一个人回部队？"

周冠忠："母亲，你放心吧，我不会一个人的，军政部会给我派人的。您不用担心我！"

顾玉秀忧虑地看着冠忠："孩子，你，无职无权，就这样上前线？要不然你还是跟我们一起走吧。"

冠忠苦笑一声："母亲，您这话说得就让人见笑了！儿子是当兵的，当兵打仗，是我的命——您放心，我不会让您失望的！"

顾玉秀拉起周冠忠的手："儿啊，你去吧，妈知道你心里有委屈，知道你是个有血性的汉子。你尽管去吧！"屋里传出程婉仪的啜泣声。周冠忠眉头皱着，程婉仪哭着跑出来对他说："他爸，我不是舍不得，我是为你高兴！你有仇、有冤，到了前线要好好打！我们在家等你的好消息！"

周冠忠眼圈红了，轻轻点头："知道了，那也不能哭！"他拉过两个孩子："虎儿，雪儿，爸爸要走了，跟着奶奶、妈妈。记着，你们是周家的子孙，是我周冠忠的孩子，不管遇到天大的事儿，不许哭！我们这个家，谁也不许哭！听见了没有？"两个孩子懂事儿地点头，周冠忠轻轻把他们抱在怀里。

05

冠忠的军用吉普车在山路上行驶。远处山头上，一个正在放哨的士兵看见了周冠忠的车，急忙冲下山坡，用枪拦住车头："站住！哪个部分的？"

周冠忠的脸出现在车窗口："兄弟，是我！连我也不认识了？"

士兵看到周冠忠的脸，震惊的表情："周长官？周长官？您回来了？"突然，他回过身，撒腿就往回去的路上跑，边跑边喊："金营长，周长官回来了！周长官回来了！"

立刻，山头上出现七八个士兵，争相往山下跑，边跑边喊："周师长回来了！周长官回来了！"

周冠忠激动地看着士兵们奔跑，急忙对司机说："开快点，开快点！"

军营外，士兵们列队欢迎冠忠，热烈鼓掌。

金营长和李参谋跑过来。金营长对周冠忠敬礼："周长官，欢迎你回来！"周冠忠还礼，眼睛有些湿润了，他回过头看着他的士兵们，从士兵们面前走过，他不时停下来，替士兵整整衣领，正正帽子。士兵们默默望着他，眼泪在眼眶里打转。

一声令下，士兵们向冠忠行起了军礼，冠忠也向士兵还礼。良久，周冠忠走上高台，激动地告诉士兵们："弟兄们！我以为不能活着见到你们了！"他克制着情绪："我今天重新回军，是带着必死的决心领着大家去打仗的！"

一个士兵终于克制不住，大声叫了声："长官，你下命令吧，只要能打垮小日本，你让我们做什么都行！"

一个年轻的军官拿了一张电报纸跑过来，递给李参谋。李参谋接过来，看了一眼，走到周冠忠面前，举手行礼："报告！军政部来电！"

周冠忠："念！"

李参谋："军政部令周冠忠即日恢复指挥权，随时准备参加战斗。"

周冠忠激动地大声对士兵们喊："弟兄们！我们要打仗了！"

士兵们欢呼。

06

一列火车冒着白烟停靠在站台上，军人们排着队在上车。周冠忠和卫兵站在站台上，看着军人们排队上车，李参谋走过来，对周冠忠行了个礼："报告长官，队伍已经结集完毕！"周冠忠还礼，走向车厢："走吧！"说着走进了包厢。

项南方从车厢另一头走过来："周师长！"

周冠忠抬头看看项南方："你是？"

项南方："我姓项，项南方，《中央日报》的记者，写过您的文章。"周冠忠急忙伸出手："你好！"

项南方在周冠忠面前坐下说："周长官，您听说了吧？八路军在平型关打了胜仗，您谈谈想法吧！"

周冠忠苦笑一下："我没什么好谈的！八路军打得好！替中国军人打出了威风！我们，愧得慌啊！"

火车发出汽笛声，缓缓开出车站。站台上飞快地跑过几个人，冲着火车边跑边喊着什么。周冠忠无意中抬头，看到了，问："怎么回事儿？我们的人还有没上车的？"

李参谋急忙跑过来往外看，一个穿八路军服装的人边跑边冲向火车，高声喊："等一等！等一等！"

李参谋："长官，好像不是我们的人，看样子，好像是八路军！"

周冠忠一怔："八路军？"急忙起身往外走："去看看！"他大步走向车尾的守车。

火车下，冠杰边跑边摘下帽子，挥动着，渐渐跑近了。周冠忠看到了跑着的人："是八路军！天呐，是冠杰！是冠杰！我弟弟！冠杰！"急得高声喊："冠杰！冠杰！"

冠杰听到了周冠忠的声音，往这边看，也看到了周冠忠，他激动地叫着："大哥！大哥！"加快了速度。冠忠急得大声喊："停车！快通知停车！"李参谋急忙往车厢里面跑，大声叫："停车，快停车！"

冠杰已经冲到了路基下，快跑几步，拉住了栏杆，周冠忠伸出了手，冠杰冲上了车。冠忠激动地看着喘着粗气的冠杰说："冠杰！冠杰！怎么是你？你怎么在这儿？"说着就冲上来热烈地拥抱弟弟。冠杰也十分激动："哥！大哥！"两人紧紧拥抱在一起，站在身后的项南方按下了快门。

周冠忠拉着冠杰进了自己的包厢，李参谋和项南方也兴奋地围过来，为兄弟俩的重逢而高兴。

"冠杰！怎么会在这里？"

"我，我要回南京，八路军打了胜仗，我回去汇报！"

周冠忠激动地："二弟，你不要急着走，下车后我们们好好聊聊——"他指指项南方："刚才这位记者还在问我，八路军为什么能打胜仗，你一定好好给我们讲讲！"

冠杰向项南方点头，笑了起来："大哥，不行，我急着赶路！"周冠忠坚决地：

"不行也得行,你在我那儿住一个晚上,然后我派人送你直接回南京!不会耽误的!"

兄弟两个乘车到了军营。冠忠亲热地拉着冠杰走进营帐,命令卫兵去弄些酒菜来,他想跟弟弟好好喝一场酒,说说心里话。

冠杰见到哥哥也十分高兴,这么多天,他心里一直惦记着大哥,看到大哥精神状态这么好,是他最高兴的事儿了。少小离家,兄弟分离,能在军中相聚,能一起为国家效力,可谓是人生幸事了!

兄弟两个挑灯夜话,深情忆起童年时的生活,说到家人,说到父亲,有说不完的话。冠忠告诉冠杰,他已经派连生护送家人回重庆老家。冠杰告诉哥哥,父亲也有了下落。直到天快亮了,冠杰实在困了,坐着就睡着了。冠忠把弟弟安顿到床上,心情十分不平静,他一直坐在床边看着冠杰,看着他孩子气的睡姿,想到这大半年来的经历,心里很是伤感。

天亮了,军营里传出起床号,冠杰惊醒了。

冠忠的部队又要开拔了,兄弟两个依依惜别。冠忠把自己随身用的一件军大衣、一双靴子和一条毯子送给弟弟,又送给他一架德国相机,连带珍贵的两卷胶卷。冠杰捧着哥哥送的礼物,知道这是哥哥的一片心。

冠忠卫兵坐他的吉普车把弟弟送走。军营前,兄弟两个紧紧拥抱。经此一别,不知何时还能再相见!

07

雾中的重庆,11月的重庆。

一艘客船响着汽笛正在靠岸。码头上,成群的旅客行走往来,拖家带口,拖儿带女,肩挑手提,高跟鞋、旗袍、黄包车,棒棒军,吆喝声,呼儿唤女声响成一片。

顾玉秀带着一家老小在连生的护送下到了重庆,再次回到故乡,一切已经变得有些陌生了。

穿街过巷,一家人终于到了老屋前。郭富才走到院门前,伸手扣门,没有人应声,再扣门,还是没有人应声,用力推门,门一下开得很大,他吓了一跳。迎面,一个30多岁的女人走出来,肥肥白白,个子不高,头发乱糟糟的,穿了一件不合体的棉袍,看见郭富才,怒气冲冲:"你找哪个?哪个喊你进来的?"

郭富才愣住了:"你是哪个?你怎么会在这里?二保哪去了?"

女人上下打量着郭富才:"这里没得什么二保!我们家姓吴!你走错人家了!"说着上前把郭富才推出门,把门关上。

院门外，周家人面面相觑。顾玉秀："怎么回事儿？出了什么事儿了？"郭富才困惑地："二保不在，里面的人说姓吴！"

顾玉秀惊讶："你说什么?这房子好好的怎么就姓了吴?"一直在忙着卸行李的连生走过来，两脚踹开门，闯了进去，周家人一块冲进去，与院子里的女人吵了起来。争吵中，一个四十多岁的市井混混模样的人挥动着一条木棍冲进来，喊打喊杀，自报家门说是姓吴名国喜，一个月前从二保手里花1000块大洋买下了这座房子，并拿出契约。顾玉秀知道他们遇上了麻烦，碰上了敲竹杠的，于是便提出把吴国喜花的钱还给他，另外支付他一些费用。吴国喜勉强答应了，一家人才得以进屋。

吴国喜夫妇加两个孩子占了上房，顾玉秀让他们早点腾房子，吴国喜也答应了。

一家人刚进了屋，还没来得及打开行李，赵蔓君却突然上门，气势汹汹要求顾玉秀把房子让出来。

第八章 做母亲的和做儿女的

01

赵蔓君其实是不愿意走进周家这个院子的，20年前，她来过这里，怀里抱着不到一岁的儿子汉英，那时周祖康的父亲——周家老太爷还在，进得门来，没有让座，连口水也没有喝上。周家老太爷一通训斥，周祖康连夜带着她和孩子出了家门，那种屈辱她一直记在心里。20年，她跟着周祖康在北平抛头露面，穿金戴银，想不到一夜之间，什么都没了。她拿着周祖康留给她的小箱子一路辗转回到老家，找到汉英，回到她在南岸贫穷破旧的娘家。她实在受不了那种破败的环境，只好硬着头皮来看房子。她手里拿着一张纸条，在院子里东张西望。程婉仪已经冲出屋，劈头就问："你来干什么？"

赵蔓君从小就养成了骄横的个性。她身上有着市井的泼辣，在北平做了20年的教授夫人，骨子里的泼辣本性一点没改，她甚至更喜欢有机会能跟人吵吵架，撒撒野。其实她一看见程婉仪就知道她是谁了，可是她故意装作不知道，这个房子、周家人像一根刺扎在她心里。她上下打量着程婉仪，蛮横地："你是谁？我是周祖康的太太，我是来看房子的。"

程婉仪一下梗住了："周祖康太太？你还有脸说！"

赵蔓君一笑说："我不是周祖康的太太，难道你是？要是我没看错，你是周家的老妈子吧？"

程婉仪气得要命："你！简直太过分了！你才是周家的老妈子！"

顾玉秀出现在门口，威严地扫视着赵蔓君。赵蔓君看到顾玉秀，怔了一下。两人对视着。赵蔓君有些心虚，但是越心虚就越故作强硬。

吴国喜也从屋里跑出来，兴奋地张望着，与吴太太交换着问询的目光。

顾玉秀对程婉仪说："有什么话进屋说吧！"闪身进了屋。赵蔓君扫了一眼在一边看热闹的吴家人，扭着腰转身跟进了屋。

顾玉秀进了房间，在椅子上坐下。赵蔓君环顾一下屋里，见只有一张椅子，她没有地方可坐，于是便走到顾玉秀面前，傲慢地说："我们从北平出来的时候，我丈夫给了我这里的地址。他说一旦开战，就让我们回老家。我今天过来看看房子！"

顾玉秀平静地看看赵蔓君说："看吧！随便看！"

赵蔓君怔了一下，有些不自在，起身环视屋子，掀开帘往里屋看了看。敏柔、郭富才、连生和两个孩子都瞪着眼睛看着她。她的目光扫过来，在每个人脸上停了片刻，又闪身走了出来，站在屋地，抱着双肩，晃动着身子看着顾玉秀说："你，可能没听懂我的话，那我就明说吧！这房子我要住！请你们离开这里！"

顾玉秀平静如剑一样的目光射过来。赵蔓君微微一笑说："不好意思！是我丈夫让我这么做的，所以，我只能这么做！"

程婉仪冲了过来嚷道："喂，你在说什么？你算干什么的？"

赵蔓君傲慢地看着程婉仪："我没跟你说话！我不会理你的！"

程婉仪气愤地："你以为我想理你吗？你先说说你是谁？打哪冒出个周祖康太太？你最好哪儿来的回哪去！告诉你，这是周家，我们太太是周家明媒正娶的太太！"

赵蔓君不急不恼地："是吗？我怎么没有听说过？周祖康可是跟我生活在一起的！"

程婉仪："别不要脸了？要让我把话说明白吗？你不过是个小老婆，狐狸精！还有脸打上门来？告诉你，我是周冠忠的太太，我是周家大少奶奶！你少打这房子的主意！有我在，你休想进这个门！"

赵蔓君冷笑一声："哈，我还真是小看了你了！原来你就是周冠忠的太太，你还有脸说周冠忠！全北平的人都知道他是个逃兵，你还有脸说吗！"

程婉仪冲过来，劈手就给了赵蔓君一个耳光。赵蔓君没防备，捂住了脸，一副惊愕的表情。顾玉秀也惊住了，厉声叫了声："婉仪！"

赵蔓君回过身，向程婉仪扑过来："好啊，你敢打我！"抬手就要打程婉仪，连生从屋里冲了出来，抬手抓住赵蔓君的手，顺势拔出了枪对准了赵蔓君："别动！动一动我就打死你！"

赵蔓君看见枪对准了自己，非常震惊，抱住头尖叫起来："啊，救命啊！杀人啦！"

顾玉秀冲过来，抱住了赵蔓君，一边厉声地："连生，你干什么！把枪收起来！"

连生不依不饶地对着赵蔓君说:“我不收!你给我滚出去!不许你侮辱我大哥!”

赵蔓君往顾玉秀怀里扎,一边没头没脑地打顾玉秀说:“让他打!让他打!打死我吧!不打死我就不走!”她把顾玉秀扑倒在桌边。

顾玉秀躲闪着,程婉仪再次冲过来:“你干什么?你要干什么?”死命往外拉赵蔓君。赵蔓君又扑过来打程婉仪,程婉仪躲闪着,又给了赵蔓君一个耳光。赵蔓君瞪着眼睛看着程婉仪,猛地向顾玉秀扑过去:“我跟你们拚了!你就是这么教育儿媳妇的!”顾玉秀不防备,重重摔在了地上,失声叫了一声。

连生扯起了赵蔓君,往屋外推去:“滚开!泼妇!”扯着赵蔓君往外走。赵蔓君哭天抢地:“我不走!你们打死我吧!”

连生拉着赵蔓君到了门口,打开门,把赵蔓君扔了出去,接着把门关上。赵蔓君摔倒在地上,又爬起来去打门,边打门边哭喊着:“你们欺人太甚!你们欺人太甚!开门,让我进去!”

门突然开了,连生像门神一样站在门口,看热闹的人轰一声散开了。

程婉仪疯了一样冲了过来,就要打赵蔓君:“你这个狐狸精!你想干什么?我跟你拚了!”赵蔓君转身就跑,程婉仪往外追,连生急忙冲过来,拉住了程婉仪:“大嫂!大嫂!”

程婉仪痛哭失声。

连生扶着程婉仪走进屋。程婉仪坐在床边痛哭,顾玉秀厉声地:“你有完没完?”

程婉仪悲愤地:“没完!周冠忠是我丈夫!谁敢说他一句不是,我绝不答应!”

顾玉秀激烈地:“你是不是想气死我!你到底想干什么?”

程婉仪倔强地:“我想死!我就是不许别人骂我丈夫!妈,我们家这是怎么了?在北平,我们挨骂;在南京,我们受气;到了重庆,以为回到老家就没事儿了,想不到上来就让人欺负。这下老邻居老街坊全知道冠忠的事儿了,让我们怎么抬头见人?”

顾玉秀厉声地:“抬不起头,就低着头。知道了就知道了,只要我们对得起自己的良心,就不怕别人说什么!”

程婉仪捂着脸痛哭,敏柔这时再也忍不住了,转身哭着跑了出去。

顾玉秀悲愤地对程婉仪说:“婉仪,你给我听好了,周冠忠是你的丈夫,他是什么样的人,你心里最清楚!从今天开始,这个家,谁也不许哭哭啼啼,别人说什么,只当没有听见!听见了没有?”

程婉仪哭着答应了。

顾玉秀:“看今天的阵势,那个姓吴的不是什么好东西,咱们惹不起躲得起。从明天开始,你们一个个把身上那些个绸啊缎的都脱下来,低着头走路,夹着尾巴做人，听见了没有？”

程婉仪点头。

顾玉秀看看连生：“连生，我们也安顿得差不多了，你也早点走吧！”

连生迟疑了一下：“是！”

郭富才：“太太，你想过没有？要是，那个人要是再来怎么办？”

顾玉秀沉默着：“她要是再来，我们就把这房子让给她。我想过了，实在不行，我们就到乡下去。我就不信这么大个重庆，容不下我周家一家老小？”

郭富才哭着抹了把眼泪：“好，太太，你放心，有我老郭在，绝不让别人欺负我们！”

02

黄昏时分，赵蔓君拖着疲惫的身体沿着石板路走过来，脚上的高跟鞋让她走路的样子很难看，头发也是乱蓬蓬的。

这是南岸郊外的村落，散散落落一些低矮破旧的民房，这是赵蔓君的家，她的母亲、弟弟和弟媳妇都住在这里。她从小就出生在这里、长在这里，十几岁跟男朋友去德国留学，一心想着衣锦还乡，光宗耀祖，想不到，20年后居然又回到了这里！

弟媳妇三丫从门里走了出来。三丫长得眉清目秀，很贤惠，也很漂亮。

三丫看看赵蔓君，上来扶她：“姐，你怎么了?脚怎么了?”赵蔓君一把把三丫推出老远。三丫差点摔倒，问：“姐，你怎么了？”赵蔓君恶狠狠地：“滚开！没人要跟你说话！”说罢倔强地走进院里。

她气哼哼地走进屋，屋子里十分昏暗。赵蔓君的母亲赵老太太坐在屋子中央，正在择菜，看见赵蔓君进来，急忙起身招呼：“你回来了？”

赵蔓君呆呆地看着赵老太太，突然叫了声：“妈！我不想活了！”一屁股坐在破旧的藤椅上，甩掉高跟鞋，大哭起来。

赵老太太急忙走过来问：“儿啊，你怎么了？你这是怎么了？”赵老太太是个慈眉善目的老妇人，六十多岁，和善而白净，有些胖。

赵蔓君哭喊着：“我不想活了，我真的不想活了！”

赵老太太焦急地：“儿啊，你怎么了？你不是说去看房子，出什么事儿了？”

赵蔓君大声哭着把经过说了一番。

赵金龙和汉英从外面跑了进来，一进门正听见赵蔓君的话，赵金龙放下米冲过来问：“姐，怎么了？出什么事儿了？周家人回来了？把房子占了？”

赵蔓君哭着：“你个该死的，一大早跑到哪儿去了？不是说让你跟我去看房子吗?让我一个受这么大委屈,你个没用的东西!”一回头正好看见汉英,急忙停了下来。

汉英诧异地:“妈,怎么了? 出什么事儿了? 什么房子? 什么周家? ”

赵蔓君看见汉英,下意识地捂住了嘴。

赵蔓君低头走进里间,汉英跟了过去问:“妈,告诉我,发生什么事儿了? 什么房子? ”赵蔓君闪身进了屋,赵金龙走过来,拉住汉英:“英儿,你就别问了! 没看你妈正心烦! ”拉起汉英,把门关上了。

汉英眨了眨眼睛:“舅舅,到底怎么回事儿?我刚才听你们说什么房子,什么周家? ”赵金龙示意汉英小声点:“你就别问了,跟你没关系! ”

汉英说:“不行,你必须得告诉我,到底怎么了?我怎么觉得这个家里好像有很多的秘密? 你们为什么不告诉我? 在北平的时候,爸爸和妈妈就天天吵,我一回来就都不吵了。你们要是不告诉我,我自己去问! ”说着就往屋里跑。赵蔓君出现在门口,汉英看见她,怔了一下:“妈! ”

赵蔓君对赵金龙说:“金龙,你明天去码头看看,有没有北上的船票。我已经想好了,我要带着英儿回北平去! ”

赵金龙震惊的表情:“你说什么? 回北平? ”

赵蔓君:“我要回去,我出来的急,什么也没带出来。在这里,住这么个破房子,要什么没什么,我们还是回去算了! ”

汉英:“妈! 您怎么了? 我们怎么能回北平? 我们好不容易才逃出来的! ”

赵蔓君厉声地:“不回去也得回去!你爸爸不在,家里的事就得听我的!听到了没有? ”说完转身走了回去。

门外,传出一阵嘈杂的声音,有人在高声喊:“南京失守了! 南京失守了,日本人要打过来了! 南京失守了! ”汉英听到了外面的喊声,跑到门外。

门外,突然多出好多人,人们奔跑着,呼喊着。汉英拉住跑过来的人:“先生,发生什么事儿了? ”

过路人看看汉英:“南京失守了,政府已经发了号令,要迁到重庆来,好多人都上了街——好多人呐!”汉英撒腿就往外跑,赵金龙和三丫都追出来:“你要上哪儿? 英儿,要吃饭了! ”汉英已经跑远了。

赵老太太急忙叫赵金龙:“还不赶快去看看!一会儿你姐又要生气了!”赵金龙急忙跟着跑了出来。

03

江边的广场上,已经聚集了无数的人,一个四十多岁的知识分子模样的人在街道上一面哭着一面奔跑着："南京失陷了！同胞们，我们的都城失守了！日本人打到了南京，屠杀我同胞！同胞们，我们要起来，要斗争啊！"

敏柔从另一个方向走过来，听到喊声，停了下来，脸上是震惊的表情。

很快，广场上就聚集了很多人，报童们在往人们手里塞报纸。人们看到了报纸，顿时哭了起来。认识的不认识的，抱在一起痛哭。

汉英接过一张报纸，看了一眼，冲上了高处，高声呼喊着："同胞们，国破了，山河还在！我们要团结、要抗争！我们去参军，去抗日前线！把小日本赶出去！还我山河，还我家园！"

敏柔认出了汉英，汉英也看到了敏柔。他冲下来，拉住敏柔："姐姐，你还认识我吗？我们在北平见过面，见过好几次了！"敏柔边哭边点头："记得记得，当然记得！你怎么也到了重庆？"

汉英："我是跟家里人一块来的！我父母都是重庆人，我老家就在这儿！"

敏柔："我也是！我们是今天一早刚到的重庆！想不到今天就发生这样的事！"她边说边哭着："我们怎么办？我们不能就这样等着，我们应该为国家做点什么吧！"

汉英坚定地说："姐姐，不要哭！我们同胞的血不会白流！我们去参军吧！参军打鬼子！上前线！"

他回身高声喊着："朋友们！同学们！我们不能这样坐等！我们去参军，打鬼子！有钱出钱，有力出力，保卫我们的国家！"很多年轻人响应着，跟着往广场外涌去。

军政部前，人头攒动。汉英和学生们跑过来，冲上台阶，大声喊："我们要参军！我们要去前线！"

卫兵在努力维持秩序："不要挤！不要吵！这里不接受征兵！请到征兵站去！"

学生们激动地喊着："请收下我们吧！我们要当兵！"

门里走出一位中年军官，汉英和同学们一块挤了上去对他说："我们要参军，我们要上前线！请收下我们吧！"

军官激动地看着学生们，摆了摆手，说："同学们！你们听我说，谢谢你们的热情！这里不是征兵站！今天，一切来得太突然了，我们没有准备，你们先回去。明天，最晚后天，我们就会设立征兵站，请你们再来好吗？"

学生们激动地："我们现在就要报名！我们现在就要上前线！今天就去！"

军官激动地："同学们，谢谢你们！今天真的一切都没有准备！"他看到眼前一张张激动的脸，说："好吧，请等一下！我现在就去安排一下，你们先登记，留下家庭住址，最晚明天就通知你们！"说着回身命令卫兵："去，搬张桌子来，拿笔拿纸！”

卫兵们急忙跑进楼里，搬出一张桌子，拿过纸笔。学生们纷纷围了上去。汉英从人群后拼命往前挤。

汉英挤上去，对军官说：“我叫周汉英！我要参军！”

赵金龙冲过来对军官喊着：“长官，对不起，这孩子不能报名。他是家里的独生子，他不能去！”

汉英恼火地推赵金龙：“你简直太过分了！跑到这儿拖我的后腿！你走，你走！”赵金龙死死抓住汉英。

军官看看汉英：“同学，这样吧，当兵需要家里同意，你最好回家商量好再来！下一个！”

赵金龙拉着汉英，汉英恼怒地：“舅舅！我恨死你了！我恨死你了！”说着跑开了。赵金龙急忙追了上去。

敏柔冲过来对军官说：“我也要当兵！我叫周敏柔！我也要当兵！”

军官看看敏柔：“对不起，小姐，我们暂时不收女兵，你也请回去吧！”

敏柔有些失落。

街道上，汉英在前面跑，边跑边哭，赵金龙在后面追：“英儿！你要上哪儿？回家走这边！”

汉英愤怒地：“不要跟着我！我不会回去的！”

赵金龙可怜巴巴地说：“英儿，你就可怜可怜我吧！你要是不回去，你妈还不活吃了我！求求你了！”

汉英停下脚步，大声对赵金龙喊：“我不回去，我就是不回去！我讨厌你们，讨厌你们所有的人！”说着，又跑开了。赵金龙追了两步，无奈地停了下来。

敏柔沿着街道也跑过来，看到了汉英，汉英也看见敏柔，跑过来说：“姐姐，你报上名了吗？你现在要去哪儿？”

敏柔摇头：“他们说不收女兵，我也不知道应该怎么办！”

汉英：“姐姐，我们跑吧，离开这里，坐船去武汉。我听说政府现在留在武汉，那里正在打仗，你敢不敢？”

“去武汉？我们自己去？”

汉英：“嗯，我知道码头上天天有去武汉的船，有好多当兵的就从那里开拔，我们跟他们走吧！”

敏柔有些犹豫：“这……我没跟家里打招呼，再说部队上也不收女兵……”

汉英失望的表情：“噢，好吧，你不去，我自己去！我一个人也要走！”

敏柔担心地：“可是你，这样走了，不跟家里打招呼吗？”

汉英："我爸爸现在不在重庆，家里只有妈妈、舅舅和外婆，她们一天到晚为各种小事吵架，说了她也不会答应的！"汉英从口袋里掏出纸笔："这样吧，姐姐，我给他们写封信，你方便的时候替我送给他们，不管怎么说，也算有个交待……"

04

周家大院的厢房，只有三个房间，程婉仪带着两个孩子和敏柔住了其中一间，顾玉秀住了另一间，郭富才和连生住进了第三间。程婉仪和郭富才忙了一个下午才把行李打开，全安顿好。

程婉仪的房间，并排放了四张竹床，瑞雪和飞虎已经睡着了。

敏柔靠在床边，闷闷不乐。她和汉英分手后，一直在江边坐着，直到天完全黑了才回家。程婉仪端了面走进来说："敏柔，别忙着睡！吃点东西吧。"

敏柔看看程婉仪，坐了起来，把脱下的衣服放在桌子上，随手从里面掏出汉英那封信，拿过来看了一眼，捂着嘴尖叫了一声："啊！"

程婉仪听见敏柔的叫声，急忙放下碗："柔儿，怎么了，又出什么事儿了？"

敏柔看着信封上的字："大嫂，快看，快看！"

程婉仪接过信问："怎么了？"看到了赵蔓君的名字诧异地："赵蔓君？哪儿来的？怎么会有给赵蔓君的信？"

敏柔颓然坐下："天呐！他是，他是，是赵蔓君的儿子，是我的弟弟？"

程婉仪震惊地："你说谁？谁是你弟弟？到底怎么了？信哪儿来的？"

敏柔呆呆地看着程婉仪："大嫂，我，我今天碰到了以前在北平时就见过好几次的一个人，是我们学校的学生，叫周汉英。他说他要去当兵，上前线，让我把这信送到他家里。"

程婉仪接过信看了又看："天呐，有这么巧的事儿？这可怎么办？这信可怎么送？"

顾玉秀从自己房间走出来，走到程婉仪房间外，听见两人的话，停了下来。

敏柔拿着信，突然哭了起来："怪不得，我看见他的时候心里总是感觉很亲。大嫂，他去当兵了，他要上前线，拉我一块去，我说要跟家里人说一声，他就那么一个人走了！"

程婉仪呆呆地看着敏柔："这可怎么办？本来赵蔓君就对我们不依不饶，要是，你把信送给她，她还不得来找我们拼命？"她轻声地对敏柔说："这事儿，最好别告诉妈；还有，想办法，悄悄把信送过去，别让赵蔓君看见你！"

敏柔呆呆地点点头。

敏柔吃过面条，就睡下了，程婉仪和孩子们都睡着了。顾玉秀轻手轻脚走进来，走到敏柔床前，拿起桌上的信，看了一眼，上面写着赵蔓君的名字。她吃了一惊，拿起信走进自己房间，悄悄记下地址，又把信放回了原地。

程婉仪一大早就起，悄悄出了门，把信送到了赵家门前。

赵家人一早出门，看见门前有一封信也吃了一惊，不过他们以为是汉英夜里回来过，也没多想。赵蔓君拿到信，打开，里面只有几行字："妈妈，我走了，我要上前线当兵打鬼子。我知道你一定会特别生我的气，也会伤心，可我还是决定这么做了。对不起，我一直就让你操心，希望您别哭，也别为我担心。爸爸回来，请告诉他，我会做一个勇敢的人，让他为我自豪！儿汉英匆匆！"

赵蔓君一下哭了起来："我的天呐，他真的走了！真的去当兵了！我可怎么办呐！"

赵金龙和三丫也呆呆地看着赵蔓君。

赵蔓君伤心地哭："孩子走了，祖康又没有消息！我可怎么活！"

赵金龙害怕地："姐，你别哭了，我们以后都听你的话，你要是去周家，我也跟你去！"

赵蔓君恼怒地："去什么周家？我去周家还不是为了英儿？现在英儿不回来，我们怎么能离开这里？他要是给我写信，我收不到怎么办？"赵蔓君虽然是个泼妇，但毕竟也是做母亲的人，汉英是她的心头肉，为了汉英，她也得留在这里。

就这样，由于汉英的离家，赵蔓君不再找周家的麻烦，周家人得以在重庆暂时安顿下来。

此时，在整个中国战场上，华北日军已占领了北平、天津、太原、石家庄、保定、济南等大城市，将中国军队压迫至黄河南岸；华中日军则占据了沪、宁、杭长江三角洲。为打通津浦铁路，使南北日军连成一片，华北日军占领济南后，又进至济宁、蒙阴，青岛之线；华中日军则由镇江北渡长江，进至安徽明光、池河镇之线，摆开了南北对进，夹攻徐州、台儿庄的架势。

周冠忠奉命率部阻击敌人，在台儿庄战场与敌人打了一场恶战。战斗打得异常艰苦激烈，每前进一步，都要付出巨大的牺牲，周冠忠亲临前线督战，最近的时候离敌人的阵地只有几十米。最后的时刻总是属于勇者，周冠忠胜利了，他们硬是从敌人手里夺回了一个个阵地，打退了日本军队的强势进攻，将敌人死死逼回河对岸。

胜利的那一刻，周冠忠独自来到山头上，望着脚下的河水，神情庄严。几个月来，确切地说，一年以来，他第一次尝到了胜利滋味，没有想象中的激动，只感到一种平静。很长时间里，他心里一直有个解不开的结，经过这半个月的激战，拼杀、搏命，这一刻，忽然就解开了。他突然意识到，原来他一直在渴望胜利！哪怕只是一个局部的、一场战役！

他连夜给母亲写了封信，把自己打了胜仗的消息告诉母亲。他知道，母亲、程婉仪一家人都为他的事揪心，他得让她们高兴！

05

“母亲大人：见信如面。儿在战场上给母亲写信，向您报告喜讯。此一战，儿率部队杀敌三千，退敌百里，委员长亲自发来嘉奖令，奖励战区大洋五万，儿所部主力独得一万，已悉数奖励部下。虽然母亲可能已经在报纸上看到报捷消息，但儿深知，儿亲笔写信，更会让母亲倍感安慰——母亲，儿终于能打胜仗了，儿子终于在曾经感到害怕的敌人面前站了起来，将他们赶到了河对岸！虽然明天还会有新的敌人、新的作战，可是儿不怕！这次战役前，儿是抱着必死的决心，但现在，儿更知道，儿要好好活着，好好打仗！”

顾玉秀坐在堂屋里读着儿子的信，泪流满面。她抹了把眼泪，接着看信：“连生已回到营中，知道家中一切都好，甚感欣慰。我日前于行军途中遇到二弟，他们那里一切都好，只是条件艰苦，供给不足。二弟告知我，父亲逃离北平时，腿部受伤，辗转到了南京，现在南京沦陷，不知道父亲身在何方。母亲，儿子不孝，知道在母亲面前不该贸然提到父亲，这是十几年家中禁忌，但恳请母亲念在儿刚打过胜仗的份上，恕儿无罪。儿在军中惟望家中一切都好、人人安康，如有父亲消息，务请相告！”

顾玉秀叹了口气，把信捧在手里，一句话也没有说，起身进了屋。她把信拿在手里看了又看，又起身走到门口，叫了声：“郭叔！”沉吟了好一会儿，她从怀里掏出一张纸条对前来的郭富才说：“我这里，有个地址。你，抽空到赵家看看，一是问问老爷有没有消息，还有，问问他们生活上有没有什么困难！”

郭富才迟疑着：“太太，我看还是慎重一些吧，这事儿最好缓缓再办！您想什么；我心里明白，可是，这事儿最好还是老爷回来了再说吧。俗话说得好，解铃还需系铃人。我们一厢情愿，恐怕不好办！”

顾玉秀把纸条拿在手里，看了又看，说：“也好，那就等等老爷的消息吧！他郭叔，我看了忠儿的信，这心里，有点不是滋味。我们得好好活着，这样才能对得住我的儿子们，对得住连生，对得起所有在前线打仗拼命的那些个年轻人！包括汉英！”

郭富才听到顾玉秀说起汉英，愣了一下。顾玉秀苦笑了一下说：“虽然我没有见过这孩子，可他在我心里是一样的。不管怎么说，孩子是没错的。”

郭富才异样地看着顾玉秀，为她的慈悲所感动。

06

郭富才说得没错，汉英的确是个有志气的孩子，他离开家一路北上到了武汉，就考上了一所航空学校。中国军队在武汉与日军决战，汉英所在的航空学校也一直在这里训练。这天下午，他们刚进行了第一次实机升空训练，学员们个个神情兴奋，从机场回校区的路上，他们坐在车上一路唱着歌。

一队年轻的的护士正结队跑步，她们是航校附近的护士学校的学员们。这些飞行员们早就知道他们附近有这么一所学校，也早就对那里年轻漂亮的姑娘们充满了兴趣。护士们从卡车前面跑过，学员们看着年轻漂亮的她们，兴奋地叫起来：“哎，姑娘们！你们好漂亮啊！”护士们往这边看看，低头跑开了。

一位年轻的学员突然从座位上起身，高声喊：“哎，姑娘们，有没有人想认识一个空军士官？有没有想认识我啊？我叫宋有志！我们今天已经开始升空训练了！也许明天我就会打下一架日本飞机，成为英雄。难道你们不想吻一个英雄吗？”

他身后的学员们一块起哄：“对呀，对呀，姑娘们，也许明天我们就会牺牲，成为烈士。难道你们不为我们难过吗？姑娘们，不想给我们一个吻吗？”

车上的学员们哄笑着。不时有人站起来：“哎，还有我，我叫陈鹏飞！”“还有我，我叫陆明喜！”

宋有志兴奋地推着汉英：“喂，喂，你怎么不说话？”汉英有些难为情。

宋有志兴奋地：“哎，这儿还有一个叫周汉英的，他可是我们这里最英俊的！”

学员们一起欢叫着，车子向远处驶去。

跑步的护士队伍里，一位年轻的姑娘的脸注视着远去的车：“周汉英？”她——是雨婷。

校门外，卡车开过来。车上，学员们还在哄笑着。突然，车后，雨婷向卡车方向跑来，她跑得飞快。车上的年轻军官看见有人追过来，一起往这边看：“哎，姑娘，你喜欢谁？你是不是喜欢上我们啦？”

雨婷边跑边大声喊着：“周汉英！”

车上的同伴们都在看汉英：“哎，她看上你啦！真看上你啦！”

雨婷冲过军车，挡在前面，车猛地地刹住了，车上的人被急刹车的惯性冲得摔成了一团。

汉英从同伴身上爬起来，听到雨婷的叫声："周汉英！"他冲到前排，往车下看去，看到雨婷，愣住了："雨婷？罗雨婷？"

雨婷绕到车的一边，对着汉英喊："你下来！"同伴们都在起哄："噢，噢！"推汉英下车。汉英一脸尴尬，往后躲。雨婷冲过来，爬到了车帮上，对着他喊："周汉英，你不认识我了？我是雨婷，罗雨婷！"

教官问汉英："她是谁？"

汉英急忙说："报告长官，她是我——我表妹，我们早就认识！"车上的同伴听到了，又开始起哄："噢，噢，表妹！"

教官沉着脸："那好吧，你下去吧，记着两小时后归队！"汉英惊喜，急忙向教官敬礼："谢谢长官！"说罢跳下了车。

卡车开走了，车上的同伴们还在不停地在给汉英起哄，汉英有些不好意思地看看雨婷。

北平一别，已经一年多了，其实汉英心里一直惦记着这个父母双亡的姑娘。那天晚上，冠杰走后，他和老王一起帮着雨婷掩埋了罗看守，雨婷当天夜里就发起了高烧，说胡话。

老王问起汉英准备去哪儿，汉英说他要回北平找妈妈，老王劝他不要回北平，好不容易逃出来，最好往南走。老王派人把他送到天津，之后又送上了去南京的火车，他在南京找到了妈妈，之后才回到了重庆。汉英离开的时候，雨婷还在病中，他想留下来照顾她，但老王坚持让他先走，汉英到了南京就开始后悔。这一年里，心里时不时想起雨婷，现在，能在这里意外相见，他心里还是很激动的，急忙问起雨婷分手后的事。雨婷告诉汉英，她在老王那里住了半个月，老王也把她送到了南京，投奔一个亲戚。南京撤退的时候，亲戚要去香港，她不想跟他们走，就参加了一个护士培训班，之后转移到了武汉，她们的学校就在前面。

汉英问雨婷为什么不去香港，这里到处在打仗，一个女孩子，很危险。雨婷却坚决地说她想留下，替她爸爸报仇。

汉英心里对雨婷充满敬佩。两个年轻人坐在校外的亭子边越聊越投机。他们说起了眼下的时局，说起可能的撤退。汉英充满激情地告诉雨婷，他们可能不会走，就是走也会留在最后，不跟日本人打一场空战，是不会轻易放弃的！

虽然在这之前，他们只见过一次面，相处过很短暂的时间，但在这特殊的年龄，这样非常的时期，又经过一年多的间隔，两个年轻人对彼此都有一种难以割舍的亲近感。汉英伸手拉住雨婷的手，两人默默相望。这时，远处突然传出警报声，汉英急忙拉住雨婷说："好像又要轰炸了！我们回去吧！"两人向军营方向跑去。

军营里，防空警报响了起来。

人们从营房里跑出来，向塔台跑去。教官边跑边指挥着学员们："赶快去地下室防空洞！"他自己却跑向远处停着的教练机，抓起防护网，想把飞机盖上，一发炮弹在离他不远的地方爆炸，气浪把人吹得站不住脚。

教官高声喊："来几个人，把防护网挂上！我们只有这一架教练机！"学员们争先恐后跑来。炸弹从头上扔下来，不时击中营房，整个营区全烧了起来。教官带着学员们把防护网挂在飞机上。

一发炮弹就在他们身后爆炸，几个年轻的学员被击中了。教官大叫着冲过来，抱住了一个年轻的学员喊："大志！大志！"

汉英和雨婷沿着军营外的小路跑过来，他们看到军营已经变成了一片火海，炮弹在他们身前身后不时爆炸，教官背着受伤的学员往防空洞跑，汉英冲过来，接过战友，进了防空洞。

汉英把战友安放在地上，这才看清受伤的是宋有志，就是刚才在卡车上兴奋地叫着的学员。

宋有志浑身是血，已经昏了过去。雨婷跑过来，分开众人："有没有急救包？"有人拿来了急救包。

雨婷打开急救包，麻利地抖开绷带，把宋有志放平。有志的头受了伤，腿也受了伤，血已经染红了裤子。雨婷急忙拿过剪刀，剪开裤脚，用力一撕，伤口露了出来，血一股一股往外涌。

雨婷一只手压住血管，一边冷静地命令惊恐的学员退后，又迅速从药箱里拿出止血拴，用手压住伤口，对着伤口的部位把止血拴塞了进去，死死顶住。

宋有志大叫了一声，疼得手脚乱抓。雨婷紧紧抱住他："别怕！别怕，你要坚持，你会好的，一定会好的！"有志被雨婷抱着，强忍着疼，昏了过去，好一会儿，他微微睁开了眼睛，恍惚中看到了雨婷漂亮的脸，脸上露出了微笑："你真漂亮！"

雨婷愣了一下。汉英怕雨婷心里不高兴，急忙上前推开雨婷，要把宋有志抱在怀里，雨婷却坚决地推开了汉英，微笑着对宋有志说："你怎么样了？"

宋有志虚弱地看着雨婷，嘴唇抖动着："我好冷！我要死了！"

雨婷紧紧把宋有志抱在怀里，拿过一件衣服给他盖上说："别怕，有我在，你不会死的。坚持！你不会有事的！"

有志微微点头，虚弱地微笑着，对教官说："长官，对不起，我让你失望了，还没上战场，就报销了！我的家在南洋，是印尼华侨，我是瞒着家里来参军的。请告诉我的父母，我是为了保卫我们的祖国而死的，请他们不要为我难过！"

教官拉着有志的手，难过地说不出话。有志把目光转向雨婷，眼神开始虚弱了："你，能吻我一下吗？"雨婷愣住了，看看汉英，汉英哭得已经说不出话来。

有志微笑着："我真的很喜欢你。你很勇敢，不怕血，为我治伤，还抱着我，我真的很幸福！"说着闭上了眼睛。

雨婷紧紧抱着宋有志："你不要走，你睁开眼睛！"突然她俯下身，轻轻给了他一个吻，汉英惊讶而敬佩地看着雨婷。

有志睁开眼睛，微笑着看着雨婷，说了声："谢谢！"头一歪，闭上了眼睛。雨婷抱着有志哭喊着："你不要死，你不要死！"学员们围上来一起叫有志。

雨婷起身冲到了防空洞门口，哭了起来。汉英走过来，从后面温柔地抱住了她。

雨婷回身看看汉英，两人拥抱在一起："汉英，答应我，不要死！我们都不要死！"

汉英点头："我答应你，你也要答应我！"两人拥抱在一起。防空洞外，轰炸声一声接一声。

1938年10月25日，武汉沦陷。历时四个半月的武汉保卫战，大量消耗了日本军队的有生力量，中国共产党在敌后开展的游击战和大片地建立敌后根据地也牵扯了日军的兵力，迫使日军改变了速战速决的作战方针，改为战略防守。抗日战争进入了相持阶段。军事上的失利也迫使日本侵略者改变了策略，日本天皇下达了大陆令第241号，命令日军对重庆实施轰炸，旨在摧毁国民政府的意志，历时五年的重庆大轰炸拉开了序幕。

第九章 朱今墨的新考验

01

朱今墨沿着门前的街道走过来，走进老胡的书店。老胡在书架的间隙露出脸，与朱今墨对视了一下。他知道这是紧急接头，如果没有意外，朱今墨是不会不联络就直接在这儿出现的，于是他急忙向二楼走去，朱今墨也跟了过去。

朱今墨一进门，就急切地告诉老胡："不好了！汪精卫的人在上海跟日本人谈判，已经关起门来谈了三天！"老胡一惊："谈什么？讲和？"

朱今墨点头："是，是梅思平出面的，下午刚结束！据说已经达成了一个协议了！"

"什么内容？能不能搞到协议文本？"

朱今墨摇头："谈判地点防守很严，连中森都不能进会场。没有任何消息，不过据我判断，应该跟去年的南京谈判和年初的武汉谈判差不多。梅思平已经回了重庆，如果有什么动作，这几天应该会有消息！"

老胡忧虑地说："日本人最近刚发表了一个声明，不以国民政府为谈判对象，看来他们打算寻找新的代言人了！"

朱今墨担忧地看看老胡说："你是说，他们打算扶持汪？"

老胡轻轻点头："汪的人不是一直在跟日本人谈吗？他们组织了一个低调俱乐部，势力好像还不小，弄不好，这一次，他打算单干了！"

朱今墨忧虑地看着老胡。老胡思索着："这份协议关系到中国的前途和命运，也关系到我们党的前途和命运。如果，汪精卫单独与日本人谈，他们真的达成了妥协，局面就会变得异常复杂！"老胡激动地抓住朱今墨的手说："你能不能想办法回重庆,我们需要更详细的情报!”

朱今墨有些迟疑:“我,现在不能确定,很可能会走不开。”

老胡为难地点头:“是啊,你的身份的确很困难。可是,现在的情况这么危急,我们必须尽快得到第一手的情报。要是,你能以日本人的身份去,会更好一些!”

朱今墨惊讶的表情:“以日本人的身份?”

老胡点头:“对!据我所知,政府内部有相当一批汪系的人,军统内部也有亲汪的力量。我相信,日本人在重庆会有一个严密的特务体系,并且已经渗透到了政府内部。所以,我希望你能想办法到重庆去,最好能进入核心,也许会得到第一手的情报!要知道,我们现在,最主要的工作,第一是弄清他们与日本人交易的真实情况;第二,如果可能,制止他!”

朱今墨有些迟疑地看着老胡:“我?我,行吗?”

老胡激动地:“当然行!今墨!你是个沉稳的人,勇敢、顽强。你要知道,中国,我们的民族,正处在最危险、最危难的时候,你在日本生活过,你亲眼看到过日本人的残暴与野心。想象一下,如果,我们放弃抵抗,卑污地投降,四万万同胞就会成为东洋人的奴隶,成为待宰的羔羊!”

“我明白,这个你不必多说。我只是在想,怎么才能做到。”

老胡激动地:“今墨,我知道你问我这些话的意思,不是因为害怕,胆怯,而是觉得责任重大。那么由我来告诉你,我们这些人,处在中华民族最危难的时候,所以需要我们挺身而出,做最出色的战士。如果我们不承担,谁来承担?如果我们不付出,谁来付出?所以,我说,你行!只要有一颗赤子之心,不管面临多大的困难,都能想出办法,都能渡过难关!”

朱今墨激动地看着老胡,好一会儿,说了句:“我试试吧!”他心里很清楚,离开上海是件多么困难的事!怎么让中森同意他去重庆?还有,当初军统那里是说好了,他不能随便离开上海。

朱今墨走出法租界,老胡的任务让他有些为难。

租界的雇佣兵在街道前筑起了街垒,有军人在把守着。战争已经把上海分割成了无数的区间,日租界被日本人占领了,英租界那边日本人还暂时不能进,法租界相对而言更牢靠些,法国政府虽然向德国投降了,但贝当政府仍然承认国民政府。这样,他就间接地与日本人处于敌对状态中,日本人是不能随便进出法租界的。虽然有日本特务暗地里进出,但共产党的地下组织和军统的地下组织还是更多地选择在这里活动。他来到苏州河边,靠在栏杆上看着河水,思索着,不知道过了多长时间,他下了决心,扔掉手里的烟头,向虹桥方向的日租界走去。

02

一家家日式酒馆，挂着江户时代的纸灯笼。日本人在虹桥一带经营了好多年，公开占领上海后，这里更成了小东京，侨民，日本浪人，军官，宪兵，特务，女招待，到处是餐厅、酒馆，热闹非凡。

朱今墨沿着街道走了一圈，走到他和中森常去的一家酒馆，一头撞了进去，招待小姐热情地打着招呼："晚上好，欢迎光临！"

朱今墨动作粗鲁地坐到了吧台前，用日语对小姐说："给我酒！要很多，大瓶的！"

小姐急忙端来了酒，替朱今墨倒上。朱今墨端起酒一饮而尽，很快，他就有些醉了。小姐接过他手里的酒为他倒上，朱今墨趁机抓住了小姐的手。小姐一惊，急忙把手往回缩，朱今墨再次抓住。小姐用力往回缩，朱今墨抓住她不放，争执中，打翻了酒杯，酒杯滚到地上，碎了。

朱今墨一拍桌子站起来，用日语喊着："你，要干什么？为什么不陪我喝酒？为什么不好好伺候我？"

小姐冷冷地看着朱今墨："先生，对不起，你醉了！"

朱今墨："我没醉，我要喝酒！你这个臭女人，你天天在这里不就是陪笑脸赚钱的吗？为什么就不陪我喝酒？我给你钱，我有钱，我有的是钱！"说着掏出一叠钱拍在桌上。

店里的客人大都是日本人，都回头往这边看。小姐拼命挣扎着想抽回手，朱今墨死死抓住她不放。小姐尖叫起来："你放开我！"

客人里一位四十多岁的中年日本男人起身往这边走过来，走到朱今墨面前，拍拍他的肩膀："喂，你放开她！"

朱今墨回头看看眼前的日本男人，一身肥肉，不可一世的样子，便满不在乎地问："你是谁？凭什么管我的事儿？"

日本男人："我让你放开她！我不允许你欺负她！"

朱今墨回过身，对着日本男人的下巴就是一拳。日本人不防备，一下被打倒在地上。朱今墨边打边用中文喊："你少管我的事儿！"

店里所有的人听到朱今墨的喊声，全惊呆了："中国人？他是中国人？"小姐的脸色一下变得特别凶恶，尖叫起来："天呐，这个可恶的中国人，他居然侮辱我！"

立刻，店里冲出五六个穿黑西装的日本人，冲过来，抓住朱今墨就打。朱今墨摆开架式与日本人对打起来,拳来脚往,桌椅翻飞。店里的客人也加入了,朱今墨渐渐占了下风。刚被打倒的日本人爬起来,抓起了椅子趁朱今墨不备,照着他的后背就是一下子。朱今墨一闪,椅子打到了他的肩膀,他晃了几下,倒下了。日本人立刻全部围上来,看着朱今墨议论:“他死了吗? 死了吗? ”

朱今墨躺在地上,一动不动。

门外,一阵骚乱,一队日本宪兵冲了进来:“中国人在哪里?谁在闹事儿?”看到了躺在地上的朱今墨, 为首的走过来, 蹲下, 伸手拍拍朱今墨的脸:“喂,醒醒!”

朱今墨躺在那里,一声不响。

宪兵用脚踢了朱今墨一下:“起来!跟我们走一趟!”说罢起身对身后的宪兵下令:“把他抓起来,带到宪兵部! ”

朱今墨被带回了宪兵分部,直接就被送到了行刑房。在日本租界里,一个中国人竟然公开调戏日本女人,这还了得!几下,朱今墨就被打晕了,接着,一桶水泼过来,泼在了朱今墨的脸上。

朱今墨睁开眼睛,看看面前的日本兵,又闭上眼睛。又一桶水泼过来:“混蛋! 猪猡! 说话! 你叫什么名字? 谁指使你的? 好大的胆子,敢欺负一个日本女人! ”

朱今墨微笑地看着面前的日本人,又闭上了眼睛。

一个日本兵跑了进来,手里拿着一个黑色的证件,紧张地报告:“长官!我们在这个人的衣服里找到了这个! ”日本军官接过证件看了一眼,是一张身份证件,贴有朱今墨的照片,上面写着他的身份:“日本驻上海领事馆”。军官困惑的表情,心头一惊:“我的天呐,上海领事馆?那不是中森先生的手下?”他惊恐地打量着朱今墨,走过来问:“喂,这个照片上的人是不是你,这是不是你的身份证件? 快说,你认不认识中森先生? ”

朱今墨微微睁了一下眼睛,看看面前的日本人,又闭上了眼睛。

军官急忙下令:“快快,把他放下来! 给中森先生打电话! ”两个日本兵急忙把朱今墨放下来。

朱今墨重重摔倒在地上,嘴角却挂着一抹微笑。

03

中森英沿着医院的走廊走过来,两个日本宪兵迎上来:“中森先生您来了!”中森怒气冲冲看看两人,向病房内走去。

医生见到中森英，急忙鞠躬：“您好！”中森英挥挥手，所有的人全退了出去。

朱今墨手上、头上包着纱布，躺在床上一动不动。中森英走到病床边，轻声叫了声：“朱桑！”

朱今墨睁开眼睛，看见中森英，微微一笑，想坐起来，中森英按住了他的手，说：“别动！怎么回事儿？朱桑，为什么会发生这样的事儿？”

朱今墨摇头，随即皱起了眉头，他的头还是有些晕。

中森英在床边走了几步，突然回过身：“告诉我，为什么要这样做?这不是你做事的风格！你不是花花公子，也不是放荡的人，情绪为什么会失控？”

朱今墨看看中森英，沉默着。中森英烦躁地：“你好好休息吧，我会处理那些家伙的！我现在就去！”说完起身往外走。朱今墨叫住了他：“等一下！”中森英回头。

朱今墨虚弱地：“让我离开上海吧！我想离开这里！”

“离开？什么意思？去哪儿？”

“我不想待在这里，我要去重庆！”

中森英很困惑：“你说什么？你想脱离这个工作？去重庆？”朱今墨：“是！”

中森英盯着朱今墨看了好一会儿，说：“你就是因为这个才去惹事儿的？你想用这种方式让我放你走？”

朱今墨迎着中森的目光：“我没有这么想过，可是，如果你是这么理解的，我也不想多解释。我在乎结果，不在乎过程。”

中森英脸上掠过一丝被伤害的感情：“这么说你决心已经定了？”

朱今墨点头：“是！”中森英吸了一口气，看着朱今墨好一会儿，说：“好，你现在就跟我回去！我们回去谈！”说完，不等朱今墨回话，走到门口，叫人：“来人，把朱桑送到我的住处去！”说着走了出去。

两个日本宪兵走过来，扶起朱今墨，把他送上中森的车，很快就到了中森的公馆。他命令卫兵把朱今墨扶进屋，放在客厅的沙发上，自己一直站在边上看着。他情绪有些不稳定，走到桌前倒了一杯酒，端着走到朱今墨对面的沙发前坐下，喝了一口酒，把杯子拿在手里：“说说吧，朱桑！到底怎么想的，为什么要走，去哪儿？找谁？”

朱今墨觑起眼睛看着中森英说：“我的国家正在遭受着前所未有的磨难，所以我不能继续服务于我们国家的敌人，这让我必须离开这个机构。上海是个让我感觉到压抑的城市，这里有我痛苦的记忆，所以我要离开上海。重庆是我的故乡，我离开那里已经很多年了，我突然很想念那里所有的一切，所以，我想去那里。至于找谁——我已经没有任何亲人了，所以不找谁。”

中森英把酒杯在手里把玩着，看着朱今墨，一动不动。朱今墨闭上了眼睛。

中森英喝了一口酒，朱今墨的直率让他很愤怒也很无奈：“朱桑，你让我很为难。你的坦率让我吃惊，也让我痛苦。你应该知道，除了工作上的关系，你是我最重要的朋友。我们已经认识那么多年了，从当年我在上海还仅仅是个普通的留学生开始，我们就已经是好朋友了。这一次我们重新见面后，我从来没有把你当成过我的下属，而是当成我的一双手、我的耳朵，不，是我的另一个大脑！”

朱今墨依然闭着眼睛。中森英阴森地：“如果换成别人，你今天晚上做的事，你说过的任何一句话，我都会毫不犹豫地下令处死你。”他起身，来回在地上走着：“可是，我做不到！你给了我致命的一击，却让我不能对你下手。你说我应该怎么办？如果换成是你，你会怎么办？”

朱今墨落寞地笑了一下，中森英突然有些伤感地走到朱今墨面前说：“朱桑，虽然我不愿意把这些话说出来，可我必须告诉你，在我心里，一直把你当成师长，不，兄长。告诉我，你今天晚上到虹桥闹事，是因为心情郁闷失态，还是故意设计好了，试探我会不会出手救你？”

朱今墨看着中森英，一句话也不说，中森英脆弱地：“不，不要回答我，任何一个答案我都不喜欢，都不接受！你在我心目中是冷静和理智的化身，是我的榜样，我不愿意看到你失态。如果你是试探我，那更是我不能接受的！告诉我，你是不是还有另外的身份，是不是另有任务，必须摆脱我们？如果我没猜错，你其实是军统的人，是代老板的人是不是？”

朱今墨刚要开口说话，中森英急忙摆手：“不不，你不需要回答我！我也不想知道！不，告诉我。用什么办法把你留住！什么方式是你能接受的？”

朱今墨坚定地看着中森英：“对不起，我去意已决！我很抱歉！”

中森英：“可是我怎么能放你走呢？你知道得太多，了解得太多，你是不可能活着从这里走出去的。”

朱今墨沉稳地：“我知道，我今天晚上本来就是只求一死的！”

中森英阴冷地：“我不会让你死的！”他缓缓喝了一杯酒：“好吧，我们都考虑一下！给我一点时间。”他坐在沙发对面，好一会儿又说：“好吧，我有一个办法，你可以走，但是，不能脱离我们。这一次与汪的代表谈判，他们达成了一个协议，我派你去重庆，追踪后面的行动！”

朱今墨心头一动，脸上却没有任何表情。中森英阴郁地看着朱今墨：“你要回重庆，我放你回去。你唯求一死，我却一定要让你活着，我不喜欢别人背叛我。你以为我喜欢我现在的生活吗？我不喜欢，可是为了大日本帝国的利益，我必须做。所以，我不喜欢任何人在我面前追求纯粹，我会让你的身份变得复杂，让你的心情不好。你可以回重庆，而我们也没有失去你，这也算是两全其美吧！”

朱今墨长时间看着中森英，低下头说：“你让我考虑一下吧！”

中森英："好，你考虑好了告诉我。考虑好之前，不要离开这里！我让人安排住下！"说着他走了出去。

朱今墨坐在沙发上，一动不动。他头很沉、很晕，他就是想动也动不了了。今天这个晚上，太漫长了，也太艰苦了。

几天以后的晚上，已经是深夜了，朱今墨出现在江边。不远处，一个戴礼帽的中年人走过来，与朱今墨走了个对面，说了声："先生对个火！"

朱今墨把手里的烟递给对方，对方点着火，借着烟火的亮光，看清楚来人是老胡。老胡把烟还给朱今墨。朱今墨接过烟，说了一句："我下周去重庆！代老板那里已经同意了，中森也放行了。那边有中森的人，他说会安排人接应我。"老胡吸了一口烟，实际上是把烟往外吹，烟没着，他回过身，又向朱今墨要烟、对火："南方局、八路军办事处都去了重庆，我会通知他们与你联络。你走之前我会派人通知你联络地点，你多保重吧！"

朱今墨接过烟，吸了一口："知道了！我落下脚就会通知你！"说着走开了。他走路的姿势有些奇怪，一瘸一拐的，老胡心头一震，追上来："今墨，你的腿怎么了？你受伤了？你是怎么让中森英同意你去重庆的？"

朱今墨回头看看老胡，轻声说："没什么，我能应付！"他把手里的烟递给老胡，高声说："送给你了！"说着走开了。老胡急忙接过烟对火，吸了一口烟，脸上是忧虑的表情。

04

一枚炸弹从天而降，在江中爆炸，激起冲天的浪花。

江面上，一艘客船在炮火中穿行，艰难地靠岸了。船上的人们争先恐后地冲下船。

炸弹不时从天而降，在江面上爆炸，码头上的人们争先恐后地逃命。

朱今墨拎着箱子在码头上奔跑着。

"日本飞机来了，快到洞洞里去啊！"

朱今墨跑上了山坡，看见很多人往江边的防空洞挤，便也拎着箱子跑了过去。

防空洞里已经挤了很多人，朱今墨挤了进来，洞里的人往门口望着："乖乖，这日本飞机真的好厉害，说来就来，好好的就从肚子下弹哦！"

另一个："我刚刚在江边，眼看着一个人肚子就炸飞了，肠子都挂到树上了。"

"先人板板的！汪精卫真不是好东西！他跑了，重庆人就遭殃喽！"

朱今墨心头一震，拉住说话的人问："你说什么？汪精卫怎么了？"说话的是个四十多岁的挑夫："你还不晓得啊？汪精卫跑了！重庆人都知道了！"

朱今墨："什么时候的事儿？"

"噢，好多天了！前脚走，日本飞机后脚就来了！炸了好几回了！"

朱今墨急忙起身往外走。洞门口，不断有人往里挤。有人在拉朱今墨："喂，外面还在炸，警报没解除，你不能出去！"朱今墨不顾一切地冲了出去。

街道上，不时传出爆炸声，街上人们在忙乱地奔跑着。朱今墨跑出来，向远处看着，一个车夫拉着黄包车在狂奔，朱今墨高声叫着："黄包车，黄包车！"

车夫看见朱今墨，迟疑了一下，把车停下，朱今墨跳上车，对车夫说了句："去使馆区！"车夫拉着他就跑。

在狂乱的奔跑中，朱今墨到了使馆区。他沿着街道往里走，边走边寻找着，看到街边一个招牌，上面写着爱尔兰咖啡，便走了进去。

一个三十多岁的外国人用英语问朱今墨："先生想喝点什么？"

朱今墨看看侍者，用英语回答："爱尔兰咖啡！"

侍者飞快地扫了朱今墨一眼："先生，我们下午的时间不供应爱尔兰咖啡，要到晚上。"

朱今墨看看侍者："不供应爱尔兰咖啡，算什么爱尔兰咖啡馆？"坐在不远处的老板，一个三十多岁的东方人，穿着体面的西装马夹，戴着眼镜，听到了朱今墨的话，身子动了一下，走了过来，用英语问着："先生请问我能帮你什么忙吗？"

朱今墨用英语回答："我想要一杯爱尔兰咖啡！"

老板凝视了朱今墨几秒钟："先生您知道，爱尔兰咖啡是一种很浓烈的咖啡，需要上好的白兰地来调制，可是最近因为战争，不容易得到。"

朱今墨指着脚下的箱子："我这里有一些上好的白兰地，不知道你是不是需要，当然价格也不便宜！"

老板看看箱子，依然小心地观察着朱今墨："好吧，先生，我很愿意看一下！我们后边谈吧！"说着起身往后边走，朱今墨跟上。

朱今墨跟着老板绕过后厨，走到里面一间隐密的房间门前，老板打开门，请朱今墨进去。

这是一间干净整齐的房间，里面放着一张床、一张桌子。

老板在身后关上了门，一动不动地看着朱今墨。

朱今墨改用日语问："你是佐伯吗？我是朱今墨！我刚到重庆，外面在轰炸，到底发生了什么事儿？不是在讲和吗？"

佐伯看看朱今墨，用日语回答："汪先生已经成功逃离了重庆，到了河内。这意味着他与国民政府已经决裂，所以才开始轰炸。”

朱今墨惊讶地说：“什么时候的事儿？”

佐伯：“12月19号，那个时间你应该还在路上。”

朱今墨恍然大悟，坐下。

佐伯：“我已经为您安排好了住所。我们这里，不太方便，所以住在外面。一会，我会派人送你过去。我每天下午一点钟开始在这里，有任何问题，可以直接到这里来见面。”

朱今墨点头：“还有什么最新消息吗？”

佐伯迟疑了一下说：“还没有，不过据说，汪先生也许近期会发表一个声明，正式脱离国民政府。”

朱今墨震惊地：“什么？那，为什么不早些向中森先生汇报？”

佐伯有些不安：“我们，一直等待最后的结果！”

朱今墨很愤怒，冲过来，盯着佐伯的眼睛，压低声音吼叫着：“最后结果？什么是最后结果？对你来说，每天睡觉前你了解的一切就应该是最后的结果，这一点你难道不懂吗？”

佐伯连声说：“是！”

朱今墨：“还有什么？你从哪儿得到的消息？”

佐伯：“政府里有我们的人。”

朱今墨看了佐伯一眼：“什么人？什么级别？情报可靠吗？”

佐伯：“有一些政府官员，亲汪派系；还有一些，是在情报系统里。”佐伯突然停下不说了：“有些情况我会向中森先生汇报的。”

朱今墨盯着对方看了好一会儿说：“我就是奉中森先生的命令，来检查你们的工作的。我可以明确地告诉你，中森先生对你们的工作可以说是非常地不满。”他突然指着对方的鼻子说：“啊，你不要以为我只是中森先生的翻译，事实上，我是他的助理，是他的特别助理！你要搞清楚，是谁在领导你们，要知道用什么样的态度跟我说话！”

佐伯连连点头：“是！是！”

朱今墨：“你现在就把政府内部的关系告诉我！就现在！”

佐伯飞快地瞄了朱今墨一眼。朱今墨冲过来，盯着佐伯的眼睛问：“怎么了？有什么不妥吗？”

佐伯：“是，朱先生，不过现在，名单不在我手上，需要明天，明天我一定会交给您！”

朱今墨突然冲过来，对着佐伯的肚子就是一拳。佐伯没有防备，差点摔倒。朱今墨趁他站不稳，又扑过来，伸手卡住他的脖子说：“把资料交给我，就现在！”

佐伯几乎喘不上气来，朱今墨却不松手。佐伯手在空中抓挠着，很痛苦地说："我给你，我现在就给你。"朱今墨松开了手，佐伯连连大口喘气。

门外，楼梯上，传出一阵急促的脚步声，佐伯听到了外面的声音。朱今墨敏捷地冲到门前，拉开了门。一个穿黑西装的人，看到朱今墨一脸杀气有些紧张，后退了一步，朱今墨伸手把他拉了进来。

来人看看佐伯，两人对眼神。朱今墨鹰一样的目光投过来，活动着拳头。佐伯低下眼睛，随即对来人说："什么事儿？说吧？"来人说："最新消息！今天下午，汪先生已经向蒋主席发来了电报，要求恢复与我国政府的和谈。现在，政府那里已经开了锅了。"

朱今墨很震惊："什么渠道？准确吗？"

来人看看佐伯，再看看朱今墨："消息绝对可靠，电报已经在香港的报纸上公开发表了。"

朱今墨懊恼地一拍桌子，怒吼着："你们干的好事儿！"指着佐伯："赶快跟中森先生联络，给他发报！就现在！我需要跟他联络！"佐伯急忙起身："是！请您跟我来！"说罢就起身往外走。

地下室，一盏绿色的工作灯，佐伯在发报，边发边在纸上记录着。朱今墨坐在一边，用余光打量着地下室的陈设，看到桌上放着一张字条，上面记录了一些电报码。他扫了一眼，目光又扫回，看得出在用心记。佐伯不经意间扫了朱今墨一眼，朱今墨把目光移开。佐伯看似不经意地把桌上的纸移开了，然后用胳膊盖上了，随即摘下耳机，把手上的电报稿给朱今墨看："已经报告了中森先生！中森先生说请你继续留在这里观察后续动向，并保持与我的联系。"

朱今墨接过电报纸，扫了一眼，刚要放进口袋里，佐伯却轻轻接过来，点上打火机，把电报烧了。

朱今墨有些不悦地说："我要的名单呢？"佐伯迟疑了一下，起身，从抽屉里拿出一张纸说："你只能看，不能带走。"朱今墨扫了佐伯一眼，飞快地看完。佐伯把文件抽走了。

朱今墨："你有你的使命，我有我的使命，我会去核查这些人。如果，证明这些东西是假的，我会要你好看的。"佐伯低头："是！"

朱今墨转身往外走，佐伯看着朱今墨走开。一位理平头的手下出现在佐伯面前问："我们要不要跟上他？留意一下他的去向，看他都跟什么人接触？"佐伯沉默了一下："随他去吧！这不是我们的主要任务。"看见桌上刚才朱今墨看过的那张纸条，他拿过来，看了看，说："下次联络上海的时候要更换密码！"说着掏出打火机，把那张纸也烧掉了。

05

林家茶楼是与周家相距不远的一座茶楼，两层的建筑，门前一个广场。广场前，一队青年学生正在募捐。学生们在向路人发传单，有人接过来，随便扔在地上。敏柔沿着路的另一边走过来，看到有人把传单扔在地上，停下来，捡起传单。艳艳也在低头捡传单，两人捡到了同一张，同时抬头，看到了对方："敏柔？""艳艳？"两人同时叫了起来。

艳艳："你怎么在这儿？"

敏柔："你怎么在这儿？是跟学校一起迁来的吗？他们人呢？你们住在什么地方？"

艳艳见到敏柔十分高兴，问长问短，告诉敏柔她早就离开了学校，听说学校的人有的留在北平，有一部分西迁的，不过都没遇到过。

敏柔有些失望，随即问艳艳她现在在做什么工作，她能不能参加她们的活动。艳艳表现得有些迟疑。她的态度让敏柔也有些受伤害。有人叫艳艳离开，她匆匆忙忙走了。敏柔追着她："哎，你住在什么地方？给我留个地址！"艳艳回过头："我会再来找你的，先走了！"说着就跑开了。敏柔失落地站在那儿。

朱今墨坐在黄包车上沿着林家茶楼前的街道走过来。远远看见林家茶楼的招牌，朱今墨突然有些紧张，问车夫："这就是林家茶楼吗？"

车夫："对呀，你不是要找林家茶楼吗？就是这里！"

朱今墨认出来了，这里离周家的老屋不远。这一带他太熟悉了，这让他有些紧张、不安。他急忙让车夫停车，跳下车一边给车夫车钱，一边问："你知道这茶楼是什么时候建的？"

车夫想了想："怕是有个五六年了，不过最近才改的名字，换东家了！"

朱今墨迟疑地看着这个茶楼，他心里突然有一种预感，他会在这里遇到敏柔，这个想法让他自己也吓了一跳。他低头走进茶楼。在他身后不远的地方，敏柔正沿着门前的路拐过弯，走向家的方向，两人互相都没有看见。

06

朱今墨走进茶楼，伙计热情地招呼着："先生来了，里面请吧！"

朱今墨低声问了句："老板在不在？"

伙计警觉地看看朱今墨："老板？老板，他，出去买菜了，现在不在。"

朱今墨："什么时候能回来？"

伙计警觉地问:“你,找他有什么事吗?”

朱今墨:“有人托我报信,老家有丧事!”

伙计惊讶地看着朱今墨问:“老家有丧事?谁?”

朱今墨:“四姑家的姨奶奶!”

伙计看看朱今墨,急忙说:“啊,你,等一下!”说罢匆匆跑了进去,随即,里面走出一个四十几岁的粗壮的汉子,看了朱今墨一眼,让他进去,把他带到二楼最里面的一间屋子。

老板姓林,正是朱今墨要找的接头人。他把门关上,走上来,拉住朱今墨的手说:“先生!您终于来了,我们等了你好多天了。路上好走吗?顺利吗?那边的同志问了好几次了。”

朱今墨沉稳地回答:“很好,谢谢!”

林老板关切地问:“您,住下来了吗?用不用我帮你安排?”

朱今墨沉默了一下:“先不用了,我现在就需要,跟,那边的人联络,有急事!”朱今墨的谨慎让林老板有些紧张,便急忙起身说:“噢,好的,你等着,我就去安排。”走了两步,朱今墨突然叫住他说:“请你给我一本杂志,最好是国民党的杂志,还要一些米汤!”

“米汤?你还没吃饭?我叫他们下碗面给你?”

朱今墨想了下,突然笑笑说:“好!要一碗面,不过米汤也得要!”林老板恍然大悟道:“你稍等一下,我马上就来!”说着跑了出去,边跑边回头看朱今墨。他眼神里满是钦佩,一会端进来一碗米汤和几张报纸:“面条要过一会儿才好。”

朱今墨接过来,从口袋里拿出一支笔,蘸着米汤。林老板凑过来要看,朱今墨看了他一眼,林老板急忙闪开说:“啊,我去看看面条。”边往外走,边回头看朱今墨,他对眼前这个年轻人充满好奇,也充满敬佩,他还是头一次见这样的人。

07

周家人正在吃饭,桌上的收音机里传出广播声:“中央社消息,日本飞机轰炸重庆!昨天上午10点30分,九架日本飞机飞临重庆,对重庆进行试探性轰炸。因为天气大雾,能见度低,只在北岸投下炸弹,炸毁民房数间,炸死居民三人,伤者数十人。政府紧急命令各防空部队进入紧张状态,加强空防工作!”

敏柔从外面走进来,程婉仪看见敏柔,急忙放下碗对她说:“柔儿回来了,赶快吃饭吧!”敏柔神情疲惫地说:“我过会再吃吧!”说着就往里屋走。顾玉秀放下碗,跟了进来。

敏柔疲倦地在床边坐下,顾玉秀跟了进来,关切地问:“你去哪儿了?找到你的同事了吗？”

敏柔摇头：“我看见艳艳了，她说我们学校出来的人不多！”

顾玉秀：“噢，艳艳？她怎么也来了？怎么没让她上家里来？”

敏柔摇摇头：“没有，她正忙着。”就不再说话了。

顾玉秀：“孩子，朱今墨那个家伙，你把他忘了吧，忘得越干净越好！”

敏柔伤心地看看母亲：“妈，您提他干什么？你有他的消息？”

顾玉秀急忙说：“没有，不过，你大嫂跟我说你在南京的时候见过他，是不是？”

敏柔迟疑了一下说：“没有。妈，这个人我已经忘了，不要再提他了！”说着低下了头。顾玉秀心疼地看着敏柔说：“那就好，你先歇会吧，一会让你大嫂给你做点好吃的。”说罢走了出去。

敏柔在床上躺下，失神地看着天花板。从朱今墨走掉的那天起，她就觉得自己已经死了。她心里没有一天放下过，每天睁开眼睛脑子里第一个闪现的就是朱今墨。走路，吃饭，睡觉，做任何事情，脑子里全是这个人的影子，他的微笑、他温柔的抚摸、他温柔的目光。尽管在南京，朱今墨曾经用那样粗暴的方式对待过她，可是她觉得他说的那些话都不是真的，今墨从来没有那样对她说过话，他也不可能那样看她、想她，所以，那些话她好像根本记不住了，她只依稀记得朱今墨抱着她时那种紧张和他的力量。如果他心里对她没有感情，他不可能那么紧张、那么在乎。敏柔想啊想，眼泪一次次滑落下来。

08

这是一条安静的小巷里一座独立的二层小楼，门口挂了一块牌子，上面写着“李记诊所”，还写着一些经营项目：西医诊治，看诊五元，包扎免费。

一辆黄包车沿门前的街道跑过来，在诊所前停下。车上躺着一个穿长衫的男人，戴了眼镜，头上包着一条白毛巾，上面沾满了血。车夫走到后面，从车上背下受伤的人。院子里跑出一个护士，接过病人，一块向院子里走去。

病人被扶进了诊室，护士拉上帘子，李大夫走了进来，护士退了出去，伤员从头上扯下了毛巾，是林老板化装的。

林老板从怀里掏出一本杂志，递给李大夫说：“上海来的人已经到了，这是他让我送来的！”

李大夫接过杂志看了一眼，急忙说：“好，你稍等！”他走进里间，打开一瓶紫药水，取了一支毛笔，在纸上刷着，立刻，一行字显现出来：“已到渝方知汪已离开，今日汪已发表声明，要求重开和谈，何去何从请指示，另附日奸在渝电台码一组,不知道有用否,一些与日勾结者名单,请查验!”他一惊,急忙走进另一间暗室,开始发报。随后,他走出密室,把一张纸交到林老板手里。林老板急速返回茶楼,把电报交给朱今墨。电文上说:“密切追踪动向,尽快向军统报到,相关指令随后到。”朱今墨看完,把纸条揉掉,放进嘴里。

林老板惊讶地看着朱今墨。朱今墨看到林老板的目光,才感觉到自己的行动有些怪异,苦笑了一下,端起桌上的杯子喝了一口水。

林老板起身说:“先生,今天太晚了,您就住在我们这里吧。太晚了出门,不太方便。”

朱今墨默默点头,林老板走了出去,把门关上了。

朱今墨走到门边,往外听了听,回过身,掀开床单往床底下看了看,又把窗帘掀开,打开壁柜,到处看了一遍,然后重重躺在床上,头枕着手,点着了一支烟。

从上海经过香港,再乘船到重庆,朱今墨经过千辛万苦,却没想到重庆的局势已经发生了巨大的变化。汪精卫的出逃,让朱今墨有些措手不及,这意味着他千辛万苦从中森那里争取到的回重庆的机会,失效了!他更没有想到他日思夜想的重庆,会以这样的遭遇迎接他。这一切,让朱今墨感到心里不那么平静。

09

敏柔沿着街道漫无边际地走着。前面的街口,很多人围在那里,伸着脖子在看着什么。她走了过来,往里看了一眼,艳艳正在演街头话剧:《放下你的鞭子》。艳艳无意中抬头,看到了敏柔,向她点了下头,敏柔也用眼神跟她打招呼。人群外,项南方端着相机在拍照片。

人圈外,吴国喜骑了一辆三轮车,拉了一车箧货,冲了过来,嚷:“哎,让一让,让一让!”他冲进了人群,撞到了人们身上。人们散开了一些。艳艳继续在演戏。

吴国喜看到了艳艳,顾不得捡东西,嬉皮笑脸地说:“呀,这个妹子长得真不错!”围观的人发出嘻嘻的笑声。艳艳跪在地上接着演戏。

吴国喜凑到艳艳面前,弯下腰,离得很近地看艳艳。艳艳不理会他。吴国喜脸都要凑到艳艳脸上了。站在一边的敏柔看不下去了,走到吴国喜身后说:“你干什么?”伸手扯他的衣服。

吴国喜回过身,看到是敏柔,惊喜又夸张地:“啊,敏柔小姐?你,你拉我胳膊干啥,要拉就拉我的手嘛!”说着就要去拉敏柔的手。

敏柔一把挡开他,严肃地说:“你想干什么?”

吴国喜无赖地笑着:“敏柔小姐,你长得可是比这个妹子还漂亮。你啥时候演戏，我买100张票给你捧场。你知道那朝天门一带码头，可是没人不敢听我的！”

敏柔厌恶地看了他一眼,闪开去。吴国喜嘿嘿地笑着,伸着脖子往圈里看。

演出结束了,一直跪在一边的艳艳从地上起身,端了一个纸箱子,向观众募捐:“市民朋友们,我代表前线的士兵谢谢你们！您捐出的每一分钱都会拿去造出子弹,打向小日本!”围观的人纷纷掏出钱放进箱子里,艳艳连声说:“谢谢!谢谢！”

吴国喜笑嘻嘻地看着艳艳说:“哎,小姐,我们钱捐给你,你怎么谢我们？”

艳艳看看吴国喜,和气地一笑说:“啊,先生,我们不就在演戏慰劳大家吗?”

吴国喜:“哎,这个嘛,不新鲜。你陪我喝杯酒怎么样?你要陪我喝酒,我就发动我的弟兄们都来认捐呐！”

艳艳脸色也变了,愤怒地看着吴国喜:“你说话放尊重点！”

人群里正在拍照片的项南方听到吴国喜的声音也愣住了,急忙往这边走。

敏柔冲过来,愤怒地看着吴国喜说:“你要干什么？怎么这么无赖！”

吴国喜嘻嘻笑着:“哎,妹子,咱们一个院子里可是真没有白住,你连我的小名都知道啦！”敏柔气得说不出话。

吴国喜:“妹子,这事跟你没关系,你别管!”说着又往艳艳面前凑,敏柔挡住他:“当然有关系,国家有难人人有责!你愿意捐就捐,不捐就走!捣什么乱!”边上围观的人们也在喊:“就是啊,真是丢重庆人的脸！还不快滚！”

吴国喜看看愤怒的人们,嘴里骂骂咧咧地:“关你们啥事儿?都给我闭嘴!老子好汉不吃眼前亏,你们等着!”边说边推起自己的车走开。敏柔愤怒地看着他。

艳艳把手里的募捐箱交给身边的演员,拉着敏柔走出了人群:“敏柔,你怎么认识这个人？这个人是谁？”

敏柔无奈地:“谁也不是,就是个无赖。哎,艳艳,你们这是什么机构,我能参加吗？”

艳艳迟疑了一下:“等一下再说吧,我还要再演三场戏才行。”

项南方分开众人,向这个方向走过来。艳艳看到项南方,急忙向他招手说:“哎,项先生!快,过来!”她拉住敏柔的手对项说:“项先生,我给你介绍一个新朋友,周敏柔,我的大学同学。这位项南方,项先生！”

敏柔看看项南方,也认出了他,有些困惑:“您好,你？”项南方一笑:“你好,找到你表哥了吗？”敏柔一笑,认出了项南方:“啊,是您,上次的事儿谢谢您！”

艳艳:“怎么?你们早就认识?那就太好了,项先生,你帮我陪一下她,我要演出了！”又对敏柔说:“别走！等着我！”说完就走开了。

敏柔有些不安地看着项南方。项南方说:"这里人太多了，我们到后面等吧！"

敏柔:"您不用工作吗？"

项南方挥了一下相机:"啊,我已经忙完了,照片已经拍好了！"又指着街对面的茶馆对敏柔说:"我们到前面坐吧！"

两人走到茶楼前的茶座,在临街的桌子边坐下。项南方把相机放在桌子上,客气地对敏柔说:"敏柔小姐,能在这里遇到你真是太好了！你还好吗？"

敏柔点点头:"很好,谢谢你！"

项南方:"你住在什么地方？是跟家里人在一起吗？"

敏柔:"是！"

项南方:"你家里还有什么人？"

敏柔用戒备的目光看着项南方，项南方一笑:"其实我跟你们一家人都很熟。我在南京的时候,见过你二哥,在前线还见过你大哥,我还有他们两个人的合影照片。"

敏柔惊讶地:"是吗？"

项南方:"你方便不方便留个地址给我,我什么时候把那些照片交给你！"敏柔迟疑了一下:"好！"掏出笔,写着地址。

茶楼里,朱今墨正在打领带,这一夜,他休息得很好,看上去气色很不错。他打好领带,拿出箱子。林老板走了进来,看见朱今墨拿箱子有些意外:"怎么你要走？"

朱今墨点头。

林老板担心地:"用不用我安排人送你？你打算住在哪里？"

朱今墨一笑:"不必了,我自己能行！"拎着箱子往走外,走到门前停了下来,问林老板:"你知道,后边街面上有些老房子,还在不在？"

林老板想了一下:"后面的街？这一带好像没什么变化。怎么,你想找人？"

朱今墨无声一笑:"不,随便问问,我以前来过这一带,印象中这里的房子,挺漂亮。"

林老板连声说:"是是,这一带住的都是些大户人家,房子修得不错,不过现在也不行了,一开战,来的人太多了,人也杂了。"

朱今墨与林老板告别,走出了茶楼。敏柔背对着门坐,项南方一抬头,正与朱今墨打了个照面,他愣住了,叫了声:"今墨！"

朱今墨看到项南方也愣住了:"哎,你？"敏柔听到项南方叫"今墨",回过身,看到了朱今墨,一下呆住了。

朱今墨看到敏柔，更是惊讶，转身就走。敏柔不顾一切地追了过来，项南方跟着起身追了过去。

街上人很多，朱今墨几下就闪身不见了。敏柔在街道上焦急地寻找着，到处找不到人。

项南方也跑了过来："敏柔，怎么了？出什么事了？他不是你表哥吗？他为什么不愿意见你？"

敏柔失神地站在那儿，眼泪成串成串地往下掉，却不出一声。项南方第一次看见一个女孩子如此悲伤，哭得这么伤神，他一下明白了，轻声问了句："他，你们是不是——？"

敏柔捂着嘴哭起来，转身往家的方向跑。

项南方追了两步："敏柔小姐，你要去哪儿？你——"敏柔已经跑开了。

艳艳穿过人群跑了过来，她刚才一边演戏就看到这边好像发生了什么，就问项南方："怎么了？项先生，敏柔她怎么了？"

项南方看着敏柔离开的方向说："艳艳，周小姐她跟朱今墨怎么回事？刚才她看见了朱今墨，可是朱今墨一闪身就不见了，敏柔就哭了。"

艳艳震惊的表情："你说什么？朱今墨来了？朱今墨到了重庆了？"

项南方："是，我看见他了。"

艳艳叹了口气："他们相爱了八年，结婚前一天朱今墨突然扔下敏柔就走了，连句话也没留下。你说她怎么了？"

项南方震惊的表情："这，怎么可能？朱今墨他，这里面是不是有什么误会？"

艳艳恼火地："这种事情，有什么可误会的？"接着又恶狠狠地说："敏柔真是太不幸了！如果这事发生在我身上，我就是追到天涯海角也要把这个男人找到，亲手杀了他！"

项南方意外地看着艳艳，欲言又止。

第十章 剪不断的情缘

01

朱今墨拎着行李走到江边，放下行李，点起一支烟。

与敏柔的突然邂逅让他惊魂未定。多年的地下工作，一个人独来独往，面对各种复杂的局面，危险的处境，他早已经养成沉默、克制的个性，从不让情绪、小事、儿女情长绊住自己。但今天，他实在有些难以平静，到重庆的第二天，就与敏柔街头邂逅，这让他有一种说不清的懊恼。他知道这种纠缠，不光来自敏柔，也来自于他自己内心的某种牵挂。他有些沮丧，还有些伤感，还有一种说不出的恐惧。他隐隐感觉这一次回重庆会让他陷入一种艰难的处境，也会让敏柔受到更多的伤害，这是他最不愿意看到的。他必须让敏柔远离自己，必须克制自己的情绪。他的身份不允许他有片刻的走神，否则会让他处在危险的境地，会让事情变得一塌糊涂。

他下一步就要去军统接头了。去之前，他颇费踌躇，他知道一旦走进那座灰色的楼，就意味着失去了行动自由。他背负的三重身份让他每走一步，都十分小心。他决定找一个自由空间，这会让他在危险的时候，不会牵累任何人，从而守住秘密。

河滩上，很多妇人在洗绷带，三丫也在其中。她把一些皂角放在绷带上，用捣衣棒敲打着，然后开始搓洗。和着血污的水混在清水里，有些触目惊心。朱今墨目不转睛地看着江水。烟烧到了手，他手一抖，急忙把手里的烟扔掉。

不知道从什么地方跑出几个要饭小孩，冲过来就抢烟头。几个孩子打了起来,其中一个大孩子抢到了烟头,猛地抽了一口,其余的几个冲过来抢。

朱今墨怔住了,他很震惊,他从口袋里掏出半包烟,看看这些七八岁的孩子,又放回去,从口袋里掏出一些零钱。孩子们看到了朱今墨在掏钱,冲过来就抢:“给我,给我!”其中一个孩子把钱抢走了,孩子们闹闹嚷嚷围着那个抢到了钱的孩子。很快,又飞奔过来一群孩子围着朱今墨要钱。朱今墨一下不知所措,急忙往外挤,孩子们追在他身后,追着他要钱,有的抢他的帽子,有的上来拉他的皮箱。朱今墨一手护着帽子,用力抓住箱子,其中一个高个子孩子抢过朱今墨的帽子就跑了。

突然一声喝斥:“你们干什么?快滚开!”三丫端了一大盆衣服跑过来,放下手里的盆,冲过来,把孩子们轰走,又猛追了几步,扭住那孩子,把帽子夺了回来。

朱今墨狼狈地站在那里。

三丫走过来,把帽子递给朱今墨说:“这些小鬼天天在这里捣乱。你吓着了吧?”

朱今墨接过帽子,说了声:“谢谢!”把帽子戴在头上。

三丫关切地说:“你是刚从外乡来的吧?过几天你就知道了,钱不能随便给的,给了你就走不脱了!”

三丫端起木盆往回走,走了两步,停下来对朱今墨说:“先生,这么晚了,您在这里干什么?需要帮忙吗?”

朱今墨看看三丫,有些迟疑。三丫指指前面:“我家就住在前面,你要是有什么事,我能帮上忙的就说话。”

朱今墨迟疑了一下:“谢谢,不必了。”

三丫笑笑:“说啥子谢谢!都是出门人。”说着就要走,朱今墨突然叫住她:“小姐!”

三丫心头一惊,回头。

朱今墨笑笑:“对不起,不知道应该叫你小姐还是太太。”

三丫怔怔地看着朱今墨,心里突然有一种说不出的感觉。一声小姐叫得她心里好像着了火,她只觉得眼泪要往外涌。从小到大就被唤做三丫,到了婆家成天被丈夫呼来喝去,何曾想过一个陌生人叫她小姐?她心里又何曾没期望过有一天也能被人叫做小姐,穿上那种阴丹士林的旗袍,背着书包上学?!她有点受宠若惊,呆呆地望着朱今墨好一会儿,才惴惴不安地说:“别别别,先生,您可折死我了。我们是乡下人,可不是什么小姐太太。您,就叫我妹子吧!”

朱今墨并不知道他的一句话在三丫心里会引起什么样的反应,凭他的经验,他知道眼前这个女人是个善良淳朴的人,便微微一笑道:“噢,妹子,如果方便的话，我想问问，这附近有没有人出租房子。我刚到重庆，本来是来投亲的，可是亲戚不在，我也没钱去住饭店。”

三丫困惑地说：“你穿这么体面，怎么会没钱住饭店？”

朱今墨苦笑了一下：“出门在外，总要装装样子。”

三丫一笑：“啊，那好，你跟我来吧，我家就在前面不远的巷子里。我记得有个董伯伯家里好像有空的房子，不知道他租不租。我带你去看看吧！”三丫搬起木盆，朱今墨上前要帮助，三丫忙拦住说：“哎，不用，不用！”朱今墨硬是接过了木盆：“我来吧！”三丫感动地看着朱今墨。

朱今墨搬着木盆，三丫跟在后边，两人沿着江边的坡路向一片破旧的房子前走来。三丫不时在说：“先生还是给我吧，很重的！”朱今墨体贴地：“我来吧，重才要我来。”他对三丫是真诚的，丝毫没有利用的意思。他喜欢这种朴素平实的东西，哪怕只是很小的事情、很短暂的时间。三丫不安地跟在后边。

两人走到街道的一头，三丫指着前面的一个门面说：“啊，就是那边，那个门前堆了好多毛竹那家。”又从朱今墨手中接过木盆说：“东西放这儿，我带你去吧！你这副打扮，哎，可真不像租这种房子的人哩！”她还是觉得不可思议。

朱今墨尴尬地笑笑：“是啊是啊，我一会儿就把衣服换下来。”

三丫被朱今墨的幽默逗乐了，甜蜜地一笑，看得出她很喜欢眼前这位陌生人。

02

有了三丫的帮忙，一切就变得顺利多了。

董伯伯正好要去贵阳看儿子，看在三丫的面子上，连房租都不收朱今墨的，只让他自己收拾房子，顺便替他看家。三丫为能帮上朱今墨的忙而高兴，朱今墨掏出钱来要谢三丫，她却推推让让怎么也不肯接。

朱今墨诚恳地：“拿着吧，妹子，没别的意思，一点心意。”三丫急忙推开他的手：“不行不行，这点小忙算什么！连董伯伯都不收你钱，我收算什么！”说着要走。

朱今墨拉住三丫，把钱硬塞在三丫手里。三丫看看手里的钱，又看看朱今墨，有些害羞。朱今墨微笑着把钱塞进她的口袋子，三丫脸一红，转身跑了。她跑到巷子口，赵金龙正从外面回来，盯着木盆看。看见赵金龙，三丫吓了一跳。

“你死哪儿去了？”

三丫急忙：“啊，没有！”低头端起木盆往回走。

赵金龙猜疑地：“问你话呢，你上哪儿去了？”

“没上哪儿。前边人家让我帮着洗几件衣服，给人家送去。”

赵金龙恶狠狠地：“告诉你，你要是敢在外面惹事，当心你的狗头！”

三丫怔怔地看着赵金龙，一句话也不说。她心里对金龙充满了怨恨，一个下午愉快的好心情此刻全都化为乌有，她只想哭。她手伸进口袋，正好碰到朱今墨给的那叠钱，心里一热，眼泪滚滚而下。

房东老先生送来了被褥和一些日常用具就离开了。朱今墨打量着破旧的房间，走到窗前，推开窗户。窗外，嘉陵江水奔流不息，江水淙淙流过，天边的夕阳照在江面上，闪着金光。他出神了好一会儿，才脱下西装外套，开始打扫房间。他走到窗边，把一堆垃圾往江里扔，无意中抬头，看到了敏柔。敏柔正沿着江边的小路走过来，走到江边，看着夕阳下的江水。朱今墨一下愣住了，急忙关上窗户，躲在窗后往外看。

敏柔浑然不觉，坐在江边看水。

吴国喜踩着三轮车出现了，他停在一座破旧的板屋前，冲着江边喊了声：“喂，来两个人，帮我搬货，一人给五毛钱！”两个搬夫跑过来，帮吴国喜搬东西。

吴国喜解下脖子上的毛巾，擦汗，一抬头，看见了敏柔，咧着嘴，嘿嘿笑起来，沿着石板路走过来。

吴国喜站在了敏柔身后：“哎，这不是敏柔小姐吗？”

敏柔回头看见吴国喜，急忙起身：“怎么又是你？你要干什么？”

吴国喜嬉皮笑脸地：“妹子，我说咱们可真是有缘呐。我的仓库就在江边，你说是不是缘份？”

敏柔愤怒地：“你到底要干什么？”

吴国喜笑嘻嘻地：“不干什么。妹子，你一个人坐在这儿，是有什么心事想不开吧？走吧，到我店里坐坐，喝杯茶？有什么心事说给我听听？”说着就走过来。

朱今墨有些紧张，离得很近，外面的声音听得很清楚，他几乎要破门而出了。只见敏柔起身就走，吴国喜嘿嘿笑着：“妹子，别走啊！哥哥这儿有好东西给你啊！”敏柔已经跑得不见了。

吴国喜站在山坡上，痴痴笑着：“哎，这些个下江妹子，真是馋死人，要是能搞上一回，就是死了也值了！”

朱今墨看着眼前这一幕，冲到了门边，拉开门，却停下了，好一会儿，回到屋里，对着破旧的竹床发泄地猛踹起来，然后喘着粗气，绝望地看着前方。

夜幕低垂，朱今墨沿着小路走过来走到敏柔坐过的石头前，伸手摸了一下石头，坐下点着一支烟。

吴国喜从屋里走出来，看到朱今墨，怔了一下，贼眉鼠眼地走过来，偷眼打量着朱今墨。

朱今墨抬头扫了吴国喜一眼，继续抽他的烟。吴国喜越来越近，朱今墨把烟头弹出去，正好弹到吴国喜面前。吴国喜吓了一跳，随即变了脸："你他妈的想干什么？"

朱今墨走到吴国喜面前，一句话也不说，伸手抓起吴国喜的衣领，端详着看了他好半天。吴国喜色厉内荏地："你，你要干什么？这可是我的地盘。"他话音未落，朱今墨一拳打在了吴国喜的脸上。吴国喜一声惨叫，应声倒地，满嘴是血。

朱今墨拍拍手，转身走开。吴国喜像个傻子，呆呆地看着朱今墨的背影，好一会儿，杀猪般地叫起来："来人呐！杀人了！"

朱今墨回头，吴国喜住了口。

朱今墨走上山坡，走远了。

吴国喜捂着脸，哼哼唧唧地哭了起来："哎呀，老天爷，我这是得罪谁了！"

朱今墨发泄完，回到屋里，一头倒在简陋的床上。窗外流动的江水，带走了他的思绪。嘉陵江，我回来了！在这个破旧的房子里，枕着水波，他渐渐睡着了，睡得很香，从日本回来以后的几个月里，头一次睡得这么香。

03

朱今墨沿着木制楼梯走上来，曲曲折折拐了几道弯。卫兵推开了一道厚重的木门报告道："李主任！朱先生来了！"

李主任从桌前抬头，朱今墨一下愣住了："校长？李校长？"

李其洋威严地看着朱今墨："没想到吧？"朱今墨笑了一下："是，的确没想到！"

李其洋走过来，打量着朱今墨："我也没想到啊！朱今墨！"端详了朱今墨好一会儿，他突然笑了起来："你可真是让我大吃一惊！如果我没记错，你好像应该是个白皮红心的人吧！当年在学校里，你可是个进步青年，怎么突然摇身一变成了军统？当我收到代老板发来的电报，说来的人是你，我几乎不相信自己的眼睛！就是现在，你站在我面前，我还是不能相信！"

朱今墨默默看着李其洋说："校长，如果这样说，我也不相信。因为，当年在学校的时候，您也是同情革命的吧？如果我没记错，您不也曾经在讲台上宣讲三民主义，也曾经鼓励学生参加革命？"

李其洋眉头一皱："对呀！我信仰三民主义，所以我现在加入了国民政府，这有什么不对吗？"

朱今墨："对，您没有做错。这样说来，我也没有做错！因为我在年青时代，也是在追求革命，信仰三民主义！"

李其洋恼怒地看着朱今墨说："你，什么意思？你来是给我找麻烦的吗？"

朱今墨冷静地："不是！"

李其洋转身走到桌前，拿出一支烟，抽出一支，点上，吐出一口烟气，说："好吧，朱今墨，我不跟你吵！我不知道你是搭上什么关系，通了什么路子靠上的代老板，我也不在乎。虽说他现官不如我现管，不过我并不打算管你。我得到的命令是，你执行特别任务，如果需要，由我出面接应。我们今天算是接过头见过面了。你呢，想干什么就干什么，这样可以了吧？"

朱今墨抬眼看看李其洋："不，校长，我到了您的地盘就要听您管，我最好住在这里！"

李其洋一怔："你什么意思？想监视我？"

朱今墨急忙说："不，绝对不是！校长，我是真心实意地想听您指挥！"

李其洋不以为然地一笑："行啦，心意我领了。我们这儿庙小，装不下你这个大神！"他拉开抽屉，从里面拿出一叠钱："代老板让我好好照应你。你远道而来，这里不花大洋花法币。这个你拿着，算我的见面礼，我就不另外请你吃饭了！"

朱今墨扫了李其洋一眼，接过钱，放进随身的提包里，说了声："谢谢校长。"

李其洋对外面大声叫了声："来人呐！"

一个特务走了进来，李其洋说："老马，这位是从上海来的兄弟，朱今墨。你给我好好照应着点！"

叫老马的急忙点头："是！"又打量了一下朱今墨。朱今墨向他点头致意。

李其洋："替我送送他！"朱今墨看看李其洋，说了声："谢谢校长，再见！"转身走出屋。老马跟了出去。

李其洋看着朱今墨走出去，自言自语地："这个时候，上面突然派人来，不早不晚！哼，代老板，你以为我会真听你的？"说着把烟头碾灭在烟灰缸里。

朱今墨沿着街道走过来。他身后，两个特务不远不近地跟着他。

朱今墨突然停下来，回头看，两个特务不防备，被朱今墨看了个正着。

朱今墨看看两人，假装蹲下来系鞋带，然后走开。

两个特务你看看我，我看看你，有点尴尬。

朱今墨走进一家饭店，报上名字，服务生领着他上楼，替他拿着行李。两个特务不远不近地跟着。朱今墨走到楼梯口，突然回过身，叫两个特务跟他一块上楼坐坐。两个特务居然就答应了。朱今墨领着两人上楼，进了房间，回身招呼两位特务："两位兄弟，请坐吧，随便坐！"

两个特务互相看看，有些尴尬。

朱今墨拉过椅子，坐下，掏出烟："以后，我们就算是同事了。我姓朱，叫朱今墨，二位怎么称呼？"

其中一个："我叫孙二胜。

另一个："在下马占清。"

朱今墨："好，两位，先坐！待会我请两位去吃饭。我呢，其实就是重庆人，后来一直在上海混，这回回来，也没有什么特别的任务，就是回来看看。我知道你们，也很辛苦。老板让你们跟着我，跟吧，不好意思，不跟又交不了差。所以，往后，你们就当我是自己兄弟，每天过来看看，我呢，有空也跟你们见见面，这样安排怎么样？"

两人互相看看，尴尬地笑笑。

朱今墨掏出钱说："这是李老板刚给的，见面分一半！"说着把钱分给两个。

两个特务不安地站起来："哎，朱先生，不敢不敢！"朱今墨把钱分别塞进两人的口袋："哎，一家人不说两家话。不拿就是看不起我！往后，我还要靠两位帮衬呢！"看人家把话说得这么明白，两个特务不好意思起来，拿了钱，走人，回去后向李其洋交差，说朱今墨进了饭店就没再出门，李其洋多少也放了点心。

这样的日子不知不觉过了一个多月，李其洋和朱今墨相安无事。李其洋想着朱今墨过不了多久就会觉得无聊，就会离开的。这天一早，他却突然接到代老板的电报，电报是从香港发来的，让他通知朱今墨即刻去香港执行任务。李其洋拿到电报，心里暗暗吃惊，这小子果然有来头，他居然是代老板的红人？便急忙命令手下去请朱今墨，并吩咐对他要客气一点。

朱今墨再次走进李其洋的办公室。李其洋变得异常客气，客气中又有种不服气。朱今墨一下就感觉到了李其洋的变化。

李其洋高深莫测地看着朱今墨说："代老板来电报了，问起你的情况！"他酸溜溜地脸上挂着笑，问："你跟代老板什么关系？怎么认识的？我——怎么没听代老板说起过？"

朱今墨一下就明白了李其洋的心思，知道李其洋其实并不是代的心腹，于是放松多了："啊，我在上海，本来一直在杂志社做记者，陪代老板参加过一些访问活动！"

李其洋若有所思地点头，突然换了语气："好，不扯闲话了。代主任来电报了，让你到香港去见他，有重要任务！"

"重要任务？"朱今墨终于明白，李其洋绕来绕去，终于说到了正题。

李其洋起身，在屋地上来回走动着，突然回过身问："依你的经验，你知道代老板让你去干什么吗？"

朱今墨笑笑，摇头。

李其洋停下来，盯着朱今墨看了好一会儿才说："最近，外面风传，政府表面上对汪主席的行为不加响应，且派了好几拨人去河内劝汪主席，其实，委员长心里气得要命。代主任去了香港，又从各站招兵买马，所以，我想可能会跟汪主席有关吧！"

朱今墨心头一震，脸上却没有表现。李其洋见问朱今墨也问不出什么，就匆匆结束了谈话。

朱今墨离开军统的灰楼，在街道上绕了好大的圈子，直到确定没有人跟踪，才突然拦住一辆黄包车，跳上去，直奔林家茶楼。

04

敏柔依然痴痴地站在茶楼前的街道上，自从上次在这里遇到朱今墨，她几乎每天都要到这儿来等。她的心病又犯了。上次在南京，她就凭着一股守株待兔的劲头居然等到了朱今墨，这一次，她希望奇迹再次发生。她心里有个顽强的信念，她相信她迟早有一天，会在街头。路上，或者任何一个意想不到的地方再见到朱今墨的。她知道，她相信，她宁可相信，她只能相信，否则，她无法活下去！她的命是跟朱今墨的命连在一起的，虽然她从来没想过，也没对任何人说过，但此刻，她心里特别清楚这一点！

茶楼里的伙计看到了敏柔。林老板走过来，伙计对他说："这个人，已经在门口站了好几天了，不知道想干什么！"

林老板迟疑了一下，说了声："去请她进来！"伙计急忙走出来对敏柔说："小姐，吃饭还是喝茶？屋里请吧！"敏柔看看伙计，迟疑了一下，走了进去。

伙计招呼敏柔坐下："小姐，来点什么？"敏柔迟疑了一下："要一杯茶吧。"

伙计转身要走，敏柔叫住了他："先生！对不起，我想向你打听个人。"

伙计惊讶地指着自己的鼻子："问我？"

敏柔："对，前些天，我看到有一个人，三十岁出头，穿一身黑西装，拎了一只黑皮箱，从这里走出去。"

伙计笑了笑："小姐，您可是难住我了，我们这里天天人来人往，我哪能记得住啊？！"

敏柔执著地："你再想想，就不定就能想起来！"说着拿出一张照片："喏，就是这个人。"

伙计接过照片看了一眼，怔了一下，随即笑着："没见过没见过。这儿是个十字路口，你怎么知道是从我们这儿出去的？"敏柔拿回照片，呆坐着，伙计急忙走开。

林老板一直在远处看着敏柔。伙计走过来对林老板说了情况，林老板一惊，随即对伙计说："拿茶来！"林老板端了茶走到敏柔坐过的桌子，敏柔已经不见了，林老板急忙追下楼去。

敏柔走出了茶楼，回身看看茶楼的招牌，正准备走开，此时朱今墨正沿着茶楼的后门走了过来。敏柔看见了朱今墨，呆住了。

朱今墨也看见了敏柔，两人隔着街道，互相看着，谁也不动。

林老板看到了这一幕，急忙追出来："哎，小姐，你怎么走了？你要的茶已经泡好了！"

敏柔回头看了老板一眼："我不喝了！"老板挡着敏柔："那不行！你不喝了，可钱总是要付的。客人要都是你这样，我们还不得赔死！"敏柔掏出钱塞到老板手里，再抬头，朱今墨已经不见了。敏柔跑过街道，张望着："朱今墨？朱今墨？"街道上没有人。敏柔再回头，林老板已经进了茶楼。敏柔狐疑地看着茶楼，好像明白了什么，接着她快步跑开了。

林家茶楼后门，伙计引着朱今墨穿过后门，上了楼梯，进了林老板房间。林老板紧张地问朱今墨："先生，那个女人是谁？她刚才到店里打听你，手里还拿着你的照片！"

朱今墨眉头一动，没说话。

林老板："怎么办？她一定还会再来的，对你会不会有威胁？要不要把她做掉？"

朱今墨责怪地看了林老板一眼，林老板有些困惑。朱今墨坐下说："赶快安排我见那边的人。我有紧急的事情，要求见面谈，跟南方局的人开会！就在今晚！"林老板急忙往外走说："是，我现在就去联络！"说着跑了出去。朱今墨坐在那儿一动不动，心里有点乱，他努力克制着。

天已经完全黑了下来，林老板匆匆忙忙赶回来，告诉他一切都安排好了。他把车停在了后门，让朱今墨从后门上车。朱今墨和两个伙计从茶楼后面走出来。伙计拉开车门，让朱今墨坐进去。他无意中回头，见敏柔正一动不动地看着他。

朱今墨急忙命令开车，敏柔已经追了过来："朱今墨！朱今墨！"车子开出了街道，向远处开去。敏柔疯狂地追了过来。

朱今墨的车在街上开着，他紧张地回头看着。敏柔不顾一切地疯狂地追了过来，林老板掏出了枪。

朱今墨心中一惊，急忙按住对方的手，车子拐了弯，林老板焦急地问："怎么办？怎么办？这个女人是谁？这是要出问题的！"

朱今墨紧张地思索着："我下车。林先生，你跟着我，你们两个把车继续往前开。我们坐黄包车去！”

车子急速往前开，开到一个街边，车门开了，朱今墨和林老板从车上跳了下来，车子加速度往前开。林老板拉着朱今墨进了一条巷子，跑开了。

敏柔跑过来，高声叫着：“朱今墨！”看见追丢的车又重新出现，她不顾一切冲上来。迎面，马路上，一辆黑色的轿车迎面开过来，刹车不及，敏柔迎头撞了上去，被撞出去很远。

车子响着尖利的叫声停了下来。这边伙计开的车看到了，也急忙停车。撞了敏柔的车的司机拉开门下了车，走到敏柔面前，摸了一下鼻子，急忙叫她：“小姐！小姐！醒一醒！”敏柔躺在那里一动不动。

项南方从车上下来，看到敏柔，认出了她。他大吃一惊，紧张地叫着：“敏柔！敏柔！你醒醒！”敏柔躺在那里，没有声息。

司机在一边催促：“我们赶快走吧，时间就要到了！”项南方心疼地：“不行，我们不能把她扔在这里。”对司机：“把她抬到车上，我赶快送她去医院！”司机震惊：“去哪家医院？我们要来不及了！”

项南方看一下表：“来不及了？我们带她去李大夫那里！”

司机疑问的目光：“你说什么？”

项南方一挥手，两人将敏柔抬上车。项南方的车开走了。边上，伙计开的车也悄悄开走了。

05

李记诊所前，项南方的车在诊所前停了下来。司机和项南方下了车，将敏柔抬下车。院子里冲出几位护士，一块将敏柔抬进屋里。随后，一辆黄包车也停在了院门口，林老板背着朱今墨下了车，朱今墨打扮成了伤员，进了门。

朱今墨一进门，一眼看见敏柔躺在床上，大吃一惊，再看到项南方，更是惊讶，随即冲过来问：“她怎么了?她怎么了?”他的表情很吓人，暴躁冲动得像头发怒的狮子，又拔出了枪问：“谁干的？谁？谁？”

项南方一脸歉意：“我不小心撞上了她！”

朱今墨痛心地闭上眼睛，一拳打在墙上：“怎么会这样！”他原地转了好几圈。李大夫急忙走过来，拉开了朱今墨，把门关上，拉开帘子。

李大夫领着朱今墨上了楼，轻轻拍了拍他的后背，说了句：“人已经来了！”说着带他进了一个房间，项南方坐在里面。朱今墨看见项南方，转身就要往外走。项南方叫住了他：“今墨！”

朱今墨回头。

项南方伸出了手:“想不到,上海来的人就是你!”朱今墨震惊:“你是?”

李大夫坐下来:“他是南方局的代表,我们现在开会吧!”

项南方笑了一下,伸出手;朱今墨迟疑了一下,也把手伸了出去,两人握手。项南方关切地说:“今墨,说说你的情况吧!”

朱今墨急忙把代老板让他去香港的事通报了。项南方告诉朱今墨,他已经知道了,并告诉朱今墨,他已经收到了老胡的情报:汪精卫的出走,让蒋介石很生气,他命令代老板派人去河内刺汪。他们从全国各特务站调集了一大批高手,有的已经先期到了香港。经过老胡在军统内部的动作,代老板想让朱今墨出马。

朱今墨恍然大悟:“怪不得今天李其洋突然对我客气起来!”

项南方告诉朱今墨,去河内的人已经过去好几批,但是,河内是法属殖民地,任何人进入不能带枪,如果行动失利,也没办法引渡,所以困难重重。

朱今墨眼神立刻变得锋利起来,每当要执行重大任务,他都会变得兴奋、躁动。很快,他又有了疑问。他告诉项南方,李其洋坚持说要派人跟他一起去香港,说是为了他的安全,这让他十分困惑。

两人一块分析,项南方猜测情况有两种,一是李其洋截留了电报的部分内容,没有告诉朱今墨实情;还有一种可能是,他并不清楚这次行动的任务。

朱今墨突然有所感觉,感觉到李其洋似乎另有目的,他会不会是汪的人呢?项南方也认为汪的出走并不是偶然的,他在党派内部还是有相当的影响力,并不能排除这一次去的人抱着不同的目的。

朱今墨心头一沉,知道自己面临的情况可能会很复杂。

项南方握住朱今墨的手,请他一定多保重:这一次,只能靠他自己,别人都帮不上忙。

朱今墨也知道自己肩上的担子太重了,两人紧紧握手。认识了这么多年,头一次以新的身份相见,这让他们心里都有一种奇妙的激动和奇妙的不适应。项南方让朱今墨再去看看敏柔,于是两人一块儿走进了诊室。

敏柔在床上熟睡着。李大夫告诉朱今墨,敏柔伤得不重,没有什么外伤,只是受了惊吓,已经仔细检查过了,刚才她好像要醒,怕她醒来后,情绪上会有反应,所以,又给她注射了些安眠的药物。

朱今墨一句话也没有说,但眼里全是心疼。

项南方心里充满歉意,想对朱今墨说句什么,又说不出。李大夫轻轻拉了项南方一下,两人退了出去。

屋里只剩下朱今墨和敏柔。朱今墨坐在床边看着熟睡的敏柔,眼里充满了温柔,轻轻抚摸着敏柔的脸。北平一别到今天,他奇迹般地见到敏柔两次,加上今天,是第三次,只有这一次,可以这样近距离地看着她,抚摸她的脸,他是多么渴望能安慰她，渴望告诉她他心里是爱她的，可是她清醒的时候，他又不能说，而她现在睡着了，却又听不见。

不知过了多久，项南方站到了朱今墨身后。朱今墨回头，急忙起身，恢复了冷静。他知道他应该走了。

项南方有些为难地开口："今墨，对不起，我现在是以朋友的身份跟你说话。我隐约知道，敏柔跟你，感情上有一些问题，但真的没想到，竟然是这样一种状况。"

朱今墨沉默了。他不习惯跟任何人讨论自己的感情，尤其是敏柔。

项南方迟疑了一下说："也许，我不该这个时候跟你讨论私人问题，可是，她真的非常痛苦，看来她对你误解已经很深了。"他沉吟了一下："不然，我们向老胡同志请求一下，跟她谈谈。以我对她的判断，敏柔是一个非常正直的人，她应该能够理解，而且，会对你，有帮助。"

朱今墨看了项南方好一会，摇摇头："不，不用了，还是不要了！我就要走了，还是想想眼下怎么安置她吧！"

项南方惊讶的表情。

朱今墨冷静地："我走之前，她最好在我们控制之下，否则，我担心她还会到处找我，闹出什么麻烦来！"

项南方凝神注视了朱今墨好一会儿说："好吧，你不用管了，我来安排吧！"他叹了口气："我送她回家，告诉他们是我撞了她，请她家人好好照顾她。无论如何，我们得对她好一点！"

朱今墨看着项南方好一会儿，再看着熟睡的敏柔，伸手摸摸她的脸，对项南方说了声："那就拜托你了！"说罢起身就往外走。他声音有些暗哑，眼里蓄满了眼泪，可他不想让人看见。

06

夜晚的街道，没有一个行人，项南方的车行驶在路上。项南方坐在后排，敏柔的头枕在他腿上。项南方看着昏睡中的敏柔，忧心忡忡。

车子在周家门前停了下来。项南方下了车，把敏柔从车里抱下来。

门突然开了，郭富才从屋里走过来："怎么了？出什么事儿了？"看见敏柔，他十分意外："敏柔？柔儿？怎么是你？出了什么事儿了？"说着急忙打开了大门。项南方抱着敏柔进了屋。

项南方把敏柔放在床上，程婉仪急忙上前摸敏柔的头："敏柔，你怎么了？快醒醒啊！"

敏柔沉睡着，一动不动。

顾玉秀站在一边，责怪地看着项南方。

项南方不安地说："对不起，天太黑了，车开得快，她在路上跑，司机没看见。"

顾玉秀震惊的表情。

项南方迟疑着："对不起，我，真的不知道该说什么。全是我的错！"

顾玉秀强忍着愤怒，问项南方说："你是干什么的？是做什么的？"

项南方迟疑地四下看看，有些为难："我，不知道该对您说什么，明天一早我会带医生来看她的！"

顾玉秀困惑的表情。

项南方："如果她醒了，请你告诉她，是项先生送她回来的，她就知道了。我会来看她的。"顾玉秀困惑地点点头。

07

敏柔在床上沉沉地睡着，飞虎和瑞雪醒来了，爬到了敏柔的床上。

瑞雪推敏柔说："姑姑，起来呀，跟我玩！"敏柔醒了，看到瑞雪，用被子蒙住头。

瑞雪继续推敏柔："姑姑，你快醒来嘛！"

敏柔抬手就给了瑞雪一巴掌，瑞雪哭了起来。程婉仪跑了进来说："怎么了？怎么了？去找奶奶！姑姑生病了，让她好好睡睡！"瑞雪哭着跑了出去。

程婉仪坐在床边："柔儿，你醒了？你没事吧？你昨天去哪儿了？到底发生什么事儿了？"

敏柔看看程婉仪，一句话也不说。

程婉仪坐在敏柔床前："柔儿，告诉我，到底发生了什么事儿？有什么话别闷在心里！我是你大嫂，我十几岁就到这个家，我们之间还有什么话不能说吗？"

敏柔眼泪成串地流下来："大嫂，我见到朱今墨了。"

程婉仪震惊地："什么？在哪儿？他到重庆了？妈前几天还提起他呢。他怎么样了？干什么来了？是不是约你见面了？"

敏柔摇头："他，已经不是原来那个朱今墨了！"

"他怎么了？"

敏柔困惑地说："具体的我也不清楚。他看上去神神秘秘的，身上有一种杀气，带着好多穿黑衣服的人一块进进出出。"

程婉仪震惊地说："你是说，他当了特务？"

敏柔痛苦地说："我不知道，说不清楚，反正，看上去不太像好人。我在南京的时候就见过他一次，就是去牢里看大哥那天晚上，他跟另外的人在一起，那个人身上有一种邪气。"

程婉仪说："他不会是参加了什么军统蓝衣社什么的吧？你知道吗？现在街面上到处是狗！"

敏柔摇头说："我的感觉，更可怕。我觉得那天在他房间看见的人好像是日本人，因为他叫了朱今墨一声朱桑！"

程婉仪震惊地说："柔儿，你可不要乱说，如果这事被人知道了，我们一家人也会有麻烦的！"

敏柔点头说："你放心吧，大嫂，我不会说的，我不会告诉任何人。我心里就当他已经死了。"

程婉仪把敏柔紧紧抱在怀里，敏柔哭成了泪人。门口，顾玉秀领着项南方走了进来，听到了敏柔的话，两人都停了下来。

顾玉秀回身看看项南方："麻烦你等一下！"她自己走进了屋对敏柔说："柔儿，有个项先生说要见你，昨晚就是他把你送回来的，说是他的车撞了你。"

敏柔困惑地看着顾玉秀："项先生？"

顾玉秀也迷糊了，看着敏柔："他说你知道的，怎么你不知道？"

敏柔茫然地想了好一会儿说："我知道了，妈，你告诉他，昨晚的事儿不怪他。请他回去吧！我已经没事儿了。"

顾玉秀为难地："你这孩子，人家诚心诚意来看你，总得给人家一个机会吧！"

敏柔冷静地说："不用了，妈，你告诉他，昨天的事儿不怪他，请他走吧！我现在不需要任何人的安慰。谢谢他！"

堂屋里，项南方听到敏柔的话，已经泪流满面了。

第十一章 刺杀汪精卫

01

这是1939年4月的河内，越南的首府。

一座两层的法式别墅，四周有一个很大的院子，院子里树木繁茂。

朱今墨坐在客厅的壁炉前看报纸。客厅里，四五个特务散乱地坐在沙发上、地板上、阳台上，有人在喝酒，有人在打牌。

从重庆到香港，再辗转到河内，朱今墨和这五六个人已经在这房子里住了快两个月了，计划一次次拖延、更改。军统派出了庞大的队伍，前后有几十人之多，分散在这个城市里的好几个地方。汪精卫的住址早就查清了，高朗街27号，一座法式的别墅，戒备并不是很森严，当局并没有对他特别保护，只是街面上有些警察。但问题是，朱今墨他们没枪！没枪就没法动作。代老板那里挖空心思、想尽一切办法往这里运枪，但是到现在还没有结果。

朱今墨放下报纸走出房间，迎面，李其洋在特务组长的陪同下正走过来。朱今墨看见李其洋，有些意外："李主任，您怎么来了？"

李其洋看见朱今墨，一笑说："我不能来吗？别以为军统就只有你一个能人，我也号称是西南局的五虎上将！"他盛气凌人地进了屋，朱今墨急忙跟着往回走。

组长喊："全体起立，李主任到！"

屋里的特务全放下手里的牌，站了起来。

李其洋走进客厅。组长拍拍手说："各位，我来介绍一下，这是新来的李主任，刚从香港过来，受代老板指派来指挥今天的行动！"特务们急忙行礼："李主任好！”

李其洋微笑着摆摆手说：“各位，辛苦了！根据各方面的情报，今天晚上可能是一个好的行动时机。更重要的是，我们的枪终于运到了，这是我们费尽了心机，花了大价钱，托人从香港运过来的。你们一定要好好把握这一次行动机会！一会开始发枪，要把枪组装好，擦好，子弹上膛，随时听候前面侦缉组的指令！”

特务们肃然：“是！”

李其洋一挥手，两个特务抬着一只黑箱子走了进来，把箱子放在地上，箱子打开，里面露出油纸包着的枪。

李其洋拿出一支，掂了掂说：“今天晚上，我就不跟随大家一起行动了。我在家等你们的好消息！不过，我也请你们记住，这里是越南，是法国人的地盘，一旦出现任何情况，绝对不能被活捉！否则，我们也无力把你从牢里救出来。听见了没有？”

特务们互相看了看：“听到了！

几个特务领了枪，回到各自的房间，擦枪。枪上涂了厚厚一层黄油，擦起来很费劲。

与朱今墨同屋住的是一个北方人，一口天津话，是北方站一位出了名的人物，姓林，话语不多，脾气不太好，两个月来与朱今墨朝夕相处，倒也很默契。他一边擦枪，突然就有些难过，停下来对朱今墨说：“老朱，你说今天晚上的行动会不会成功？”

朱今墨手里忙活着，眼睛看看对方说：“不知道！”

老林有些伤感：“不成功，便成仁！可是我家里，哎！”他长叹了一口气。

朱今墨放下枪走过来，拍拍他的肩膀说：“别怕，党国不会亏待家属的，真有什么情况也不会不管的。”

老林伤感地看看朱今墨说：“老朱，咱们说好了，如果真有什么意外，我们两个，都要把对方带出来，我不想死在外乡，更不想去坐牢！”

朱今墨盯着对方看了好一会儿，伸出手说：“好，说定了！”两人用力握手。走廊里，传出脚步声。门外，传出组长的声音：“全体都有，紧急集合！半小时后出发！”

02

高朗街27号，一个让朱今墨熟得不能再熟的名字了。

高高的院墙，然后是一望无际的草坪，一座白色的法式建筑。看上去空旷独立，却因为巨大的草坪使试图接近房子的人行动变得很困难。

夜色中，一架梯子搭上了墙头，几个黑色的人影沿着梯子轻手轻脚上了墙，又从墙上接过另一架梯子，沿着内墙顺下去。人影下了梯子，进了院子。朱今墨跟在其中，动作麻利。

人影迅速穿过草坪，沿着后墙摸到了门前。

门厅前，一盏老式的风灯，整个建筑只有微弱的灯光。人影摸进了楼门，悄无声息。

朱今墨走在最前面。一行人进了门厅，走到楼梯前，组长说了声："三楼，最里面的房间。"

朱今墨点点头，轻手轻脚走过去。脚踩上楼梯，楼梯发出轻微的响动。朱今墨急忙停下，从怀里掏出毛巾，包在鞋上，又沿着楼梯上去。一行人也效仿着。

朱今墨上了楼梯，解下毛巾，随后迅速躲进了楼梯拐角的地方，看了一下，没有动静。身后的人沿着楼道走过来。一行人直冲楼道最尽头的房间摸去。他们刚拐过弯，在他们身后，旁边的一间屋里传出轻微的脚步声。朱今墨听到了，急忙闪开。

一个穿睡袍的男人，拖着拖鞋，出了门，走进卫生间，关上了门。

一行人走到了最里间的门口，停下，互相看了一眼。朱今墨走过来，从怀里掏出一个铁丝，往里拨弄了一下，门轻轻开了。他刚要进门，突然，组长从他身后冲过来，拔出了枪，一下冲了进去，冲到床边，床上的人突然坐起来。组长对着床上的人就开了一枪，随即床上传出一个年轻女人的叫声："啊！"

朱今墨随即补上一枪。

组长冲上去，翻开床上的人，大吃一惊说："糟了，我们上当了。"朱今墨冲过来，看到床上死去的是一个年轻的男人和一个年轻的女人。他转身就往外冲，老林也跟了出来。

院子里传出巡捕吹哨子的声音，所有的人愣了有几秒钟。朱今墨疯了一样冲出来，用脚踢开一扇门，举枪就射，却是一间空房子，没有人。他急忙转身跑了出来。

楼梯上传来脚步声，两个特务冲到楼梯前。迎面，卫兵沿楼梯冲上来，两边的人开始对射。组长把卫兵打倒了。

另一扇门前，老林用枪对着门锁开了一枪，门开了，他冲进去，床上没人，被子堆在床上。朱今墨跟着冲过来，手在被窝摸了一下，被子还是热的！他急忙回身往外冲，老林跟着他一块往外跑。朱今墨对老林说了句："快，刚才那人一定是他！在卫生间！"门口，组长正跑过来，听到了朱今墨的话，停了下来。

老林刚冲出房间，迎面中了一枪，打在胸口上，他一下倒下了。朱今墨猛地跳开，再回头，却看到组长站在身后。朱今墨吃了一惊，来不及多想，随即飞快冲进卫生间。他用目光搜索着,门外组长在喊:“撤,赶快撤!”

朱今墨依然在寻找,他的目光停留在最里间的小门上,突然对着小门开了一枪。他听到一间门里面有动静,举枪就要冲过去,突然,他身后有人开了一枪,打中了他的后背,他身子一晃,举枪的手垂了下来,接着又是一枪,他浑身一震动,以为是自己中弹了,组长却直通通倒进了门里,摔在了他面前。

朱今墨大吃一惊。老林浑身是血冲进来,拉起朱今墨就往外跑:“快走,是他向你开的枪!”

朱今墨很震惊,随即说:“他在里面,他一定在里面,给我枪,我的枪!”门外,楼道里已经打成了一团。两个特务边打边撤退,也冲进了卫生间,看到朱今墨,急忙说:“快,从房间跳出去!快!”冲过来一脚踢开窗户,老林背起朱今墨,把朱今墨放在窗前,爬上窗台,从窗口跳了下去,把朱今墨也带了下去。

朱今墨和老林落在了地上。老林嘴里吐出了鲜血,朱今墨吃了一惊说:“你怎么了?”老林虚弱地说:“今天的行动不对头,我怀疑那个李主任有问题。”朱今墨十分震惊。

老林虚弱地说:“我是从北方站调来的。你要有机会去天津,记着去看看我的家人。”

朱今墨背起他就跑,老林拉住了他的手说:“别管我了,你赶快走吧!”朱今墨坚决地:“不,我要带你出去!”说着背起他就冲到墙边,上了梯子,翻过了墙。他刚一落地,就摔倒在地上,在他们身后,一队卫兵叫喊着追过来。

一辆汽车开过来,冲下来几个人把朱今墨和老林抬了进去,车子向远处开去,枪声响成一片。

客厅里,朱今墨倚靠在沙发上,浑身是血,老林躺在地上已经死了,两个特务把组长抬了进来,放在地上。

李其洋走了进来,看到组长,吃了一惊,再看看朱今墨,盯了他一眼,随即突然一拍桌子:“笨蛋!蠢货!你们都给我听好了,这一次行动整整策划了两个月,现在失败了,最重要的是惊动了汪主席,不,汪逆,以后的行动会越来越困难!”

屋里的人一句话也不说。

李其洋:“你们收拾一下赶快离开这里,天亮以前一定要赶到机场!”

朱今墨虚弱地问了一句:“李主任,我们,去哪儿?”

李其洋恼怒地说:“当然是重庆!全部给我回重庆,我要彻底调查才会放你们走!”

朱今墨用虚弱的目光看着李其洋,嘴角挂着一丝冷笑。他的手往腰间摸去,摸到了枪,他想掏枪干掉眼前这个混蛋,却没有了力气,他昏了过去。

03

陆军部医院，三丫工作的仓库。

三丫正热火朝天地烫床单，热气蒸腾。她满头大汗，身边的木头案子上，放着烫好的床单。她把手里的床单烫好，叠好，抱着往外走去。她走进走廊，一架担架车快速推进医院，推车的护士大声叫着："让一下，让一下！"一群人将三丫撞开了，手上的床单掉在了地上。担架车推进了走廊里头的病房。

三丫揉着被撞疼的头，把地上的床单捡起来，抱着往里走，路过病房，伸头往里看，两个特务出现在面前："看什么看，赶快滚！"三丫吓得跑开了。

护士却追出来："哎，别走，帮助着把这床单换一下！"三丫害怕地看看特务，走了进去。

朱今墨躺在担架上，身上包着纱布，护士让三丫把床单换一下。三丫手脚麻利地换好床单。护士把朱今墨从移动床上抬到了床上。一个人力量不够，三丫急忙过来帮忙。她一下看到了朱今墨的脸，认出了朱今墨，不由得轻声叫了一声："啊！"

身后，两个特务警觉地问："怎么了？出什么事儿了？"三丫急忙摆手："没事没事儿！"说着往外走，走到门口，忍不住回头看着朱今墨。

门口站岗的特务用枪指着三丫："看什么看？还不赶快走！"三丫急忙往后退。另一个特务拦住她说："不许告诉任何人你见过这个人！"三丫吓得连连点头："是！是！"慌忙逃了出去。

三丫跑到楼梯口，惊魂未定。是他，一定是他！他为什么会在这里？为什么有人看着他？他好像伤得很重，发生了什么事？他到底是什么人？他跟那些特务难道是一伙的？那些人一看就不是好东西，他怎么会跟这些人在一起？他看上去绝对是个好人，待人那么温和！对她那么好！怎么可能会是坏人？

三丫一路胡思乱想着，抱着床单进了护士站。两个护士正在消毒间忙活着，边忙边说话。

"天呐，累死我了，一下午就一直在为那个重伤员动手术，腰都快累断了。"

一个护士小声地："真的，手术的时候，我听主任说，子弹是从后背打过来的！"

另一个护士惊讶地："什么意思？你是说，自己人干的？"

三丫边听边把头凑过来，护士看见了她说："哎，这怎么有人？你怎么在这儿？"

三丫急忙说："啊，我，我收绷带！"

护士不信任地看看三丫:“你都听见什么了?”

三丫:“我,刚进来,什么也没听见!”说着拿起绷带,跑出病房,边走边回头看着。

朱今墨病房的护士端着盘子从她身边走过,三丫叫住了她:“哎,小姐!”

护士停下,不解地看着她。

三丫迟疑了一下:“那个人,他怎么了?”

护士眼睛一瞪:“你问这个干什么?”

三丫吓得直缩头:“没什么,随便问问!”

护士看到三丫害怕的样子,四下看看,好心地提醒着:“别问这么多。这个人是军统那边送来的,听说是刺杀汪精卫受的伤。你别告诉别人,不然就没命了。”说着走开了。

三丫愣愣地站在那儿:刺杀汪精卫?他是军统的人?怎么会有人在他背后开枪?正想着,赵金龙从外面跑过来,站在她身后。三丫猛地回头,看见赵金龙,吓了一跳:“啊,你怎么来了?”

赵金龙看到三丫吓成这个样子,觉得奇怪,又觉得好笑:“怎么了?怎么吓成这样?”

三丫回过神来:“你怎么跑这儿来了?”

赵金龙伸出手:“有钱吗?给我点!”

三丫有些无奈地说:“怎么又要钱?昨天刚发的工钱,刚给了你!”

“啰嗦什么,快给老子拿来!”赵金龙举手就要打,三丫吓得急忙抱住脑袋,害怕地从怀里掏出几块钱交给赵金龙。

赵金龙数了一下说:“这么少!”转身走开,走之前又回过身说:“我晚上不回去了,别告诉妈!”

三丫心里别提多难过了。她一看见赵金龙心里就有说不出的难过:“哎,你要上哪儿?晚上你不帮我拉绷带?”

赵金龙在三丫脑袋上戳了一把:“死婆娘,自己拉吧!”说完就跑了。

三丫伤心地看着赵金龙跑开,低头抹了一把眼泪。她回到工作间,看到木头案子上堆积如山的绷带,边上的大锅水已经烧开了,便急忙把绷带投进去,用一把木铲子搅动着。血腥味和着消毒水的味刺得人睁不开眼睛,她的眼泪一直往下流。她心里有说不出的委屈,自己也说不清眼泪是心里流出来的还是因为刺激的缘故。三丫觉得自己的命好苦,从小到大,没过过一天好日子。她感觉自己好像从出生就是为了干活的,从小就养鸭、打猪草、挖野菜,17岁嫁到赵家,一天到晚忙了家里忙外面,婆婆对她还好,就是这个丈夫,简直不拿她当人。她好不容易找到这份洗绷带的活,她不怕苦、不怕脏,别人不愿意做的她都做。在这家医院，人人都喜欢她，知道她能干，人人都可怜她，知道她不容易。

门口，领班抱着一大堆绷带跑进来让三丫帮着收拾绷带。她抱了一堆绷带沿着楼梯走下来，走到楼梯转角的地方，两个特务正在抽烟。她突然听到了两个特务在说话："妈的，他们什么时候来？还要守到什么时候？"

另一个说："真想现在就一枪打死他！脱了裤子放屁，费什么事！"

"再忍忍吧，他最多活不过今天晚上了！"

三丫心头一惊，她感觉到他们说的人可能是朱今墨。她急忙轻手轻脚退了回去。她抱着绷带跑到了走廊，护士看见她问："哎，你怎么又回来了？"

三丫心神不宁地说："啊，我，落了东西！"她低头往走廊里尽头走，走到朱今墨病房门口，探过头往里看了一眼，病房里没人，她悄悄走了进去。

朱今墨沉睡着，三丫轻声叫了声："先生！先生！"朱今墨没有反应。

三丫上来就摇晃他："先生，您快醒醒啊！您不认识我了？您忘了在江边！你还给过我钱？"

朱今墨还是没有动静，三丫急得快哭出声了："你快醒醒！有人要杀你，你赶快跑吧！"

朱今墨昏沉中睁开了眼睛，迷糊中看到三丫，有些困惑，随即看清了是三丫。

三丫焦急地："先生有人要杀你，你快跑吧！"

门外传来脚步声，三丫急忙往外走。特务出现在门口，看到三丫，大吃一惊："你怎么在这儿？在干什么？"冲过来就要抓三丫，三丫急忙说："啊，我，收绷带！"转身往外跑，特务在她身后踢了一脚："快滚！不是告诉你了不许随便进嘛！"三丫差点摔倒，急忙走了出去。

她回到工作间，把锅里的绷带拿到院子里，回身把刚收回的绷带装进几个大袋子里，在做这些事情的时候，她一直心神不宁，总是担心病房里的人，可是她又实在不知道应该做点什么。她什么人也不认识，只好麻木地做事。她把绷带装好，用绳子捆好，走到院落里，推过一辆板车，放在门口，又走回屋里，从里面扛出装绷带的麻袋，把绷带装在车上。

门外，一辆黑色汽车开了过来，车上下来了两个穿黑衣服的男人，其中一个下了车，对另一个："问清楚了吧？哪个病房？"

另一个："问好了，走廊里最里间，有我们的人！"

其中一个："妈的，这小子命真大！只怕今晚上他是逃不过去了！"两个黑衣人闪身进了楼门。三丫停在黑暗中，完全惊呆了。

04

朱今墨静静地躺在床上，屋里很黑。两个黑衣人四下张望了一下，见无人，便转身溜进了朱今墨的房间。月光从窗台上照进来，两个黑色的影子投到墙上，越来越大。接着，一支乌洞洞的枪管对准了朱今墨的头。

突然，身后，一个黑影闪过来，拿了一只凳子，朝特务的头顶砸去。特务叫了一声，倒在地上。身后，朱今墨眼里闪着愤怒的火。

另一个特务举枪对准了朱今墨。朱今墨一闪，在地上扫了一脚，特务摔倒了。朱今墨抓过特务的枪，对着他的头就开了一枪。另一个特务从地上爬起来，要抢朱今墨的枪，朱今墨又向他开了一枪。

看守朱今墨的两个特务听到了枪声，停下来说：“动手了，一人开了一枪！”

另一个特务说：“妈的，姓朱的，他今天绝对是死定了！”话音没落，楼上传出杀猪般的嚎叫声：“救命啊！朱今墨跑了！”两个特务一听，急忙往楼上跑。

朱今墨沿着楼梯跑下来，他身体很虚弱，脚步很吃力。

三丫沿着楼梯跑上来，看到朱今墨，大吃一惊说：“先生，你怎么在这里？快，快，有人要杀你，赶快跟我走！”

楼下，传出一阵闹闹嚷嚷的声音：“把整个楼封起来！别让他跑了！”朱今墨警觉地回头看着。

三丫拉起朱今墨：“走，快，跟我走！”朱今墨跑了两步，摔倒了。三丫急忙冲过来，背起朱今墨，往楼下跑去。

从楼梯上往下看，特务们已经把门厅封了起来。三丫急忙背起朱今墨往另外的方向跑。她用力砸开一扇门，背着朱今墨下了地下室，又穿过地下室，进了工作间，从小门跑出来，想都不想就把他放在板车上，慌乱地扯过绷带把他盖上，接着拉起板车就往外跑。她做这一切的时候没有一丝犹豫，好像早就想好了似的。她感觉她好像一直在准备救这个人。她不顾一切往外跑，跑出医院大门。在她身后，医院的院子里传出几声枪声和人声。迎面，一辆汽车闪着大灯开过来，车在门口停下，里面跳出好多黑衣人，三丫急忙躲在暗处。黑衣人冲进了医院大门，三丫从黑暗中闪出来，拉起朱今墨拼命往外跑。

她穿过医院前的小路，跑到了街面上，已经快到深夜了，街上仍然熙熙攘攘，站街的女人，卖小吃的小贩，煤气灯晃动着，三丫拉着板车穿过街道。

赵金龙正坐在一个小吃摊前喝酒。远远地看见一个人拖着板车拼命跑，他晃了一下神，低头接着喝酒，突然他好像意识到什么，再次抬眼找，醉眼迷离中，他看清了好像是三丫。他放下酒杯，嘿嘿笑了起来：“妈的，这个婆娘硬是要得，吵吵着让老子帮他拉绷带,这不跑得蛮欢实!"边说边喝了口酒。

三丫车上的绷带掉下来一包,三丫不捡,拉着板车拼命跑。

赵金龙突然觉得不对劲:"妈的,好好的跑啥子!东西掉了也不捡?"他放下酒杯,起身就追。

小吃摊老板叫住他:"哎,钱,钱!"

赵金龙从口袋里掏出钱,扔在桌子上跑开了,边跑边喊:"三丫!三丫!"

三丫听见有人叫她,急忙回头。看见赵金龙往这边跑,她跑得更快了。赵金龙捡起掉在地上的麻袋,追了过去。

三丫拉着板车跑到了朱今墨住处门前,把门打开,把车拉进了院子,把朱今墨从车上背下来,进了屋,把朱今墨放在床上。朱今墨身上的伤口渗出了血。三丫急忙跑出院去,从车里取下一包绷带,为朱今墨包扎伤口,包扎完伤口,用力摇晃他:"先生,你醒醒啊!你还活着吗?你醒醒啊!"

朱今墨昏沉着没有反应。

三丫哭了起来:"先生,你可不能死啊!你要死了,我不就白救你了?!我知道你是个好人,你赶快醒醒啊!"

赵金龙家门前,赵金龙背着麻袋跑过来,看到家门口黑着灯,他放下麻袋,大声叫着:"三丫!人呢?"屋里的灯开了,里面传出赵老太太的声音:"谁呀?金龙啊?"赵金龙扯着嗓子叫:"噢,妈,三丫回来没?"

赵老太太:"没!"

赵金龙有些困惑,放下麻袋转往外跑,沿着门前的街道边跑边喊:"三丫!三丫?"

三丫听到了赵金龙的叫声,吓了一跳,急忙起身往外跑,跑了两步,回身不放心地看看朱今墨。外面的喊声越来越近,她急忙跑了出来,拉起板车,出了院门,刚拐过街道,赵金龙就跑了过来,看见三丫就叫:"你,上哪儿去了?"

三丫惊魂未定:"我,我没上哪儿。"

赵金龙:"不对,我刚在市场上看见你了,一路追回来,跟你走的是同一条路,怎么比你先到?"

三丫出了一口气:"我,路上上了趟茅房。"赵金龙狐疑的目光看她,围着她转圈,看样子又要打她。三丫拉车往前走,赵金龙上前揪住她的头发。三丫吓得叫了一声,放下车,护住头。赵金龙恶狠狠地说:"你他妈的要是敢背着我干见不得人的事,当心老子活劈了你!"

三丫一下哭了起来,眼泪哗哗地流:"你别想那些没影的事儿!我不会干坏事的!"说着大哭。

赵金龙反倒困惑了："你哭啥子？我说错啥了？"三丫拉车边哭边往家走去，刚才只是心急，她并不知道她做了些什么，现在再看到赵金龙，听到他恶狠狠地骂自己，她心里说不出的绝望，也有说不出的快意。她觉得她救朱今墨做对了，她就是死也要保护这个男人，因为他对她好！

05

周冠忠的军队在山路上行军。山路上，一眼望不到头的队伍，士气低落。

山道两边，是拥挤的难民。

远处传出枪炮声，随即，成群的难民从山坡上往下跑，正在行军的部队与难民挤在了一起。

难民们在喊："不好了，前面的山口让日本人堵住了，过不去了！"行军的士兵一阵骚乱。

周冠忠带着连生和一队卫兵跑了过来，问："怎么了？出什么事儿了？"难民指着远处："前面发现了日本兵！一眼望不到头！"

周冠忠急忙往山坡高处跑去，拿出望远镜向着对面的山头望去，山谷里，到处都是日本兵的营帐，还有人在升火做饭。山下，难民和队伍已经乱成了一团，争相夺路，谁也不让谁。

周冠忠冲过来，对着山下喊："不要乱！不要跑！听我指挥！敌人驻扎的地方离我们这里还有一天的路程，有我周冠忠在，大家不要怕！"士兵们停止了奔跑，难民们也渴望地看着周冠忠。

周冠忠下令部队就地扎营。刚安顿下来，李参谋就拿了电报走进来："报告师长！前方指挥部来电！"

周冠忠头也不抬地说："念！"

李参谋念电报："日本人调集了一个师团的兵力，正在向阳山进攻，企图阻断从宜昌到万县的公路。长官命令我们死守山口，保护这条路线！"

周冠忠沉默了一下，点头："回电告诉长官，我们一定守住山口！"

李参谋走出门，周冠忠疲倦地坐在桌前。

连日行军，人困马乏，供应补给跟不上，伤兵得不到救治，士气低落，部队战斗力低下，日本人跟在后面紧紧追，这一切让他心头好像压了块大石头，他在桌前一坐很久。天渐渐黑了下来，连生过来掌上灯，又端了洗脚水，放在地上："大哥，洗洗脚吧！"他放下水盆，替周冠忠脱鞋，鞋却粘在脚上，怎么也脱不下来。

突然远处传出一声枪响，周冠忠浑身一震，问："哪里打枪？"连生急忙跑了出去，高声问："哪里打枪？"

一个士兵跑过来："报告长官，水井边，部队和一群逃难的大学生打起来了！"

连生急忙往井边跑。

水井边，一群士兵和一些学生正在紧张地对峙，两边的人互相抵住劲，谁也不让。

连生揪住一个士兵问："怎么回事儿？到底怎么回事儿？"

士兵嚷嚷着："长官，这些学生们要跟我们抢水。我们走了一天的路，要做饭，要洗脚，周围只有这一口井！我们让他们晚一点，他们不答应！"

连生急忙回身对学生们喊："同学们，听我说！我们急着赶路，为了增援这里的守军，每天早晨5点就要赶路，因为要躲避日本飞机，晚上天黑了才能做饭，士兵一天只能吃一顿饭，希望你们体谅我们！等晚一点再来行吗？"

学生们愤怒地嚷着："不行，绝对不行！是我们先到的，你们一来就占下这口井，绝对不行！"

连生说："我们当兵的走路就是为了守护前面的山口，日本兵离这里只有一天的路了。我们是为了保护你们，你们就不能体谅一下我们吗？"

学生们愤怒地说："我们还是从武汉逃出来的呢，比你们走得更远！你们保护什么老百姓了？人家都说国民党军枪一响就往后跑，就知道保存自己。少说鬼话！我们不信！"说着继续往前冲，与士兵们纠缠在一起。连生急了，冲着天就开了一枪。学生们听见枪响，更愤怒了："你们开枪吧，就知道对付老百姓！"不顾一切冲上来，两边的人再次打成了一团。

周冠忠从人群后面冲了过来，冲到了两边人的前面，大喊："停下！停下！"冲突继续着。周冠忠高声喊："士兵们都停下！"

连生听到周冠忠的声音，叫了声："长官？"急忙冲过来，高声喊："别打了，停下！师长来了！"

士兵们都停了手，学生们继续追打。一个学生拿着一只水桶打到了周冠忠的头上，连生冲过来，把学生撞出去老远，学生摔倒地上，后面的人围了上来："不许打人！"冲上来就要围攻周冠忠，连生对着天空开了一枪："别打了！"学生们都呆住了。

周冠忠冲过来，抢过连生的枪说："不许开枪！"他愤怒地盯着连生："你想干什么！太不像话了！"连生委屈地看着周冠忠。周冠忠一步步站到高处："同学们，听我说，我是本师师长周冠忠，你们听我说！"

学生们愤怒地看着周冠忠："我们不听你说！有什么可说的！"

周冠忠看着愤怒的学生们，心情沉重地："同学们，听我说！今天的事，我向大家道歉，是我们的错！"接着又沉重地转向士兵："你们，怎么能这样做？你想想，我们当兵打仗是为什么？仅仅为了吃粮？混口饭吃？"他心情沉痛地说："弟兄们！我知道，我们连日行军，风餐露宿，每天只吃一顿饭，很辛苦，可是你们想过没有？我们这么辛苦，弄不好明天一早就会丢命是为了什么？不就是为了保护这些老百姓嘛！这些学生，他们是国家的未来、民族的希望。这些人，从占领区逃出来，一路走到这里，就是不想当亡国奴！”他心情突然有些激动了：“刚才你们学生骂我们的话也没错！的确，是有那么一些国民党军队枪一响就往后跑，很多人不敢跟鬼子硬拼，各派系都为了保存实力不愿出兵，你们说的这些我们都承认。可是，我可以告诉你们，我周冠忠的兵不是这样的！就算以前是，以后也不再是了！弟兄们，同学们！你们好好想一想，我们为什么会在这里相遇？就是因为我们的难民们不愿意投降，而我们的军人为了保护他们，我们的目的都是一致的！这些个学生们、难民们宁可逃离家园，也不愿意当亡国奴，宁可死在逃难的路上，也不愿意被日本人奴役，所以他们选择了逃亡，选择了艰苦，而我们打仗也就是为了保护他们，如果我们早就投降了，大家何必在这里辛辛苦苦？守在家里，至少可以吃一顿热饭，就算对鬼子低眉顺眼，至少还可保一条命！可是我们都知道，那样的生活是没有出路的，因为你的命在别人的手里，说不定哪天一早醒来，屠刀就架在了脖子上！既然如此，我们就应该彼此善待对方！大家不要觉得没有希望，不要觉得没有前途。我倒是很乐观，我可以告诉大家，中国没有亡，那是因为有无数的中国人在前线作战；中国没有亡，是因为我们的老百姓全都不愿意留在占领区。所以，我劝大家都要鼓起勇气，所有的人都要鼓起勇气，不要抱怨，不要气馁！不要哭哭啼啼，凄凄惨惨！”

人群后面，周祖康出现了。他激动地看着周冠忠，鼓起了掌。

周冠忠回头，看到了周祖康，十分意外：“父亲？”

周祖康从人群后面走过来，紧紧抱住了自己的儿子，说：“忠儿，忠儿，终于见到你了！你说得太好了，谢谢你！”士兵和学生们很惊讶。

周祖康走过来，激动地看着学生和士兵们：“同学们，士兵兄弟们，我是周祖康，周冠忠是我的儿子！能在这里遇到他，实在是太高兴了！不是因为他是我的儿子，我要赞成他，而是因为他说的话很有道理。他的话让我明白了一个道理，不要觉得逃亡苦，因为这是我们自己的选择。我们以前总爱说，天下兴亡，人人有责。那么我们的责任是什么？就是在任何逆境中都要有信心，都要乐观！只要我们的心不死，国家就不会亡！”

士兵们和学生们热烈地鼓起了掌。

06

周冠忠营帐，周冠忠扶着周祖康坐下。

连生端了桌子进来，打开罐头，放在桌上，咬开一瓶酒，为他们倒上，周冠忠举起茶缸说："父亲，儿子不孝，只能用这个招待你了！"

周祖康感动地说："别这么说，忠儿，能看见你，就已经很高兴了！"

两人碰杯，喝了一口酒，周冠忠问父亲："父亲，您，怎么会在这里？"

周祖康苦笑着摇头，说起了这一路的经历、一路的艰辛。周冠忠惊叹于父亲毅力和决心："父亲，您老人家这么大年纪，身体怎么受得了？"

周祖康笑着摇头："没什么受不了的，我们是为了我们民族的未来而战！这些孩子们，都是国家的未来，要把他们保留下来！"

周冠忠激动地点头，父子两个再次举杯，都喝得有些多了。

一夜倾谈，几十年的隔膜都消失了。亲情，血缘，国家、民族、父子，责任，情感，周冠忠和父亲有说不完的话。周冠忠从小沉默寡言，从小就被教育成一个端庄厚朴周正的人，从小就知道家里没有父亲，没有男人撑着，自己要像个男人，要帮着母亲支撑这个家。他心里对父亲有过无数猜测，也有怨恨、苦涩，十几岁出门当兵，一直承担着父亲的角色。这一夜，他见到父亲，与父亲如此近距离地交流，他好像把一辈子的话都说完了。而父亲也是敞开了心扉，把他这些年的经历一股脑告诉了儿子。冠忠感到很欣慰，他心里觉得他跟父亲很像，这让他很自豪，这一夜，他感觉自己心里从来没有过的踏实。

清晨，军营外传出集合号，周冠忠已经穿戴好军服，周祖康在行军床上熟睡着，连生走进来，刚要喊报告，周冠忠示意他小声，轻声告诉连生："我们先走，你留下，然后派一个班的士兵送他们走！这顶帐篷送给老人家！"说完走出营帐。

士兵们已经开始在路上行军。周冠忠看着他的士兵们从他面前走过，心里很踏实。李参谋一行人跑了过来，周冠忠跟他们一块走。

周祖康从帐篷里走出来，边走边叫着："忠儿！忠儿！"他眼睛红红的，边叫着儿子边伸出了手，那样子让人看了觉得特别揪心。

周冠忠下意识抓住了父亲的手，心里有一种奇怪的震动："父亲，您，怎么醒了？"

周祖康拉着儿子的手，捧在胸前，眼含泪花说："孩子，我，一直在装睡，我害怕——离别！可是我还是忍不住跑出来。忠儿，你好好打仗！我在后方等你的好消息！"

周冠忠眼圈红了，走过来，紧紧抱住周祖康。父子两个紧紧相拥。周冠忠几乎是头一次洒下了男儿泪，他再也不怕在父亲面前流露感情，也不怕在自己的士兵面前流露感情了。周祖康也是老泪纵横。

过往的士兵们默默看着这一幕，然后默默走开。

周冠忠再次拥抱了父亲。

07

郭富才把防空洞的门安好了，试了试："嗯，好啊，我们的防空洞终于完成了！这回，让他龟儿子再来炸，看他还敢不敢来！"

吴国喜沿着山坡走过来，周家人用奇怪的眼神看着他。

吴国喜笑嘻嘻地说："我听说，防空洞挖好了是不是？"周家人看也不看他。

吴国喜走过来，试试门："嗯，不错，我看不错！"说着，掏出把锁把门锁上，然后把钥匙在周家人面前晃了晃："大恩不言谢！不过还是要谢谢你们！你们辛苦了！"

郭富才急了："哎，你什么意思？这防空洞不能上锁的！"

吴国喜笑着说："不上锁？你们一家人要是钻进去怎么办？"

郭富才说："哎，这防空洞够大，我们两家人可以一起用的！"

吴国喜无赖地说："那可不行，我们可不能跟你们在一起，跟你们住在一起就够倒楣了！"

郭富才气坏了："你简直是强盗！强盗！"抄起铁锹就要砍门。吴国喜从怀里掏出一把枪，对准了郭富才："怎么？想尝尝这花生米的滋味是吗？"郭富才脸色一下变了，吓得往后退。程婉仪急忙把两个孩子揽在怀里。

吴国喜笑了起来，他用枪比划着："怎么样？害怕了吧？告诉你们，老子忍了不是一天了，你们有本事，掏出枪来？"周家人很生气，敏柔沿着山路跑过来，看到这一幕，停了下来。

吴国喜回头看见敏柔，一笑："敏柔小姐，你来了？你最近怎么不到江边去了？防空洞挖好了，不过，你可以进来躲，省得我在里面闷得慌！"敏柔快气疯了，吴国喜大摇大摆走开了。他回到家，命令老婆把桌子搬出来，替他炒几个好菜，他要在院子里喝酒，桌子上放着他的枪。

周家人在自己屋里忙活着，敏柔和程婉仪在厨房做饭。

吴太太端了一盘菜走过来说："他爹，我炒了个鸡蛋，你尝尝怎么样？"

吴国喜看了一眼，恼怒地说："你个瓜婆娘，告诉你好多次了，炒鸡蛋不要放好多酱油！酱油那么金贵！好东西怎么能一次吃完？"吴太太陪着笑脸："是是，我下次注意。"

敏柔端了一盘菜从厨房走出来，穿过院子，吴国喜色迷迷地瞄着她。敏柔看见他，急忙往上屋走。吴国喜叫住她："敏柔小姐！过来吃一点吧，陪我喝一杯！"

敏柔眼里满是愤怒。

吴太太一下火了："你这个砍脑壳的，一天到晚看见骚狐狸，眼里只有骚狐狸！”

敏柔回头看看吴太太，眼里是愤怒的火光。

吴国喜说：“我就是喜欢骚狐狸，你敢把我怎么样？你的脸怎么不白净一些？你的腰怎么不细一些？你看人家敏柔小姐，就比你斯文秀气！”

吴太太上前就要打吴国喜。吴国喜把她推开，端着酒说：“来，敏柔小姐，喝点酒吧！”

敏柔一句话也不说，直接进了屋，吴国喜哈哈大笑，随即，他的眼睛直了，一支乌洞洞的枪对着他，枪后面是敏柔愤怒的目光。

所有的人大吃一惊，吴太太挡在了吴国喜面前，郭富才也冲到了敏柔面前，吴太太抓起桌上的枪对准敏柔。

敏柔冷冷一笑：“开枪啊！你敢开枪，我也敢开枪！”说着对着吴太太的脚下就开了一枪，吴太太吓得跳了起来。吴国喜吓得尿了裤子：“老婆，不要开枪，不要开枪！那枪是假的！”

吴太太一惊，恼怒地把枪扔在地上跑回了屋。

敏柔举着枪走到吴国喜面前，对着他的脸狠狠地说：“告诉你，那个防空洞让给你们了，可要是再敢欺负我们家人，我不会客气的！”

敏柔收起枪进了屋，坐在床前，默默流泪。顾玉秀走过来，抱住她：“柔儿，你哪儿来的枪？谁给你的枪？”

敏柔抹了把眼泪说：“连生哥临走的时候留给我的！”

顾玉秀震惊地：“柔儿，你怎么能拿枪呢？万一他去告密，我们怎么办？”

敏柔悲伤地：“他欺负我们都到这份上了，我还有什么可忍的？地狱也不过如此吧?!”

顾玉秀抱住敏柔说：“孩子，让你受委屈了。妈知道你心里委屈，妈以后再也不说你了，你想做什么就做什么！”泪流满面。敏柔看到顾玉秀在哭，心疼地：“妈，你别哭，以后，我再也不哭了！我们都不再哭了！我们都要好好活着，好好活下去！”顾玉秀拼命点头，母女两个抱在了一起。

第十二章 灾难从天而降

01

1939年5月2日，黄昏时分，汉英和学员们在军营的操场上列队。

大队长，也就是从前的教官正在训话："同学们，据我们得到的确切情报，最近几天，日本飞机将对重庆进行大规模轰炸。为了有效地保护实力，上面决定我们学员班全部撤退到昆明，明天一早启程。"

学员们一张张惊讶的脸："大队长，我们不走！我们从武汉撤退到了重庆，为什么还要走？"

大队长沉痛地看着学员们："同学们，不要再说了！我的心情跟你们是一样的，可是我们得面对现实。开战以来，我们已经损失了近百架飞机，现在，我们只有不到20架飞机了，可是敌人有几百架，我们根本不是敌人的对手，空喊口号没有意义！现在，赶快回去准备吧！"

学员们固执地站在原地不动。

雨婷跑进操场飞奔着，冲过来就喊："你们要走了是吗？什么时候走？"

大队长看看雨婷没有说话。

雨婷激动地："你们，为什么不说话？你们是一些胆小鬼！日本人已经爬到了我们头顶上，你们为什么一开战就撤退？总是撤退？"她的声音已经带了哭腔。

大队长满脸悲愤，大声叫了声："周汉英！"

汉英："到！"

"出列！"汉英跑了出来。

大队长："给你半小时假，半小时后归队！"汉英一下愣住了。

大队长对其他学员说:“立正,向左转,齐步走!散开!”队员们向宿舍的方向走去。

操场上只留下了汉英和雨婷。雨婷悲愤地看着汉英,汉英一声不响走过来,拉起雨婷:“走吧!”

雨婷不满地甩开汉英的手,汉英说:“别这样!你听见了,我可是只有半小时的假。”雨婷恼怒地看看汉英。

两人一前一后走进一山坡上,雨婷突然抱住了汉英说:“我不让你走!不要丢下我!”汉英也抱住了雨婷:“别哭!婷婷!别哭!”

雨婷伤心地:“我什么都没有了,家也没有了,一个亲人也没有了,好不容易遇到了你,可是你又要走了!”

汉英捧着雨婷的脸:“别哭!我们走了,还会回来的!你们是不是也要撤退了?”

“我们要集体转到重庆一所陆军医院,而你们却要去昆明!”

“别怕!雨婷,我们会再见面的。你刚才说的话我都听见了。说真的,一次次的撤退,我们也觉得很痛苦。可是没办法,我们的实力不够,所以,请你不要看不起我,不要生我的气,我相信一定会有那么一天,我们能打败日本人!”

雨婷含着眼泪:“我不怪你,不生你的气,只是希望你们能早点回来!”

汉英抱住雨婷:“雨婷,我听大队长说,日本人还会继续轰炸重庆,我们结婚吧!我们结了婚,你去重庆,可以去找我的父母,跟他们生活在一起,这样,我就放心了!”

雨婷惊讶:“结婚?什么时候?”

汉英:“就现在!”说完拉起雨婷就往山下跑:“走,我们去找大队长!”

学员宿舍,学员们正在收拾行李,汉英拉着雨婷跑了进来:“都停一下,我有重要的事情要宣布!”

学员们都停了下来,看着汉英。

汉英拉着雨婷走到大队长面前:“大队长,我有个请求!我要跟雨婷结婚,请你批准!”

大队长震惊地看着汉英:“你说什么?结婚?现在?”

汉英坚决地:“对,结婚,就是现在!我爱她,我想让她去跟我的父母住,所以,我想在撤退之前,跟她结婚!”

大队长迟疑了几秒钟,立即同意了。他坚定地握住了汉英的手说:“好,我批准了!”他看看手表:“从现在开始到明天早上,我们还有十几个小时。今天晚上就举行婚礼!”学员们欢呼起来,汉英紧紧握住了雨婷的手。

转眼之间，宿舍就被布置成了新房，墙上挂起了红灯笼，学员们围坐在一起，桌上放了一些酒和食物。

大队长在发表致辞："同学们！战友们！今天，在这个危难的时刻，我们为周汉英和罗雨婷小姐举行一个最简单的婚礼。我很感动，开战以来，我们一直在打败仗，可是雨婷小姐没有嫌弃我们，毅然嫁给我们的汉英。我们要好好感谢她！有她的支持，我们一定不会总打败仗，我们会有回来的那一天。这句话，我说了太多次，可是这一次，还要再说！最困难的时候，大家都要想想今天！"

学员们默默看着大队长。

大队长端起了酒："来，现在，我们把这杯酒喝下去！祝汉英和雨婷新婚快乐！"所有人都端起了酒，一饮而尽。

门外，一个士兵冲进来："报告大队长，总部电报，上面命令我们，今天晚上务必转移！"

所有的人全愣住了。

汉英紧紧抓住雨婷的手，两人目不转睛地看着对方。

大队长放下酒杯，悄悄走了出去，学员们也悄悄走了出去。他们走到门外，学员们有些紧张："大队长，怎么办？我们的行李全在里面。"

大队长看看学员们，对士兵说："去报告司令部，我们一个小时以后出发，再通知后勤队，把所有的车加满油，在军营外等！"大队长巡视着学员们："你们先去作战室，把所有的资料装车，最后再回来拿行李，从现在开始，一个小时内，任何人不准靠近这个房间半步，违者军法从事！"

学员们轻声但整齐地："是！"轻手轻脚往外走。门突然开了，汉英和雨婷手拉手走了出来，所有人全停了下来，惊讶地看着他们。

大队长叫了声："汉英！"

汉英拉着雨婷走上来，面带微笑："大队长，你下命令吧，我随时都可以出发！"大队长看着汉英，一句话也说不出来。

汉英对学员们："你们还愣着干什么？还不赶快去拿行李？难道到了昆明要睡光板床？"

学员们一齐看着大队长，大队长看了汉英好一会儿，对学员说："去拿行李！赶快行动！"

军营的操场上，四辆卡车停在了操场上。学员们往车上装行李。

雨婷和汉英站在离车不远的地方，汉英拉着雨婷的手说："雨婷，对不起，让你受委屈了！"

雨婷含着眼泪："不，汉英，别这么说！我们已经是一家人了，不说这样的话！"

汉英从口袋掏出一封信："这上面是我家的地址，我的父亲叫周祖康，我的母亲叫赵蔓君。你到重庆后，拿着这封信去找我父母，他们会对你好的！"雨婷接过信："我知道了，谢谢！我一定去找他们！"

学员们已经上了车，在车上分两排坐好。大队长跑过来，边跑边吹哨："全体都有，五分钟后发车！没上车的赶快上车了！"有几个学员往这边跑来，汉英看看车队，雨婷急忙说："你赶快走吧！不用担心我！"

汉英背上行李，无限遗憾地："那我走了，你多保重！记着给我写信，我也会给你写信的！"说完转身往车上跑，雨婷急忙跟了过来。

汉英跑到车下，大队长站在车下说："快，快！"汉英把行李扔到车上，战友替他接住，汉英回头看看雨婷，突然跑过来，抱住雨婷，在她脸上亲了一下，然后飞快地跑开了。

雨婷摸着自己的脸，顿时泪流满面，追了过来："汉英！汉英！"汉英已经上了车，回身看着雨婷。雨婷冲过来，拉住了汉英的手。车子开动了，两只手松开了。雨婷不顾一切地追着车在跑："汉英，我爱你，我等着你！记着给我写信！"车子开始加速，跟雨婷的距离越来越远。

汉英一动不动看着雨婷，战友们都热泪盈眶。

车子开远了，操场上，雨婷孤零零一个人站在那里。

02

朱今墨昏昏沉沉睡在屋子里，他在发烧，烧得迷迷糊糊。伤口疼痛，他痛苦地呻吟着。

三丫提着一只瓦罐，轻手轻脚推开门走了进来，把瓦罐放在桌上，轻声叫了声："先生？您在吗？"

朱今墨昏沉中在呻吟："水，水！"

三丫急忙划着火柴，点亮灯，走到床边，看见朱今墨正在床上翻腾。她伸手在朱今墨额头上试了试，吓了一跳："呀，这么烫！"她急忙跑到井边提了一桶水，拿过一条毛巾，泡湿，拧干，放在朱今墨的额头上，又从瓦罐里倒出一些米汤，坐在床边喂朱今墨喝，米汤喂进一半，流出一半。朱今墨慢慢睁开了眼睛，看见三丫，眼睛直了，好像努力在回想这个人是谁。

三丫惊喜地："先生，你醒了？"

朱今墨眼神还是虚的。

三丫急切地说："您不认识我了？我们在江边见过！这房子还是我帮您找的！你忘了前天在医院，有人要杀你，是我把你背出来的！"

朱今墨盯着三丫看了看，随即闭上了眼睛。三丫紧张地说："先生，您怎么了？"

朱今墨再次睁开眼睛说："你为什么要救我？你，怎么知道谁是好人谁是坏人？"

三丫自信地说："我当然知道，我知道你是好人，你是因为刺杀汪精卫受的伤。我听医院里的人说枪是从后背打过来的，他们还说——"

朱今墨急忙打断三丫："别说了，那是别人瞎说的！"三丫急切地："不是的，先生，我知道你是好人。我知道，你是为了救重庆人，因为他们投降了，日本鬼子就会来炸重庆！"

朱今墨摇摇头，虚弱地："别再说了，我不是别人想的那样，我只是个做生意的。你赶快走吧！别告诉任何人你见过我，也别告诉别人我在这儿！"

朱今墨不再说话，疼痛让他开始抽搐，他强忍着。三丫焦急地："先生，你怎么了？伤口是不是很疼？"

朱今墨疼得昏了过去。

三丫带着哭腔："先生，你怎么了？你可不能死啊！"

朱今墨悄无声息。

这是1939年的5月3日，是汉英撤离重庆去昆明的日子，也是朱今墨回到重庆后醒过来的日子。这天晚上，爱尔兰咖啡馆的地下室里，一阵滴滴答答的发报声穿过夜空，佐伯戴着耳机正在发报，随着滴答声，电文传了出去："重庆近日天气良好，能见度高，明天白天云层高度6500，气温32度，能见度良好，适于轰炸。"

同一个夜晚，武汉日本空军机场，探照灯把跑道照得亮如白昼。

日本军人在夜色下运送炮弹，夜色中，一双双手传递炮弹，装进飞机的弹仓里。

日本空军飞行团长寺仓正三的车穿过跑道，向指挥所开去。他到了指挥所前，下车，走进指挥所，里面已经坐满了飞行员们。全体起立，行礼，寺仓正三开始训话："诸位，大本营来了新命令，汪主席已于近日与本政府达成了协议，不久以后，将成立一个新的政府。为了让重庆政府尽早投降，我们必须实施绝对的空中打击。因此，这一次，大本营设立了一个无区别轰炸计划，目的就是摧毁这个城市的意志！重庆的雾季已经结束，明天天气晴好，我们可以轰炸了！"

飞行员个个神情严峻。

寺仓正三说："为了这一次的轰炸，我们倾全国之力，特意配置了45架中型攻击机，每架飞机配备七名机组人员，载720公斤炸弹，其中98式爆炸弹重250公斤，内装96.6公斤炸药，爆炸时，约有一万块弹片呈15–25度扇面向四周迸发，可把45米内的人杀死，把200米内的人杀伤；98式燃烧弹重60公斤，内填有固体燃烧剂，能持续燃烧15分钟，释放出2000—3000度高温，能烧穿20厘米厚的水泥屋顶，扬起5米高的火焰。这种燃烧弹将紧随爆炸弹扔向人口密集的重庆市区，相信，经过这一轮的轰炸，中国人的意志将会被彻底摧毁。我很期待明天的到来，非常期待！大日本帝国的空军天下无敌！为了天皇的荣誉，战斗吧！"

飞行员们高呼着："天皇万岁！为了天皇的荣誉，我们死而无憾！"

03

清晨时分，一辆军用卡车开进医院，车上坐着二十几个年轻的护士，雨婷也在其中。她们穿着便装，车在院子里停下。护士们下车，从车上拿下自己的行李，几个护士好奇地东张西望："啊，这就是重庆？我们到了重庆吗？比武汉可是差远了，没我想象的繁华嘛。"

雨婷拿下自己的行李。昨天晚上，她送走了汉英，回到学校，来不及多想任何事，夜里紧急集合，要求她们以最快的速度收拾行装，接着就被送到了这里。护士长命令大家把行李放回宿舍就赶快回来值班，医院里伤兵太多了，人手不够用。雨婷急忙向宿舍跑去。

走廊里，到处是病人。三丫抱着床单匆匆忙忙跑过来，两个穿黑衣服的特务来来回回走动着。三丫有些紧张，跑进护士间，把床单放下，看见护士站里没有人，就悄悄走进去。

她东张西望，走到药品柜前，柜子锁着。三丫拉了拉柜门，没拉动。

护士长走进来，看见三丫，有些奇怪。三丫看见护士长也吓了一跳，她没话找话地问护士长，外面楼道里那些人是干什么的。护士长告诉她，那是些军统的人，前几天，有个人逃走了，还杀了他们的几个人，他们就天天在这儿守着，看有没有同伙接应。

三丫紧张地哦了一声。护士长恼火地说："这些人真是讨厌，走来走去，弄得人大气都不敢出。"边说边打开药柜，从里面拿出药。

三丫盯着护士长手上的药："你拿的什么药？"

护士长意外："你问这干什么？止疼的！"

三丫迟疑着："你，能不能，把这药给我一支？"

护士长意外地："你说什么？你要药干什么？"

"我家里人前些日子让飞机炸了，身上疼，还发烧，烧了好几天了，醒不了！"

护士长看着三丫："发烧？那是伤口发炎了，止疼针没用！"

"那，什么有用？"

护士长拉长声音:“什么有用? 盘尼西林啊!”

“盘尼西林? 那这儿有吗?”

护士长苦笑:“这儿有吗?盘尼西林可是最贵重的药,别说咱们医院了,就是整个重庆恐怕也没多少,那些伤员伤口发炎,化脓,发高烧,就因为没有药,所以只能看着他们一个个死去,实在不行了就打上一针止痛针,可是就这,也不多了!”

三丫两眼发直:“那,哪儿能搞到?”

护士长苦笑:“哪能搞得到?军政部,要不就是蒋夫人,估计她能搞到!”说着锁上药品柜:“还有就是黑市,我听说那些当官的把本来拨给医院的药拿到黑市上卖,不过估计你也找不着门路!”

雨婷和另外两个护士走了进来,向护士长打招呼。护士长吩咐她们赶快换衣服去上班。三丫一直站在一边,护士长有些恼火:“哎,你怎么还待在这儿? 跟你说,我可没权力给你药,那得要处方,我这儿只有红药水、紫药水、酒精!”三丫急忙问:“那能不能给我点?”

护士长无奈地看着三丫:“你这人可真粘人!”说罢,让雨婷给她点红药水,再拿点酒精,自己先走了。雨婷给了三丫一些红药水,看到三丫渴望的眼神,不知为什么,悄悄多给了她一瓶。她觉得这个女人眼神里有一种说不出的孤苦,她很想帮她一下。

04

周家院子里,程婉仪和郭富才正在院子里晒被子,瑞雪和飞虎在院子里玩。

程婉仪拿着条帚扫着被子:“今儿天真好,可算是出太阳了,这被子都沤出毛了!”

飞虎拿柳条编了一把枪,瑞雪在一边说:“哥,真好看,给我也编一把吧!”

飞虎把豆子放进枪筒里,一抠扳机,豆子飞了出去,打在被子上。程婉仪看见了说:“虎,淘气! 不许拿着打人!”

瑞雪追着飞虎:“哥,让我也玩一下,玩一下!”飞虎抬起手:“不给!女孩子家家玩什么枪啊!”瑞雪哭了起来。

吴家的两个孩子也凑过来,小宝可怜巴巴地说:“飞虎哥,让我也玩一下吧!”飞虎看看他,不理睬。

小宝可怜地求着:“求你了,我拿我的玻璃弹球跟你换!”

飞虎傲慢地说:“那也不行!”

吴太太冲过来,扯起小宝的耳朵骂道:“你个瓜娃,你傻呀,专做赔本的买卖！不就是把破枪吗？哪天让你爹爹给你搞把真的！”

小宝疼得哭了起来：“你吹牛，连我爹爹的枪都是假的！”吴太太打了小宝一巴掌：“死娃子！滚！”小宝哭着跑了。

郭富才走到街上，街上的人们一如往日悠闲，谁也不知道，灾难就在眼前。

武汉机场日军指挥部。

寺仓正三正在办公室养神，大队长走了进来：“报告长官，飞机已经起飞，再过三个小时，我们就会有消息了！”

寺仓正三睁开眼睛，点点头：“好！”看了一下表：“走，我要亲自到塔台，指挥轰炸！”

作战参谋坐在塔台上，身边坐着报务员。寺仓正三走了进来，塔台里的军人全部起立。寺仓正三巡视了一下众人，说了声：“继续！”随后走到作战参谋旁边的椅子上坐下。

报务员按动着发报机，正在发报。寺仓正三看看报务员，说：“问一下情况，他们到了什么位置？”

报务员急忙答应着，开始发报：“长官亲自到了塔台，正在指挥作战。请报告你们的位置！”

一会儿，里面传出电报信号：“报告长官，我们已经飞过巫山，从飞机上看巫山，真是异常的美丽！神女峰，正在迎接我们呢！”

寺仓正三哈哈大笑起来：“问他们一下，机组人员精神状态怎么样？他们飞行的时候在做什么？”

电台滴答：“我们已经准备开饭了，今天的午饭是红烧肉、煎鸡蛋、咸烧鱼，饭后还有热咖啡喝！”

寺仓正三：“嗯，很好，告诉每个人，一定要把所有的饭全部吃干净！吃饱了饭，才能够更好地完成任务！随时跟我们联络！”

电台滴答：“是，长官！我们不会让长官失望！”

寺仓正三脸上挂着欣慰的笑：“好，非常好！各位，我们等着胜利的消息吧！”

05

正午时分，45架日本飞机飞到了重庆上空，刺耳的警报声响了起来。

整个城市都听到了警报声，人们显然并不习惯，茫然地往头顶上张望着，目光中互相询问着。

郭富才手臂上戴着红袖标，沿着街飞跑过来，边跑边高声喊：“飞机要来了，各家各户赶快出来呀！拉警报了！拉警报了！”行人们看着他跑过的样子，停下来看他，脸上还带着笑。

郭富才焦急地说：“看我干啥子？让你跑就跑嘍，炮弹可是不长眼的啊！”

面包店的小伙计拴娃笑着：“郭老板儿，炮弹不长眼，人是长眼的。炸弹飞来了，赶快跑就是了！”人们哄笑着。

郭富才急了：“喂，你们笑什么？赶快出来吧！警报了，别怪我没叫你们啊！”接着又冲着街道大声喊：“各家各户赶快出来呀！出来呀！飞机要来了！”

拴娃笑着，也跟随着喊：“出来啦，出来啦，飞机来了，赶快买了面包到防空洞前去卖！你们哪个娃儿赶快来批发面包，到各个防空洞去卖啦！发财啦，发财啦！”

突然远处传出剧烈的轰炸声，一声连一声，不远处，冒起了浓烟和火光。人们围上来伸着脖子看热闹：“炸弹下来了，日本飞机下蛋啦！”

郭富才对面包店的伙计叫着：“拴娃，你个瓜娃儿，还不赶快叫上你老板老板娘赶快跑！”

拴娃笑着：“我不，我屋头刚烤上面包，这飞机来了正好帮我加把火！”说着进了屋，郭富才无奈地跑开了。

周家院子里，顾玉秀听到爆炸声，急忙从屋里跑了出来。吴太太也跑了出来。

两人同时往爆炸的方向看，吴太太说了声：“乖乖，这个炸弹真是有劲！小日本的东西就是不一样！”

顾玉秀不满地看了她一眼，吴太太一点儿也不觉得自己说错话了：“看我干什么？我说的不对吗？看，那炸弹的力量就是大嘛！”

顾玉秀不满地：“要是扔到你头上，你就不这么想了！”吴太太眼睛一瞪：“你怎么咒我？凭啥咒我？”上来就要与顾玉秀吵。

程婉仪从外面跑进来：“妈，妈，你看见孩子了吗？雪儿和虎儿去哪儿了？”

顾玉秀也慌了，四下张望着：“哎，刚还在这院子里玩呢，去哪儿了？”说着跟程婉仪一块匆匆跑了出去。

吴太太在后面笑着：“八成让炸弹炸了吧！哈哈！”

顾玉秀跑出家门。街道上已经有些乱了.

人们奔跑的速度快了起来。顾玉秀和程婉仪跟着人群往山后跑，边跑边喊：“瑞雪儿，小虎！”她跑到后山上，看到两家的孩子都在山坡上。程婉仪冲了过来，拉起孩子们就跑。细妹哭着不敢走，程婉仪急忙背起了她，吴太太也赶了过来，看见程婉仪背着细妹，冲过来，推开程婉仪：“别碰我的孩子！”抢过细妹，拉着小宝就跑，程婉仪背起雪儿往山下跑。

吴太太领着两个孩子跑到郭富才挖好的防空洞前，用力推门，门锁着。吴太太用力推门：“开门，开门，里面有人吗？”小宝指着锁：“妈，门锁着！”

吴太太大惊：“砍脑壳的吴国喜，好好的锁什么门！”拉起小宝，背起细妹往山下跑。

赵家门前，警报声响了起来，赵金龙冲进了屋：“姐，妈，快跑！飞机来了！”冲过来，背起赵老太太。

赵蔓君在里边没动静，赵金龙回头喊：“姐，你快一点啊！飞机到江边了！”赵蔓君急忙从屋里出来，穿着高跟鞋、旗袍，手里拎着一个包袱。

赵金龙背起赵老太太往外跑，警报声疯狂地响起来。

赵家临近江边，飞机已经飞到了头顶。人们从屋里跑出来，边跑边沿着山路往远处看：“飞机来了？飞机长成啥样子？”人越聚越多，人们伸着脖子在看。

赵金龙背着母亲，赵蔓君也跑了过来。赵老太太趴在赵金龙背上，担心地：“儿啊，三丫呢？你媳妇呢？”

赵金龙：“谁知道，一早就出门了。这娘们这几天邪得很，一天到晚不见人影，也不知道在忙些啥子。”赵金龙看见看热闹的人挡住了路，大声喊着：“别看了，别看了！赶快躲到洞洞里头去！炮弹可是不长眼睛的！”看热闹的人伸着脖子在看，没人让路，孩子们沿着山坡追逐着：“噢，飞机来了！看飞机呀！”

赵蔓君一脚高一脚低跟在后面：“金龙，我们这是要去哪儿？”赵金龙：“去山上躲一下吧！不是说山上有好多防空洞吗？”他背着赵老太太往山上跑，赵蔓君跌跌撞撞跟着。

山坡上，成群的人在跑着看飞机，远处天空上出现几个黑点，眼尖的人看见了，大声喊着：“看，黑点！哦，那就是飞机，飞机来了！”孩子们不知愁地欢叫着：“噢，飞机！飞机，快看飞机！”接着飞机就飞过来，炮弹从天而下，人们好奇地看着炮弹下降：“看看，飞机下蛋了！下蛋了！”接着火光一闪，传出悲惨的叫声：“啊，妈呀！”

火光冲天，烟雾腾腾。

赵金龙急忙闪到路边，赵老太太重重地摔在草丛里，赵蔓君脚下一歪，也摔倒在地上，手里的包袱摔出去老远。

赵金龙急忙跑过来说：“姐，你没事儿吧？”冲过去捡包袱，赵蔓君敏捷地从地上跳起来，扑向包袱。赵金龙差点摔在她身上：“姐，你怎么样了？”

赵蔓君把包袱压在身下：“没事儿，没事儿，你不要管我！”

赵金龙生气了：“你手里拿的什么？”

赵蔓君把包袱往身后藏：“啥也不是，你快去看妈！”

赵金龙瞪了赵蔓君一眼,跑去救赵老太太。

赵老太太在草丛里呻吟着,哎哟哎哟叫着,从地上爬起来。赵金龙冲过来:“妈!妈,你没事吧?”把老太太从草丛里拉出来。两人从草丛里出来,立刻被眼前的景象吓住了:

不远处的山坡下,地上是深深的弹坑,地上躺满了尸体,有人受了伤,脸上身上到处是血,在地上喊爹叫娘。

赵老太太哭了起来:“我的天呐,这是怎么了?怎么好好的就变成这样了!真的是不让人活了!这是什么日子啊!”

城防队员沿着山坡冲过来:“大家不要怕!赶快进防空洞去!”赵蔓君拐着脚跑过来,边跑边喊:“金龙!娘!”赵金龙看看她,不理她,背起赵老太太就往山上跑。赵老太太着急地叫着:“儿啊,等会儿你姐!”赵金龙黑着脸一个劲地往前跑,一会儿的工夫就背着老太太上了山坡。

赵蔓君在山坡下高声喊:“妈,金龙——”

剧烈的爆炸声传出,火光冲天,随即是悲惨的叫声,赵蔓君吓昏了过去。

市中心,国泰剧院,屏幕上放映着上海电影。

韩兰根、殷秀岑互相丢蛋糕,踢屁股,引得观众哈哈大笑。警报声一直在响,却没有人听见。

吴国喜和一个打扮妖艳的女人靠在一起,两人一块张着大嘴欢笑。

突然,一发炮弹落了下来,巨大的声响把他吓了一跳。再看影院里,立刻像开了锅,人们争先恐后往外跑,又一声爆炸声,人们开始互相踩踏,争相从剧院中往外跑。

炸弹从天而降,剧院中了弹,血肉横飞。门前巨大的海报上,白杨、赵丹、舒绣文、张瑞芳的笑脸立刻燃烧了起来。

吴国喜和那位娇艳女郎从台阶上跑下来,女郎的高跟鞋掉了一只。吴国喜丢下她就跑,女郎拼命拖住他,往他身下钻。吴国喜猛地甩开她,拼命往前跑。身后,成群的炸弹落下来。在他身后,妖艳女郎中了弹,立刻血肉横飞,血溅了他一脸,他顿时呆住了,一句话也说不出,呆在原地不动。

另一条街道上,敏柔也在街上狂奔。

不时有爆炸声传出,她慌乱地在人群里乱钻,不远处,有一处民居,她急忙跑了进去。

敏柔跑进院子,看见吴国喜正蹲在院子一角。敏柔看见他,心里直叫倒霉,转身就想跑,吴国喜看见敏柔,却早已经吓得说不出话来。街面上又有爆炸声传出来。敏柔转回来，冲向屋里，她看见一家人正躲在桌子下面，桌子上盖着好几层棉被。听见有人进来，一家人在桌子下面发抖，一个老男人的声音喊：“不要杀我们，我们是好人！”

爆炸声不时传来，桌子下面有个女人说话了：“是哪一个？怎么闯到我们屋头来了？赶快出去，不要把炸弹引进来了。”

敏柔急忙往外跑，刚跑出门，迎面，吴国喜跑了进来：“别出去，外面危险！”拖住敏柔往屋角躲，敏柔一把甩开他，冲出院门，冲到街上，在她身后，一发炮弹落下来，房子瞬间中弹，院门被炸飞，堂屋立刻跟街道连在了一起，堂屋里那张桌子，上面还盖着棉被，棉被着了火，下面还有人。

敏柔看见了，尖叫着：“桌子下面有人，快出来啊，着火了！快出来啊！”

又一颗炮弹炸下来，房子着起了大火，敏柔大声叫着：“快出来啊，房子着火了！”想往里冲，却又不敢靠近。

吴国喜嚎叫着从屋里跑出来，敏柔冲他喊：“赶快把屋里的人救出来！”吴国喜张着嘴说不出话。

城防队员跑过来，拉住了敏柔：“小姐，退后，退后！”敏柔哭着喊：“屋子里面有人，在桌子底下！”

城防队员急忙喊：“快出来，快出来！”

房子的火越烧越大，桌子底下的人从里面钻了出来，想往外冲，大火却把路阻绝了，里面的人想逃逃不出来，外面的人拼命喊，房子里的火却越烧越大，随即，房梁倒了，房子落架了。

敏柔失声哭了起来：“完了，他们死了，死了！全死了！”

吴国喜看见这一幕也呆住了，抱住头，蹲在地上。身后一条街道上，数百人全都停了脚步，看着房子一点点烧完。

时间仿佛停止了。

周家住处附近，吴太太带着孩子在奔跑，躲藏。

日本飞机突然飞来街道上空，炸弹从天而降，立刻，就有人身体的碎片飞到了树上，大街上已经是炸弹和血肉一起横飞。

吴太太惊声尖叫：“救命啊，救命啊！”斜刺里，跑出了郭富才，一把扯住小宝和细妹，往不远处一座桥跑去。

顾玉秀、程婉仪领着两个孩子已经跑到了桥底下，郭富才背着细妹领着小宝也跑了过来，吴太太跟在后面，光着脚，高跟鞋拿在手里。郭富才放下小宝，吴太太一把把孩子护在怀里。

桥下挤满了人，还有人往这边涌。

一颗炸弹爆炸，一个正向桥下奔跑的年轻人被撕裂后抛向空中。

女人们同声尖叫，程婉仪扑向了孩子，郭富才护住了顾玉秀，程婉仪抱着哭着的瑞雪不让她看。

小宝站在人群里，看到了路边飞虎做的那把柳条枪掉在地上，他眼神一亮，趁人不注意，猛往前挤，然后突然冲出去，去捡那把枪。

炸弹再次从天而降，人们抬头看，却看到了小宝在往外跑，便大声叫："快回来，快回来！"小宝却仍往前跑。

吴太太朝小宝疯了一样冲过去。小宝抓住了那枪，炸弹爆炸了，所有的人发出尖叫。

小宝倒下了，吴太太冲了过来，也受了伤，倒在地上。

小宝倒在血泊里，手上拿着那把枪。吴太太昏了过去。

郭富才和几个年轻人冲过来，把母子抬回了桥下。

炸弹再次爆炸。

陆军医院。

半边楼已经中弹，火在烧，头上不时传出爆炸声，楼里的人们在拼命往外跑，互相拥挤。

护士长高声喊："大家不要挤，都到地下室里去，让伤员先走，家属到后山的防空洞去。护士不准离岗！"

人们哪还顾得听她的话，互相拥挤、踩踏，乱成一团。一个伤兵被挤倒了，躺在地上叫着："救命，救救我！"雨婷急忙冲过来，把他扶了起来。

门外，救护车响着警报开过来，停在院子里，车门打开，救护队员从里面抬出伤员。

护士长急忙高声喊："赶快去接病人！"雨婷和几个护士冲上来，头顶上飞机不时掠过，人们已经顾不上了。

医院走廊里，已经空无一人，伤员全转移了。

三丫跑过来，手里拿了一块砖头，冲进护士站，拼命拉药品柜门，门锁着。她拿起砖头，拼命砸锁，却怎么也弄不开。砖头碎了，她急得要哭了。

走廊时传出脚步声，随即，雨婷出现了。三丫看见雨婷，急忙停手，雨婷惊讶地看着三丫："你在干什么？"三丫一句话也不说，冲了出去。雨婷看看门上的砖印，看看地下的碎砖，似乎明白了。

护士长跑过来，高声喊："快，拿药！磨蹭什么！"雨婷急忙把砖踢到一边。

山顶的水塔边，赵金龙背着赵老太太沿着小路拼命跑。

水塔边已经聚集了很多人，赵金龙拼命往里挤："让一让，让一让！"背着赵老太太往里挤，里面的人大声骂着："挤啥，别挤了！没得地方了。"

赵老太太催着赵金龙去找赵蔓君，赵金龙生气地说不想管她了，他恼火地骂着："什么姐不姐的，没良心的家伙！她那个小包包天天带在身上。她有钱，一分钱也不肯往外拿！刚才在山上，她小包包掉出来了，我想扶她，她护着包包，好像怕我抢，有这样的姐姐吗？"

赵老太太哭了起来："都什么时候了，还计较这些。"她挣扎着起身要去找赵蔓君，赵金龙只好跑出去找人。他冲到山坡上往下看，赵蔓君随着一群人往山上跑，赵金龙冲了过来，大声叫着："姐，姐！"

一个人沿着高高的山坡跑着，飞机上的炸弹追着他炸。

一发炮弹从天而降，赵金龙冲过来，把赵蔓君扑倒。炸弹在离他们不远的地方炸了，前面的人眼看着就被炸飞了。

赵蔓君爬起来，抱住赵金龙："金龙，金龙！"赵金龙拉起她："姐，快走！"拉起她就跑。

又一发炮弹呼啸而至，赵金龙抬头，眼看着炸弹向水塔的方向而来，他叫着就要冲过去："姐，妈在水塔里！"

赵蔓君死死拖住他："别去！别去！危险！"

赵金龙推开赵蔓君冲下山去。赵金龙抬头看到炸弹从天而降，背着赵老太太拼命跑。一个死去的人把他绊倒了，他摔出去好远，赵老太太从他身上摔出去。

水塔边，炸弹扔下来，水塔倒下了。倒塌的水塔砖石俱下，把人们压在了下面。水塔下，人们绝望地叫起来。

一瞬间，时间停止了，所有人的呼喊与号叫，全都定格了。

山坡上，赵蔓君看到水塔倒下，绝望地叫了声："妈，金龙！"再次昏了过去。

赵家住处前，街道已经面目全非，房子在燃烧。三丫捧着红药水沿着街道跑过来，冲过火海，冲进了朱今墨的住处。

朱今墨躺在床上昏睡着，三丫冲了进来："先生！快跑！"冲过来，背起朱今墨就往外跑。刚冲出屋门，一炮弹在不远处爆炸，气浪冲过来，把三丫冲倒了，朱今墨摔在了地上。三丫坐在地上哭了起来。周围的房子全倒了，燃烧的火焰向她冲过来。她急忙爬起来，背起朱今墨就往外跑。朱今墨很重，三丫不知道哪儿来的力气，她背着朱今墨上了山坡，把他放在路边的草丛里。

她起身往山下看，山下，整个城市已经烧成了一团。

天空中，成群的日本飞机飞过来。

保持着单纵编队的日本轰炸机打开弹仓，爆炸弹、燃烧弹在轰炸机编队后尾形成一条落下的弹道，飞向市区最繁华的商业街道。

烈火熊熊燃烧，烟尘遮天蔽日。突然陷入恐慌的市民，不知所措，东奔西跑，倒塌的房屋深处惨叫声时时传出来，整个城市霎时变成一座人间地狱，人们奔跑、哭嚎，躲藏着。

一发燃烧弹投下来，一大片房子立即燃起熊熊烈火。

成群的燃烧弹扔下来，市中心烧成了一片。

1939年5月3号，日本飞机闯入重庆上空，正式拉开了对其长达五年半的空中轰炸。重庆人民在毫无心理准备的情况下，开始了他们的苦难。这一天，重庆陷入一片火海，下半城27条主要街道有19条被炸成废墟；燃烧弹将朝天门、陕西街到中央公园两侧的41条街道烧成一片火海。街道边、瓦砾中到处血迹斑斑，甚至树枝上都挂着被炸的烂衫、断肢、人肠。伤员肢断肉裂，防护团担架队所过之处，鲜血流成一条条乌红色的粗线，悲惨景象使人目不忍睹。

这一天，重庆，无论贫富贵贱，所有的人第一次感受到了死亡的气息。

第十三章 五三之夜

01

黄昏时分，郭富才抱着小宝，程婉仪和顾玉秀搀扶着吴太太，飞虎背着瑞雪，走进了院子。

吴国喜正坐在门口的台阶上发呆，看见吴太太，急忙冲过来：“你跑到哪儿去了？”

吴太太劈手给了吴国喜一个耳光：“砍脑壳的，你儿子死了！”吴国喜捂住脸，张大了嘴。

吴太太号啕大哭：“我的天呐，我的儿啊！我不活了！”

吴国喜接过小宝，看到他满身是血，一下跌坐在地上：“儿啊，儿啊，你怎么了？好好的咋就死了？”爬过来，拉住吴太太就打：“你咋带的孩子，你个死婆娘！”吴太太没头没脑地还手：“问你啊，好好的，那防空洞上什么锁！钥匙呢？”

吴国喜张大了嘴：“我的天，我害了我儿子？”郭富才摇头叹气，周家人往屋里走。

吴太太突然扑了过来：“别走，都别走！”一把拉住郭富才，阴冷地说：“你们周家欠我们一条命！我儿子是你们害死的！”

吴国喜像抓住了稻草：“怎么回事？”说着扑了过来。吴太太把小宝怀里的枪扔了出去，指着飞虎说：“早上的时候，小宝要玩这把枪，他不给，结果宝儿为了捡这枪……”

吴国喜嚎叫了一声，扑向飞虎，抓起他就要打，程婉仪冲过来：“放手！”吴国喜又要打。

程婉仪厉声喊："你放手！"吴太太喊："给我打！"

飞虎推开程婉仪："妈，你走开，让他打！"

程婉仪、吴国喜都呆住了，顾玉秀也呆住了。

飞虎对吴国喜说："你打吧，我不躲，也不还手，我对不起小宝！我应该把枪给他。"

程婉仪叫了声："虎儿！"飞虎伤心地对吴太太说："我心里是喜欢小宝的，你们一家人我最喜欢小宝。"他哽咽了。

吴国喜怔怔地看着飞虎，吴太太哭了起来。她抱着小宝的尸体，嘤嘤地哭，吴国喜抱着头蹲在地上，好一会儿，他突然起身往外走。

吴太太哭着："这么晚了，你上哪儿？"

吴国喜："去江边找块坟地，天热了，娃怕是在屋里停不住。"

吴太太又哭了起来："我的儿啊，早上起来还活蹦乱跳地，好好的今天晚上就要入土了？"吴国喜抱过小宝，往外走。吴太太拖着伤腿跟过来："我也跟你去。"

吴国喜难过地看看老婆："你在家吧，我自己去就行了！我造的孽，我受！"

02

雨婷疲倦地走进护士站，脱下帽子，她的头发全被汗水打湿了，衣服上也粘满了血迹。她疲倦地坐在椅子上。护士长也走了进来，在椅子上坐下："哎，累死我了，累死我了！"雨婷急忙起身，给她倒了一杯水，放在她面前。

护士长感动地看看雨婷："谢谢！你叫什么名字？"

"罗雨婷！"

护士长看看墙上的表："噢，你现在可以下班了。明天早上6点再来上班吧。"

雨婷："护士长，外面不是还没有忙完吗？"

护士长："我看是忙不完了，院子里、地下室、后山的防空洞，到处都是伤员。上面已经下了命令，不再接收伤员了。"

"那伤员怎么办？"

护士长摇头："不知道。"她喝了一口水："好了，你赶快休息一下吧！明天，恐怕得累死几个了。"

雨婷起身，脱下工作服，打开柜子，拿出自己的衣服。从口袋里掏出一封信，看了看，问护士长："护士长，我想请问一下，菜园坝离这里远不远？"

护士长："菜园坝？就在江边，应该不算远，怎么了？"

雨婷迟疑了一下："我，家人住在那边。"

护士长:“那就赶快去吧,快去快回,明早应该赶得回来。”雨婷迟疑着:“那,行吗?”

护士长:“行,有什么不行的?我批准你去。我是没家可回,我父母都在南京,她们都死了。”

雨婷呆住了,眼圈红了。

护士长苦笑了一下:“赶快走吧,出了门,右转,一条马路照直走,找不着问问别人。我估计今天晚上,街道上肯定到处都是人,都回不了家了。”

雨婷眼圈红了,说了声:“谢谢!”转身要走,护士长叫住她:“你走地下室,从后门出去,前门已经锁了。外面好多老百姓要进来,等着我们给治伤,我们收不了。”

雨婷怔了一下,向护士长鞠躬:“谢谢,我明天早上一定回来!”

她沿着护士长指示的路走出医院。街道上到处是人,扶老携幼,挈妇将雏,默默往前赶路。雨婷吃了一惊,走上前去,拉住一个老妇人问:“奶奶,这是怎么了?你们这是要上哪儿?”

老妇人伤心地:“跑警报。听说日本人晚上还要来,到山上躲一躲吧!”雨婷一惊。

03

周家大院黑着灯,没有一丝光亮,堂屋里也没有点灯,一家人围坐在堂屋里。程婉仪搂着瑞雪,摇晃着。街面上传出阵阵呼喊声,郭富才急忙打开门。

门前的街道上,人们扶老携幼,挑着家里的家什财物,有人背着孩子,有人背着老人,一路上叫着喊着往外走,边走边喊着:“走吧,离开市区!”“走吧,日本飞机还会再来!”“走啦,赶快出来吧,别在家等死了!”

顾玉秀听到了外面的喊声,也走了出来,郭富才回过身:“太太,我们,是不是也出去避一下?”

顾玉秀有些犹豫。

郭富才:“太太,我们也出去躲躲吧!看今天这样,要是再炸,恐怕会不行的!”

顾玉秀叹了口气:“好,去收拾一下吧!我们走!”

郭富才收拾了些穿的用的,挽了个巨大的包袱背在背上,程婉仪领着两个孩子,敏柔挽着顾玉秀,一家人站在了大门口,他们有些紧张,不知道这一走还能不能再回来。

吴家屋里传出吴太太的哭声,混着细妹的哭声,顾玉秀回头看看,有些不忍。郭富才小声说:“太太,那女人腿伤了！吴国喜好像去江边了！”

顾玉秀迟疑了一下,急忙吩咐郭富才去看看。郭富才走进上屋,轻轻敲门:“吴太太！”里面传出哭喊:“滚！”

郭富才手缩回来,又敲:“吴太太！走吧,外面叫着让走呢,说是日本飞机还会来！”

“死都死过了,还怕什么？我就死在你周家院子里！”

“吴太太,这些话咱们以后说,不是还有细妹嘛！”吴太太止住了哭声。

顾玉秀走过来:“吴太太,走吧,有什么话以后再说,先顾孩子！我进来了！”她推门进屋,抱起细妹,郭富才和飞虎把门板拆下来,抬着吴太太,一行人再次走出院子。

门前的街道,人群络绎不绝,人们都低头走路,互相见了面,也只是用目光互相问候。

郭富才和飞虎抬着吴太太。飞虎力气有些不支,越走越慢。一个防护队员冲过来,扶了一把飞虎,看到飞虎稚嫩的脸,急忙回过身来喊:“来个人,帮个忙,这有个孩子抬不动了！”

一个防护队员跑过来,从飞虎手里接过门板,抬着往前走。吴太太有些紧张:“你们要干什么?”郭富才急忙安慰他:“你别害怕,我们跟在边上!”一行人跟着逃难的人们涌到了江边。

江边到处是人。顾玉秀看看黑压压的人群,忧心忡忡,她把郭富才拉到一边说:“他郭叔,你们,先往前走吧！我过一会去追你们！”郭富才紧张地:“你,要上哪儿？”

顾玉秀迟疑了一下:“我要到菜园坝看看！”

郭富才好一会儿才反应过来:“太太,这都什么时候了,管不了那么多了！”

顾玉秀忧虑地说:“我不放心,这一晃快半年没消息了,我得去看看！”

郭富才急忙拦住顾玉秀:“那,我跟你去！”

顾玉秀摇摇头:“你别了,你照顾这边吧！婉仪一个人忙不过来,雪儿还小,让柔儿跟我去吧。”

郭富才不放心:“太太,黑灯瞎火,这么乱,日本飞机又要来,万一有个好歹？”

“别说不吉利的话,万一走散了就回家,不是还有家吗？”顾玉秀转回身,拉了一下敏柔:“柔儿！你跟我去菜园坝走一趟！”敏柔犹豫了一下,明白了过来。

04

赵家门前的街道，雨婷手里拿着信封，沿着门前的路跑过来。街上的房子已经全毁了，到处是废墟，到处在冒烟，雨婷站在那儿东张西望，她身边，顾玉秀和敏柔跑了过去。

赵家的房子已经被炸毁了，只剩下屋角有一道梁立着，有的地方还冒着烟，到处一片狼藉。

顾玉秀和敏柔跑过来，看到眼前的废墟，吃了一惊。她看看手里的纸条，已经找不到赵家的门牌了，茫然地看着眼前的废墟，高声喊："有人吗？有人在吗？"没有人回应。

她一下慌了，大声喊着："赵小姐！赵蔓君！"还是没有人回应她。她一阵晕眩，自言自语地："完了，全完了！"冲过去，就在废墟里扒，一边扒着，眼泪却流了下来。她感到从未有过的恐惧，害怕赵蔓君出事，她无法向周祖康交待，也无法向自己交待。她后悔自己怎么没有早点来。她把全身的力气都用上了，只扒了几下，手上就出了血，敏柔看到顾玉秀手出血了，急忙拉住顾玉秀："妈，您别扒了！"

顾玉秀看着自己的手哭了起来："完了，全完了，我怎么向你爸爸交待？怎么办？"敏柔感到了母亲的痛苦，便温柔地抱住了母亲说："妈，别哭，不会有事的，他们不会有事的！"顾玉秀哭得更伤心了。

雨婷跑了过来，看到顾玉秀，急忙冲过来："大妈，请问您，这是不是菜园坝？"顾玉秀抬起泪眼："是！"

雨婷看到顾玉秀的泪眼，心里也是一动："那请问，这儿是不是住着一户姓周的人家，周祖康！"

顾玉秀一怔："你，是什么人？"

"我想找周祖康和赵蔓君。"

顾玉秀脸色一变："你到底是谁？我就是周祖康家里人。"

雨婷激动地看着顾玉秀："您，就是，汉英的母亲？"说着激动地扑上来："妈，我可找到你们了。我是汉英的妻子，我叫雨婷！今天早上刚从涪陵过来，就赶上轰炸了。汉英他昨天晚上转移去了昆明，他让我来找您！"

敏柔惊讶的表情，刚要说话，顾玉秀一把抱住了雨婷，一动不动，好一会儿，说："好好，孩子，来了就好。咱们先离开这儿，有话慢慢说。"

雨婷："您要去哪儿？我爸爸呢？"

顾玉秀心疼地看着雨婷说："大家都往山上走，咱们也走吧！"她拉起雨婷就走，走了几步，就看见赵蔓君穿着高跟鞋，手里拎着她那个小包，沿着门前的街道走过来，她脚上受了伤，走路一拐一拐的。

顾玉秀看到赵蔓君，停了下来，赵蔓君也看到顾玉秀，也停了下来。

两人都有些紧张，顾玉秀叫了声："赵小姐！你还好吧？"赵蔓君听到顾玉秀的话，心头一酸，点点头，刚想说话，觉得一阵晕眩，身子晃了几下，昏了过去。

顾玉秀急忙冲过来，抱住她："赵小姐！你怎么了？快醒醒！"赵蔓君没有一丝生气。

雨婷急忙过来，掐赵蔓君的人中。

赵蔓君缓过了一口气，睁开了眼睛，看看顾玉秀，看看敏柔，看看雨婷，一句话也说不出来，只有眼泪在流。顾玉秀抱住她说："赵小姐，说是日本飞机还要来，大家都上山了，你赶快跟我们走吧！"赵蔓君点点头。

顾玉秀上来就要背赵蔓君，雨婷说："我来吧，妈，我是护士，背伤员还是我来吧！"背起赵蔓君就走，敏柔和顾玉秀急忙跟上。敏柔指指雨婷，小声说："妈，怎么办？她误会了。"顾玉秀低声说："先保命吧，有话回去再说。"

05

郊外的山路上，到处是人。数以万计的男女老幼逃往郊区，有人打着火把，照着前面的路。

城市仍然在燃烧，火把的光映着远处燃烧的城市，照在人们的脸上，更显出无比悲惨凄凉。

流动的人群中，瘦弱的雨婷背着赵蔓君，顾玉秀领着敏柔，跟在行色匆匆的人群中。

顾玉秀一手扶着赵蔓君，对雨婷说："孩子，换换吧，我来背吧！"雨婷坚强地说："不用！我能行！"她们默默跟在人群中，走上山坡，回首向临江门望去，那儿是一片火海，火舌在上面翻滚乱卷。

在长江方向的远处，大火冲天，火舌高过了对岸的群山。重庆在燃烧。

突然，一个声音传出来："同学们！跟上，不要怕！"

顾玉秀听到这熟悉的声音，心头一动，回头张望着。周祖康的声音再次传出："同学们，以班为单位，去帮助那些受伤的人！"立刻，一群年轻人的身影奔跑着，有人接过了担架，有人接过了人们背上的家什。

顾玉秀和敏柔同时回头，寻找着。周祖康的身影跑过来："同学们，不要怕，不要挤，让老人和孩子先走！"

顾玉秀轻声叫了声："祖康！"

周祖康听到了顾玉秀的声音，回头找，一眼看到了顾玉秀。顾玉秀激动地说："祖康，真的是你！"冲了过去。周祖康穿过人群，跑到了顾玉秀面前，两人远远地站住了。

顾玉秀激动地："祖康！真的是你！"周祖康也冲过来："玉秀！"两手拉住了顾玉秀的手。周祖康看到了敏柔，看到了雨婷，也看到了她背着的赵蔓君，意外地叫了声："蔓君！"

赵蔓君看到周祖康，泪流满面，从雨婷背上下来，扑到了周祖康的怀里："祖康！"周祖康抱住赵蔓君："蔓君，别这样！有话回去说！"

一家人就那么站在那里，人人眼里都噙满了泪花。敏柔害怕母亲受不了眼前的刺激，走到顾玉秀身边，伸手握住了顾玉秀的手。顾玉秀感觉到了敏柔伸过来的手，也紧紧握住，此时的她什么都不会往心里去了。她看着周祖康，心里一阵激动。她没有想象中那么愤怒。她只有欣慰。她庆幸她找到了赵蔓君，把赵蔓君带到了山上，并见到了周祖康。一家人活着见面，就足够了！不，哪怕是不认识的人，大家都活着，就是最好的事儿了。

雨婷看着眼前的一切，震惊又困惑。顾玉秀拉过雨婷，指指周祖康和赵蔓君说："孩子，他们才是汉英的父母。"雨婷更困惑了："那您？"

顾玉秀苦笑了一下："以后你就知道了！"说罢拉起敏柔就走。周祖康急忙追了上来："玉秀！别走！"

顾玉秀回头，赵蔓君也在往这边看。

周祖康左右为难："现在不是说话的时候。你们先到山上躲一躲吧！日本飞机还会再来。我这里有几千个学生，忙完了我就回去。"顾玉秀平静地点头："你去吧！"

周祖康歉意地："那我先走了，你们也赶快离开。"说着拍拍敏柔的肩膀，走开了。

顾玉秀带着赵蔓君、敏柔和雨婷在人群中找到了郭富才和程婉仪，他们沿着山路不知道走了多远，终于到了山脚下。

郭富才领着飞虎砍来树枝，用几根木头搭成人字形，程婉仪和敏柔把床单拴在架子上搭成了一个简易的席棚，深夜时分，周家人才安顿下来，一家人总算能坐一会儿了。吴太太在另一边哭着，没有人去劝，不是不劝，是因为她需要哭一哭。

雪儿和飞虎睡着了。赵蔓君半坐在那里，似睡似醒。顾玉秀、程婉仪和郭富才、敏柔坐在另一边。雨婷拿了一把扇子，为两个孩子打着扇子。

程婉仪轻轻说了一句："不用扇了，这儿不热！"雨婷轻声地："我怕蚊子咬了他们！"

程婉仪、顾玉秀和郭富才都怔住了，他们为这个姑娘的细心感动了，也都喜欢上了这个文弱又坚强的姑娘。顾玉秀拉过雨婷，让她到身边坐，又拉着雨婷的手，不停地抚摸着，一边问起她和汉英的事，雨婷一一讲给顾玉秀听。她告诉顾玉秀，她昨天跟汉英结的婚，仪式没结束，汉英就走了。顾玉秀的心震撼了，所有的人都觉得很震撼，只有赵蔓君似睡非睡无动于衷。

雨婷从怀里掏出汉英留给她的信，告诉顾玉秀，汉英是个勇敢的、有责任感的好男人，他是疼她的；结婚其实是怕她一个人到重庆没有人照顾。顾玉秀心情沉重地接过信，心疼地看看雨婷，把信递给了赵蔓君。

赵蔓君接过来，只看了一眼，两把就把信撕碎了。顾玉秀瞠目结舌。

赵蔓君冷冷地看着雨婷，告诉她："我不知道你是谁，也不想知道你跟我儿子是什么关系。你从哪儿来的，回哪儿去。我是不会认你这个儿媳妇的！"

雨婷泪水夺眶而出，顾玉秀、郭富才、程婉仪和敏柔全都惊呆了。

赵蔓君目光扫过周家人的脸："你们也用不着这么看着我，周汉英是我的儿子，周祖康是我的丈夫，这是我们的家务事，用不着你们插手。"

雨婷捂着脸哭了起来，起身往席棚外跑去。顾玉秀心头一阵发凉，她原以为一切都会结束，却没想到只是个开始。她并不后悔去找赵蔓君，也不打算跟她一般见识。她起身追上了雨婷，温柔地安慰这个受了伤害的孩子："孩子，别怕，有我们呢。本来，我不想跟你说什么，也不知道怎么说，现在我可以告诉你我是谁了。这是我的女儿敏柔，这是我的大儿媳妇，这是咱们家的郭叔，替咱们管家的，周祖康是敏柔的爸爸。"

雨婷困惑地抬起头，随即明白了顾玉秀的身份，经过一个晚上，她已经爱上了眼前这位慈祥的母亲，她叫了声："妈！"扑在顾玉秀怀里。顾玉秀紧紧抱住雨婷："孩子，别哭，以后我的家就是你的家！我们是一家人！"她喜欢这个姑娘，更要为汉英疼惜这个孩子，不管发生什么事，她都必须这么做！

06

江边的山坡上，朱今墨藏身的地方，朱今墨依然昏睡着，三丫坐在他身边也睡着了。突然，她惊醒了，四下看着，山脚下，火依然在烧，眼前，朱今墨依然昏睡。三丫觉得害怕，觉得从未有过的恐惧，她脱下外衣给朱今墨盖上："先生，我回去给你找点吃的，再拿盖的，你别乱动。"转身下山。

山坡上，就地立起一座坟包，吴国喜正在往坟上培土，边培土边哭："儿啊，你走路要走阳关道！往那有光亮的地方去。这个世道早死早托生。去吧，我的儿啊！"他把土拍结实，在坟前坐下，摸出一支烟，拿出火柴，点着了，趁着微弱的火光,他看见不远的山坡上,趴着一个男人,脸朝下。他吓了一跳,急忙吹灭了火柴,拍着胸口,安抚着自己,过了一会儿,又划着一根火柴,凑了过去。

在那人身边不远处,扔了一个木头箱子,上面写着几个字:“盘尼西林。”吴国喜四下张望着,不顾一切地搬起箱子,往山下跑。

三丫沿着山坡走过来,看到有个人在跑,停下来,想让开。吴国喜看见三丫,脚下打滑,停了下来。

三丫一眼看见了吴国喜身上的药箱子,看见盘尼西林几个字,眼睛都红了,冲过来,大声问:“你拿的什么?”吴国喜吓得直往后退。

三丫厉声说:“把药放下!”吴国喜继续往后退:“我不,又不是你的!”

三丫几乎失态了:“放不放?不放我喊人了!”冲上来就跟吴国喜抢。

吴国喜左挡右挡,跟三丫撕扯起来。他放下箱子,猛地一推,把三丫推倒在地上,三丫尖叫着摔出老远,吴国喜扛起药箱就跑。他飞快地跑到山脚下,把药背进了仓库,用一些山货盖好,然后,虚弱地坐在地上:“妈的,老子要发财了!儿子死了,老子要发财了!”说着说着,突然捂着脸哭了起来。

三丫一路追过来,透过门缝,看到了吴国喜,她用力打门。

吴国喜听到敲门,吓得跳起来,低声问:“哪一个?”三丫推开门,闯了进来。

吴国喜看到是三丫,来了精神,凶恶地:“你要干什么?”

三丫一脸坚决:“给我一盒盘尼西林,我就要一盒!”

吴国喜说:“我要是不给呢?”

“那我就去告你!”

“告我?你跟谁告?怎么告?谁听你的?重庆都让日本人炸飞了,你还想着告老子?”

三丫哀求着:“求你了,那么大一箱药,我就要一盒!我家有病人,高烧不退,眼看就要死了,我求求你了!”

吴国喜突然冷笑起来:“你变脸可真够快的!刚还要告老子,这会就求饶了?”他走上来,盯着三丫:“告诉你,我儿子今天让日本飞机炸死了。他只有8岁,还没活过人,这药是他指给我的,是我儿子的命换的,我怎么能给你?”

三丫哭了起来:“我给你钱!你说,多少钱?”说着从口袋里掏出几张钱,吴国喜见了,笑了起来:“就这几个钱,只够吃碗馄饨的,就敢来买药?”说着把三丫推了出去。

三丫在门外拼命敲门,吴国喜死活也不开。三丫失魂落魄地跑回朱今墨藏身的地方,看到眼前这个男人依然昏睡,已经憔悴不堪,胡子很长,脸色又青又灰,嘴唇干裂得不成样子了,迷迷糊糊在说胡话:“柔儿,快回家,别在外面乱跑了!”

三丫惊恐地看着朱今墨，眼看着朱今墨折磨得不成样子，她难过地哭了起来："先生，你赶快醒了吧！我已经快撑不住了。我的家让日本人炸毁了，我婆婆、我当家的、我大姑全不见人影了。我拿你怎么办？要不你告诉我找谁，我好把你送走！我真的管不了你了！"

朱今墨昏昏沉沉。

她感到走投无路，伤心地在江边跪下，哭了起来。她恨自己无能，救不了眼前这个男人。她自己也不明白她到底怎么了，但她只有一个念头，不能让他死去！

07

吴国喜伸着懒腰，走出仓库，准备锁门。他一夜也没有睡好，把那些药从箱子里拿出来，一盒盒看着，一会哭，一会笑，折腾了一个晚上，现在他要回家去看老婆了。

三丫沿着江边的石板路走了过来。吴国喜抬头看见了三丫，心头一动，他有一种说不出的预感，会有什么事情要发生。

三丫走过来，一脸绝决："我要一盒盘尼西林！"

吴国喜笑了笑，走过来，摸了一下三丫的手。三丫哆嗦了一下，但没有躲开。

吴国喜："两支！"

三丫坚决地："一盒！"

"你他妈的金子打的！就两支！一支就能救命！一盒能换根金条了！"

三丫不再坚持了："那就三支！"

吴国喜盯着三丫看了好一会儿："妈的，三支就三支！你气死老子了！"说着冲过去就拉起三丫进了屋，并立即回身把门死死关上。

三丫紧张地盯着吴国喜："先把药拿来！"

吴国喜快气疯了："你他妈的以为我会骗你啊！又不是什么黄花大闺女，老子还想先验货呐！"

三丫转身往外走，吴国喜叫住了她："别走！"转身从墙边取出了一盒药，从里面拿出了三支，交给三丫。

三丫紧紧抓在手里："这药不会是假的吧？"

吴国喜已经快气疯了："你她妈的说话真呛人！这药可是我儿子一条命换的！"说着他就冲过来抱住了三丫要扒她的衣服。三丫绝望地挡开了吴国喜的手："把你的手拿开！"

吴国喜喘着粗气："你，不是要反悔吧？"

三丫绝决的表情:"我自己脱!"眼泪已经流了下来,说着一只手解衣服。

吴国喜猴急着扑了上来,三丫哭成了泪人,手里紧紧抓着那三支药……

08

陆军医院门前的空地成了难民救济所,医院的门外,院子里坐满了人。

雨婷匆匆跑过来,门锁着,她用力推门,却怎么也推不开。三丫从远处跑过来,看见雨婷,停了下来。雨婷也认出了三丫:"是你啊,你家人都好吗?"

三丫拉着雨婷就跑,两人从后门进了医院。走廊里挤满了人,哭的喊的,乱成一团。

护士长看见雨婷:"哎,你怎么才来?赶快换衣服值班!"雨婷急忙往护士站跑,三丫追了过来。

雨婷换好衣服走了出来,三丫走过来,站在她面前,眼睛里充满渴望。

雨婷看见三丫的样子有些奇怪:"怎么了?出什么事儿了?"

三丫左右看看:"小姐,求你个事!"她四下看看,把门关上,从怀里掏出一盒药说:"想求你帮个忙,能不能帮我打个针!"

雨婷困惑:"打针?什么针?你哪儿不舒服?"

三丫:"不是我打,是我家里人,人不在这儿,在江边。"

雨婷惊讶地:"江边?"

三丫:"是!小姐,我看你是好人,心眼好,求你帮帮忙吧!我家里的人发高烧,好几天了,快死了!"说着快哭了出来。

雨婷:"我还得值班。你也看见了,外面那么多伤员!"护士长探进头来:"怎么回事儿?还不来?怎么把门还关上了?"

雨婷急忙:"啊,就来!"说着就要往外走。三丫拦住她:"我求你了,我求你了!"说着要哭了。

雨婷:"告诉我,是什么药?"三丫从怀里拿出药,雨婷看见药,张大了嘴,一把抢过来:"哪儿来的?"

三丫坚决地:"你就别问了!看是不是真的?"

雨婷打开药,看了看:"是真的。天呐!这么多,你哪儿搞来的?"三丫:"你就别问了,求求你!"

雨婷看看墙上的表:"不行,这药不好打。打不好会出问题,你等我一会,一会儿午休的时候我跟你去!"三丫快哭了:"那就谢谢你了!不过求你一件事,你无论如何不能告诉任何人,尤其是医院里的人。"

雨婷惊讶:"为什么?这药是你偷的?"

三丫连连摇头："不是，我就是不想让他们知道！就是怕他们误会！"三丫心里是害怕被那些军统的特务听到，弄出麻烦。

雨婷困惑地答应着，跑出护士站，忙前忙后的。三丫一直在她身前身后忙活，不时看着表。雨婷看出三丫心急，好不容易抓了个空，叫上三丫，两人就往江边跑。两人走到赵家门前的街道，雨婷四下看着："这个地方我来过，我昨晚来过！"三丫已经顾不得听雨婷说什么了，拉着雨婷进了朱今墨住的院子，打开门，让雨婷进去。雨婷看到朱今墨的样子大吃一惊，伸手摸摸他的头："天呐！他怎么病成这个样子了？"她急忙拿出针剂给朱今墨打针。

朱今墨昏昏沉沉地睡着，雨婷把针拔出来说："他烧得太厉害了，我一次给他打了两针。这药打下去，过几个小时就应该能见效了！明天我再来给他打一次，应该能醒！"

三丫拿过床边的空药瓶，呆呆地看着："这药真的这么神奇？"

雨婷收拾着针具说："你可真有本事，从哪儿搞来的？我听说外面一盒盘尼西林都能换一根金条了！"三丫眼神发呆。

雨婷收拾起："好了，我要走了！"三丫起身："我送送你吧，你还没吃饭！"

雨婷急忙摆手："不用了，我得赶快走了！"起身往外走。

朱今墨昏沉中，又开始说胡话："柔儿，回家，别在外面乱跑！"雨婷听到朱今墨说话，急忙回头："这人，是干什么的？"三丫紧张地："我家里人。"

雨婷："你家里人？这人身上可是枪伤！"

三丫脸色一下变了："你可不要乱说！"

雨婷急忙摆手："你误会了，我是想告诉你，他的伤很严重，你最好勤给他换换药！用酒精给他消消毒！"

三丫连连点头，雨婷匆匆忙忙走了出去。三丫送走雨婷，关上院门，走到朱今墨床前，坐在那儿哭了起来："先生，你快好起来吧！求你了，你要是好了，我的苦就没有白吃！求你了！"

09

正午时分，山脚下，浓雾散去，山坡上。有人边跑边喊："雾散了，雾散了！日本飞机又会来的！"

有人沉不住气了，愤怒地叫骂：

"妈的，让他炸，我们回家去！"

"对，死也要死在家里——"

人们叫着骂着，跳起来，往山下走。散散落落坐着的人们也跟着起身，纷纷下山往回走。

黄昏时分,周家人也从山上回到了市区。

街边上,被炸毁的房屋还在冒着烟,人们三三两两围在外面,不时有哭声传出。他们还没走到家,警报声再次刺耳地响起来。街道上的防护队员好像从地底下跑出来,沿着街道高声呼喊:“警报,日本飞机又要来了。各家各户赶快从屋里出来呀!进防空洞,进防空洞!”

很快,人们从家里跑出来,争先恐后地往外跑,哭声、叫声、呼喊孩子的声音响成一片。

周家人一下子聚在了周祖康身边:“老爷(祖康,爷爷),怎么办?我们怎么办?”吴太太从门板上跳下来,抱住细妹。

周祖康急忙说:“别怕,都别怕!你们赶快就近进防空洞!”说着领着瑞雪就跑。吴太太跑了两步,摔倒了:“等我!等我!”

吴国喜从家的方向跑过来。吴太太看见吴国喜,扑上去就打:“你个砍脑壳的,一个晚上跑到哪儿去了?”吴国喜背起太太,拉着细妹就跑。

周祖康拉着瑞雪进了防空洞,周家人全都挤了进来。

周祖康亲了一下瑞雪,又亲了一下飞虎:“好,你们都坐在这儿别动,我得出去一下!警报解除了再出来。”

“老爷!”“祖康!”“爸!”“爷爷!”

周祖康回身看看一家人担心的样子:“别怕,我不会有事儿的。我得去照看我那些学生们!”说着往外跑。敏柔和飞虎都追了出来。程婉仪刚要拦着,三个人都已经跑开了。

远处,爆炸声传了出来,周家人坐在那里一动不动,听着外面一声声的爆炸声,每炸一次,心头就一惊,炸弹像炸在他们心上。他们还没有来得及享受重逢的喜悦,就又开始了担心。

第十四章　愈炸愈强

01

1939年5月4日黄昏，继前一天的轰炸后，日本飞机再次对重庆实施了更残酷的轰炸。

这一次的轰炸，更加干脆、精确、直接，也更加疯狂。一发发炮弹像长了眼睛，准确投向了重庆的建筑、街道、码头、银行、剧院、学校、教堂、寺院，甚至行人！

这更是一场惨无人道的无区别轰炸，一场名副其实的空中屠杀。重庆城区、郊区所有的建筑设施，不论军事目标还是和平设施，全在轰炸之列。英国使馆全部被炸毁，大使和二十多个中方雇员被炸死；法国使馆被击中，连日本的盟友德国的使馆也未能幸免。

街道上随处可见尸体。这次轰炸共死亡人数三千多人，受伤人数两千多，加上头一天的死伤人数，两天之内重庆就有近六千人被屠杀，摧毁房屋四五千间之多。

对于头一天的轰炸，人们还有些惊恐、有些茫然，到了今天，当敌机再次轰炸的时候，一个城市被激怒了！

黄昏的江边，大火在燃烧，江边突然涌出无数的人，老百姓们敲着锣，敲着脸盆跑了出来，边跑边大骂："该死的小日本，有本事下来跟我们打！"

"强盗！"

"刽子手！"

"挨千刀的！"

“砍脑壳的！”

轰炸中的街道上，一群学生冲到街面上，用大笔刷写了日机飞行员在天空也能看见的巨幅口号：“打倒日本侵略者！”

随即，一颗炸弹下来，刷标语的人中弹倒下了。

街道上，周祖康带着几个大学生正在断垣残壁上刷写标语：“看！是谁杀死了我们的父亲、兄弟、姊妹?！”

“看！是谁毁了我们的家园?！”

炸弹追着他们身后跑，不时有人中弹。敏柔和飞虎在街道上奔跑着，他们想保护周祖康，而周祖康头一次在家人面前展示他不为家人所了解的一面，也一直是他身上最重要的一面，那就是勇敢与正义！回重庆已经几个月了，他一直没有回家，忙着安顿学生，忙着建校舍。这些天，一种激情与愤怒在他心头燃烧。看到飞机在追着写标语的学生炸，他不顾一切地冲上来，拉起几个学生跑到一片废墟里。敏柔也被周祖康的勇敢与激情感染了，长到二十几岁，天上突然掉下来一个父亲，以前她所知道的父亲只是一个抛弃家庭的人，但这一次，她看到了另一种父亲的形象。她不顾一切冲向父亲，与父亲一起仰望天空。父亲告诉她，什么都不要怕！他们这么疯狂地轰炸，正说明他们胆怯！父亲一句话就让敏柔仿佛走出了自己的困境，她变得勇敢了。

又一排炸弹扔下来，在他们附近爆炸，有人受伤了。周祖康拉着敏柔和飞虎急忙跑过去抢救伤员。防护队员赶来了，敏柔帮助着把伤员抬到担架上。远处不时闪现火光、响起爆炸声，周围不时有建筑中弹。在火光中，敏柔冲向倒塌的建筑，勇敢地在废墟中奔跑着。她的动作开始变得干脆、有力量。

02

午夜时分，解除警报的声音才从空中传过来，突然一切都安静了下来。

街道上，到处是尸体，一堆堆，一具具，一排排。防护队员们忙着救护伤员，抬着担架在废墟中穿行，将尸体堆在公园边上的空地上。消防队员们还在扑火。

周家人走在回家的路上，他们中多了一个赵蔓君，也多了一份隐忧。

雨婷穿着工作服，衣服上沾满了血迹，正沿着门前的街道匆匆跑过来。一看到敏柔，她立即冲过来说：“敏柔姐！你们都好吧？家里人都好吧？”看到敏柔身上的血迹，惊问：“姐姐，你受伤了？”

敏柔摇头：“不是，我抬了一晚上的伤员。妹妹，你还好吧？你怎么也是一身血？”

雨婷：“我们也是抬了一晚上的伤员。我们医院也挨了炸弹，死了好多伤员，本来我也走不开，可我实在不放心你们，护士长让我休息一个小时，我就跑出来了！”

敏柔抱住了雨婷：“谢谢你，好妹妹！我们都好，都活着，房子也在！”

一家人进了屋，这个劫后余生的早晨，周祖康回家了。这个家，他想了20年，今天，在这样一个时刻，他回来了！他从来没敢想过能再回来，却没有一天不在想着能回来。他不知道该说些什么，他怕说不好，会破坏这难得的气氛。顾玉秀和赵蔓君也坐到了一起。顾玉秀并没有想象中的百感交集，她只有平静。赵蔓君却有些不自在，昨天初见时的激动已经消退，一夜的相处，加上混乱的一个白天，她越发感觉到不安。她能感觉到顾玉秀身上的一种力量，她害怕，可是又不愿意屈服。如果第一天进这个院子，不把事情说清楚，不把关系理顺，以后就再难开口了。

还是程婉仪打破了尴尬，问起周祖康这一年多的经历，问他什么时候到的重庆，并把飞虎和瑞雪两个孩子正式介绍给他。周祖康把瑞雪抱在怀里，情绪有些激动：孙子孙女都这么大了，做爷爷却是刚见到，这个祖父的身份让他感觉很奇妙。他告诉顾玉秀，从宜昌到重庆的路上他见到忠儿了，还跟他长谈了一夜；并告诉说儿子很好，还问候家里所有的人，此外，他还说到了冠杰打完平型关回过南京，也见到了冠忠。虽然说的都是很久以前的事，但对于头一次听说的顾玉秀和程婉仪来说却是新闻。顾玉秀也告诉周祖康冠杰在南京时为哥哥所做的事，以及回家看她的事。亲情是一张无形的网，尤其是这样轰炸后的早上，血缘一下子就把一家人重新组合在了一起。而惟一的局外人赵蔓君却开始浑身不自在了，她身子扭来扭去，懂事的雨婷看见了，起身坐到她身边。赵蔓君厌恶地看着她，身子往外挪了挪。

周祖康这才想起问雨婷是怎么回事，顾玉秀刚要开口说话，又觉得自己来回答有些不妥，把话头递给了赵蔓君。赵蔓君只好不情愿地告诉周祖康，这个女孩是自己找来的，说是汉英的媳妇，并告诉周祖康，汉英离家当了空军，现在在昆明受训。

周祖康听了很震惊，详细问起雨婷与汉英的相识。他实在有些摸不着头脑，想想自己居然把汉英的事忘了，很是不安。而雨婷面对周家复杂的关系也有些不知所措，她简单地告诉了周祖康她与汉英相识的经过，并说到了日本人攻进北平那天晚上她父亲的死，言语间颇有些保留。周祖康感觉到雨婷似乎有隐情，雨婷只说父亲从前在监狱做看守，别的却不肯多说。顾玉秀听到雨婷的话，却突然若有所悟，她急忙问雨婷：“孩子，你姓什么？你爸爸叫什么名字？”

雨婷：“我爸爸叫罗林！”

顾玉秀听到罗林这个名字，心头一阵激动，拉起雨婷就往屋里走，顾不上赵蔓君高兴不高兴，回身又叫进了周祖康。她急切地问雨婷，她的父亲是不是北平陆军反省院的罗看守，雨婷连忙点头称是。顾玉秀又问雨婷她爸爸那天是不是救出来好多人，有个人叫林世光？雨婷再次称是。顾玉秀的预感被证实了，她激动地抱住了雨婷："孩子，真的是你？林世光是我的儿子，我家的二儿子，他叫周冠杰，在监狱里化名叫林世光！"

雨婷呆住了，周祖康也呆住了。

周祖康、雨婷、顾玉秀三个人都无比激动，雨婷哭着扑进了顾玉秀的怀里。从第一天见顾玉秀，她错认了她，后来知道了周家的复杂，但现在，她终于找到了安全感。她知道她的感觉没有错，她宁愿顾玉秀就是她的婆婆、她的母亲。

顾玉秀紧紧搂着雨婷："孩子，别哭，以后我们真的是一家人了。你就是我的女儿，最小的女儿！"

03

赵蔓君坐在堂屋，听见里面断续的说话声十分不安。敏柔和程婉仪带着孩子已经悄然离开了。郭富才看见赵蔓君一个人坐着，有些过意不去，好心地走过来说："二——啊，赵小姐，你累了吧？要不，我带你去歇会。"

赵蔓君眉头一挑："你叫我什么？你想叫我二太太，是不是？"

郭富才急忙辩解："啊，不是，不是！"

赵蔓君猛地起身："你还不敢承认？我知道你心里想什么！我告诉你，我不是二太太，我是周祖康的太太！"

郭富才一急，又说错了话："二，啊——"

赵蔓君怒了，劈手打了郭富才一个耳光："你再叫一声？"

郭富才捂住脸说："二，赵小姐，你这是干什么？"

赵蔓君走上一步："你说什么？"她一早上的怨气，不，一生的怨恨全撒到了郭富才身上。

程婉仪听到赵蔓君的叫声，急忙冲了进来。一把把赵蔓君推开："赵蔓君！你干什么？你凭什么打郭叔？你居然敢打郭叔？"

郭富才捂着脸哭了起来。

周祖康、顾玉秀、雨婷、敏柔都冲了进来。周祖康低声但严厉地说："蔓君，你在干什么？你怎么能这么做！"

赵蔓君脸上红一阵白一阵，哭着："他开口就叫我二太太！我怎么能不打他？"

顾玉秀也吃了一惊，周祖康也有些吃惊："老郭，是真的吗？"

郭富才捂着脸已经哭得喘不上气来："我，我不是故意的，我不是故意的。我老了，拙嘴笨舌。我没叫出来，就是叫了声二——"

赵蔓君哭着向周祖康说："你听听，你听听！"

郭富才哭着走了出去，顾玉秀追过来："他郭叔，你去哪儿？"郭富才跑到院子里，捂着脸大哭："太太，我没脸活了。我让人打了脸，我还怎么活？"顾玉秀心里一酸，走进自己的房间。

赵蔓君坐在堂屋也在哭，周祖康在劝她："蔓君，你怎么能这样？他是老人家了。他在这个家几十年了，就算他真的说了什么，你也不能动手打人呐！"

赵蔓君叫起来："周祖康，你少教训我。你欺人太甚！你早就答应过我，再也不会回这个家。不进这个门。我说过，我不做小老婆，不做二房，可是现在我是什么？我成了什么？"

周祖康震惊地："你，你在说什么？这是什么时候？你怎么会说这么无聊的话？"

赵蔓君哭着："我不管什么时候，也不管无聊不无聊！我们现在就说清楚，你打算怎么安置我？"

周祖康失望地看着赵蔓君。赵蔓君神经质地说："你看我什么？你倒是说啊！我告诉你，我是绝对不会跟他们住在一起的。这个家，有他们没我，有我没有他们。你看着办吧！"

周祖康沉着脸看着赵蔓君："你的意思，是想把他们赶走？让他们离开这儿？"

赵蔓君："这可是你说的，我没这么说！"

周祖康："你要是听我说，我的意思就是，谁也不能走！"

"你说什么？你在说什么？你可是答应过我的，不再进这个家门，不让我受委屈的！"

周祖康："你受什么委屈了？你得到的还不够吗？当年在德国，老赵参加革命，被抓走了，你，来求我，我跟你结婚，扔下他们娘四个。为了你，我北上北平一去十几年，这些年，你穿金戴银，锦衣玉食，能给的都给了，你还觉得委屈吗？"

赵蔓君："你答应过我，不做二房，可是现在算什么？"

周祖康："是啊，这算什么？赵蔓君，你今天是成心跟我过不去是不是？你就不能为我忍一忍？你就不能为我做出点牺牲？"

赵蔓君："好，周祖康，你总算把心里话说出来了！让我忍是吧？好，你舍不得让他们走，我走！"说着拎着手里的小包出了门。

顾玉秀、程婉仪、敏柔、雨婷聚在屋里，看见赵蔓君跑了出去，都愣住了。郭富才从灶房里跑出来，着急地："二，啊，赵小姐，你别走，你可不能走！"赵蔓君恼怒地回头。郭富才急得快哭了:"我给你赔不是。全是我的错,全是我的错!"周祖康也追出来:"让她走!走啊,走啊!走了就别回来!"

赵蔓君一跺脚就往外走。周祖康沉着脸进了厨房。

顾玉秀走了出来,程婉仪急忙问:"妈,怎么办?"顾玉秀:"赶快去看看!"程婉仪急忙跑了出去。

04

吴国喜和吴太太领着细妹走进院子。他身上背着包袱,浑身是血。他进院子的时候看到了赵蔓君哭着跑出去,就知道周家有热闹了。儿子死了,他心里不痛快,日本飞机连着炸了两天,让他心里有气,他想找人撒一撒气,闹一场。这种小人物,下三烂,永远是本能的,也永远是破坏性的。于是,他放下身上的东西,跳着脚喊:"你们一家都给我出来!出来!"

郭富才听见吴国喜的声音,急忙往外走。

吴国喜看见郭富才上来就骂:"姓郭的,你他妈的怎么挖的防空洞?差点要了我们一家子的命!"

吴太太也冲过来:"你们害死了我儿子还不算,还打算害死我们一家子?"

顾玉秀走了出来:"吴太太,出了什么事儿了?"

吴太太:"你们挖的那个防空洞,一炸就塌了,想害死我们啊?你们根本就没安好心!"

顾玉秀:"那是,昨天的轰炸太猛了,市区好多楼都塌了。"

吴国喜:"没跟你说那个!你这个老东西,挖防空洞的那天说什么来着?说留着给我们做坟地。你是不是早就算计好了?"顾玉秀冷冷看着他们:"别说那么多了!说吧,你们想干什么?"

吴国喜眼睛一转:"想干什么?不想干什么,你们赶快给我搬走!咱们两家势不两立!"

周祖康一直站在门口听着,他过来,走到吴国喜面前,盯着他们。吴国喜和吴太太害怕地看着他:"你是谁?"

周祖康:"你们是谁?"吴国喜挥着手:"我们是房主,怎么了?"

周祖康愤怒地:"荒唐!你再说一次,你是房主?"吴国喜虚张声势地:"我有房契!我是房主!"

周祖康冷笑起来:"啊,我早上听说有个可恶的家伙占了我们的房子,原来是你们!本来我还想,看着日本人轰炸的份上,让你们接着住。现在,我说一句,你们赶快给我搬出去,现在就走!听见没有?"

吴国喜害怕地:“你是谁?我们凭什么听你的?”

周祖康:“你不知道我是谁?那好,我告诉你,我的名字叫周祖康!”

吴国喜:“周祖康?没听说过,我不管你是谷糠还是米糠,我们是不会走的!”

周祖康气得发抖:“放肆!好,你们不走!”他回头对郭富才:“老郭!去,拿上我的名片,去警察局,告诉他们,我家里来了无赖!”郭富才转身就走。

吴国喜跳着脚喊:“你叫警察,我还叫军统呢!别拿警察吓唬人!”

周祖康生气地:“好,那你就等着警察来吧!”

警察冲了进来,看见周祖康,急忙迎上来:“周委员,对不起,我们不知道您回来了,也不知道这儿是您的家。您看,这家里人也没说起过,真的不知道!”

周祖康指着吴国喜:“把这无赖给我赶走!”警察看着吴国喜:“又是你?你想干什么?”

吴国喜:“老子就是不走,你能把老子怎么样?”

警察上前就打了吴国喜一个耳光:“你他妈的跟谁充老子?告诉你,这是周老爷,大校长,有名的教授!”

吴国喜捂着脸,吓坏了:“校长?”警察拉起吴国喜:“走吧,赶快走吧!”

吴太太冲了上来:“老吴,我们不能走!我们上哪儿啊?”

吴国喜突然一变脸,走到周祖康面前:“周老爷,对不起,求你可怜可怜我们吧!我老婆她受伤了,断了腿,我儿子他炸死了,我们没地方可去。你就可怜可怜我!”

周祖康一脸震惊的表情,一时不知道怎么反应。

吴国喜说着:“周老爷,求求你,别赶我们走!全怪我狗眼看人低!你就把我当条狗吧!”说着跪了下去。

周祖康震怒了:“起来!给我起来!跪什么跪?前倨后恭,巧取豪夺!寡廉鲜耻!奴才本色!中国的事儿就坏在你们这些愚民身上!我逼你们了吗?我让你跪了吗?有一天日本人拿着屠刀冲进重庆,要杀你们,是不是也要跪下?”

吴国喜一头雾水:“周老爷,您,您大人大量,我知道您是读书人,可是你说的话我一句也听不懂!求你,别赶我们走!”

周祖康气得浑身发抖:“你,你你,你简直无理取闹!”顾玉秀急忙上来拉起吴国喜:“你赶快起来呀!你这是干什么!”吴国喜赖着不起来,吴太太也跪了下去。细妹哭了起来。

顾玉秀回身对郭富才:“还不赶快把他拉起来!”郭富才对着吴国喜:“快起来吧!你是不是要把我们老爷气死!你这样子让孩子看见不怕丢人?”

吴国喜急忙起身,吴太太也爬了起来,细妹在一边哭。

顾玉秀拉着周祖康:“行了,他说的都是真的,你就别逼他们了!”

周祖康愤怒地说："好，那就看在日本人飞机的份上我不逼你走，可是你得让出一间房子来！看看我们家，七八口人，祖孙三代只住两间房，你们一家三口住三间！说吧，让还是不让？"

吴国喜："哎，这个，我让，我让！我们让！"对吴太太："去，把西边那间屋腾出来！快去！"吴太太急忙答应着："哎，哎！"拐着腿跑开了。

周祖康甩手进了屋，警察对顾玉秀说："周老爷，那这事儿就按您的意思办了，我们就先走了。有什么事儿，您随时招呼我们！"说着走开了。顾玉秀心头一酸，转身进了屋。

她坐在屋里默默掉起了眼泪，敏柔拉着她："妈，您怎么了？您怎么哭了？"顾玉秀抹着眼泪："没什么。柔儿，我，这是高兴。这么多年，我们，孤儿寡母的，什么都忍着，现在，你爸回来了，我们家有人做主了！"

敏柔怔了一下，抱住了顾玉秀："妈，我爸爸他心里一直是想着我们的，他从来没忘了我们！"两人哭了起来。

雨婷也在一边掉眼泪，她无意中抬头，看见周祖康正站在门口，叫了声："爸！"

周祖康心头一酸，转身走开了。

05

赵家门前一片废墟，赵蔓君拎着小包站在门前，四顾茫然，她绝望地叫了声："妈，金龙，你们在哪儿？"眼泪成串地往下掉。

她在门前的台阶上坐下，看着眼前的房子，想起从北平逃离后这一年多里发生的事，越想越伤心，不知道哭了多久。正午的太阳照在她头上，她有些吃不消了，起身往外走。街上，依然闪着火光。她饿了，渴了，想找点吃的，可是什么吃的也没有。她走到中央公园，在一片树阴下坐下，不知不觉睡着了。天快黑了，她才惊醒了。城市依然在燃烧。火光照射的地方，一条污水沟，流着粗黑的血水，她起身往山下走，脚踩在污水里，浑然不觉。不远处的山坡上，赫然躺着一具尸体，她吓得尖叫起来，可是周围没有人应声。她不停地尖叫，还是没有人理她。她拔脚一路狂奔，程婉仪和郭富才迎面跑来。赵蔓君尖叫："救命，救命！"扑到来人怀里，睁开眼睛一看，是程婉仪。她急忙推开程婉仪，再看看程婉仪身后的郭富才，更是一脸恼火。

程婉仪拉住她："你怎么了？"赵蔓君恼怒地："你来干什么？我不会回去的！我就是死也不会回去的！"

程婉仪有些生气了："好吧，随便你吧！你别以为我们有多喜欢你，我们只不过是不愿意让我爹伤心,也不想让英儿,在前线打仗的英儿,不知道他娘的下落。你愿意走就走吧!像你这样一个女人,是不会让自己受苦的。你要是能吃苦,当初就不会粘着我爹了!”

赵蔓君瞪大眼睛:“程婉仪,你说什么?你太放肆了!你敢这样对我说话?我是周祖康的太太!”

程婉仪冷冷地:“你还知道你是周祖康太太?看看你都干了些什么?我看你才放肆!你的心太坏了!你刚到我们家,就想让我爹把我们赶出去,你才放肆!”

赵蔓君气得直发抖:“你——程婉仪,你太恶毒了!是不是太太派你来的?想让我低头认这个门,我不会认的!这个家有她没我,有我没她!”

程婉仪冷冷一笑:“你回去不回去别扯上别人!你想走就走吧!我来找你,是怕你在外面做出什么不得体的事,败坏我们周家的门风!”说着拉着郭富才往回走。赵蔓君愤怒地追过来:“混蛋!我现在就回北平,回去住我的大四合院!”

程婉仪回头不紧不慢地:“好啊,只怕是你还没回到你那个大四合院,就会让河田把你抓走!你以为你是谁?你是周祖康的太太,他红你红,他黑你黑,连这点道理也不懂!”赵蔓君疯狂地叫着:“他是他我是我!我不靠他!”

程婉仪冷笑着:“呵,真有骨气!那你就试试吧!有本事你登报声明!跟周祖康脱离关系!”

赵蔓君扯着嗓子喊:“程婉仪,你住口!”

程婉仪一笑说:“你愿意走就走,走了正好,家里正缺一间房子。你走了,雨婷正好有地方住了!”说着走开了。

赵蔓君气得直跺脚,转身往回走,越走越害怕,停下了。她回头看,周边一片黑暗,哭了起来。

程婉仪跑了过来,站在她面前,一动不动地看着她。赵蔓君看看她,不再使横,只是哭。

程婉仪一句话也不说转身往回走,走了几步,回头看看她。赵蔓君迟疑了一下,跟了过来。

06

周家堂屋,周祖康、顾玉秀、敏柔坐在堂屋里,吴国喜站在门口:“周老爷,房子我腾好了,您去看看吧!”周祖康挥挥手。吴国喜退了出去。

赵蔓君、程婉仪和郭富才走了进来。周祖康看见赵蔓君,没好气地说:“不是走吗?怎么又回来了?”顾玉秀急忙制止了他。

赵蔓君冲着顾玉秀就喊:“你不用假装好人!我,我只是没地方可去,我只是怕我的英儿来信了没人收。从今天开始，我算借住你们家。你们能留个外人，也能留我，我交房租！”说着进了里屋。

程婉仪追过来：“那是我妈的屋！你不许进！”顾玉秀急忙拦住程婉仪。

周祖康又要跟赵蔓君起急，郭富才急忙拉住他。一个白天加一个晚上，所有人都累了，累了。家事国事天下事事事烦心，唯小人与女子难养也！顾玉秀抱起瑞雪儿走进自己房间，程婉仪跟了出去，一家人各自散去，转眼屋里只剩下周祖康一个人，周祖康知道回家的第一天，将是他最困难的一天，顾玉秀、大媳妇，所有的人已经尽了全力帮助他，而他必须对自己过好这一关。

屋里传出赵蔓君的哭声，周祖康迟疑了一下，还是走了进去。

赵蔓君坐在床边低头垂泪，看见周祖康进来，接着哭。周祖康没好气地：“行啦！别哭了！”

赵蔓君一下扑过来，抱住周祖康：“祖康，对不起，今天是我不好，我不该跟你闹气！”小女人有小聪明，她知道周祖康肯进她的屋，是给她面子，而她必须抓住他，哪怕待在一个屋里吵一夜，谁也不理谁她也赢了。

周祖康拍拍她的肩膀：“行啦，你也不容易！”

赵蔓君靠在周祖康身上开始撒娇：“祖康，我们离开这里好不好？我们去香港，去美国！你有办法的！”

周祖康一脸不悦：“说什么？你刚才不是说了，怕英儿来信收不到？怎么这一会就变了？”

周祖康从怀掏出一叠钱，放在桌上：“这个你拿上，找个时间带着儿媳妇去做几件衣服，买个戒指！算是给孩子一点安慰！”

赵蔓君恼火地：“你真的认了这媳妇了？不过是孩子过家家的事儿！我的英儿，我可不想让他娶她这么个没爹没妈的孤儿，再说，他爹又是个看守！”

周祖康脸色沉了下来：“你就高贵了？要是我没记错，你家不过也是乡下的贫民！”赵蔓君嚷着：“可是我是留过洋的！”

周祖康烦了：“你有完没完？你留过洋？你都学到什么了？还不是成天吃喝玩乐，交男朋友？你留洋，还不是沾了老赵的光！”赵蔓君一下急了：“好啊，周祖康！打人不打脸，你现在回家了，就开始揭我的老底是不是？我给你揭！全揭下来，我们离婚！”

周祖康生气地：“不要说这种没用的话！”

赵蔓君喊着：“我要跟你离婚，我说到做到！”

周祖康：“好啊，离婚，你以为我不敢？你离了婚，你能去哪儿？”

“我就是睡马路也要离开这里！”

“你以为马路那么好睡？现在的重庆，天天有飞机来轰炸，想死你就去吧！”

赵蔓君号啕大哭。周祖康厉声地："哭什么哭？有什么可哭的？不成体统！"赵蔓君依然在哭。

周祖康指着赵蔓君："看看你这个样子！跑警报还穿着什么旗袍高跟鞋！明天开始，把你那个旗袍高跟鞋脱下来！该干什么干什么！"

赵蔓君惊讶地看着周祖康，她彻底崩溃了，知道自己没戏了。

周祖康看看赵蔓君，好一会儿，转身要走，赵蔓君一惊，问："你，要去哪儿？"周祖康头也不回："你早点休息吧！"

赵蔓君在他身后喊了一句："你不睡这儿？"

周祖康有些为难地看看赵蔓君，走开了。

赵蔓君恼火地哭了起来。她知道她完了，她最害怕的结果还是出现了。她无力挽回任何东西，只能哭，哭，接着哭。

周祖康走到院子里，郭富才从柴房里露出个头，看到周祖康，缩了回去。

周祖康走到顾玉秀门前，想推门，手停了下来，犹豫了一下，轻轻叫了声："玉秀，睡了吗？"里面的灯却熄灭了。

周祖康站在门外，好一会儿，又要敲门，手却在门上停住了。他转身进了郭富才的灶房。郭富才为难地看着他。周祖康走到床边，坐下："富才，我今儿个晚上就跟你搭伴了，你帮我搭一副床板！"

郭富才紧张地："老爷，这怎么行?！还是回太太那儿去睡吧！这个地方实在是，实在是太不像样了！"

周祖康苦笑一下，说："富才，别叫我老爷，那都是过去的老黄历了，就叫我一声小弟吧！"

郭富才感动地看着周祖康。周祖康感慨地："我，快20年没回过家了，就让我在家住一晚上吧！"

郭富才难过地："老爷，这不成体统啊！"

周祖康苦笑一声："不成体统的是我！我们周家祖祖辈辈也没出过一个像我这样的，停妻再娶，罪过啊！"他无奈地摇摇头："行了，富才，别再说那些没有用的了，赶快睡吧！20年了，我做梦都想着回到这个家里！今天总算回来了！"

07

朱今墨依然在昏睡。三丫站在朱今墨床前，用手摸了摸他的额头，回身拿出针筒，把药吸到针筒里，然后推了一下，把空气推掉，走到朱今墨面前，解开他的衣服，闭着眼睛扎了下去。

药筒推着针管的药水一点点减少，三丫拔出了针筒。

朱今墨迷迷糊糊醒了过来，睁开眼睛看见了三丫，看见了三丫手里的针筒。三丫吓了一跳，随即惊喜地："先生，您醒了，您终于醒了？"扑在朱今墨身上哭了起来。

朱今墨先是一惊，下意识地往外推三丫，随即看到了三丫的眼泪，也看到了床边的空药瓶。他捡起来，看到了上面的字："盘尼西林"。

三丫伸手就要抢过来，朱今墨抓住了三丫的手问："你哪儿来的药？哪儿搞来的？"

三丫眼圈一下红了："你就别问了！"回身麻利地把针筒收拾好，卷在布包里。朱今墨抓住了三丫的手："你告诉我，我睡了几天？这几天你发生了什么事？你从哪儿搞到的药？"他把三丫抱在了怀里。

三丫哭了起来："你睡了整整一个星期，发高烧，说胡话，我以为你活不了。"朱今墨眼圈也红了。

三丫哭着："日本人又来轰炸了，从昨天就炸了一天了，今天又来了，整个重庆全毁了，全烧起来了。"

朱今墨急忙想坐起来，一阵晕眩。三丫扶住他："你要干什么？"

朱今墨虚弱地："扶我到外去看看，我想去看看！"三丫急忙把他扶起来。

她扶着朱今墨走出院门，走上山坡。

朱今墨目光穿过城市上空，极目望去，到处是燃烧的火焰，重庆在燃烧。他突然悲从中来，一下跪到了地上，对着江面，放声大哭！

他心里有太多的委屈、太多的疼痛：出师未捷，自己却身负重伤；眼看着自己的家园被毁，却又无能为力。他心里无比自责，比任何人都自责！

三丫在他身后也抹开了眼泪，一半是高兴，一半是说不出的委屈。这个男人终于活下来了，她觉得值了。

午夜时分，三丫才把朱今墨带回小院，把朱今墨扶靠在床上。她回身把一盆水放在床边，又把一个瓦罐放在朱今墨面前说："这是水，你要洗脸就用这个，这个罐子里是一些米汤。实在没什么可吃的，你先吃一点吧，我先走了，明天再来看你！"

朱今墨拉住了三丫的手："妹子，告诉我，你叫什么名字？"三丫迟疑着把手抽回来："我娘家姓朱，穷人家孩子没名字，你就叫我三丫吧！"

朱今墨默默点头："知道了！"他摸索着从口袋里掏出一些钱，塞到三丫手里，三丫推让着。朱今墨："妹子，拿着，你总得吃饭！"三丫看着手里的钱，眼泪往下掉。

朱今墨感激地说："这一回，多亏了你了！你救了我的命，我真的不知道怎么谢你。你赶快走吧！去找家里人。我这里你不用担心！"

三丫眼泪叭嗒叭嗒往下掉。她伸手抹了一下，低着头说："嗯，我走了。你哪儿也别去，别出来！外面乱，天热，你身子虚，我明天带药来，给你换药！"一低头走了出去。

朱今墨看着三丫离去的身影，听到院子里远去的脚步声，心里有一种说不出的伤感，又有一种温暖。他一低头看到了床上桌子上的药瓶，伸手拿过来，一直在看。他努力回想这些天的事，思索着怎样才能离开这里，不知不觉又昏昏沉沉睡去了。

08

三丫从后门进了医院，刚进工作间，领工的人就告诉她，赵金龙已经找了她好几天。她婆婆腿受了伤，正在医院治伤。三丫一听，撒腿就往楼里跑。

走廊里到处是席地而坐或者席地而卧的病人，吵吵闹闹，乱成一团。

赵老太太躺在地上，腿上绑着绷带，上面渗着血，她强忍着疼痛。赵金龙蓬头垢面，胡子老长，守在赵老太太身边。

护士过来换药，赵金龙急忙叫来护士看看老太太的伤怎么样了。护士打开纱布，看到伤口已经化脓，心里一惊。赵金龙着急地问护士有没有什么办法，护士告诉赵金龙，只有搞到盘尼西林，才能救老太太的病。赵金龙追着护士问哪儿能搞到这药，一抬头三丫正好在找他。赵金龙看见三丫，上前就是一个耳光："你个死娘们，死到哪里去了？"

三丫没防备，挨了个耳光，捂住脸就哭。

赵金龙脖子上露出青筋，上来又要打，被母亲劝住了。赵老太太哭着要回家，就是死也要死在家里。赵金龙怎么也劝不住，只好答应把老太太背回去。他问三丫，在医院待了这么长时间了，认不认识什么人，能不能搞盘尼西林？

三丫听到盘尼西林几个字，心里乱成了一团。

雨婷端着托盘穿过人群走过来，看见了三丫，上来就问，今天的针打了没有？人醒了吗？三丫急忙向她摆手，示意她不要再说。

雨婷困惑地走了，赵金龙更是心生疑问。他感觉到三丫有什么事瞒着他，再三追问。三丫却一个字也不肯说，只是哭。

第十五章 周家和赵家住在了一起

01

街道上一片废墟，一些防护队员在架设高音喇叭，里面传出了电台里宋美龄的演讲：

“让我代表中国同胞向生活在和平欢愉中的全世界凡是能听到我谈话的人们，敬致微忱。我正在一个悲哀沉痛的地点，向诸位演说。这里，几天以前，还是重庆城中繁荣热闹一角，如今我的周围却尽成了残破的废墟，并且冒着余剩的残烟。以轰炸来大规模屠杀无辜平民，真是这文明时代所产生的最可怕的发明。全中国的国土里，敌机到处散布了毁灭与死亡，可是它散布不了败北的心理。从南到北，从海岸到西陲，我们的家园，我们的产业，随时随地燃烧着可怕的火焰，不断地充塞着撼动上苍的垂死者的呻吟。每天，不论昼夜，敌人的轰炸机，普遍地到处飞翔，残酷地创作着新的暴行，日月升沉，也似乎感到羞愧似的暗淡无色——重庆，位于距大江入海处1400英里的上流，此刻，在我演讲的此刻，鼻子里还嗅到它被轰炸后的难闻的气息。这里被轰炸的酷烈，被燃烧的惨厉，是现代史上所空前未有的。我由衷地希望，世界上任何城市，不要再受到同样的灾难。”

广播声中，成群结队的学生打着旗帜，呼喊着向前面走去。

周祖康走在最前面，成千上万的人聚集在街道上。一个城市愤怒了，一个城市也被惊醒了，民心醒了，民智醒了，众志成城，同仇敌忾，这是侵略者想不到的，也将是他们的坟墓。

郭沫若站在高台上正在发表演讲：“市民朋友们！亲爱的同胞们！我们的城市，正面临着前所未有的困难，这是人类历史上前所未有的灾难！日本军国主义对我们可爱的城市进行着惨无人道的空中屠杀，可是我们这个城市的精神不会垮，我们保卫自己的家园的精神不会垮，我们抗战的决心不会变！”

一位实业家走上讲台：“同胞们，我是胡子昂！我在这里，是想告诉你们，日本鬼子炸毁了我们的街道，可是毁灭不了我们的心！我现在代表全市的商业部门，告诉大家，我们绝不屈服，绝不搬迁，绝不休市，就在废墟上、防空洞前，任何地方，坚持与你们在一起！”

另一位实业家跑上了讲台：“我们也宣布，不休市，不搬迁，不屈服！”说着拿过一面红布，人们拥上来，在红布上签名。

红布在人们手上传递着，人们在红布上签名，传递，传达的是一个城市不灭的雄心。

02

赵家的房子只剩下一个空架子。赵金龙在剩下的屋角下搭了几张席子，用木板和烧黑的木头就地搭起一张地铺，把母亲安置下来，让伤口露在外面。母亲睡着了，赵金龙也靠在母亲身边睡着了。

院子里搭了一个灶，三丫蹲在地上，用一把破扇子在扇火做饭，说是做饭，只是煮些稀米汤。三丫用朱今墨给的钱买了些米。她把煮好的米汤倒进一只碗里，端了过来。成群的苍蝇飞来飞去，落在赵老太太的腿上。

三丫看到赵老太太腿上的苍蝇，大叫一声，急忙放下碗，用手轰着。

赵金龙惊醒了，恶狠狠地骂着：“你他妈的上哪儿去了？你死人呐！没看见妈的伤口都成这样了！”

三丫坐在那儿哭了起来。

赵老太太醒来，看着三丫：“丫啊，别哭！”对赵金龙：“你别动不动就骂人！”

赵金龙抱着脑袋哭了起来：“妈，这叫什么日子？这日子怎么过？你的腿都成这样了，我们没钱也没药！”

赵老太太哄着赵金龙：“儿啊，你别哭了，这妈就知足了！好歹我是在自己家里能伸开腿，还能看见你们！儿啊，你还是赶快去找找你姐吧，找着她兴许就能有办法了！”

赵金龙哭着：“我上哪儿找啊？这几天我到处打听，她要是还好着，就应该回来了，要了出了事，也不知道上哪儿找去！”

三丫在一边听着母子两个吵吵闹闹，心里像刀割一样难受。她觉得所有的一切都是她的错。她不知道怎么办，只好端起木盆到江边洗绷带。

江边，还有房子在燃烧。靠近码头的地方，几条破船半沉着，一些难民在拆船板。

三丫端着绷带走了过来，蹲在那里洗绷带，血水从她手边流下来，染红了江水。

吴国喜背着一篓货，抱着船板沿着江边的石板路走过来。看见三丫，他怔了一下，走过来，站在三丫身后。三丫感觉身后有人，回身，看见吴国喜，吓了一跳。

吴国喜伸长脖子跟三丫搭讪："妹子，你在干啥？妹子，你那药管用了不？"

三丫一句话也不敢说，只是低着头干活。吴国喜凑过来，要拉三丫的手："妹子哎，你抬头看看哥哥，哥想死你了，你那一身肉迷死哥哥了！"

三丫甩开了他的手，火辣辣的目光愤怒地看着吴国喜。吴国喜脸上有些挂不住："咋，你她妈的提上裤子就不认账了？老子给了你三支盘尼西林，你就让老子搞了一回，老子亏死了！"

三丫用力推开吴国喜，转身就往家的方向跑。吴国喜在身后叫着："哎，你的绷带不要了？跑啥嘛？哎，你还要盘尼西林不？我还有！"三丫已经跑到了坡上，听到这话，回过头，停下了脚步。

吴国喜在坡下边色迷迷地看着三丫在笑，三丫绝望地往家的方向看了看。

吴国喜跳着脚："下来啊，快下来啊，妹子！除了盘尼西林，我还有好东西呢，有丝袜，还有香粉！"

三丫站在那儿，想走，脚却动不了。

吴国喜看出了三丫的游移，就走上山坡，又看看三丫，随即往仓库方向走，三丫跟了过来。

吴国喜走到仓库前，从腰上解下钥匙，打开仓库，对三丫说："妹子，我可是没拿你当外人，才让你进我的仓库的，你可不许告诉别人！"

三丫低着头一声不响，吴国喜拉开门，让三丫进去。三丫站在门边不动。

三丫用低得听不见的声音说了句："我再要两支盘尼西林！"

吴国喜叫了起来："喂喂喂，你心也太黑了，上次给了你三支了，你还不够?!你他妈的那身肉也太金贵了吧？"

三丫眼泪不住地往下流。

吴国喜看到三丫哭了，心一下就软了。他虽然无赖，但就是看不得女人掉眼泪："哎哎，好好的哭什么？我又没说不给你，一支，怎么样？一支？"三丫捂着脸哭了起来，转身要走。

吴国喜迎过来，一把抱住三丫："妹子，好妹子，别哭！两支，我给你两支。哎呀，哭啥子嘛！本来是快活的事情，咋搞的像受罪嘛！"说着拉开仓库的门，把三丫往里拉。

赵金龙正跑了过来，一眼看见吴国喜正拉着三丫的手进屋，大叫着就冲过来，猛地把吴国喜扑倒，二话不说就打。吴国喜不防备被扑倒在地上，大声叫着："哎，什么人？你要干什么？凭什么搅了老子的好事？"

三丫看见赵金龙，大吃一惊："金龙！"冲过来就拉赵金龙。赵金龙一甩手把三丫推了出去。三丫坐在地上惨叫了一声。

吴国喜趁机把赵金龙压在身子底下，左右开弓，挥起拳头，把赵金龙打得乱喊乱叫。三丫看见赵金龙吃亏，冲过来用力往外推吴国喜："别打了，别打了！他是我男人，他是我当家的。你要把他打死了！"

吴国喜听到三丫的话，更来了精神："好啊，妈妈的，原来是你个王八头来了！打的就是你！"骑在赵金龙身上接着打。赵金龙哪里是吴国喜的对手，躺在地上，不住地求饶。情急之中，三丫抄起一条扁担，向吴国喜的后脑勺打去。吴国喜哼了一声，倒在地上。赵金龙从地上爬起来，扯起三丫就跑。三丫边跑边回头看着："金龙，看看人是不是死了，还有气没有？"赵金龙却一巴掌打过来："啥时候，你还顾你的野汉子？"三丫被打愣了，愣愣地看着赵金龙。

赵金龙上来又要打三丫："你干的好事！走，回去给老子说清楚！"三丫捂着脸哭了起来。

山坡下的石板路上，吴太太拄着一支拐杖，身上背了一个半大麻袋冲了过来："老吴，老吴，看我又找到好东西了！"看到吴国喜躺在地上，她立即冲了过来："老吴，你怎么了？你这是咋了？"

吴国喜睁开眼睛，看到吴太太，嘴巴张得老大："老婆，你怎么来了？你来干什么？"

赵金龙听到吴国喜喊吴太太，跑了过来，上前拉住吴太太："你来得正好，咱们说道说道！"

吴太太看看三丫，再看看吴国喜，突然明白了："好啊，吴国喜，你背着老娘在外面没干好事是不是？你他妈的刚吃了几天饱饭就敢在外面胡搞！"说着冲上来就打吴国喜。吴国喜护住头，跳起来："别打，老婆，别打！我没有，我没有啊！"

三丫拉起赵金龙就要跑，吴太太拐着腿冲过来，拦住了两人："想跑？没门！"扑上来就打三丫："你个不要脸的，是不是你勾引我男人的？"赵金龙冲上来要护着三丫，又被吴国喜扯到一边。吴太太冷笑着："好，吴国喜，算你有种！走，咱们回家，咱们今天好好说道说道！"说着就拖三丫的头发往山上走。赵金龙和吴国喜都追了过来。

三丫头发被扯住，只能低着头："太太，求你放手！我自己走！"吴太太八面威风："你要是敢跟老娘耍心眼，我就打死你！"说罢松开了手。

三丫绝望地回头看看赵金龙，赵金龙已经吓傻了。

03

吴太太威风八面地把三丫推进周家院子的时候，周家人正摆桌子吃晚饭。听到院子里吵吵闹闹，程婉仪还往外看了一眼，顾玉秀用眼神制止了她，跟吴家一个院子住了这么久，周家人已经习惯了他们这些小市民的大呼小叫和大惊小怪，不吵不闹不成日子，翻脸比翻书还快。自从周祖康回家，自从赵蔓君进了家门，自从她收到儿子在前线的来信，顾玉秀就明白了，从此以后不与人争高低长短，她心里只求平安，一家人平安。但她做梦也想不到，她所求的平安不但迟迟不来，而且越来越麻烦。

吴国喜把三丫推到屋里，吴太太坐到了床上，赵金龙抄着袖子跟在后面。

三丫捂着脸在哭，吴国喜打了她一巴掌："哭！哭什么哭！老子又没死，哭个啥！"

吴太太拐杖拄在地上咚咚响："吴国喜，你不要假打！你屁股后面有屎，少给我乱放屁！当心崩出屎渣渣！"接着又对三丫吼道："说吧，到底咋个回事？说对了我饶了你们，说错了，我一个也不饶！"

赵金龙蹲在地上一言不发。

奇怪的关系，奇怪的方式，一切都很奇怪。

吴太太终于找到了舞台，捉奸，多么诱惑的字眼。只可惜没有捉奸在床。她兴奋异常，在男女关系里，她终于充当了一回受害者，多么快乐，多么满足。有一种女人或者说很多种市井女人，潜意识里就是有这么一种奇怪的期待，期待有一天成为悲剧事件的主人公，成为受害者，然后就拉开院门，扯开嗓子，又哭又闹，让全院子的人、一条街的人都知道她受伤害了，她丈夫搞女人了，她可以扬眉吐气站到道德的审判台上，把受过的气、挨过的骂一一还给伤害过她的人，再展示她的伤口，证实她有多么贞洁，其中最重要的环节就是问奸：怎么搞的，搞了几次，真是又悲伤又快乐。

三丫看看吴太太，再看看赵金龙，跪在了地上："太太，求求你了，让我回家吧！我婆婆腿伤了，化脓了，他说他有盘尼西林。"

赵金龙震惊的表情。

吴太太也惊着了："你说什么？盘尼西林？"问奸问出了新情况，居然还有盘尼西林！她回身对吴国喜："好啊，吴国喜，你胆子越来越大了！你哪儿来的药？我怎么不知道？"

吴国喜张大了嘴："我，我，我是有药，她是跟我要药来的，"转向三丫："是你自愿的。你拿不出钱来，又让你家男人来打我。你是个什么东西！"

吴太太猛地从床上坐起来，朝着三丫扑过来，一把抓在她脸上："我打死你这个不要脸的！"三丫急忙躲闪。吴太太抓起桌上的东西就朝吴国喜扔过来，吴国喜头上中了一下。吴太太抄起拐杖就打吴国喜，吴国喜往屋外跑。吴太太单腿蹦着，抡起拐杖就打吴国喜。

三丫和赵金龙趁机一块跑了出来。吴国喜抓住三丫："你不能走！你把话说清楚，不然我老婆会打死我的！"

吴太太抓着吴国喜一通打，随即没头没脑地打起了三丫。

三丫一头冲进周家屋里，扑通跪在地上："求求你们，救救我吧！"

吴国喜跟着冲进屋："看你们哪个敢管我的闲事！"

三丫绝望地抬起头说："求求你们！"

赵蔓君一眼看到了三丫："三丫！三丫？怎么是你？"

三丫看见赵蔓君也是一脸震惊："姐，你怎么在这儿？这是什么地方？我们到处找你！"

周家人震惊了。

赵蔓君急忙解释："这是我的弟媳妇。你怎么会在这儿？"

吴国喜突然放声大笑："哈哈，老天爷开眼，我终于睡了你周家的女人了！哈哈哈！"

三丫拉着顾玉秀的手哭得上气不接下气："我对不起金龙，对不起赵家。我真的不想活了！我是个不孝顺的媳妇。我婆婆就要死了，我却，我却——"她想说那三支药的事，她想把所有的事都说出来，可是不知从何说起。一个普通的乡下妹子，怎么能承受这么重大的打击、这么多的心事？她把自己逼到了绝境。而顾玉秀哪里会知道三丫的秘密？只是一个劲地好声相劝。她劝完三丫，起身找到郭富才，让郭富才和金龙赶快去把赵蔓君的母亲也接过来，郭富才怎么也不肯。顾玉秀知道郭富才是为她好，可是现在她不需要这种好，不在乎赵蔓君怎么看，甚至不在乎周祖康怎么看，她只当是心疼三丫了。而周祖康心里明明白白，从他回到这个家，顾玉秀处处让着赵蔓君，但从来没有多看他一眼。他知道他们三个之间的事没完，不会轻易完。他知道这一切都是他的错。他听到了顾玉秀和郭富才的对话，知道顾玉秀的心思。如果他再不懂顾玉秀的心思，他就太不像个男人了。于是，他走出来，让郭富才坐他的车去，他自己要亲自去接赵老太太。这在常人看来不合情理，甚至有点欺负顾玉秀，但周祖康知道，在这样一个特殊时期，在这个特殊的家庭里，在他与顾玉秀特殊的关系里，只有他表现出那种顶门立户的男人本色，也只有显示出大爱，才能配得上他的玉秀，才能让顾玉秀对他另眼相看。这个女人，什么样的苦没吃过？她怎么可能会把这些老大老二、争风吃醋的把戏看在眼里？她要的是刚强、尊严，做女人的尊严；她维护的是他周家的尊严，尽管他已经多少年没回家了，可是这个女人，却固执地维护着这个家的尊严，这一点他是懂得的。他什么都懂。

而赵蔓君在自己房间里，也在无声地哭。她自言自语地："妈，金龙，三丫，对不起，让你受苦了。我不是不关心你们，只是我也是身不由己！"她哭得很压抑，肩膀一抽一抽的。她心里也牵挂家里人，只是不愿意在周家人，尤其是顾玉秀面前表现出来。

04

夜半时分，赵金龙背着赵老太太进了周家的院子，顾玉秀从屋里迎出来，热情地打着招呼："您来了！快进屋吧！"

赵老太太从金龙背上爬下来，扑通一声跪在地上："她大姐！我老太太在这儿给你行大礼了。你是个好人，我们一家子都感谢你！"

周祖康本来要进屋，看到这一幕，急忙闪身走开了。他害怕这种场面，最受不了这种下跪，泪眼婆娑。

顾玉秀急忙扶起老太太："大妈，您快起来，快起来！这是干什么！"

老太太拉着顾玉秀的手哭着："她大姐，我，我真的不知道该跟你说什么了。我闺女她，她，她让你过了那么多年的苦日子。你大人大量，不单对她好，还对我们好！太太，我这是哪辈子修来的福！真不知道怎么谢你！"

顾玉秀心头一阵发热，虽然她知道大妈行的这是老礼，见人让三分，到人屋下要低头，可她还是感动了："大妈，您快起来，咱们起来说话！您太见外了！这都什么年月了！我们是一家人！"她从未想过有一天两家人会见面，可是现在，到了这时候，还能说什么呢？

赵老太太爬起来，身子不稳，又跌倒了。赵金龙急忙扶起赵老太太说："妈，你慢一点！您的腿不好！"

顾玉秀看见赵老太太的腿，看到了她的伤口，震惊了，心疼地扶起赵老太太："大妈，咱们先去吃饭！你要是不嫌弃，就跟我住一间屋，让三丫跟上金龙上那边上屋去住，你就在这儿安安心心住下来。咱们本来就是一家人，就别说那些外人的话了！"

郭富才和程婉仪在摆饭。赵蔓君从屋里走出来，大模大样地坐在上席上，对赵老太太说："妈，您来了！"端起碗就吃饭。

一家人面面相觑，知道赵蔓君又要演戏了。赵老太太看到赵蔓君这副样子，脸上的泪成串地流了下来。为娘的如何不知道女儿的处境？只是，到了这步田地，又有什么可说的呢？

顾玉秀在老太太身边坐下，替她夹菜："大妈，吃饭吧！多吃点，伤口长得快！"又对赵金龙说："你也多吃！"接着又招呼程婉仪和郭富才坐下："都坐吧，吃饭！"虽说是尴尬遇尴尬事，可是尴尬惯了就不尴尬了，顾玉秀心已经横下了，脸也舍下了，可程婉仪却有点受不了，她怕孩子们不适应，便急忙抱起孩子往外走，边走边说："妈，我带孩子们上屋里吃吧！地方不够坐的，反正菜也是一样的！"

顾玉秀答应了，郭富才也要离席，顾玉秀看了他一眼，示意他不要走，郭富才有些尴尬，迟疑了一下，还是往外走，说："我也晚一会吃，你们先吃吧！"一溜烟跑了出去。

顾玉秀不经意地叹了口气，她什么都明白，这尴尬只能自己受了，要不是为了这个家，要不是为了在前线打仗的儿女们，谁愿意受这个？

赵蔓君眼皮都不抬，只顾着吃饭。赵老太太吃着饭，眼泪掉在碗里。三丫也泪眼滂沱，这饭怎么吃啊？只有赵金龙端着碗，像饿了三天一样，不停地往嘴里扒饭，边吃还边给赵老太太夹菜："妈，您尝尝这个菜吧，这菜好吃！好多天没吃过白米饭了，真香！"

赵蔓君恼怒地放下碗说："你能不能不这么吃东西？怎么像饿牢里放出来的！"

赵金龙嘴里含着饭，惊讶地看着姐姐。

赵蔓君冲着三丫大声喊："你这个不要脸的，还有什么脸活在这个世上？赵家的脸都让你丢尽了！还有你！"她指着赵金龙说："一个大男人，自己老婆都管不住，你还有脸住到这儿来！还不如死了算了！"

赵老太太张着嘴哭了起来："老天爷，我这儿造的是什么孽呀？那日本飞机怎么不炸死我呀？"

赵蔓君厉声说："你哭什么哭！有什么可哭的！一家子寄人篱下，给人看笑话还不算，还要天天演活宝给人家看！"

赵金龙放下碗，背起赵老太太说："妈，我们走！"对三丫说："还不快走！"

顾玉秀放下碗，看看赵蔓君，看看赵金龙，说了声："金龙，把你妈放下！"

赵蔓君正愁顾玉秀不接话茬，这下得着理了："姓顾的，这是我的家务事，你不用插手！"

顾玉秀血往上涌，好，既然开始了，就开始吧。她真的不想跟赵蔓君争高低，只是，她要的宁静，她要的平淡，看来是没有指望了，如果她再不开口，再不捍卫自己，这事儿会一塌糊涂，就会改变她的本意，就会变成另一场战争！她不想参战，也不想让任何人参战，可是也不能让人欺辱。她一字一句地说："赵小姐，你叫得对，我是姓顾，我不姓周，也不姓赵，可是，我愿意留老太太住下。你说的那些，我没想过，我只是觉得三丫可怜，我们大家都可怜，日本飞机天天在头上炸，我们今天坐在这儿说话，不知道什么时候，一颗炸弹下来，就会死。你愿意怎么想就怎么想，要是想走，可以走，可老太太要留下来，三丫也要留下来！金龙也可以留下来！我这个家谁都缺，就是不缺你，不缺你赵蔓君！你自己要知道！你要想清楚！”顾玉秀说到这儿，突然哭了起来。她捂着脸，无声地哭着。她没想到自己会说出这么强硬的话，可是她心里又明白，这些话她早就想说了，从第一天见到赵蔓君就想说，现在总算说出来了！

赵蔓君冷冷地看着顾玉秀说：“那好，人是你留下的，你们愿意留就留，跟我没关系！我不会领情的！”说着进了屋。

这一天，对所有人来说都太漫长了、太残酷了。顾玉秀在哭，赵蔓君在哭，周祖康在哭，赵老太太在哭，赵金龙在哭，三丫也在哭，程婉仪、郭富才、敏柔都哭了。

雨婷一头从外面撞了进来，看见三丫，大吃一惊：“哎，你，不是，你怎么在这儿？”

三丫看见雨婷也大吃一惊：“怎么你，你？”

程婉仪好奇地问：“怎么？你们认识？”

雨婷急忙回答：“她在我们医院上班，我见过她！”

三丫脸上突然现出惊恐的表情。她感觉她的秘密快要守不住了，今天她可能过不去了。

正在惊慌中，程婉仪转移了话题，她告诉雨婷，三丫是她的舅妈，因为她是汉英的舅妈。雨婷叫了声舅妈，开口就问：“舅妈，你好！你，你那个人好了没有？我一直想问你呢！”

三丫慌乱地说：“好了，已经好多了，谢谢你惦记着。”

幸好有程婉仪在一边打着岔，拉着雨婷进门去见外婆，三丫才解了围，可是她心里却越来越害怕，担心迟早有一天，一切都会暴露，可是她已经没有回头的余地了。一天的忙乱，她几乎已经忘了朱今墨，经雨婷这一提醒，她轰然惊醒了，无论如何，她明天要去看朱今墨，无论如何！

05

半夜时分，雨婷才从顾玉秀房间走出来，心里想：真是天上掉下个外婆，掉下个舅舅、舅妈！战争让一切不可能都成了可能！这种见面虽说有点苦涩、离奇，但不管怎么说，一家人总算见面了！

雨婷见到外婆，看到外婆的腿伤成那个样子，让她觉得格外疼痛。她想起三丫舅妈也许能搞到药，就向三丫问起关于药的事，可三丫却一句话也不说就走了。这让她更加意外了，她觉得三丫肯定有秘密。思前想后，她回到房间，那个她与大嫂、敏柔一块住的房间，走到敏柔床前轻轻叫醒她。两人走到院子里，她问起敏柔关于三丫的事，问敏柔是不是以前见过这个舅妈，敏柔却说没见过，一点也不了解，并说她只比雨婷早半天见过她，甚至还不如雨婷认识她早。敏柔问雨婷是不是有什么事，雨婷看看敏柔，欲言又止。

敏柔自以为理解了雨婷的困惑，便自我解嘲地说："赶快睡吧！这个家，现在越来人越多，别说你了，连我都快认不全了！"说着就往屋里走。

雨婷在敏柔身后叫了声："柔儿姐姐！"突然就怔住了，脑海中一道闪电好像惊醒了她内心的某种灵感，于是她想起什么似的问敏柔："柔儿姐姐，咱们家的人是不是都叫你柔儿？"

敏柔觉得雨婷有些没头没脑问："对呀。你今天是怎么了？怎么这么怪啊？"

雨婷想了想，下决心地告诉敏柔："柔儿姐姐，我不知道怎么跟你说，有件事，我觉得有些怪，"她边想边说，其实是想理清自己心头的困惑："我以前，在医院就认识舅妈，不，是见过她。她当时就说，她家里有人病了，要打针，盘尼西林；后来，前几天，她不知道从哪儿搞到了三支药，让我帮她去打针。我见过那个人，身上受的是枪伤。我去的时候，那人发着高烧，在说'柔儿别乱跑，赶快回家'。我就想，那个人是不是跟咱们家有什么关系。"

敏柔心头一震，表情惊讶地看着雨婷："你说的那个人长的什么样？在什么地方？"

雨婷："那人个子不高，很瘦，胡子很长，在江边，离，汉英家的房子不远！"

敏柔困惑着，思索着："噢，我明天问问舅妈。现在赶快睡觉吧！"她虽然表面上很平静，但心里却翻江倒海。她的直觉告诉她，这人一定跟周家有关系。难道是朱今墨？

第十六章 朱今墨被捕

01

三丫拿着布包匆匆走过来，左右看看，闪身走进了朱今墨的住处。赵金龙在不远处跟着她。

三丫显然没有发现赵金龙在跟踪她，而赵金龙也没看清三丫到底去了哪儿，盯人显然他并不在行。他只好沿着三丫走来的街道找过来，挨家挨户地看。

朱今墨的房间里，他正在试着练习走路。他扶着墙，一步步地挪动着。他身体很虚，满头是汗，终于支持不住，重重地摔倒在地上。

三丫推门走了进来，看见朱今墨摔倒了，急忙上前把他扶起来，扶到床边。

朱今墨有些尴尬。

三丫把一些吃的放在桌子上说："我给你带了些吃的，你赶快吃点吧！"

朱今墨关切地看着三丫说："你家里人找到了吗？他们都好吗？"

三丫看看朱今墨，眼圈红了："好，都好，都找到了！"说罢起身一边替朱今墨收拾着床铺一边说："先生，我可能不能再来看您了。你有什么事儿需要我帮忙吗？"

朱今墨有些意外："怎么了？出什么事儿了？"其实这句问话并不符合他的身份，他自己也说不清楚为什么要问，可能是三丫的温柔与苦情触动了他内心柔软的部分，还有就是那天江边的大火让他心怀慈悲。

三丫忍着悲伤说："我婆婆受伤了。先生，您哪儿还有换洗衣服，要不要我帮您拿来？"

朱今墨知道三丫是在问他是不是另有住处，但又有些吃不准三丫的意思，便游移地看着三丫，而三丫其实是想尽最后的努力来帮朱今墨一把，虽然她已经身处困境,可她就是放心不下这个男人,便说:“要不,您想去什么地方?我可以送你过去,还是找什么人?”

朱今墨坚决地回绝了:“不用了,我自己会处理的。”虽然他急需有人帮他,可是,三丫绝对不是合适的人选。

三丫看出了朱今墨的犹豫,也知道朱今墨的忧虑。她是聪明的。好一会儿,她迟疑着问:“你,是不是想让我帮忙找人?”

朱今墨惊讶地看着三丫。

三丫坚定地说:“我知道,那些人在找你,你们的人也在找你。这些天,那些人就一直在医院进进出出的!”

朱今墨更惊讶了,显然他低估了三丫的聪明。

三丫坚定地说:“你有难处,就说给我,我一定帮你帮到底!”

朱今墨内心震撼了,他有些激动:“三丫,谢谢你!我,都不知道怎么报答你!要是,你方便的话,能不能帮我送个信儿!”

三丫坚定地说:“行!能行!我保证送到!”

朱今墨哑然失笑:“我还没有说送到哪儿呢,你就说能送到?”三丫不好意思地笑了起来。

朱今墨从口袋里掏出一个纸条,说:“你把这个,送到白象街,有个林家茶楼,找林老板。”

三丫接过纸条,看了一眼,郑重地点头,揣进怀里。

朱今墨叮嘱着:“记着,进去的时候要看看周围有没有人。给他东西的时候,也要看看身边有没有人!”三丫笑笑:“我晓得,我不傻!”

朱今墨从口袋里掏出钱说:“拿着,叫辆车。还有,回来的时候,帮我带几份报纸!”

三丫要推脱,朱今墨按住了她的手:“拿着,这也是为了我的安全!”

三丫只好接受,匆匆走开了。朱今墨站在窗边看着流动的江水。他知道他是在冒险,可是,他没有更好的办法。隐约中,他感觉自己好像做错了什么,但是他已经顾不上了:该来的迟早会来的。因为他身负枪伤,而只要他在这个城市里露面,不到10分钟,就会被抓走,他必须得想办法摆脱困境。

02

林家茶楼里,项南方和林老板也在为朱今墨着急。刺杀汪精卫失败了,朱今墨一去没有消息,是死是活都不知道,只知道从昆明运回了几具尸体和几个伤员,医院里守护森严,林老板天天带人到处打探,天天盯在李其洋的门外,可只见特务们进进出出，却没有朱今墨的消息。老胡几乎一天一个电报催问朱今墨的下落。这一切让他们焦虑不安。朱今墨是贵重财产，是插在敌人心脏上的一把尖刀，不能有任何闪失！

两人正说着，空袭警报响了，他们急忙躲进地下室。

街上，三丫听到警报声，拔脚就狂奔。所有的人都往防空洞跑，只有她一个人逆向而行，好不容易跑到林家茶楼前，街道上已经没人了，城防队员在静街。一个城防队员看见三丫，上前拉住她："飞机来了，赶快进防空洞！"三丫甩开他："不行，我有事，我有要紧的事儿！"

防护队员指着灯笼："你没看见外面的灯笼，飞机已经进市区了，赶快进洞！"拖着三丫就跑。两人刚跑了几步，远处就传出爆炸声，接着，飞机飞到了街道上空。

一排炸弹扔下来，林家茶楼被击中了。三丫拼命往回跑，边跑边高喊："林老板！"

又是一排炸弹扔下来，街道上燃起了冲天大火。防护队员扑在三丫身上，护住了她，然后爬起来拉起她就跑。三丫边跑边绝望地回头叫着："林老板！"

不远的街道，赵金龙看到了三丫，听到了她的喊声，冲了过来。他追上了三丫，一把抓住她："你在这儿干什么？谁是林老板？"

三丫这才明白，金龙一直跟着她，她有麻烦了。她跑进街边的防空洞，赵金龙一步不离紧逼，这个男人像一把稀鼻涕，别的本事没有，真是粘人啊。好吃懒做，然后就是无休止的纠缠、打老婆，他天生的使命好像就是为折磨三丫而来。三丫面对这样的男人也是毫无办法，只有认命。金龙越纠缠她，她越是想起朱今墨种种的好。那个男人，虽然她连他的名字都不知道，可是她知道他对她好。她喜欢他的温柔、儒雅、他的沉默、他的笑容，甚至他受伤时的无助和他高烧时的憔悴。她愿意为他做任何事，死了也认了。她其实是没有能力形容描述这个人身上的一切的，但她就是喜欢他，更喜欢他对她的信任和信赖，喜欢他做的事，是个顶天立地的男子汉。她打定主意后，无论赵金龙怎么纠缠她就是死不开口。直到黄昏时分，解除警报的声音才传出来，三丫从防空洞出来，往家走。她看到燃烧的茶楼，十分难过，赵金龙依然不离左右地追问："哎，我问你话呢！你上这儿来干啥了？林老板是谁？"

三丫头也不回："你听错了，不是我喊的。我不认识什么林老板！"

赵金龙抬手就要打三丫，三丫用手挡着。赵金龙暴躁地："你他妈的长本事了，打你敢躲了？"趁三丫不备，给了她一个耳光。三丫呆呆地看着他问："金龙，你到底想干什么？"

赵金龙恶狠狠地骂："你一早上去江边干什么了？现在又跑来找什么林老板，别以为我不知道。你要是再敢犯贱，老子绝对活劈了你！"

三丫一句话也不说，转身就往家走。赵金龙步步紧追，到了周家门前，正碰上周家人跑警报回来，郭富才背着赵老太太，程婉仪领着瑞雪，顾玉秀和赵蔓君一前一后。赵金龙远远看见周家人，心里这叫一个烦！他打心眼里不喜欢周家人，不喜欢他们的从容、傲慢，不喜欢他们的沉默，还有一团和气。过日子不吵不闹，叫什么日子?连她姐占了周家的窝，他们居然还能忍，真恼火！他老想找谁打一架，可是又不敢，他得靠着周家人吃饭，这太让人恼火了！所以到了周家这些天，他故意装傻充愣，故意不闻不问，故意吃饭时巴嗒嘴，故意不管任何人。这时，远远地他看见周祖康的车开了过来，心里就更烦了。该死的周老爷！愣是有福气，他一个人两个老婆，而他，一个都没看住，差点让吴国喜睡了！他不远不近地走在后面，看见周祖康下车背起了赵老太太，他有些发愣。这点他没想到，真是没有想到。他虽然混蛋，可是个孝子，谁对他妈好他就喜欢谁，可是这种想法只在他心里一闪，就过去了。刘备摔孩子，收买人心！管他呢！愿意背就让他背，他也该背背老太太了。

他跟着一家人进了院。看到周祖康把老太太背到上房，他扯着三丫正要回屋，就听见周祖康问："金龙呢？他怎么不跟您在一起？"接着听见老太太在哭："周老爷，你让我说句什么好啊！我们赵家人，真是对不起你们周家！"周祖康仍十分有礼貌地说："妈，您别这么说，我们是一家人啊！"听到此，他挺不耐烦了，从鼻子里哼了一声，刚要进屋，周祖康从身后叫住了他："你们上哪儿了？"赵金龙低头不说话，他不想说话。周祖康生气地教训他："不像话，老太太病着，你们还到处乱跑？让郭叔背着你妈跑警报？"三丫急忙说："我们下次不敢了！"

赵金龙回屋睡觉，三丫正在铺床。看见三丫丰满又柔软的腰肢，他再次受刺激了，一想到这么好看的腰身差点，不，很可能被吴国喜糟蹋了，他血就往上涌。他一把拉住三丫就把她往床上按，脱她的衣服。三丫吓得直躲。赵金龙看到三丫躲他就更生气了，他把三丫按在床上，恶狠狠地说："从明天开始，医院的活儿不去了。哪儿也不许去，一步也不许离开我！"

三丫屈辱地看着赵金龙说："不干活吃什么？"

赵金龙吼了一声："那就饿死，一家人全饿死！"

三丫惊讶地看着赵金龙。赵金龙冲过来，对着三丫没头没脑一通打。三丫捂着脸哭了起来。赵金龙听见三丫的哭声，心里才觉得安慰。这个没用的男人，只能靠女人的哭声来满足自己了。

03

天快亮的时候，三丫醒了。她看看赵金龙，睡得正香，于是便轻轻下床，拿起床边的小布包，走出房间，她要再去找林老板。她悄悄出门，到了林家茶楼前，眼前的情景让她大吃一惊，茶楼已经是一片废墟，几个不知道是什么人正在把烧黑的木头从里面拆出来，堆放在一边。

三丫走过去，拉住一个人问："先生，这儿是林家茶楼吗？"对方看看她，警觉的目光。

三丫紧张地问："林老板在不在？林老板去哪儿了？"

对方警觉地问："你是什么人？找林老板什么事儿？"三丫张嘴想说句什么，却突然不知从何说起。她迟疑了一下，走开了，刚走了几步，回头，无意中看见赵金龙站在街角不远的地方。她撒腿就跑，赵金龙追了上来。三丫拼命跑，赵金龙拼命追，终于在三丫面前挡住她的路："林老板是谁？你上这儿干什么来了？"

"你听错了，没有什么林老板！"三丫说着就往另外的方向走，赵金龙再次拦住她："你现在要上哪儿？"三丫甩开赵金龙："我要去医院干活！"

赵金龙大声喊："你哪儿也不准去！给我回家，听见没有？"扯着三丫就往回走。

三丫用力甩开赵金龙问："你不让我去干活，我们吃什么？"

赵金龙慢悠悠地："说过一百回了，那就饿死，全都饿死！"

三丫欲哭无泪。

赵金龙扯着三丫往家走，刚到家门口，吴国喜拿了几根油条，从后面走过来，看见了赵金龙，眼里带着嘲讽的笑："哟，这不是金龙吗？一大早在这儿干啥？"赵金龙看见吴国喜，眼里要冒火："我们干啥，关你啥事？"

吴国喜笑着："不干我啥事儿？说话别那么硬气！要不是我，你们一家也找不到周家。你得谢我！"

赵金龙气得想往上冲，可又知道不是对手，只好停下来。吴国喜笑嘻嘻地看着三丫："喂，你家老娘怎么样了？跟你说，那药我还有，想要随时可以来拿，条件嘛，跟以前一样！"

赵金龙眼睛红着，冲上来就要打吴国喜。吴国喜一把抓住赵金龙的手："打，打呀！你个没出息的王八！靠老婆吃饭！呸！"赵金龙不管不顾地跟吴国喜打了起来，吴国喜一把把他按在地上："跟我动手，你有那本钱吗？老子天天吃猪耳朵喝烧酒，一身子力气没地方使，你试试！"

三丫冲过来，用力拉开吴国喜。吴国喜松开赵金龙，抓住三丫的手说："你真是想不开，放着好好的身子不拿去赚钱，真是白瞎了！好白菜都让猪拱了！你这个当家的，有什么好？哎，陪陪我，我给你做旗袍，买粉搽，怎么样？"三丫拼命要挣脱开吴国喜，吴国喜拉着她的手不放，街上过来过去的人都在往这边看，三丫哭了起来。

门开了，郭富才跑了出来："姓吴的，你要干什么？一大早你找什么麻烦？"

吴国喜恶狠狠地骂着："我他妈的就是看你们不顺眼！"说着走进了院门。

三丫低头进了院，闯进屋里，坐在床边嘤嘤地哭着。屈辱，无休止的屈辱。赵金龙此刻也蔫了，没事儿招事儿，招来事又没办法，只有蹲在屋角抱着头。

赵老太太在顾玉秀房间里拍着床帮大声叫着："我怎么养了这么个不争气的儿子！没事儿惹事，惹了事又怕事，好好的不让三丫去干活，待在家里不是惹闲气吗？你真要气死我啊！"

顾玉秀拉着老太太的手劝道："大妈，别哭了！这种气不能生的！也不用生！"赵老太太哭着："她大姐，我还不如死了呢！我怎么赶上这么个世道！"

赵蔓君坐在房间里，听着赵老太太的哭声，心里一阵比一阵烦。

她在地上来回走着，猛地起身，走出屋，冲进赵金龙的房间，愤怒地盯着赵金龙。赵金龙看见赵蔓君，咧着嘴哭了起来："姐，我没法活了，我没脸活着了！"

赵蔓君恶狠狠地推开他："起来！你这个没用的东西！没脸活就去死！跑到这儿来现什么眼！"

赵金龙害怕地看着赵蔓君："姐，你咋能这么说我？"赵蔓君拉起赵金龙的衣领："不这么说你，我怎么说你？！你这个没出息的东西，你还有没有血性？是不是男人？是男人就不能咽下这口气！"

赵金龙哭着："姐，我是没本事，没出息，可你也不能这么糟蹋我！我不是没跟他打过，就是我打不过他！姐，你帮帮我！帮帮我，给我点钱，让我出去过日子！"

赵蔓君厉声说："我哪儿来的钱？"

"姐，我知道你有钱，你一天到晚手上的小包袱不离手。我知道，那里装的是钱！"

"你胡说！那点钱早花完了！哪儿还有？我要是有钱，怎么会住在这儿受这种气？"

赵金龙可怜巴巴地："姐，你说话也要讲点良心好不好？这么多年这个家里里外外不全是我？你帮过家里什么？你回来，家里人对你那么好。我一个大男人，连你的内衣都洗。我没有功劳还有苦劳，人家大太太都没说什么，你就不能给我点好脸色？"

赵蔓君上前就给了赵金龙一个耳光："你说什么？你再给我说一遍！"赵金龙捂着脸："姐，你打我！"

赵蔓君上前又打了赵金龙一个耳光："一个不够是不是？那就再来一个！"赵金龙哭着："天呐，我过的这是什么日子！我不活了，我不活了！"说着抄起扁担冲了出去。

院子里，吴国喜边吃早饭还边喝酒，赵金龙抄着扁担就冲了过来。吴国喜放下酒杯，笑着问："你要干什么？"

赵金龙高举着扁担："我他妈的今天跟你拼了。我也不活了！"吴国喜轻蔑地："照这儿打！来，照这儿打！快呀，不打你是我养出来的！"

赵金龙叫着说要往上冲，郭富才从后面抢下了赵金龙扁担："金龙，你这是干什么！你这是要干什么！"赵金龙坐在地上哇哇大哭。

赵蔓君走过来，抄起地上的扁担，不声不响走到吴国喜身边照着他的头就打下去。吴国喜躲闪不及，扁担重重打在他的肩膀。吴国喜狂叫了一声，蹲在地上，回过头，看着赵蔓君愤怒的脸，骂道："你个死妖精！敢打老子，你不想活了！"冲上来就要打赵蔓君。赵蔓君挥动着扁担再一次打下去。屋里，吴太太尖叫着："天哪，杀人啦！你敢打我爷们！"赵蔓君冲进吴家屋里，对着屋里的镜子、掸瓶就是一阵狂扫，吴太太冲过来要跟她对打。赵蔓君对她就是一通打，郭富才冲进来拉她，情急之中又说错了话："二，赵小姐，你这是干什么？"赵蔓君像疯了一样："你叫我什么，想叫我二太太是不是？我不是二太太，我是周祖康的太太！我不活了，我也不想活了。大家一起去死吧！"她冲到院子里又哭又笑："我不是二太太，我不是二太太。我是周祖康的太太！顾玉秀，你少跟我来这一套，你把我妈拉过来，不就是想让我低头，想让他们知道，我在周家过的是什么日子吗？我不在乎！我就是死也不在乎。"说罢，她扔下扁担，进了屋，放声大哭。她感觉自己要疯了，感觉自己要崩溃了。

顾玉秀坐在房间里静静听着。她做梦也想不到，什么事情都会弄到老大老二的关系上。赵金龙惹出的事，结果还要落到她头上。她已经欲哭无泪了。

郭富才走进来说："太太，不然，我们还是走吧。我们回乡下，到我老家，种地，养猪。这儿就留给他们吧。"

顾玉秀起身往外走，走进赵蔓君的房间。赵蔓君还在哭，不看顾玉秀一眼。顾玉秀走到她面前，悲愤地说："赵小姐，我想你是误会我了。我们是从北平逃出来的，一路上什么样的苦都吃过，日本飞机天天在头顶上炸。你应该知道，活着是什么，死是什么。我真的一片好心，想让一家人，不管什么样的一家人，起码能吃一口饭，能睡个安稳觉。二十多年了，我从来没有记恨过你，恨也是恨我丈夫。我宁可相信这是命！我脾气是有些硬，这些年一个人撑着这个家，可是我没想过跟你争个高低短长。你要是非想要，我明天就让祖康给我写个休书！"

赵蔓君被顾玉秀吓住了，但是此时的她心已经麻木了，什么话都不能打动她。

程婉仪跑了进来说："妈，不好了，老太太她不好了！"顾玉秀一听，急忙跑出来。

赵老太太躺在床上正一口一口地倒气。顾玉秀走了进来，在床边坐下，拉起了赵老太太的手。

赵老太太眼里含着眼泪，已经说不出话来，两人就那么拉着手对着流泪。

三丫冲进来，赵老太太伸出手扯过三丫。三丫紧紧抱住她说："妈，我对不起你！都是我不好，是我惹出来的事儿，是我让您操心了。我对不起您！"

赵老太太摸着三丫的脸，只是摇头，然后就闭上眼睛，再也不说话了。

三丫很痛苦。婆婆第二天就下了葬。回来后，三丫不吃不喝就一直在哭，哭得绝望。伤心，谁也劝不住。周家人束手无策，他们只当是三丫对婆婆感情深，也知道赵金龙对三丫不好，她在哭自己的命苦。

而雨婷却一直在关注着三丫，看到她哭成这个样子，只好对顾玉秀说她来试着劝。她想她知道三丫为什么这么哭，便支走了顾玉秀，自己走进三丫屋里，直截了当地告诉三丫："舅妈，别哭了，我知道你为什么哭！"

三丫抬起头，困惑之极。雨婷拉住三丫的手说："我知道你心里不好受，因为你把药拿去给了别人，却没给外婆，是不是因为这个？"三丫惊奇地看看雨婷，停止了哭泣。

雨婷试探地问着："舅妈，那个人到底是谁？你为什么要这么做？有什么事你就说出来，也许大家都能帮你！"

三丫突然起身就往外走。这几天为了婆婆的事，她忙昏头了，此时才想起来，林老板，林老板，朱今墨托付给她的事她还没干，她得去找林老板！雨婷追过来问："舅妈，你要去哪儿？"三丫已经跑了出去。她一口气跑到茶楼前，门前有人还在忙着收拾废墟。她不顾一切地冲上去，拉住一个人问："林老板在哪儿？我要见他！"

伙计认出了她："你怎么又来了？不是说了这没有林老板。"

三丫已经顾不上什么是什么了："我有事儿要找他，有个先生受伤了让我带话儿来！"伙计一惊，急忙拉着三丫进了门。

林老板虚弱地躺在床上，头上包着绷带。三丫看见林老板，吓了一跳，问："怎么你受伤了？"

林老板看看三丫，有些紧张："你找我什么事儿？"

三丫左右看看，从怀里掏出纸条递上去。

林老板看了一眼，惊喜地问："他还活着？"

三丫严肃地点头："他就住在江边菜园坝那片木头房子里，身上中了枪，前些天还发了高烧，不过这几天已经退了！"

林老板激动了："你怎么认识他的？你是他什么人？"

三丫迟疑了一下："我不认识他，是，我帮他从医院逃出来的！"

林老板激动地抓住三丫的手:"谢谢你妹子!谢谢你!你先回去,告诉他,让他好好养伤,我们这几天就安排他离开的事!我们会跟他联络的!"

三丫转身跑了出去,她心里感觉到从未有过的欢喜和庄严。她要把消息告诉朱今墨,她终于完成了他托付给她的事。

她刚冲出茶楼,就看到了赵金龙眼睛红红地站在门边等她。赵金龙眼神里有一种不一样的愤怒,这让三丫吓了一跳,虽然赵金龙对她永远是恶狠狠,可是今天的眼神不一样,她知道今天可能真的过不去了。她转身就要跑,赵金龙疯了一样冲过来,抓住了三丫。他什么都知道了,他全知道了。刚才在江边他遇到了吴国喜。他又要跟他打,可是吴国喜又把他打了一顿,之后还残忍地告诉了他真相,他给过三丫三支药,而且搞过她一回。赵金龙听到了他一直想知道却又最不能承认的事实,所以他今天不会放过三丫的。他扯起三丫要去找吴国喜对质,三丫死活也不肯去。纠缠中,雨婷追了出来。三丫只来得及对雨婷喊了声:"婷婷,救救我!"就被赵金龙拖走了。

04

黄昏时分,朱今墨从床上坐了起来,药起了作用,他的烧已经退了,只是有些虚弱。他勉强支撑着坐起来,试探着下地,身子是软的,头是沉的。他强忍着,扶着床,扶着墙壁,一点一点,一步一步,渐渐适应了,站住了。他走到了门口,迟疑了一下,拉开了门,一步步往外走去。

外面居然有阳光,好不容易才能看见的阳光,再看左右的房子,早已经成了一片废墟,有的地方还冒着烟,没有人迹,远处隐约有哭声,他虚弱地闭上眼睛,在门前的台阶上坐下,像是睡着了,又像是沉思。好一会儿,他听到远处传出一阵吵吵闹闹的声音。他惊醒了,警觉地闪到门后,接着他看到了让他大吃一惊的一幕:赵金龙拖着三丫,沿着门前的路一路厮打着过来。赵金龙扯着三丫的头发,三丫拼命挣扎。朱今墨的血往上涌,起身就要冲过来,可身子不稳,摔倒了。他在地上喘息着、思索着,想着怎么样才能帮到三丫、是不是应该出手。他自己身处险境,救三丫当然重要,但这会不会连累了她?

赵金龙把三丫推进自家院子里,这里没人,他可以尽情折磨三丫,发泄了。他恶狠狠地说:"说吧,到底给了谁?"三丫捂着脸在哭,其实她早就想这样哭一场了。她哭的不是眼前的困境,而是说不出的委屈!

赵金龙看到三丫哭,更加心烦,恶狠狠地:"你说还是不说?朱三丫,你胆子真是太大了!那个人到底是谁?你说啊!"他开始絮叨起来:"一边是你的婆婆,一边是个外人,你心也太狠了,怎么能做出这种事!"

三丫哭着："金龙，你别问了！我对不起婆婆，以后我对你好，我好好伺候你！"

赵金龙一挥手："你别再想了！你说，你说还是不说？"

三丫哭着摇头。

赵金龙跳起来抄起废墟上的一根棍子就向三丫打去："那你就别怪我心狠了！"

三丫躲都不躲，只是盯着棍子落下。突然，朱今墨忍着疼痛猛地冲进院子，劈手夺下了棍子。

赵金龙和三丫看见朱今墨，都愣住了。赵金龙上前就要抢棍子："你他妈是哪一个？"

朱今墨把棍子扔在一边，低声对赵金龙吼了一声："你放开她！有话跟我说，她把药给我了！"

三丫绝望地叫了声："先生！"捂着脸哭了起来。

赵金龙眼睛红了："原来是你！"冲上去就要打朱今墨，但自觉不是对手，又回身冲三丫扑了过去："你这个死婆娘！还让不让人活了？你在外面到底搞了几个男人？"

朱今墨扯开赵金龙说："别动不动就打人，有话慢慢说！"

三丫哭着让朱今墨走开，起来推他。朱今墨冷静地拉住三丫的手说："不，三丫，我不能眼看着你为了我受苦，从现在起就是我的事儿了！你先走！"说着就往外推她。赵金龙哭着扑上来："你个王八蛋！我跟你拼了！"朱今墨抓住赵金龙的衣领："你说话能不能干净点？"

赵金龙咆哮着："我不能！你是什么东西？她为了给你弄药，去卖身，卖身！我娘都没得着好药，她把药给你用上了。你说，我打死她她冤不冤！"

朱今墨如五雷轰顶，怔怔地看着三丫："三丫，你怎么，你怎么这么傻！"

三丫哭着："你快走，这是我的事，你赶快走！"

三人拉扯中，雨婷带着顾玉秀冲了进来。顾玉秀看见了朱今墨大吃一惊："朱今墨？你怎么在这儿？怎么是你？"

雨婷指着朱今墨："妈，舅妈把药就是给了这个人！"

顾玉秀震惊，朱今墨也大吃一惊！顾玉秀冲过来就打了朱今墨一个耳光："姓朱的，你害我们周家还要到什么时候？你害死人了，你知道不知道？"

朱今墨捂着脸一言不发。

顾玉秀怒吼着："还不快给我滚！滚呐！"

朱今墨一声不响走了出去，他没想到事情会变成这样。他不知道三丫原来也是跟周家有关系的，更不知道三丫为了他付出如此代价。他无法解释，只能选择离开。

雨婷望着朱今墨的背影问顾玉秀:“妈,这个人到底是谁?”

顾玉秀浑身发抖:“他是,你柔儿姐姐的未婚夫,在结婚前一天逃走了,害得你柔儿姐姐不知道流了多少眼泪!”

三丫冲过去,抓住顾玉秀的手说:“大姐,你们误会了。他是好人,他是个,是个好人。他是去刺杀汪精卫受的伤,他是好人!”

顾玉秀震惊地:“你说什么?你说他是什么人?他刺杀汪精卫?”

三丫刚要说话,赵金龙跳起来,推开三丫,走到顾玉秀面前:“我不管他是谁!你看到了,你全看到了。我不管你们是什么关系,你们周家是欠我们赵家一条命!要不是这个人,我娘就不会死!”

顾玉秀哑口无言,三丫欲哭无泪。顾玉秀难过地对三丫说:“三丫,对不起,让你吃苦了。过去的事儿就不再说了,谁也不再提了。我们周家欠你们的情!”

三丫哭着:“不,不,你们误会了。他不是坏人,他是好人,他真的是好人!”说着蹲在地上,伤心极了。她不能接受这个现实,如果朱今墨真的像他们说的那样坏,那她所有的付出,一切的一切,怎么能让人接受?

顾玉秀急忙过来拉住三丫:“三丫,对不起!朱今墨他是好人,是好人。我们信你的话,你帮他没错,他是好人!”

三丫哭着跪在地上,冲着天空喊:“娘,我对不起你,可是我是为了帮一个好人。你千万别怪我啊!”

05

赵金龙蹲在江边的石头上,发呆。他不知道自己该做什么、能做什么。他到这儿来是因为以前经常来这儿发呆。不一会儿,吴国喜就出现了。他对赵金龙心里充满同情,不管怎么说,睡了人家老婆。他也挺烦的,三支药,可以换一根金条的,结果却弄了一身臊,老婆闹,周家人不理他,赵金龙一天到晚缠着他,他真没讨到什么便宜。他甚至希望赵金龙能打他一顿,赢了他,他也就心安了,可惜这个笨蛋打架都不是对手。事情到了这个份上,有点没意思了,他得做出点姿态了。他走到赵金龙身后,叫了声:“兄弟!”

赵金龙一动不动。

吴国喜无奈地:“怎么样?我没骗你吧!”

赵金龙起身,突然把吴国喜推倒,就跑。吴国喜不防备,摔了个四脚朝天,爬起来就追过来:“喂,你神经啊!老子他妈的还亏了呢!”扬手就要打,手举起来,又打不下去了。他长叹一口气,放下手。赵金龙看看吴国喜,知道自己也挺没劲的,两人你看我我看你。吴国喜头一摆:"算啦,跟老子喝酒去吧!"

赵金龙想了想,心一横:"喝就喝!"

两人进了吴国喜仓库。吴国喜找出一瓶酒,用牙咬开瓶盖,倒给赵金龙一半,自己留下半瓶。两人碰了一下,喝了一大口。

吴国喜把一盘猪耳朵放在赵金龙面前说:"来吧,兄弟,喝了这口酒,咱们俩的事就算了。哎,那你媳妇那药没给你老娘,到底给了谁了?"

赵金龙警惕地看着他。

吴国喜嘻嘻笑着:"我想知道,除了我,谁还有那福气!"

赵金龙一下急了:"放你娘的屁!那男人我见过,说是去杀汪精卫的!是个英雄哩!"

吴国喜眼睛一转:"杀汪精卫?什么意思?哎,你媳妇够有本事的,能靠上这种人!"

赵金龙翻翻眼睛说:"我也不知道!"他心里也有那么一点自豪,至少在吴国喜面前,不能倒了架子。

吴国喜念叨着:"杀汪精卫?杀汪精卫?"突然他一拍脑门:"哎呀,我知道了,前些天还有几个人到江边来找过他,还问我见没见过一个小个子男人。我知道了,肯定是他。那些人是军统的人,找的肯定是他!"他努力回想着那天的情形:"不对呀,如果他是英雄,跟那些军统的是一伙的呀,那些人又怎么会抓他?金龙,你上当了,你媳妇也上当了,他肯定不是好人!"

赵金龙眼睛也直了。

吴国喜突然眼睛一转,端起酒来说:"来,金龙兄弟,咱们把酒干掉!不是有句老话说,兄弟如手足,女人如衣服;老太太也死了,你姐姐又是那副样子,没出息,一心只想当大太太,又没本事。日本飞机天天炸,有一天没一天的。你呀,干脆把那个家伙往外一交,换点钱花,怎么样?也算替你媳妇报了仇了!"

赵金龙把杯中酒干掉,醉眼看着吴国喜。

吴国喜也有些醉了:"量小非君子,无毒不丈夫。他害死了你娘,害了你媳妇,你还不弄死他?

赵金龙把杯子往桌上一放说:"好,就听你的!一会儿你就去找那些人,跟他们说个价钱,老子豁出去了!他不仁我不义!我要为我娘我媳妇报仇!"

门外,三丫正跑过来找赵金龙,听到两人的话惊呆了。她想冲进去拦住赵金龙,可是她知道赵金龙根本不会听她的,于是她转身就往山坡上跑。她心里只有一个念头:赶快通知朱今墨离开。她心里虽然也困惑朱今墨到底是好人坏人,但不知道为什么,她就是不想让他受苦,不想让他被抓住。她不愿意相信！

她不顾一切地冲到朱今墨住的地方。朱今墨坐在床前，手里握着那个空的盘尼西林药瓶，正在发呆。三丫一头撞进来，朱今墨看见三丫，百感交集，突然抱住她。他想安慰三丫，可是不知道从何说起。三丫用力推开他说："先生，快走，有人要来抓你了！"

朱今墨再次抓住三丫："别急，你慢慢说！告诉我到底怎么了？你为什么要那么做？你怎么那么傻？"

三丫大口大口喘着气，看着朱今墨急切的脸。她知道这个男人是疼她的，是领情的，她知足了。她急切地说："我，前几天去了林家茶楼，茶楼被炸毁了，找不着人，今天又去，才见着人，林老板受伤了。他们说这两天就安排送你走。刚才，听我当家的和吴国喜说，要带人来抓你！他们说你是坏人，要把你交给军统！"

朱今墨心头一震："吴国喜是谁？"

三丫眼里闪过一丝尴尬："就是，就是，一个无赖！"

朱今墨一瞬间明白了三丫的尴尬。他抓住三丫的手："听我说，三丫，你，你是个好女人。我不知道说什么才能表达我的感谢！你不要再管我了，再也不要管了。你现在回家去，我自己想办法！"说着拉起三丫往外推她。三丫回身："不，先生，我不能丢下你！"两人一块冲出门。

他们冲出院门，突然不知道该往哪个方向走。朱今墨身体还很虚弱，三丫上来就要背他，朱今墨坚决拒绝了。他劝三丫回家，三丫坚决不肯，朱今墨只好让三丫扶着，沿着门前的街道艰难地往前走。

他们刚走出街角，吴国喜和赵金龙就带了一队人马从另一条街道跑过来。他们冲到了朱今墨的住处，用力撞开了门，屋里已经收拾得很干净，床上放着一个蓝布包袱皮，赵金龙一眼认了出来，抓起来看了一眼，表情很痛苦。特务看到了赵金龙的眼神，问："看见什么了？是不是就是这家？"

赵金龙闭上了眼睛，特务揪起赵金龙："快说，人跑哪儿去了？"

赵金龙吓得六神无主："我不知道，我真的不知道！"

特务上前给了他一枪把，赵金龙哭了起来。特务："你再不说，我抓你去坐牢！你媳妇藏了他，你也脱不了干系！你一家都脱不了干系！"

赵金龙吓得往地上躲："我，不知道，真的不知道！"

特务拿枪逼住了赵金龙，赵金龙吓得脸已经变了形。

吴国喜："你这个胆小鬼！还不快说！"

赵金龙完全崩溃了："我真的不知道，我只知道有个林家茶楼。"说着，坐到了地上。

06

街道上，三丫扶着朱今墨沿着街道在跑。朱今墨跑得很慢，很艰难。

朱今墨低声问三丫："三丫儿，我问你，我让你给林老板送信的事，你男人知道不知道？"

三丫脸色一下变了，艰难地："可能知道。先生，我是不是闯了祸了？"

朱今墨脸沉了一下，随即对三丫说："你听我说，你赶快去林家茶楼，告诉他们转移！"

三丫惊恐地："那您怎么办？"

朱今墨沉静地："你不用管我，你把我放在前面的街口就行了。听我的！那边的人不能出事！你通知完了就回家，我不会有事的。"说着往相反的方向走，三丫不放心地跑开了。她不顾一切地冲到林家茶楼前，用力打门。伙计看见三丫，大吃一惊，把她拉进来。

三丫上气不接下气地告诉伙计赶快离开，出事儿了！林老板坚持要三丫带路去救朱今墨，

他们刚跑出茶楼的门，就看见吴国喜带着一队人沿街走过来。两边人交上了火。林老板边开枪边让三丫离开。三丫躲在黑暗中，看着眼前激烈的枪战，林老板边开枪边撤退，伙计把汽车开到后门，趁着夜色把车开走了。特务们一窝蜂追过来。

朱今墨沿街道艰难地走着，远处传出特务的叫声："快快，那边的人跑了！"朱今墨急忙闪进街边的一条巷子。

迎面，有人从前面的路上跑过来，他急忙回身，往中间一条巷子跑去。在他身后，有特务追了过来。他躲在黑暗中正想怎么办，敏柔和雨婷冲了过来。敏柔不顾一切地冲过来，抱住了朱今墨："今墨，我就知道你是好样的，你应该早点告诉我！"

朱今墨猝不及防，一下被敏柔巨大的热情冲倒了。他一瞬间热泪盈眶。远处传出特务的叫声，敏柔听见了，背起朱今墨就跑，朱今墨叫着："柔儿，你放下我，别管我！"敏柔坚定地："不，我必须救你！"背起他就往家跑，雨婷跟在后面追了过去。

敏柔不知道哪儿来的力气，背着朱今墨进了院。郭富才从屋里跑了出来，看见朱今墨，惊呆了："哎，哎，哎，姑爷，你这是，你怎么来了？怎么是你？"

敏柔小声但急促地："郭叔，别说话！"

街上，响起一阵阵脚步声："把这条街全围起来！"

郭富才紧张地看着门外:“什么人?”

敏柔边往后院跑边说:“郭叔,快把他藏起来!有人在抓他。”

郭富才跟过来,拉开柴房的门,把朱今墨藏了进去。敏柔听到门外的吵闹声,坚定地对朱今墨说:“别动,发生什么事也不要出来!”

门外传出打门声,接着,门被撞开了,十几个特务冲进了院子,迅速站在各个房间门口。

特务冲进院子,大声叫着:“姓朱的,你出来!你要是个男人,你就给我出来!”周家的人全跑了出来,在门前站成一排。周祖康恼火地问:“你们是什么人?你们要干什么?”

特务看到周祖康,高声问:“你就是周校长吧?我们奉命抓人犯朱今墨,有人看见他逃到你院子里来了。”

周祖康困惑地:“笑话!真是天大的笑话!”

特务对着天空突然开了一枪,高叫:“朱今墨,你是不是男人?你要是男人就给我出来,不然的话,我们就把这家人全带走!”

柴房里,朱今墨听见了枪响,要往外冲,敏柔紧紧抓住他。

院子里传出瑞雪的哭声,朱今墨猛地挣脱开敏柔,从柴房里冲了出来。敏柔痛苦地叫了一声:“今墨!”朱今墨浑身一震,敏柔冲过来抱住了他:“别去,天大的事儿我也要保护你!”

朱今墨心头一热,一句话也不说,往外冲。敏柔也不顾一切地冲出来。

特务还在喊:“姓朱的,出来呀!”说着,又要开枪。朱今墨从后院走了出来,特务看见朱今墨,一笑:“好,还算条汉子!”

周祖康、顾玉秀、程婉仪、郭富才看到朱今墨,大吃一惊。特务用枪指住朱今墨:“走吧!我们可是抓了你好久了!”朱今墨一言不发往外走。

敏柔叫着“朱今墨!今墨!”冲了过来,周祖康、顾玉秀、程婉仪和雨婷拼命拉敏柔。

敏柔抱住周祖康说:“爸!求求你,快去把他留下来!他身上有伤,他是好人!”周祖康冲过去拦住特务们:“你们,凭什么抓人?”

特务们挡开周祖康,冷笑着:“周委员,对不起啊!告诉你们,你们周家的好名声怕是完了。这个人,哼哼,背景很复杂!是个不折不扣的汉奸!”

敏柔愤怒地:“你胡说!他根本不是!他是英雄,他是刺杀汪精卫的英雄!”

特务哈哈大笑:“大小姐,你太可笑了!他是什么人,不是你说的!”说着用枪指着朱今墨走了出去。周家人呆若木鸡。

第十七章 豪情自负忘生死 毁誉一生甘自羞

01

朱今墨被带到了李其洋面前。

李其洋点起一支香烟，长长吐出一口烟气说："朱今墨！我真是看错你了！一直想着你是白皮红心，想不到，你居然是白皮黑心！"他起身走到朱今墨面前："其实我是应该想得到的。一个人如果心很黑，他一定会想办法让自己看上去不那么黑！"

朱今墨低着头，一言不发。

"告诉我，你跟汪主席到底什么关系？代老板做梦也想不到他派出的王牌特工居然敢在他眼皮底下走私！"朱今墨依然没有反应。

李其洋悲天悯人地："朱今墨啊，朱今墨，你让我说你什么好？你说说看，凭你对我做下的事，我有十个理由要了你的命。行动组长是你干掉的吧？那天行动一失败，我就知道一定有人出了问题，想不到居然是你。你表面上刺汪，其实是去保护他的，是不是？"

朱今墨一言不发。李其洋感慨地："我真后悔，在河内的时候没有一枪把你干掉，想不到你居然在我眼皮底下跑掉了！呵呵，跑有什么用？你看到了，这就是结局！"

朱今墨沉默良久："校长，你让我好好想想吧！给我一点时间！"

李其洋对朱今墨的称呼感到意外，想了一下，说了句："好吧，我给你时间！不过你不要给我耍花招！你也是干这一行的，你应该知道，我的地下室里有的是对付你的东西！"

朱今墨点头："我知道！您不用再说了！"

一把大锁，一张床，朱今墨就被关到了地下室，黑暗，无止境，没有一丝光亮，朱今墨坐在床边，他知道，落到李其洋手里，他将必死无疑，但他也终于看清了李其洋的嘴脸。他努力思考着如何脱身。越狱，逃跑，想办法送信让林老板救他出去，甚至想过自杀。可是他知道，此时此刻他插翅难逃，而他，是没有权利选择死的，他的命不是他自己的，是他的组织的，也是属于他的信仰的。他昏昏沉沉地睡着了。太累了，得休息一下，又一次次惊醒了，不能睡，得想办法救自己。一天一夜后，朱今墨醒了，他决定了，他得救自己。他猛地起身，走到门边，高声喊了声："来人，我要见李主任！"

地下室的门开了一条缝，一双眼睛看了看朱今墨，随后就消失了。

02

门上的锁哗里哗拉响着，接着，李其洋走了进来，光线跟着进来，朱今墨刺得睁不开眼睛。

马占清送进来一张椅子，李其洋坐下："说吧，不是要见我吗？"

朱今墨迟疑了一下："我是日本间谍！我要求政府照会日本驻上海领事馆，向中森先生通报我被捕的情况，并要求引渡！"

李其洋眼睛瞪得像牛铃："你，真的是日本间谍？"

朱今墨苦笑一下："这，有什么可荣耀的吗？"

李其洋眼睛飞快地转动着："我，跟中森先生怎么联络？通过外交部？现在两国没有外交关系！"

朱今墨冷淡地："给我纸和笔，我告诉你找谁！"李其洋诧异地看着朱今墨，命人送来纸笔。朱今墨飞快写下地址，李其洋如获至宝，拿着纸条看了又看，笑着对朱今墨说："好吧，既然你愿意跟我合作，我想暂时不把你交出去。为了你的安全，我先给你换个地方。"

朱今墨一怔，随即笑了笑，他突然明白了，李其洋等的就是这一天，他需要的是与日本方面的联络渠道，现在他得逞了。朱今墨感觉到自己可能是安全的了，但是心情更沉重了。

两个特务走上来，一左一右架住了朱今墨往外走。他们走出地下室，走到走廊里，迎面，敏柔正跟周祖康一块进了楼门，卫兵拦住周祖康，让他退回去，周祖康与卫兵交涉着："告诉李主任，我是周祖康，我要见他！"敏柔无意中回头，看到特务押着朱今墨进来，大吃一惊，快步跑过来："今墨，你怎么样了？我让爸爸来救你了！"

朱今墨一句话也不说，只是温柔地一笑。特务把朱今墨押走了。

敏柔哭着冲过来，特务把她拦住了。身后，李其洋的脸出现了。

周祖康看见李其洋，急忙迎上来："李主任，你，我！"

李其洋虚伪地伸出手："啊，周校长，您怎么亲自来了？"

周祖康急忙说："李，李主任，朱今墨他，到底怎么回事儿？是不是有什么误会？"

李其洋看看周祖康，再看看敏柔，说："周校长，说起来，我们也算故人了，这个朱今墨也不是外人。本来我并不想对他做什么，说真的，我也是很痛心啊！"

周祖康："他到底做了什么？"

李其洋："就在刚才，你们来之前，他亲口向我承认，他是日本间谍！"

敏柔震惊的表情："这不可能！"

李其洋："这没什么不可能的。敏柔小姐，我们都太天真了。他从上海潜入重庆，不知道从哪儿拉上的关系，居然打着代主任的旗号在重庆活动。代主任命令他去河内执行任务，他却在执行任务的时候，打死了我手下最得力的助手行动组长！"他看到敏柔眼里震惊的表情，心里充满快乐，继续说着："我当时并不知情，历尽千辛万苦路上把他运回重庆，他在医院里又再次潜逃，杀了我们四个弟兄！"

敏柔非常震惊，周祖康也觉得很震撼："那，你打算怎么处置他？"

李其洋耸耸肩："怎么处置？当然是把他交给政府来处置了！"

周祖康神情默然，敏柔完全惊呆了，她无法判断李其洋的话，但是心里却是不相信的。

周祖康木然地点头，起身，拉起敏柔往外走。

一路上敏柔一言不发。周祖康一直拉着敏柔的手，他不知道怎么安慰敏柔，也不知道怎么才能接受这件事。他不认识朱今墨，但凭他对敏柔的理解，他相信敏柔的眼光，他知道女儿面临着生命中最严峻的考验，不只是爱情，还有信仰。

回到家，一家人关切地围上来。周祖康只是无奈地摇头，敏柔一言不发回到屋里，把门关上，过了好一会儿，屋里才传出她压抑的哭声。而三丫则在院子里放声大哭，朱今墨的被捕，不，朱今墨的身份，成了周家人心中最大的伤痛。朱今墨当初的不辞而别，给他们留下了巨大的创伤，接着他又神秘地出现了，并带来了刺杀汪精卫的好消息，虽然失败了，但他们对他充满尊敬。在战乱中求生，在炸弹下的生活，让他们对任何哪怕是失败的反抗都充满尊敬。但他们心中刚点起希望之火，随即就灭了，这种毁灭让人绝望。

03

午夜时分，李其洋轻车简从，只带了两个特务，悄悄来到了爱尔兰咖啡馆。他手里拿着朱今墨写的纸条，要找佐伯。

霓虹闪烁，李其洋有些生气：妈的，战乱中的使馆区依然灯红酒绿，这让他心里很不舒服。

他走进咖啡馆，侍者迎上来："晚上好，先生请问几位？"

李其洋直接地："找你们老板！"

侍者一怔。

李其洋冷冷地："是朱今墨让我来的！"侍者看了李其洋一眼，急忙说："请稍等！"接着，佐伯从楼梯上走下来，客气地："先生，里面请吧！"

他把李其洋带到后间的房间里，李其洋把朱今墨写的字条放在桌上："按这个频率，给你们主子发报！告诉他，朱今墨在我手里！"

佐伯沉默。

李其洋掏出枪放在桌面上："怎么，同样的话要让我说两遍吗？"

佐伯看见枪，并没有想象中那么害怕，而是沉静地说："我不知道你在说什么！"

李其洋："那好，朱今墨，这个人你听说过吧？"

佐伯眉头一动："如果你抓到他，就直接把他交到国民政府吧！"

李其洋："废话！如果是这样，我还来找你干什么！"

佐伯盯着李其洋看，突然起身说："你，想喝点什么吗？"

李其洋困惑地看着对方。

佐伯："我们这里有上好的爱尔兰咖啡，您不想试一试吗？"

李其洋恼怒地："老子是来找你谈事情的，喝什么咖啡！"

佐伯恍然大悟，一下变得更冷静了："噢，好吧！"

李其洋："怎么？我的话白说了？"

佐伯冷静地："对不起，我不知道你在说什么，真的无能为力！"

李其洋回头大喊："来人！"两个特务冲过来，李其洋指着佐伯："把他给我带走！"特务冲过来，架住了佐伯。佐伯看看李其洋，冷淡地一笑："别这样，我照做就是！"李其洋示意放开他，佐伯整理了一下衣服，对李其洋说："您稍微等一下，我就来！"说罢，去了地下室。

他给中森发了电报，告诉中森朱今墨被捕的消息。几分钟后，中森来了消息，要求佐伯不惜任何代价，要把朱今墨引渡回上海，可以答应对方的任何条件。

佐伯把电报内容读给李其洋。李其洋意味深长地一笑，随即示意佐伯跟他走。佐伯有些紧张，李其洋手放在佐伯肩头上，拍了两下说："按我说的做，我就不会伤害你，否则我10分钟内把你的咖啡馆炸平！"

他把佐伯带回关押朱今墨的地方，让两人见面。他想确认一下他们双方的身份。朱今墨看见佐伯的时候，很震惊，他虽然早已经明白李其洋的用意，但佐伯真的出现的时候，他还是有些意外，甚至失落。他为自己悲哀，也为这个国家悲哀。

李其洋笑着看着朱今墨，开着玩笑："怎么样？他乡遇故知，感觉不错吧？"朱今墨和佐伯都沉默着。

李其洋告诉朱今墨，他有10分钟的时间可以跟佐伯谈谈，随即便走开了。佐伯急忙把中森的意思告诉朱今墨："中森先生已经知道了你的情况，他已经向政府提出引渡，让你尽快回上海去！"

朱今墨感觉到自己正滑向深渊。

朱今墨知道自己面临艰难的选择，活着或者死去，于是他低声命令佐伯不惜一切代价救他出去，并且打死李其洋。佐伯却不愿意为朱今墨冒这个风险。两人正商谈中，李其洋走进来，让佐伯离开了。

门重新关上了，朱今墨重新回到黑暗之中。他努力让自己保持平静，不去想负面的东西，这样他才能在面对突发事件中做出最快的反应。

沉思中，他睡着了。

半夜时分，门开了，朱今墨警觉地从床上坐起来，来人用日语对他说让他跟着走，朱今墨知道有人来救他了，可他不想走，但又不能不走。来人用黑布蒙上他的眼睛，把他带出地下室，装上一辆汽车，随即车开到了江边。他感觉自己被带到了一条船上，因为空气是湿的，脚下在晃动。随即，头上的黑布被摘下来，他四下看看，船上没有人，只有船在水面上行驶的声音。

朱今墨高声叫了声："有人吗？有人吗？"

有人走了过来。

朱今墨警觉地问："你是什么人？这是什么地方？"

来人看着朱今墨，不说话。

朱今墨走向船边："告诉我这是什么地方？否则我就从这里跳下去！"

来人冲过来抓住朱今墨："别跳！我告诉你，有人出了500大洋，让我们送你去上海！钱先付一半，你到了上海，我们才能拿到另一半钱！"

朱今墨颓然坐下，问船夫："有烟吗？"来人递上了烟，为朱今墨点着。借着烟火，朱今墨无意中看了一眼对方，却是马占清。朱今墨惊讶："是你？"

马占清咧着嘴笑了起来："朱大哥，久违了！谢谢你给我们搭桥铺路，让我们投奔上海花花世界！”

朱今墨绝望地把头扭向一边，他知道自己完了。

04

中森像迎接一个英雄一样迎接了朱今墨。他亲自开车到十六铺码头接回了朱今墨，并热烈地拥抱了他，又直接把他带到了医院检查身体，然后告诉他，晚上跟他一块去见李其洋。朱今墨震惊不已，中森笑着告诉朱今墨，李其洋已经于前天从香港到了上海，他已经同意跟他合作，他从重庆带来了二十几个人，更重要的是，他愿意把他所掌握的军统在上海的秘密名单交出来，这对汪伪新政府的运作无疑是强有力的帮助。

朱今墨一下子有些难以接受，情况比他想象得还要严重。他原以为他以日本间谍的身份回到上海，已经是很严重的后果了，从此以后会他将以汉奸、日本特务这样的身份示人，这已经足以让他痛苦了，而现在，后面还拖了一个李其洋！

中森微笑地告诉他：“朱桑，我真的没有看错你。你真是好样的。李其洋投诚，你立了头功，外务省已经决定要好好奖赏你了。”

朱今墨无声地笑了一下，心却流泪了，虽然他早已经把生死置之度外，但是却感觉到生不如死。

中森拍拍朱今墨的肩膀：“朱桑，我真的为你自豪！”朱今墨默默点头。

中森把他带回公馆，说：“朱桑，我知道你现在一定很想洗个热水澡，然后好好睡上一觉，不过，我还不能放你走，告诉我，这个李其洋，到底值多少钱？”

朱今墨有些困惑，他一下难以适应新的情况。

“我跟他接触了一次，感觉这个人很江湖。”中森说着从抽屉里掏出一份文件，递给朱今墨，是李其洋提供的军统在上海情报站的名单、地址。朱今墨的手下意识地抖了一下，接过来看了一眼，很用心地记着，但又假装不甚在意。他飞快看完，把文件放在一边。中森告诉朱今墨，李其洋说如果再给他一点时间他还能提供更多，并说有些情报不在他身上，他需要时间取回来。

朱今墨无声地笑起来。他已经出奇愤怒了，他知道，从此以后，他将面临这种困境：中森要靠他来识别李其洋，给他定价，而他还要继续跟这个无耻的家伙打交道。

中森命令人把李其洋带来。李其洋一见到朱今墨就热烈地握住他的手：“啊哈，今墨！朱先生，我早就说过，你不是池中之物，只是，我怎么也想不到，你的来头比我还要大！”

朱今墨沉静地笑笑:“李主任,您才是真人不露相,让今墨佩服啊!”

李其洋哈哈大笑:“代老板要是知道此刻我们两个在一起,一定会气死的!”

朱今墨微笑着:“您放心,代老板不会知道的,除非您告诉他我在这里!”

李其洋再次哈哈笑起来:“哎呀,要是早知道咱们是一条船上的人,早把话说开了就好了。朱先生,你应该知道一句话,人在江湖,身不由己。你还应该知道一句话,受人之托,忠人其事,你我也算各为其主,所以,过去的事儿,还请你不要往心里去!”

朱今墨微微一笑:“李校长,您在说什么?我什么都不记得了!”

李其洋一怔,随即哈哈大笑:“哎,今墨,今墨,我是真的没看错你,你这个朋友我是交定了!好好,以后在上海滩上找饭吃,我可是要仰仗你了!中森先生,你这个朱桑,可是深不可测啊!”

中森英微微一笑,请李其洋坐下,又命令卫兵提了一个黑皮箱子进来,放在他脚边。中森把箱子打开,推到李其洋面前。李其洋看到满箱的钱,张大了嘴。

中森微笑地告诉李其洋,这100万法币是给他的奖励,在上海一个普通职员的工资才是每月50块,并告诉他什么时候方便,把放在别处的情报早点取回来,还会有更多的钱。

李其洋一口答应了,而中森立刻知趣地告诉他,已经给他安排了一个职位,在七十六号机关里做副主任,并且告诉他,朱今墨会去那里挂名做个助理,协助他工作。

李其洋知道中森并不放心他,让朱今墨监视他,他虽然心里恨恨的,可到了别人的地盘上也只能认命了。

05

朱今墨又一次走在法租界的街头。重回上海,他百感交集,没有重生的快乐,只有沉重。

他走到老胡的住处往四下看看,走上台阶,轻轻敲门可老干爸的脸出现在门后,随即,门开了,朱今墨闪身走了进去。

老胡从楼梯上走下来,看到朱今墨,立即冲过来,紧紧抱住朱今墨:“今墨,你终于回来了!你还活着!”朱今墨抱住老胡,闭上眼睛,努力不让眼泪流下来。老胡眼圈也红了。

老胡拉着朱今墨上了楼,不错眼珠地看着他。他们之间有很深的感情,但身份又不允许他们有太多的儿女情长。老胡问起朱今墨的情况,朱今墨有些苦涩,他告诉老胡,他现在成了日本人的英雄,深入虎穴,不但全身而退,而且,还成功策反了李其洋。说着，他深深地叹了口气，表情十分忧伤。

老胡何尝不知道朱今墨的痛苦，他想安慰他，却不知道如何去安慰得了他。老胡把一张纸条递给朱今墨，说："知道你经受了不少苦，我也难过了好几天。这是我睡不着的时候，写下的两句话，我想把他送给你。"

朱今墨展开纸条，上面是毛笔写的一行字：

豪情自负忘生死，毁誉一生甘自羞。

朱今墨眼泪哗哗地流了下来。

老胡："看完了，就烧了吧！"

朱今墨热泪盈眶，从口袋里掏出打火机，又趁老胡不注意，从口袋里拿出另一张纸，烧掉。火光映着他的脸。

老干爸走过来："今墨，我烧了你爱吃的小菜，下去吃吧！"

朱今墨感动地看着老干爸，又看看老胡。老胡微笑着："走吧，我们边吃边说。"

老干爸特意为朱今墨烧了他爱吃的几样菜，朱今墨和老胡喝了点酒。这样的时刻对他来说，每次都很珍贵。老胡告诉朱今墨，随着汪伪政权成立，局势越来越不明朗，整个中国战场都陷入胶着状态，而他们的工作就是尽量多地搜集情报，在胶着的状态中寻找更多的发展机会，并减少自己的损失。

朱今墨向老胡汇报了李其洋的事，并从怀里掏出一张纸片对老胡说："中森给了李其洋20万，李其洋把他所知道的军统在上海的特务站的地点和名单都交了出去，这是我记下的名单！"

老胡接过纸条，认真看着说："我会处理的。如果我们就这么直接通知，让他们撤退，中森一定会怀疑你。我会去找他们商量，在把损失降到最小的情况下，让他们得一两次手。"

朱今墨忧虑地："上海滩又要血流成河了！"

老胡："这个李其洋，一定要想办法把他除掉！这种人就像疯狗，不知道哪天开口又要咬谁！"

朱今墨坚决地："你放心吧，他活不过这个冬天的！"说完，他端起酒给自己倒了一杯，一口干掉，又对老胡说："日本人和汪伪专门成立了一个特务机关七十六号，李其洋将在那里工作。中森让我代表他去李其洋那里工作，但条件是，我们两个人都要公开登报声明加入汪的政权。"

老胡非常惊讶。

朱今墨淡然一笑："放心吧，我能承受。我，真的能承受！"说着，眼里闪着泪花。老胡呆呆看着朱今墨，眼里也闪着泪花。

午夜时分，朱今墨才离开老胡的住所，老胡破例多留了他一会儿，而且并没有干涉他喝很多酒。虽然朱今墨自始至终保持着平静,但老胡知道,这个男人,心里承受的东西太多了,而他只能用他的方式安慰他。

朱今墨喝得有点多,走路脚步有些不稳。老胡跑过来,替他打开后门,轻轻说了句:“你路上小心!”

朱今墨回身笑笑。

老干爸从后面跑过来,手里拿了一个油纸包,还有一瓶酒,塞到朱今墨怀里说:“你爱吃的豆腐干,带回去吃吧。”朱今墨怔了一下,接过东西,随即一低头走了出去。

他回到住处,从袖子里取出一张纸条,原来是老胡写给他的那句诗。他头一次违反了纪律,把老胡写的那张字带了回来,这张纸条带给他无法言说的感动与温暖,足以慰藉他空旷而坚硬的内心。他把老干爸给他的酒全部喝光,彻底醉了。他一只手插在头发里,边看边哭,是那种无声的哭,好一会儿,他把那张字贴在脸上,泪水打湿了那张纸。随即,他把纸取下来,一点点撕碎,然后划着一根火柴,把它们一片一片地点着了,他脸上挂着一种奇怪的笑容,既欣慰又悲伤。在烧掉纸条微弱的火光中,他又一次感到自己涅槃了。

06

黄昏时分,周祖康匆匆回到家中,轰炸在继续,生活也在继续。

1939年的重庆,是地地道道的人间地狱。继“五月轰炸”后,日本侵略者又发动了“扩大轰炸”。8月,汪精卫在南京成立了伪政府,敌机对重庆的轰炸更加疯狂了。轰炸对重庆人来说,更是精神上的炼狱。最初的阶段,人性中的恶、自私与本能都在释放着;接着,人们开始寻找新的心理支点,虽然这个城市一天天被毁掉,而人们的精神却在一点点成长起来。周祖康最近回家的时间更少了,可是他还是争取有空多回来看看。顾玉秀与赵蔓君的关系比以前好一些了,经历了朱今墨事件,周家人似乎已经习惯了沉默。灾难开始的时候,人们总是互相伤害,但当他们意识到灾难不会轻易结束的时候,就学会了忍受和互相包容。周家变得比以前平静了,但心里其实都有难解的伤痛。

周祖康一进家门就急着找敏柔。程婉仪告诉他,敏柔在自己房间里。敏柔听到周祖康的声音,忙从屋里迎出来,半年多的时间,她一直很憔悴。

周祖康拉着敏柔进了房间,长时间看着女儿,并告诉她,朱今墨有消息了,说他已经到了上海,可不知道什么人又把他救走了,但不管怎么说,已不至于一死了。

敏柔眼神暗淡了下来。

周祖康劝敏柔想开一些，人各有志，他选择什么样的生活，是他自己的事。敏柔听了，默默点头。她把自己关在房间里，足不出户，想了几天，然后开始收拾行李，几天后，她趁家人不注意离开了家门。她要去上海，要去找朱今墨。她希望找到答案，跟朱今墨做一个了断。

重庆到上海要转道香港，敏柔费尽周折才搞到去香港的机票，等她到上海时已经是11月了。

清晨，靠近十六渡码头的一个旅社。

敏柔静静地躺在光秃秃的床板上。她觉得很冷，把身子蜷缩起来，可依然觉得冷，就起身脱下外套，盖在身上。她病了，在发烧，已经三天没有吃东西了，饿得发晕。她困在这家旅社已经快十天了，身上的钱早就花完了，没钱付房租，茶房天天来催，昨天已经把被褥撤走了。刚到上海的头几天，她天天出门，到处找人，希望还能像前几次那样，不知道在哪条街道哪个弄堂里突然看到朱今墨。她一直坚信她和朱今墨之间有这样一种方式，就是不期而遇的邂逅，前几次都实现了，但这一次，预感却失灵了。茫茫人海，她找不到朱今墨半点影子。之后几天，茶房已经不允许她离开旅社半步。她跟茶房解释，说是去找人，找到人就交钱，但是没人相信她，也没人来救她。

她只好躺在床上，看着窗户外面的梧桐树。一阵风吹过来，梧桐树上最后一片叶子飘落了，她心更凉了。

门外，传出茶房的声音："小姐！你在吧？"接着门开了，茶房开门进来，又来催房钱了。敏柔一动不动地躺在床上。茶房又是老一套说词，说了也没用，敏柔已经没力气回答他了。茶房其实也不是什么坏人，收不上房钱，他就得走人。见敏柔没反应，他也就不多说了，自认倒霉吧。他转身要走，敏柔在身后叫住他，求他给她倒一点开水喝，她冷，她饿，她已经没力气了。

茶房同情地看看敏柔，走出去，到楼下拿出热水瓶，到街对面的老虎灶去冲开水。

刚冲完开水，就听到前面街角传出两声枪声，接着，街道上跑出两个人，一男一女，在街道上跑着，子弹在他们身前身后飞，接着，五六个特务出现了，边开枪边追。

其中一个男的胸口中了一弹，倒在地上，女的冲上来要背男的，男的躺在地上，胸口的血往外冒，他用力把女人推开："快走！别管我！"

女的差点摔倒在地上。她起身刚要往这边跑，男的已经拿着枪对着自己的头开了一枪。

女的尖叫一声，捂着嘴哭了起来。茶房吓得拎着暖瓶就往旅社门前跑，一只暖瓶掉在地上，碎了。女的被声音惊醒了，往这边看。迎面的街上，冲过来几个特务，向这边射击。茶房急忙往旅社里跑，女的也跟了进来。

茶房想拦住她，怕她给自己和老板惹麻烦，女人却推开茶房直接上了二楼。而敏柔听到外面的枪声居然一努力就从床上坐了起来，并走到门边打开了门。她想看看外面发生了什么事，她好奇，这也许是她天性中的冒险成分吧，这一次，敏柔的预感虽然落空了，但命运又一次把她引向了朱今墨，因为这个女人正是艳艳。

敏柔看见艳艳，惊讶地叫了声："艳艳！"

艳艳看见敏柔也大吃一惊："敏柔！"

楼下，传出闹闹嚷嚷的声音："我眼看着人进到里面来了！给我搜！"

艳艳冲进门，把门关上，一把拉住敏柔，震惊地："敏柔，你怎么在这儿？怎么了？出什么事儿了？"

敏柔看见艳艳，刚想说句什么，身子一软就晕了过去。

艳艳抱住敏柔，连声叫着："敏柔，你怎么了？你怎么会在这儿？"

茶房端了水开门进来，看见屋里有人，吓了一跳，问："哎，你们是，你不是？你怎么在这儿？你认识这位小姐？"

艳艳急忙打断了茶房，厉声责问他把敏柔怎么了？她怎么会变成这样？茶房本来就不愿意多事，何况他又是个聪明人，就把敏柔的情况告诉了艳艳，并向她讨房钱。就这样，艳艳躲过了特务的追捕，敏柔并因碰到了艳艳，才得以离开旅社。

两个绝境中的女人因为奇特的邂逅互相将对方救出了困境，这好像是一个宿命的寓言，也最终预示了她们两个生命的归宿。当然那已经是几个月之后的事了。

07

敏柔再次醒来的时候，已经是在艳艳家了，这是法租界里的一个石库门房子。她睁开眼睛，看着天花板，努力回想前面发生的事，耳边传出艳艳的声音，她好像正在打电话："唐司令，你说的这叫哪儿的话！您请我吃饭，我可是求之不得！只是，我今天晚上不太方便！我一个表妹从北平来，住在我家里。表妹是女的，又不是男的，哈哈，唐司令，您说话可真有意思！真要是男的，我有那个胆留他在家里吗？你不知道，我这个表妹，我从小可是在她家里长大的。她的妈妈，就是我的姨妈，对我比女儿还亲。我要是不留下来陪她，可就太对不起我姨妈了！是，好，过几天，一定！我挂了！"放下电话。

她一回头，看见敏柔正站在门口，呆呆地看着她，有些意外地说："哎，敏柔，你醒了?！怎么这么早？不多睡会儿？”

敏柔看着艳艳:“你怎么说我是你表妹？你在跟什么人打电话？好像是个男人,很有权势？”

艳艳笑了一下:“是！你也听见了,在上海,吃我们这碗饭的,不跟几个有权有势的人来往,是混不下去的。”敏柔异样的目光看看艳艳,在沙发上坐下。

艳艳依然热情,问敏柔想吃什么,并熟练地从窗口探出身去,请楼下的馄饨阿叔从窗口用吊篮送上两碗馄饨。敏柔一边吃着馄饨,一边打量着艳艳,感觉她举手投足间有一种不一样的浪漫与风情,又看到艳艳家的陈设,华丽而贵重,墙上还挂满她的各种姿态的照片。这让敏柔觉得很不适应。

艳艳告诉敏柔,她现在是个演员,在别人眼里或许还是个明星。她昨天是到敏柔的旅社去取东西,一个朋友从香港带了东西给她,是一些化妆品,居然就遇到了敏柔。敏柔对艳艳的话将信将疑,但并不打算深究。艳艳关切地问起敏柔,为什么会来上海?敏柔则直截了当地问艳艳,在上海有没有听到朱今墨的消息,她是来找朱今墨的,并且要用她自己的方式跟他做个了断。

艳艳稍微沉默了一下,随即告诉敏柔,上海很大,她不可能知道朱今墨的消息,并且劝敏柔早点回重庆。她收拾打扮完,准备出门,又把一些钞票交给敏柔,让敏柔自己叫东西吃,并且出门买件厚点的衣服,还说她这里只可以住几天,让敏柔最好早点走,因为她已交了男朋友,不方便。她并告诉敏柔,她现在的名字叫林燕妮,没人知道她从前的名字,请她不要告诉别人,讲完之后她就匆匆忙忙出门了。

敏柔有气无力地吃了馄饨,胡乱洗了个脸,出门下楼,刚走到街角,就听到报童在叫卖报纸,“朱今墨策反军统特务头子,双双入主七十六号”,敏柔的脑袋像被人打了一拳,随即她买了张报纸,就冲向了七十六号。

08

朱今墨开着车沿着街道过来,把车停在门口,拉开车门下车。他刚一下车,就看到敏柔站在七十六号门口,正怒目注视着他。他一脸震惊的表情,问:“敏柔？怎么是你？你怎么会在这里？”

敏柔冲过来大声喊着:“朱今墨！你,你简直太坏了！你,猪狗不如！你,简直太无耻了！”

朱今墨一声不响地看着敏柔。他四下看看,想把敏柔拉走。

门里冲出两个卫兵,上来就要抓敏柔,敏柔大声叫着:“混蛋！有本事你就抓我吧！我什么也不怕！”

朱今墨对卫兵说:“放了她,我来处理!”卫兵放开了敏柔。朱今墨对敏柔说了句:“别在这儿闹!你住在哪儿?晚上我去找你!”

敏柔冲动地喊着:“朱今墨,你太可耻了!你这条变色龙,变来变去自己不觉得累吗?今天军统,明天又当日本特务!”

朱今墨伸手捂住了她的嘴。敏柔愣住了。

远处的路上,开过来一辆黑色汽车,坐在车里的李其洋看到门前的混乱场面,摇下车窗。他看到了敏柔,皱了一下眉头,对司机:“停车!”

车在门前停了下来。司机下车拉开车门,李其洋下了车,看看敏柔,一笑:“这不是周敏柔小姐吗?怎么会在这里?”

敏柔看到李其洋,一脸不屑的表情。

李其洋哈哈大笑:“敏柔,怎么不认识我了?不认得我李校长了?你什么时候到上海的?在这儿干什么?”又走近前来:“怎么了?谁欺负你了?出什么事儿了?”

敏柔愤怒地看了一眼朱今墨。

李其洋嗔怪地对朱今墨:“又是你,朱今墨!你怎么又惹敏柔生气了?”然后又对敏柔嗔怪地说:“敏柔,这就是你的不对了!到了上海,怎么不来找我?走走走,我们进去谈谈!走走走!”

朱今墨紧张地看着敏柔,示意她不要跟李其洋走。敏柔小声说了句:“啊,我,不去了。我还有事,先走了。”

李其洋哈哈笑起来:“哎,敏柔,什么话!不愿意跟我来往?走走走,他乡遇故知,人生一大乐事!好不容易见面,聊一会儿,走走走!我带你去喝茶,完了我送你回去!走走!”说着拉着敏柔走到自己的车前。

朱今墨紧张地看着敏柔。敏柔从他面前走过的时候,看了朱今墨一眼,眼里是哀怨和惊恐。

第十八章 敏柔啊敏柔

01

李其洋带着敏柔走进餐厅,四个特务立即前后左右把守着位置。

李其洋体贴地为敏柔拉开椅子,请她坐下,欢快地笑着:“哎呀!意外,意外,真是天大的意外!不过也算是意外之喜。敏柔,你什么时候来的?住在什么地方?怎么不早点来找我?”

敏柔依然心神不宁。

李其洋把茶递到敏柔面前:“来,喝点茶!敏柔啊,说心里话,我还是很感谢朱今墨的,没有他,就没有我的今天!”

敏柔不说话,只是沉默。

李其洋自我解嘲地笑着:“看看看,敏柔就是敏柔,还是那副脾气!好,你不说我也不问了。小两口吵架的事,外人不好多嘴,是不是?”

敏柔幽幽地说了一句:“我跟他早就没关系了,我只是觉得他欠我一个解释!”

李其洋哈哈笑起来:“好,说得好,有个性!朱今墨啊,哪儿都好,就是有一样,男人嘛!他最近跟一个叫林燕妮的小姐打得火热,那个林小姐我看对他未必是真心!”

敏柔惊讶的表情:“林燕妮?”

李其洋急忙打着自己的脸:“哎哎哎,我多嘴了!”他边说边观察着敏柔。一大早就遇上敏柔,如果他要相信上帝的话,真想感谢上帝了!本来到上海来,中森对他不冷不热,派朱今墨监视他,他已经恼火透了,现在敏柔这块现成的肥肉，这只上好的筹码居然自动跑到他眼前，他要好好利用这个关系，更何况敏柔还如此楚楚动人！早在她上中学的时候，他已经对她动心了，只可惜她一心想着朱今墨。现在，他要跟朱今墨。跟中森好好赌一赌。而单纯的敏柔却根本不知道李其洋的心思，她并不喜欢李其洋，甚至更痛恨他，但她知道，抓住李其洋就能见到朱今墨，这样，就有机会跟他一一算账了。两人各怀心事，喝着茶。李其洋决定展开攻势，拿下敏柔，在形式上先占上风。他决定出招："说点正经的吧，敏柔，你现在住在哪儿？生活上需要不需要帮助？有什么难处跟我说，"说着，他亲切地拍拍敏柔的手："谁让我是你的老校长呢，是不是？"

敏柔微微一笑："谢谢您，校长！暂时不需要。"

李其洋打量着敏柔："哎，哪能不需要呢？我看需要。敏柔，不是我说你，你看，你好好个美人，怎么能打扮成这个样子！这里是上海，不是重庆。这样吧，待会我陪你去买些衣服，算是我送你的见面礼。然后，我们去吃饭、跳舞、看电影。我要让全上海的人都知道，敏柔是上海滩最漂亮的姑娘！我要让你风风光光！"

敏柔急忙摆手："不不，不需要，我真的不需要！"

李其洋假装严肃地："我说需要就需要。你要听话！"

敏柔就这样闯进了她根本不了解的男人的世界，一个凶恶的世界。朱今墨对于敏柔的固执充满了焦虑，李其洋带着敏柔到处张扬买东买西的时候，他的手下早已经向他做了报告。艳艳也在中午的时候给他送来了消息，原来他们的确早有联络，他们是一条线上的人。朱今墨在公开追求艳艳，不知道的人早以为他们是一对，这样，他就可以自由进出艳艳家，而艳艳来找他也就方便多了。朱今墨来到艳艳家，艳艳把见到敏柔的前前后后都告诉了他。他们商量了一下午，这事要不要向老胡报告，怎么才能让敏柔早点离开上海。正在商量中，敏柔回来了。

是李其洋派人送她回来的，身后还跟了两个手下替她拿了大包小包。敏柔走进艳艳家时，艳艳和朱今墨正在客厅里说话。敏柔已经从李其洋那里知道了艳艳和朱今墨在一起的消息，但是看到两人在一起，她还是觉得无法接受。

朱今墨见到敏柔回来急忙离开了。艳艳想向敏柔解释，但又觉得难开口。敏柔却大大方方地告诉艳艳，不需要多说什么，她理解。

敏柔的话让艳艳心里更难过。她看到敏柔带回的大包小包心里就有些不好的预感。她追问敏柔，这些东西是哪儿来的。敏柔告诉她是李其洋买的。艳艳听到李其洋的名字，一下子就火了，她大声责问敏柔，怎么可以做这么荒唐的事："我不知道你在想什么，可是我多少能猜到一些。你不要想着借李其洋的力量报复朱今墨！朱今墨也许不像你想象的那么坏，李其洋也不是你想象的那么简单，他现在已经不是博学的校长先生了，而是个臭名昭著的大汉奸！做起坏事来比日本人还要狠！他为了讨好日本人，到了上海不到两个月，已经杀了不知道多少人！昨天我去你住的地方，就亲眼看见他们杀了好几个人，所以，我请你好自为之！”

敏柔十分震惊，怔怔地看着艳艳。

02

李其洋和朱今墨的战争就这样拉开了序幕，因为敏柔的加入，战争变得有点激烈了。

这天一早，朱今墨刚来到七十六号，走进走廊，就听到地下室行刑房里传出声嘶力竭的嚎叫。他知道，李其洋得手了，他交给中森的那份军统工作人员的名单，已经起作用了。朱今墨他来到地下室，马占清正在用刑：绞轮滑动，一个人被反剪着手吊起来，绞轮上下滑动，受刑人也跟着上下动。马占清一头是汗，把犯人拉到高处，把绳子固定好，对犯人说：“我说兄弟，别再硬顶着了！你都把我累坏了，早点说了，不杀你，还有钱花啊！”

马占清看到朱今墨，急忙向他报告，上海站的人昨天刚抓到，一共抓了三个，一个老的咬舌头死了，一个小的已经招了，不过知道得不多；只说这个人手里有共产党的情报，但这家伙真硬，审了三天了，就是不说。朱今墨知道事情有些不妙了。

李其洋带人下楼来，看到朱今墨，一副挑衅的表情，满脸的不信任，吩咐马占清把日本医院的大夫刚送来的药给犯人用上。朱今墨心里一阵恶心，见过无耻的，没有见过这么无耻的，这个人，已经没有灵魂了！

他走出地下室，回到办公室，思索着怎么应对眼前的麻烦。还没到办公室，李其洋却在身后叫住他，说要与他谈谈。

朱今墨进了李其洋的办公室。李其洋两脚搭在桌子上，一副不在乎的表情，打开烟盒，扔过一支香烟，朱今墨麻利地接住，掏出ZIPPO打火机，在裤子上顺势蹭了一下，火已经着了。他把打火机递到李其洋面前，为他点着烟，然后为自己点上，深吸一口，从鼻子里吐出一口烟气。

李其洋一直暗中打量着朱今墨。说实在的，他实在太嫉妒这小子了！要长相有长相，要风度有风度，要胆识有胆识，要什么有什么，可是，就是不买他李其洋的账，这一点更让他恨之入骨。他想巴结他，但知道他内心看不起他；想灭了他，又知道自己手里没牌，这种百爪挠心的感觉真是太令人难受了！他皮笑肉不笑地操着一口四川话：“哎呀，今墨，我还硬是欣赏你哩！你这个家伙，到底是在东洋待过，一举手一投足，那气势就是不一样，连抽烟的样子都特别。我这个土包子是学不会喽！”

朱今墨笑笑不语。

李其洋:"连追女人也那么有眼光!跟你一比,我可是白活了!"

朱今墨眉头一皱,看着李其洋。李其洋急忙解释:"怎么?不想让我说?那个明星林燕妮小姐,可是上海滩有名的交际花!我听说,警备区唐司令也是她的裙下臣呢!"

朱今墨浅浅地笑了笑。

李其洋起身,凑到朱今墨面前说:"喂,我说老朱,你跟林小姐怎么样了?到底得手了没有?"

朱今墨心里明白这个老流氓肚子里想什么,不过不到时候他是不会有反应的,于是他一笑,把打火机在空中抛了一下,收回在手里。

李其洋哈哈笑起来:"明白了,得手了!那好,要是我追求那个周敏柔周小姐,你不会有意见吧?"

朱今墨心里一紧,但表面依然不在乎:"李主任,这事儿要问周小姐,我有意见也没用啊!"

李其洋一拍朱今墨肩膀:"好,我就等你这句话。不过,你告诉我实话,你跟周小姐真的是不行了?我可是有点不明白,按说周小姐的样子可是比林小姐强多了!啊,不对,至少是平分秋色吧!林小姐娇艳,周小姐高雅清纯,你为什么好好的不要她了呢?"

朱今墨盯着李其洋好一会儿,不动声色地:"李主任,你说呢?"

李其洋大笑:"啊,我知道了,周小姐太娇贵,扎手,林小姐好上手,是不是?我怎么忘了,你在日本待过,日本人都喜欢娇艳的女人是不是?是不是?我说对了是不是?"

朱今墨笑了起来:"李主任真是好兴致,一大早就找我说女人!要是没什么正经的,我就走了,中森先生约了我吃午饭!"

李其洋笑着:"哈哈,这怎么不是正经事?我说的就是正经事。今墨,你要知道,我对敏柔可是早就倾心不已了,能追上她可就是我的头等大事了!"门外传出报告声,李其洋让人进来。

马占清走进来:"主任,那人招了!"

李其洋看了朱今墨一眼,又用责怪的眼神看着马占清。

朱今墨微微一笑:"我先走了!"

他走出李其洋办公室,回到自己房间,一拳打在桌子上:"李其洋!我会让你好看的!""招了?招出了什么?他知道共产党的消息?会不会有麻烦?"

朱今墨在屋里来回走动着,他知道他这会儿不能盲动。想到这儿,他想出门看看,一拉开门,马占清正站在门口。他立刻明白了,李其洋是不会让他出门的。

马占清看见朱今墨，急忙笑着："啊，朱哥，我正要问你呢，我，我想给我老娘打封信，我还不知道从上海往重庆这个信咋个寄法。"

朱今墨扫了马占清一眼，马占清有点不自在。

朱今墨转身往外走，马占清跟上来："你，要去哪儿？"

朱今墨看看马占清："撒尿！"

马占清迟疑了一下，也跟了进去。

……

朱今墨进了办公室，马占清跟过来，有些尴尬，只好站在门口。

朱今墨回身，看看马占清："进来吧，不是说问寄信的事儿吗？"

马占清跟了进来。

朱今墨看到马占清进了门，猛地把门关上，回身一手卡住马占清的脖子："你他妈是不是活够了？"

马占清吓傻了："朱哥，放手！不是兄弟不够意思，是李主任他让我跟着您！"

朱今墨挥手就给了他一拳，马占清满脸是血。朱今墨怒吼："李主任！李主任！你他妈的就知道李主任！中森给了他100万，给了你一分没有？你这个傻瓜！让人卖了还帮人数钱！"

马占清捂着脸欲哭无泪："朱哥，谢谢你点拨我！我知道我对不起你，小弟我，我也是身不由己！"

朱今墨抽出烟，递给马占清说："坐吧！"马占清坐下，点上烟。

朱今墨从怀里抽出钱包，打开，从里面点出一叠钞票："这个你拿着，寄给你老娘！"说罢，把钱放在桌上。

马占清看着那钱，快哭了："朱哥，这怎么行？"

朱今墨："拿着吧，不过得去换成美钞才行！"

马占清："这？怎么换？"

朱今墨："你把信写好了交给我，我帮你办！"

马占清终于哭了起来，一条腿跪在地上："朱哥，我对不起你！我以后全听你的！你对我好，我就对你好！我知道李主任他从来就不把我们兄弟放在眼里，到了上海，他天天骂我们。那天执行任务，他，他，还打了我们兄弟！只有你对我们真心好！"

朱今墨拉起马占清："赶快起来吧！自己兄弟不说这话！"

马占清感动地起身："朱哥，我跟你说，还有个事你知道就行了。他他他，他让我跟着你，就是不想让你告诉中森先生，刚才那个招了的共产党在法租界有个电台，地址在一家旧书店里。他想独吞，再向中森先生诈钱！"

朱今墨心头一惊。

马占清："他最近还在操持一笔大生意。他让几个兄弟去盯那些文化人，名单上有好几十个人呢。他从重庆来的时候就拿了这份名单，他想把这些人的住址也卖给中森先生！"

朱今墨心头更是一震。他皱了一下眉，突然捂住了肚子。

马占清紧张地："朱哥，你怎么了？"

朱今墨："我胃疼，我胃不好，早上没吃饭。"

马占清："那，那怎么办？"

朱今墨起身："我去对面的面包店买点吃的。"说着往外走，马占清急忙跟了出去："朱哥，朱哥，你听我说，您不能出去，李主任说下午4点前，你不能出去！"

朱今墨愤怒地："你说什么？"

马占清害怕地："要不，你找李主任说去吧！"

朱今墨一言不发往外走，走到大门口，马占清一路追过来，哀求着："朱哥，你就给小弟留条命吧！我以后全听你的！"

朱今墨在门口停下来，指着对面的面包店："我就到对面买个面包，还要找李主任说？李其洋是不是欺人太甚了？要不要我打个电话给中森先生请他买了给我送过来？"

马占清快哭了："朱哥，别生气，你先回去，我去给你买！"

面包店的伙计看到朱今墨站在门口跟人说话，却不进来，有些紧张。朱今墨向面包店伙计做了个手势，回头对马占清说："好吧，我也不让你为难。你去给我买两个咖喱馅的面包。你想吃什么的，随便！"

马占清急忙走向面包店，面包店伙计紧张地往外看。

马占清走进来："喂，要两个面包，要咖喱馅的！"

伙计震惊的表情，看着马占清。

马占清："看什么看？还不他妈的快点！"

伙计急忙："啊，先生，咖喱馅的今天没做，明天吧。要奶油的行不行？"

马占清烦恼地："行行行，快点！"

伙计包好了面包，交给马占清。他的手有些发抖："对不起了，要是您愿意等，我一会儿就替你做！"

马占清已经走了出去，他把面包递给朱今墨："朱哥，他说咖喱馅的没有，一会就替你做，我买了奶油的。"

朱今墨接过面包，拿出一个放进嘴里，大口大口吃着。

面包店的伙计冲了出来，端了一筐面包放在了橱窗外，随即跑了回去。朱今墨看到了，转身往回走，边走边吃面包。李其洋带着几个人从楼里跑了过来，边跑边喊着："紧急集合！我要亲自带人去抓！"看到朱今墨，他愣住了。

朱今墨嘴里塞满面包："李主任有行动啊！"

李其洋支吾着："啊，一会儿再说！"说着就进了楼。朱今墨站在门边。

马占清小心地："朱哥，回去吧！"

朱今墨看看马占清，把手里的面包塞进马占清口袋，进了楼门，直接进了李其洋的办公室。

李其洋正在打电话："好，那就谢谢你，总巡捕！你的人晚到一会就行了。下次你们在日租界行动我也会这样的。就这样！"

朱今墨走进来，他吓了一跳："你怎么进来了？"

朱今墨一脸不在乎："李主任！我有话要对你说！"

李其洋不耐烦地："什么事儿？说吧！"

朱今墨："你们是不是有行动？为什么要瞒着我？"

李其洋眼睛一转："行动？啊，对，正在布置！"

朱今墨："我也要参加！"

李其洋上下打量着朱今墨，盯着他看了好一会儿。朱今墨也一动不动地看着李其洋，两人对视了很久。

李其洋："朱今墨，你什么意思？"

朱今墨："叫我朱桑！"

李其洋一怔。

朱今墨："李主任，从到上海的第一天，我就给足了你面子，人前人后叫你校长。你应该知道我对你的态度！我一是念在你是我的校长，二是谢你没有把我交出去！可是，你到了上海对我怎么样？你自己想想！"

李其洋一笑："哎，今墨，你误会了。真的不是，我这不刚开始布置嘛，什么都没来得及跟你说呢！"门外传出报告："报告李主任，人都集合完了！"

李其洋恼怒地："滚出去！"特务急忙跑了出去。

朱今墨："李主任，我还是以前的态度，你是我的校长，我去参加，不会多说多问！"

李其洋迟疑了一下："好，去吧！不过，我希望，由我向中森先生报告！"

朱今墨爽快地："当然，校长，这还用说！"说罢转身就往外走。李其洋恨恨地看着他。

03

面包店伙计骑了黄鱼车拼命往旧书店门前赶。他把车停在店前，端着面包往店里冲。

老干爸看见小伙计冲了进来，吓得站在那儿一动不动，小伙计看见店里有外人，急忙喊："咖喱馅面包，您要的咖喱馅面包来了！"

老干爸震惊，随即手轻轻碰了柜台下的绳子。

老胡正在二楼睡觉，听见铃声响，从床上一跃而起。

老干爸带着面包店伙计走进来，一见面就告诉老胡朱今墨让人来买面包。

老胡一听就知道出事了，急忙命令小伙计赶快离开，命令老干爸赶快带着电台转移。老干爸坚决不答应，他说李其洋抓了军统的好几个电台，很可能是顺藤摸瓜摸到的，还不知道他们的行动范围有多大，如果一下子全撤退了，朱今墨就被动了，所以坚持让老胡带着电台走，他留下应付。两人争执了半天，老干爸坚决地让老胡先走。他跑进地下室，帮老胡收拾电台，销毁了大部分文件。刚把老胡送到后门，特务就冲了进来，混乱中，老胡也受了伤。朱今墨冲进来，对着墙上一面镜子就开了一枪，镜子碎了一地，要对老胡继续开枪的特务一躲，老胡趁机拎着箱子跑了出去。

特务冲上楼梯。朱今墨推翻了书架，到处开枪，一个特务冲向了后间，朱今墨跟了过去。

老干爸躲进卫生间，把文件点着，扔到马桶里。特务听到了卫生间里传出抽水马桶的声音，冲过来，对着门就开枪，然后拼命用脚踹门。

门缝里，血流了出来。

朱今墨冲过来，眼睛都要冒火了，对着特务的头就开了一枪。特务回身看了一眼朱今墨，倒下了。朱今墨撞开了门。

老干爸躺在地上，身中数枪，马桶里堆满了纸灰。朱今墨把剩余的纸点火烧着，按动马桶按钮，将纸灰冲了下去，又回身从身上抽出一把枪，对着墙面开了一枪。他刚做完这一切，身后，拥进来两个特务，其中一个是马占清。

两把枪对准了地上的老干爸，老干爸愤怒地叫骂："杀了我吧，你们这些日本人的狗！"马占清刚要开枪，另一个挡住他："别开枪，抓活的！"

老干爸继续怒骂："杀了我吧，杀了我吧！你们这群狗！"

马占清抄起枪对着老干爸就是一枪，朱今墨的心都要碎了。老干爸用最后的力气看了他一眼，随即倒下了。朱今墨满头是汗，闭上眼睛。

04

朱今墨开着车在路上飞奔。他急着要去见老胡。

从李其洋口里，他知道老胡受伤了。今天下午的行动失败，李其洋大光其火，把所有参加行动的特务们挨个赏了耳光，逐一找去问话，追问是谁走露了风声。马占清当然是头一个,不过马占清倒是什么也没多说,连帮朱今墨买面包的事也没说。李其洋最后只好认定大约是法租界的总巡捕干的,那些家伙总是跟各方面的关系不清不楚,在搞平衡。此外,李其洋刚到上海,风头大劲,让上海这些地头蛇们心头不爽,因而也不排除是他们在整他。于是,李其洋下决心下次搞个大动作,就是把住在法租界、公共租界,甚至日租界那些左翼文化人都抓到,再交给中森。朱今墨一等到李其洋离开办公室,就冲出七十六号,找到紧急接头地点,知道了老胡的下落后,在街道上转了几个小时,确认自己是安全的,才来见老胡。

老胡手臂受了伤,好在伤势并不严重。朱今墨一见面就告诉他老干爸死去的消息,两人心里都很难过。朱今墨告诉老胡李其洋下一步的行动计划,以及关于上海文化人的那个名单,老胡更是心惊肉跳。朱今墨建议老胡忙尽快安排这些人搬家,并认为在搬家的同时,应该尽快除掉李其洋。

老胡本来还有些忧虑,觉得干掉李其洋动作太大,会引起日本人的注意,而且他刚到上海,正红,而我们现在的主要任务并不是跟敌人拼刺刀,可是又一想到这个家伙来了这么短时间,就给党的工作带来这么大的麻烦,也就下了决心。

朱今墨立刻请命,要求亲自动手,老胡却说朱今墨身份特殊,这种脏活不需要他动手。他们商量了一个晚上,决定寻机会下手,而朱今墨当务之急就是与艳艳配合策划文化人大搬家的事。

朱今墨离开老胡的住处,到片场找到艳艳。两人商议了行动方案,决定立即动手;再次说到敏柔的事,艳艳说她已经托人买到去香港的船票,行动之前一定让敏柔离开。朱今墨有些不放心地答应了。

艳艳回到家,把船票交给敏柔,票是一星期以后的,让她赶快走,之后推说自己有事,要离家几天,就匆匆出门了。

艳艳与朱今墨会合,两人或者化装成一对情侣或者分头行动,穿梭在上海的大街小巷,一条条弄堂,一个个建筑里。之后,上海文化人开始了集体大搬家,有的借口乡下外婆死了,有的借口要换工作,几天之内,上百人从他们的住处消失了。而李其洋派出的特务也在紧急动作,在他们侦察监视名单上的那些人时,发现他们早已经不见了,之前负责监视的特务们回想起之前的种种迹象,都不约而同地回想起事发之前,他们曾见过一男一女携手而过,或者一个女人进过房子。很快,消息就传开了,报纸上大幅报道:“上海滩文化名人集体大搬家,一夜之间无影无踪”。报上说,有一对神秘的男女到处走,他们所到之处那些人就搬了,甚至在特务眼皮底下就把人救走了。

这天天不亮,艳艳突然回来了。她一脸疲倦,进门来看到敏柔还在,十分吃惊，问敏柔为什么没有走，敏柔说不看到朱今墨的下场她不会走。艳艳苦笑了一下，顾不上多说什么，走进屋里倒头就睡。敏柔到楼下摊挡前吃馄饨，听到了人们关于神秘男女的议论，突然若有所悟。不知道为什么，她的直觉告诉她，这对男女很可能说的就是艳艳和朱今墨。她买了报纸上楼，直接进了艳艳的房间。艳艳在床上熟睡着，敏柔站在床边看了她好一会儿。艳艳突然睁开了眼睛，敏柔俯下身问她，这几天到底去干什么去了。艳艳坐起来，她感觉敏柔已经有些不对劲了。敏柔把报纸递过去："看看这个！"

艳艳扫了一眼，随即打了个哈欠："噢，这个啊，这怎么了？文化人搬家，我们倒霉了，又要有一段时间才能收到剧本了！"

敏柔却激动地扳住了艳艳的肩膀："艳艳，这上面说的神秘女人是不是你？那个男的是朱今墨对不对？"

艳艳吓了一跳："你在说什么？"

敏柔突然抱住了艳艳："我知道是你，一定是你！艳艳我知道，你和朱今墨，你们是一起的！我知道！"

艳艳震惊地看着敏柔，迟疑着。

敏柔又没头没脑地说着："我知道，上次，在旅社，你根本不是去取东西，是因为特务杀人，他们追的就是你！"

艳艳急忙推开敏柔："敏柔，你别瞎问，也别瞎想！不是这样的！"

敏柔眼里闪着热烈的光芒："还有朱今墨，你上次说，他也许并不像我想象的那么坏。他是不是负有特殊的使命？你告诉我！让我也加入你们吧，我愿意做任何事情！"

艳艳厉声说："敏柔，你别瞎说！你会害死我的！我可不想死！"

敏柔失望了。

艳艳打着哈欠："我要起来了。今天还要开工呢！哎，天天夜戏累死人了！"

敏柔绝望地看着艳艳，一言不发地走了出去。

艳艳躺在床上再也睡不着了。她感觉到敏柔越来越接近事件的核心了，感觉到这样下去她会出问题，也会连累朱今墨。所以她决定去找老胡，向他汇报敏柔的事，必须让敏柔离开上海，哪怕用苦肉计，哪怕对她有短暂的伤害，否则后果不堪设想。

05

艳艳把头发梳成两条辫子，打扮得很清纯，像个女学生，拎着小拎包，沿着街道走过来。她走到一座咖啡馆前，故意丢下手帕，然后，弯腰捡起来，借机四下看了看，然后走了进去。

不远处，敏柔在看着她。

艳艳走了进去。敏柔也跟了过来，推开咖啡馆的门，四下张望着，里面很安静，没有几个人。

伙计迎上来："下午好，请问小姐几位？"

敏柔："噢，我等人！"说着就要往二楼走。伙计拦住她："啊，小姐这边，二楼是包间。"

敏柔："我就是要坐包间！"

伙计拦住她："啊，小姐，包间已经有预订了，这边请吧！"他客气但是坚决地把她拦下了，敏柔只好走到离楼梯很近的地方坐下。

二楼的包间，艳艳正向老胡汇报工作。老胡对艳艳和朱今墨的工作十分满意，并告诫她以后出门要小心，特务们已经盯上了她。艳艳爽朗地笑着，说没关系的。艳艳随即把敏柔的事告诉了老胡，老胡非常震惊，也非常生气，责怪她和朱今墨为什么不早点告诉他。老胡忧虑地问艳艳，敏柔是不是已经知道了朱今墨的身份、朱今墨有没有见过敏柔。艳艳只好说见过了。老胡更生气了，发起了脾气，要求艳艳一定要把敏柔弄走，否则对朱今墨太危险了！

艳艳反过来为敏柔求情，告诉老胡，敏柔是个非常好的人，品质好，觉悟很高，短时间不会有问题，并问老胡能不能让她也做点工作，这样对她、对大家都有好处。

老胡坚决拒绝了：敏柔的身份太特殊了，不能让她卷进来。

两人谈话中，楼下的敏柔一直在寻找机会上楼。趁伙计回头取杯子的瞬间，敏柔起身就冲向楼梯。伙计急忙冲过来阻止她，可敏柔已经冲上了二楼。她沿着走廊挨个包间在看，伙计冲过来拼命拉住她。敏柔大声喊："我要找我的朋友，你放开我！"

艳艳听到了敏柔的声音，脸色一下变了："糟了，是敏柔，是敏柔来了！"

老胡脸色也变了："你怎么这么不小心！"

艳艳一瞬间眼里满是眼泪："对不起，我去处理！"说着就起身往外走，并从包里拿出了枪。老胡震惊："你要干什么？你要干什么？"艳艳哭了。

老胡把枪拿过来："你怎么能这么想？我不是这个意思！"他推开包间的另一扇门，对艳艳说："你从后门出去。我来对付她！"艳艳紧张地："您不会伤害她吧？"

老胡坚定地："放心，绝对不会！怎么可能！"说着从包间走了出来，站在了敏柔面前。

敏柔一下子意识到老胡身份有些不一样，停了下来，呆呆地看着他："先生您？”

伙计急忙冲过来，要拉敏柔。老胡对伙计摆了下手，又微笑地对敏柔说：“我是这里的老板。小姐有什么事里面坐吧！”敏柔呆住了。

老胡请敏柔到屋里坐，敏柔下意识地走了进来。老胡接过敏柔的大衣，并为敏柔拉椅子，请她坐下。

敏柔在老胡面前坐下，有些不知所措。

老胡温和地：“想喝点什么？”

敏柔一瞬间眼睛里涌出了泪水：“我不喝咖啡，我是来找人的。”

老胡笑笑：“喝一点吧！这里的法式咖啡烧得很好，再要两只牛角包！”

敏柔眼泪流了下来：“好好，谢谢！”

老胡叫来了侍者，对他交待了什么。侍者走开。敏柔难为情地擦了擦眼泪，老胡关切地问：“你怎么了？出什么事儿了？有什么需要我帮忙的吗？”

敏柔抬起脸：“先生，我知道你是谁！不，我知道你是什么人！”

老胡温和地一笑：“这不奇怪，我刚告诉你了，我是这间店的老板。”

敏柔坚决地：“不，我不是这意思。我知道你是艳艳的朋友，朋友。你知道我的意思吗？”

老胡神情有些严肃了。

敏柔：“我知道你们的纪律，所以，你可以不表态，但是您得听我说！”

老胡一笑：“呵呵，小姐，你越说越玄了。你不怕我去告你？你怎么可以随便把自己的秘密说出去？”

敏柔坚决地：“我不怕，我什么都不怕！”

老胡温和地一笑：“好吧，你说吧，我很愿意听。你想对我说什么？”

敏柔看着老胡，突然不知道从何说起。她端起咖啡喝了一口，随即起身：“对不起，我要走了！”

老胡默默看着她：“小姐不坐了？不把咖啡喝完吗？”

敏柔回身，幽怨地看了老胡一眼：“不了，谢谢！”

老胡起身：“我送送你吧！”敏柔怔了一下，摇头：“不，谢谢！”走开了。

敏柔的固执，把所有的人都逼到了绝境，老胡、艳艳、朱今墨和她自己。此刻的老胡，一时真的不知道拿敏柔怎么办了。他其实内心里很想安慰一下这个充满悲伤又充满激情的姑娘，可是他不能；他也很想留下敏柔，让她做点什么，可是仍然不能，只能眼看着让敏柔重新走回到充满危险的街道上。他站在咖啡馆的二楼，看着敏柔走出去。

伙计走过来：“先生，要不要对她采取措施？”

老胡回身，看了看伙计：“派人保护她！”

伙计："这里要不要撤？"

老胡："不用，再看看！"

伙计急忙走了出去。

敏柔沿着街道茫然地走着，突然，身后一阵骚动，她急忙回头。

街道上，三个年轻人在飞跑，身后有三四个特务在追。枪声响，一个年轻人中了一枪，倒在了路边上。敏柔惊恐地看着眼前的一切。

特务从敏柔身边跑过，边跑边喊："抓住这些共党分子，别让他们跑了！"

敏柔一听，惊奇地回过头，看看路边倒着的年轻人，就要冲过来救他。就在这时，她身后有一双手把她拖向一边。敏柔刚要叫，来人命令她："别喊！"敏柔回头，是一位年轻的小伙子。小伙子拉着敏柔就跑。

街上的人全在跑，年轻人拉着敏柔跑到一条僻静的街道。一辆黄包车过来，年轻人把敏柔推到车上："赶快回家！"敏柔上了车，车夫拉起车就跑。

敏柔这才想起回头看拉他的那个年轻人，人已经不见了。她心里充满激动，也充满失落。她知道这一切都是老胡在安排，她知道她已经找到了她想要找的人。她下决心要把事情弄清楚。

晚上很晚了，艳艳才回到家，屋里很黑。她伸手开灯，吓了一跳，敏柔正坐在黑暗中。她上前轻轻地问："哎，怎么是你？你怎么坐在这儿？"

敏柔一动不动看着艳艳。

艳艳有点害怕了："哎，你怎么这么看着我？你怎么了？"

敏柔不动声色地："我下午看见你了，我也见到他了！"

艳艳一笑："你在说什么！我下午赶着拍戏呢！"说罢，把包放在桌上，报纸也放在桌上。

报纸上，大幅的照片，一个死者横尸街头，正是敏柔看到的那个场景。

旁边的文字：76号再破要案，共匪要犯横尸街头。

敏柔抓过报纸看了一眼，又将报纸推到艳艳面前，说："这个人就死在我面前，我全看见了！艳艳，为什么不接受我？为什么？"

艳艳眼圈红了，随即苦笑着："敏柔，别再固执了！你赶快回重庆吧！不然，我们都承担不了这种后果！"

敏柔眼前一亮："什么后果？还有什么比这还可怕吗？不就是一死吗？"

艳艳难过地摇头："李其洋是个心狠手辣的人，他到上海几个月，这里血流成河。军统、中共，全是他下手的对象。你赶快回家吧！我已经顾不了你了。说不定哪天我也要走了，我要去香港，再也不回这个鬼地方了！"

敏柔困惑地看着艳艳："艳艳，你真的不是什么人？你到底是什么人？"

艳艳辛酸地："我什么人也不是，我只是个混饭吃的小明星！哎，今天真倒霉，本来说好了跟查理孙吃饭的，结果，赶上法租界杀人，饭吃到一半他就走了！"说着进了屋。

敏柔坐在客厅里，一动不动。

06

夜晚的江边，老胡在江边来回走动着，朱今墨沿着街边的路走过来，与老胡对了一下眼神。

老胡向远处走去，朱今墨跟了过来。老胡告诉朱今墨下午见到敏柔的事情，然后严厉地说："我不允许你把自己、把敏柔、把任何人置于危险的境地！"并说他会尽快安排她离开的。

老胡又说："今天下午我们又死了两个人，是掩护搬家的时候死的！你要尽快把李其洋的活动规律弄清楚，我们要尽快除掉李其洋！"

朱今墨肃然："是！"

就在老胡下令朱今墨寻找机会干掉李其洋的同时，敏柔自己已经做出了决定，她要自己动手了。她要接近李其洋，用她自己的方式干掉他。她已经不在乎朱今墨和艳艳到底是什么人了。她要行动！这天一早，她穿了一件漂亮的旗袍，手里挽着一个小包，出现在七十六号门口，告诉卫兵她要见李其洋。就在李其洋出门接她的时候，朱今墨也来上班了。李其洋看到朱今墨，一笑："今墨，早！敏柔小姐来找我了，我先带她进去了！"拉着敏柔的手走进了自己的办公室。李其洋面对从天而降的桃花运，有点不知所以，而敏柔却一反平日的严肃悲伤，显得十分迷人。她请求李其洋为她找一份工作，她要留在上海，因为她受不了重庆那种可怕的生活，天天轰炸，神经都快断了。

李其洋感动地拉着敏柔的手答应了她。

第十九章 刺杀李其洋

01

敏柔进入七十六号的消息迅速传到了老胡耳朵里，老胡一下就判断出敏柔的用意。他知道这个姑娘身上有一种玉石俱焚的劲头，这对她自己和朱今墨都是危险的。他急忙安排手下的人，加紧对李其洋的监视和对敏柔的保护，并寻找机会对李其洋下手。

李其洋看到敏柔一反常态上门来求他帮忙，知道离得手不远了。他开始频繁地带着敏柔出入各种社交场合，为她买衣服、买首饰，而敏柔也不像以前那样死板，偶尔拒绝一两次，但多数都接受了。李其洋表现得很痴情，也很大度，从不过问敏柔和朱今墨的事，看到她不开心，还努力劝她。他给敏柔找了份工作，在一个日本人背景的杂志社工作。敏柔的工作很轻松，主编和同事知道她和李其洋的关系，谁也不敢靠近她。她基本上不用去工作，只是挂名领一份薪水。很快，敏柔跟李其洋的关系就在上海传开了，而朱今墨则尽量回避着敏柔，因为他知道这个时候跟敏柔说什么都是没有意义的，必须尽快安排送她走，否则太危险了。这天晚上，李其洋带敏柔去吃饭，派手下的特务送敏柔回家，自己却并不出面：敏柔住在法租界，他是不会到这儿来的。敏柔下了车，上楼，两个穿灰布长衫的人在楼梯上拦住了敏柔，说有人要见她。敏柔凭对方的穿着和说话的语气就知道来人是老胡的人，到上海这些天，她已经有了些经验，她知道老胡要见她是要送她走，所以她坚决不见："我知道是谁要见我。告诉他，我很好，不用见了。"

对方："不行，小姐，必须见！"

敏柔坚决地："我还不是你们的人。请你告诉他，我决心定了，我会做好的！"

说着就上了楼。老胡听到敏柔的反应，长叹一口气。他知道硬让敏柔走，会惹出更多的麻烦，会让李其洋产生怀疑。他只能暗暗下令加紧行动。

02

敏柔走进餐厅，立刻被侍者带到了里面的包间。

李其洋热情地迎上来，拉住了敏柔的手："哎呀，我的敏柔小姐，一日不见，如隔三秋。我们都快一个星期不见了，您算算多少个秋了？"

敏柔嫣然一笑。

李其洋一阵晕眩："怎么样？工作还算顺心吧？那儿的人敢不敢惹你呀？他们要是敢惹你，你告诉我，我就把他们装在麻袋里，扔到黄浦江喂鱼！"

敏柔吓了一跳："校长，怎么会呢？我那些同事都很好，谢谢您的好意！"

李其洋大笑着，贪婪的目光看着敏柔，示意手下拿出礼物，放在敏柔面前："敏柔小姐，这些天，我事情太多。前几天，我们破获了一起通共的案子，太累了，所以好几天没有请你吃饭。为了弥补我的怠慢之过，我特意请人去做了这个，你看看喜不喜欢？"说着打开盒子，里面是一整套华丽的绿宝石首饰。

敏柔困惑地："校长，这太贵重了，恐怕我消受不起！"

李其洋笑着，有些感动："看见了吧？这就是我的敏柔，这么清纯，像出水芙蓉，一尘不染。我就知道我没有看错你！哎，你不知道，在这上海滩，有多少女人羡慕你屁股底下这把椅子，不，是我身边这个位子。如果把这样一套首饰放在她们面前，我敢担保，她们一个个会眼前发亮，你让她在这里把衣服脱下来，她们都会愿意的！"

敏柔眼里闪过一丝不快，李其洋看到了。他尴尬地笑笑，打了自己脸一下："看我这张嘴！该打！"

他痴痴地看着敏柔："可是我知道，敏柔不是这样的人。你就是把全世界的财富都放在敏柔面前，她也不会动心，所以，我也只喜欢敏柔！"他放肆地追求着敏柔，对她说着各种动听的情话。他喜欢看敏柔娇弱的样子，喜欢她听到他那些肉麻的话时那种为难的表情，并以此为乐。

餐厅的另一张桌子前，朱今墨和马占清在喝酒。马占清已经完全投向了朱今墨。七十六号的人已经都知道李主任的新女人是朱今墨从前的旧相好了。马占清借着酒意向朱今墨献媚，说朱今墨只要一句话，他就替他干掉李其洋。朱今墨只是一笑，他知道这些话都是屁话、酒话，马占清只是借这件事说说女人。他不愿意在任何人面前谈到敏柔，所以制止了他。

李其洋和敏柔从里面走了出来，马占清急忙对朱今墨说："他们出来了。"

朱今墨不以为然地端着酒杯继续喝酒。李其洋看见朱今墨,手故意放在敏柔的腰上,走过来:"今墨,你怎么也在这儿喝酒?"

朱今墨带着醉意:"我为什么不能在这儿喝酒?"

李其洋:"你不是老跟中森先生在一起的吗?"

朱今墨:"我跟中森先生只谈工作,不谈女人,今天我在跟老马谈女人!"

敏柔听到朱今墨的话,十分气愤。朱今墨心里很难过,却故意不在乎地端起酒杯向敏柔示意了一下,干杯。李其洋笑起来,搂着敏柔的腰往外走。

马占清兴奋地对朱今墨说:"朱哥,我看那女的气坏了,她真的气坏了。看来,她真的生你的气了!"

朱今墨装疯卖傻地:"她生我的气,我可是不敢生她的气。女人嘛,都是这样的,她可以不爱你,你却不能不爱她,不然她们就会跟你没完!"

马占清笑了起来。

李其洋带着敏柔走到餐厅门口,艳艳挽着一位法国人的手走了进来,看见了敏柔,怔住了。

敏柔看见艳艳也十分意外。

李其洋夸张地向艳艳打着招呼:"这不是林小姐吗?我的天呐,真是好久不见了!"

艳艳微笑着:"是李主任啊,怪不得您不打电话给我了,原来您有美人相伴了!"接着又转向敏柔说:"敏柔,几天不见,原来是靠上了大金主。李主任可是全上海滩最有权势的男人,想要谁的脑袋就要谁的脑袋,可真要恭喜你了!"

李其洋哈哈大笑:"林小姐,你这话是怎么说的!我想要谁的脑袋就要谁的脑袋,然后你就恭喜敏柔,什么话嘛?"

艳艳笑起来:"啊,哈哈,是啊,听起来真不顺耳!"她看看敏柔:"敏柔,我们天天住在一起的,怎么也没有听你说起过啊?"敏柔张口结舌。

李其洋拍拍敏柔的肩膀,顺势搂住她:"林小姐,你不是也没跟敏柔说过吗?你一边跟朱今墨来来往往,一面又跟巡捕房的理查孙明出暗进,你告诉朱今墨吗?"说着小声向里面示意:"哎,朱今墨可是就在里面喝酒呐!"

艳艳娇嗔地打了李其洋一下,说:"李主任,您说话未免太直了吧!这上海滩的男男女女哪一个是从一而终的?又有几个是痴情的?还不都是这山望了那山高,山不转了水就转。"

李其洋笑起来:"对,对,你说得对!林小姐不愧是一代名星,看得开,想得开,就吃得开。你呀,得替我好好开导开导敏柔,什么时候她能像你这么看得开想得开就对了!"

艳艳笑起来,对敏柔:"我们回去谈,你们要尽兴。不过,李先生,往后,看在我的面子上，要对朱今墨好一点哦！”

李主任笑着：“有数有数！这还用说吗？”艳艳夸张地扭着腰走开了，敏柔情绪有些低落。

李其洋：“敏柔，你的眼神让我有20岁的感觉，让我觉得自己在恋爱，这对我，太危险了。”他心疼地捧起敏柔的脸：“别想那么多，我知道你为什么不高兴，不就是有人说闲话吗？想想看，我李其洋坐在现在这个位子上，心里那么舒服吗？既然命运安排我们走到这一步，也只能醉生梦死，笑骂由人。敏柔，就让我们做一对干河沟里的鱼，不是有句话叫‘涸辙之鲋，相濡以沫’？”

敏柔茫然地看着李其洋。

李其洋：“我在虹桥弄了一座房子，这几天就能弄好。如果你愿意，可以搬过来住，有我保护你，就不用担心别人再说闲话了！”

敏柔惊恐地看着李其洋，李其洋拍拍敏柔的脸：“考虑一下，啊！不急着回答我。我愿意等你一句真心话，我不急！”

敏柔回过神，眼睛里的表情绝望而迷离。不远处，朱今墨和马占清走出来，朱今墨好像喝多了，脚步有些不稳。

饭店门前停了一辆车，李其洋陪着敏柔走了出来。特务拉开车门，李其洋先让敏柔坐进去，随后也坐了进去。车子开走了。

门口，朱今墨看到敏柔的车开走了，突然回身对马占清说：“我突然想起一件事，我得去中森先生那边的办公室取一份文件，先走了！”说着走向自己的车，上了车，把车开走了。

李其洋的车在路上行驶着，突然李其洋叫司机停车。车停了下来，李其洋对敏柔说：“我突然想起要去办公室处理点事，就不送你了，让他们送你回去！”敏柔有些困惑，点点头。

李其洋拍拍敏柔的脸，拉开车门下了车，车开走了。他快步跑向路边，闪身进了一条弄堂，回身看，路面上，朱今墨的车开了过来，随即，又一辆车开过来，他眼里闪过一丝狡猾的笑，随即消失在弄堂里。

艳艳家门前，李其洋的车停在了楼下。司机下车，拉开车门，敏柔下车，刚要往楼里走，迎面一个醉鬼走出来，晃晃悠悠，扑到了敏柔身上。敏柔叫了一声，司机急忙冲过来，扯开醉鬼：“喂，干什么？你什么人？”醉鬼对着敏柔一笑，往车里看看，随即晃着身子走开了。敏柔有些不安，随即对司机点头，往楼里走，刚走了几步，迎面几个穿黑衣服的人挡在她面前。敏柔紧张地看着来人，为首的人拿枪逼住了敏柔：“说，李其洋在不在车里？”

敏柔惊恐地摇头："他不在。他半路上下车了，说有事要回办公室！"

来人松开敏柔，几个人向远处跑去。敏柔急忙往楼上跑。她跑上楼梯，开门，门却锁着。她急忙弯腰在地毯下找钥匙，没有。她轻轻敲门，叫着："艳艳！开门！你在吗？"里面没有人应声。

敏柔失望地站在门口。门开了，艳艳穿着睡衣，抱着双肩站在门口。

敏柔一愣："艳艳，你在家！"

艳艳站在门口，没有让开的意思。敏柔有些尴尬："啊，我是不是回来得不是时候？"转身要走。

艳艳转身进了屋。敏柔站在那儿进也不是，退也不是，硬着头皮走进客厅。艳艳冷冷地："敏柔，我想还是把话说清楚吧，我希望你尽快从这里搬走！"

敏柔失落地看看艳艳，点头："好，我知道了，我会尽快的。李主任已经在虹桥为我找好了房子，我过几天就搬进去！"

艳艳厉声说："我是希望你离开上海，赶快回重庆去！"她愤怒地走过来："我虽然不是什么贞洁烈女，可是，我实在看不惯你的所作所为，我们以前是朋友，从今天起，不算了！"

敏柔无所谓地："不算就不算！我不在乎！"

艳艳生气地："你知道你这算什么？比妓女都不如，可耻！"说着指着地上的行李："你的东西都在这儿了，请你现在就离开！离开我的家！"

敏柔眼含泪水，拿起行李走了出去。她拎着行李，走到楼下，站在街角。寒风吹过来，她只穿了裙子，很冷。她把大衣裹得更紧，还是冷，她只好蹲在地上，委屈地哭了起来。

敏柔并不知道，这天晚上，曾经有过一次流产的暗杀；更不知道，艳艳表面对她的冷言冷语里，是一种深深的爱。敏柔心里依然充满了委屈。她有些茫然了，她不知道前面的路在哪儿，也不知道应该怎么办。这个时候，她真正体会到了，战争给人们带来的摧残已经远远不止是肉体的疼痛和失去家人、朋友的那种直接的悲伤，而是彻骨的寒冷。如果，按照她猜想的，朱今墨真的是有特别使命，那他心里又承受了多少呢？

敏柔捂着脸在哭，身后，一个男人的双脚出现了。

敏柔抬头，看到朱今墨，似梦似真，她下意识地叫了声："今墨？怎么是你？"冲过去，紧紧抱住朱今墨。

朱今墨不防备，被敏柔抱住了。一瞬间，他的血往上涌，心简直要爆炸了。他强忍着自己的感情，一动不动地任凭敏柔抱着他。敏柔哭了起来。朱今墨轻轻拍着敏柔的后背，随后停止了。他必须赶走敏柔，让她远离自己。今天晚上的行动失败，让敏柔面临着更危险的境地。他与艳艳商量了半天，才想出用这样的方法刺激她。他们彼此全明白敏柔接下来所面临的危险，他不能对敏柔有任何的暗示，他又想让敏柔离开。可是敏柔，一根筋的敏柔，就是不走。想到这里，朱今墨推开了敏柔。

敏柔愣愣地看着朱今墨："你，告诉我，你跟艳艳到底是什么关系？你为什么要这样折磨我？"

朱今墨强忍着心里的感情，用无比复杂的目光看着敏柔："你不要再问那么多为什么了！你最好离开上海，赶快回重庆去！听到了没有？"到最后他几乎是喊出来的。

敏柔倔强地："我不会回重庆的，我不会离开上海的！"

朱今墨绝望地看着敏柔，突然拉起敏柔就往马路对面走。敏柔拼命挣扎："你放开我！我哪儿也不会去的！就算全世界都不理我，我也不会离开上海！"

朱今墨喘着粗气，看着敏柔，一言不发。

敏柔猛地转身向艳艳家跑去。朱今墨追了几步，停下了。他真想把所有的一切全告诉敏柔。他知道他再追几步就会控制不了自己，所以他只能停下了。他看着敏柔走进艳艳家的楼门，好像看见她走进枪林弹雨。他绝望地闭上了眼睛。

敏柔跑到艳艳家门前，推门，门锁着。她拼命打门，里面没有人回应。敏柔用力敲门，敲门声太响了，艳艳只好开了门。敏柔冲进来，对艳艳说了句："我不会离开的！"就进了自己房间。艳艳在客厅里来回走动着，她真想不顾一切冲进敏柔房间，把所有的一切都告诉她，可是她知道她什么也不能做，就只能那么在客厅里走来走去，整整走了一夜。

03

几天后的一个早晨，时钟刚过8点，门铃就响了起来。艳艳拉开门，一个花店伙计送来了花，说是给周小姐的。艳艳怔了一下，接过花，看了看，花心里装了一张卡，上面写了个地址。艳艳拿起来看了一眼，放回去，往敏柔的房间走去。

敏柔急忙坐起来，拿过花，找到里面的花卡，看了一眼地址，把花卡放进口袋里，把花胡乱插好，匆匆收拾，准备出门。艳艳盯着她："谁送来的花？李其洋？"

敏柔看看艳艳，摇摇头，又点点头。她的心嘭嘭乱跳。她知道这花是谁送来的，她预感到会有什么事情要发生了。

好不容易到了晚上，敏柔按照约定的地点到了江边。她沿着江边的小路走了过去，迎面，逆着光里，几个黑衣人走了过来。敏柔有些害怕，转身要跑。她刚转过身，却看到老胡背着手看着她，敏柔惊喜地说："先生，我来了！"

老胡微微点头，那几个黑衣人四处散开。敏柔惊讶。

老胡温和地："敏柔，我们走走！"说着往远处走，敏柔急忙跟了过去。

老胡走到江边，点着一支烟，抽了一口，说：“你还好吧？”敏柔迟疑了一下，点点头。

老胡低声说：“本来我们前几天安排了一场行动，没想到让那家伙溜走了！”

敏柔惊讶的表情：“你是说那天晚上？就是那天晚上？”

老胡急忙转移话题：“敏柔小姐，很抱歉我只能用这种办法跟你见面了。情况紧急，李其洋对组织的伤害越来越大，现在要对他动手了。不知道你愿意不愿意帮我们？”

敏柔欣喜地：“我愿意，先生。我愿意。我现在，什么都愿意！”

老胡拍拍敏柔的肩膀：“孩子，别这么说，我要你好好活着！听懂我的话了吗？明天晚上，7点钟，和平饭店，你只需要把李其洋引到合适的地点，剩下的，就交给我们吧！”

敏柔有些为难：“他不去法租界，只在虹桥和虹口一带活动。他还说，他在虹桥弄了一套房子。”

老胡思索着：“敏柔，很抱歉我这样问你，你觉得，凭你对他的了解，或者说，吸引力，能不能做到让他愿意到法租界来？”

敏柔迟疑着：“我，真的不知道。”

老胡下决心地：“好，虹桥就虹桥！就在他的老窝里，干掉他！”

敏柔坚决地：“不，我试试看！不，我一定把他约出来！一定！”她目光坚决。

04

敏柔沿着走廊款款而来，这条走廊这一次显得很长，好像永远也走不完。走廊的尽头，李其洋的办公室门口，李其洋站在门口，迎接敏柔。

敏柔终于走到了李其洋面前。李其洋看到敏柔打扮得漂亮、隆重，满脸笑容，迎上来，抓住敏柔的手。敏柔也头一次温柔地把手伸出去。李其洋领着敏柔进了办公室。

李其洋把门关上，拉着敏柔的手不松开。敏柔侧着身看着李其洋，因为紧张，看上去有些严肃。

李其洋一点点靠了过来说：“敏柔，你今天太美了！你让我都快把持不住自己了。”敏柔嫣然一笑，一低头躲开了李其洋的脸。

李其洋笑迷迷地看着敏柔：“说吧，一大早就来找我，有什么好事儿吗？”

敏柔抬起头看着李其洋，眼神有些迷离，好一会儿，说了一句：“您那天问我的事儿，我想好了！”

李其洋有些困惑：“你想好了？”

敏柔郑重地点头:“我愿意!今天晚上,我要请您吃饭,在和平饭店,吃西餐,然后我跟您走!”

李其洋怔了一下:“和平饭店?为什么是和平饭店?那可是法租界!”

敏柔一笑:“我喜欢那里的环境。如果你不愿意,我们可以换别的地方。”

李其洋突然放声大笑,紧紧抓住敏柔的手:“敏柔,我的小敏柔!你既然喜欢,我有什么不能去呢?就去和平饭店!我简直要心花怒放了!怎么办?怎么办?从现在起到晚上还有七八个小时,你让我怎么活?”敏柔天真无邪地笑了起来。

李其洋变得有些严肃起来,他抓住敏柔的手亲了一下,说:“我答应你,我现在就答应你,晚上7点钟,我会准时到。现在,我有要紧的事要做。”敏柔一笑:“那我就先走了。我们晚上见!”

李其洋按铃,进来一个特务。李其洋吩咐:“去,替我送一下敏柔小姐,去她的办公室,一步也不要离开她!不许任何人靠近她半步,听到了没有?”

特务答应着。敏柔一笑,走了出去。

敏柔走出七十六号,刚才拉她来的车夫远远跑了过来。特务拉着敏柔往车里走,车夫怔了一下。

敏柔向他歉意地一笑,做了个手势,车夫跑开了。

李其洋的办公室里,一个特务走了进来:“主任!”李其洋抬头。

特务报告着:“那个人,死了!”

李其洋一怔:“死了?招了没有?”

特务点头。李其洋走出办公室,进了行刑房里,架子上吊着一个人。李其洋走过来,抬起这个人的下巴,正是曾经给敏柔送花的那个人。

05

老胡静静地坐在桌前。大战前夕的平静,他在养神。他闭着眼睛,仔细想着今晚行动的每一个细节,生怕有任何疏忽。

门外传出激烈的敲门声。随即门开了,一个人浑身是血闯了进来,倒在地上。

老胡听见声音急忙下楼:“出什么事儿了?”受伤的人抬起头:“我们中间有人被捕了!”

老胡震惊的表情:“哪一个?是谁?”

受伤的人:“叫阿贵!我刚才去他家找他,他家人说他昨天晚上就没回去。我刚离开,就有人向我开枪。”

老胡震惊的表情:“阿贵?就是昨天给敏柔送花的人!不好,敏柔可能有危险。快,快,今晚行动取消!快!"老胡把枪别在后腰上,冲了出去。

李其洋挽着敏柔走进餐厅,侍者热情地迎上来:"两位晚上好!请问有预订吗?"

李其洋警觉地扫了侍者一眼:"有,李校长!"

侍者热情地:"啊,这边请,这边请!"把两人带到位子上,替敏柔拉椅子,挂好衣服,趁敏柔不注意,在她手臂上拍了一下。敏柔一惊,看看侍者,侍者有些尴尬,急忙赔笑脸。李其洋不动声色地看了侍者一眼。

他们周围,五六个特务把桌子周边都占了。侍者急忙走过来说:"几位,有预订吗?我们这是预留的位子,客人一会就到了!"

特务亮出了枪,侍者急忙赔上笑脸:"啊,请请!您请便!"记着把菜单递给敏柔和李其洋:"您看一下菜单,看好了随时叫我。"说着走开了。

李其洋翻看着菜单,对敏柔说:"敏柔,还是你来吧,我是个土包子,吃西餐还要看你了!"敏柔翻看着菜单,一笑。

饭店后门,朱今墨的车在院子里急刹车。朱今墨把枪上好子弹,拉开车门下了车。

老胡的车赶了过来,停在朱今墨的车前面。朱今墨看见老胡,大吃一惊,拉开车门坐了上来。

老胡急切地:"赶快想办法通知敏柔,今晚活动取消!"

侍者焦急地:"菜已经上了!"

老胡焦急地:"那也不行!我们赌不起,赶快让敏柔撤出来!今天晚上就送她走!我们再想别的办法!"

侍者急忙下车冲进餐厅。

敏柔的餐桌上,头盘已经端了上来。李其洋端起酒杯,对敏柔:"来,敏柔,我们干杯!谢谢你请我来这么优雅的餐厅!"敏柔微笑着举起了酒杯。

侍者端了汤和面包上来:"两位久等了!这是汤和面包,主菜还要等一会儿。"说着把汤放在敏柔面前。敏柔一低头,看到桌子上一个纸条,上面写着:"上厕所,跑!"怔了一下。

李其洋注意地看了她一眼。敏柔把纸条贴在手心里,笑着对侍者:"先生,请问你们这里卫生间怎么走?"对李其洋:"不好意思,让您见笑了!"

侍者急忙说:"小姐,您跟我来!"

敏柔起身要走。李其洋却一伸手拉住了敏柔:"我陪你去吧!"敏柔脸色一变。李其洋从她手心里拿到了纸条,看了一眼,伸到敏柔面前:"这是什么?这是什么意思？”

敏柔脸色一下子变得苍白，一句话也说不出来。李其洋掏出枪，对着侍者就是一枪，侍者倒在血泊中，李其洋顺势一拉，把敏柔按坐在了椅子上。

餐厅里立刻大乱。李其洋的人掏出了枪，餐厅里的侍者全都掏出了枪，对准了李其洋的人。一瞬间，餐厅内形势大变，客人尖叫着往外涌。

李其洋哈哈大笑，用手拨动着敏柔的脸：“敏柔，我亲爱的小敏柔，我真的没有看出来，你有这么大本事！”

敏柔一句话也不说。

餐厅外，老胡和朱今墨听到了枪响，冲向餐厅。里面的客人往外跑，楼上有记者在拍照片，镁炮灯闪烁。老胡拉住朱今墨：“今墨，你快走，我来！”朱今墨一把推开老胡，向里面跑来。

餐厅里，两边的人对峙着，一个看住一个。李其洋拉着敏柔，说：“敏柔，听我的，你是跑不了的。其实我早就知道你的来历有问题，不过，我一点也不怪你。如果你听话，让他们撤，我不会让你死的。我喜欢你，是真心的，不然不会冒着风险跟你来这儿！”

敏柔一动不动，没有表情。

李其洋手伸向腰间，准备拔枪，突然，门声一响，朱今墨走了进来，敏柔和李其洋惊讶地看着朱今墨。

李其洋得意地对敏柔：“太好了，朱桑来了，有好戏看了！”话音未落，朱今墨把枪对准了李其洋。李其洋几乎同时也把枪对准了敏柔，又对着朱今墨喊：“把枪放下！不然我一枪打死她！我早就知道你们之间有问题！”

朱今墨抬手就是一枪，打死了李其洋身后的一个特务。李其洋吼叫着：“把枪放下！”枪口死死对准了敏柔。

敏柔一瞬间明白了朱今墨的身份。她脸色苍白，厉声地：“别管我，快开枪！”

朱今墨举着枪，眼睛透过枪的准星，看着敏柔苍白的脸。李其洋的枪对着敏柔的太阳穴。

敏柔高声喊：“今墨，快开枪！开枪啊！”

朱今墨闭上眼睛，眼前一炸，脑海里想象出敏柔中弹的样子。他感觉无法承受，痛苦地放下了枪。

李其洋冷冷一笑，挟持着敏柔往饭店外走。他身后，两边对峙的人一个对一个也往外移动。朱今墨跟在后面，看到敏柔和李其洋走到饭店门口，旋转门打开，趁着门转动的时候，对着李其洋的头就开了一枪。

李其洋一头倒在敏柔面前，血溅了她一身。他高叫着：“开枪！快开枪！”敏柔拼命用手打他。

同时，敏柔身后，枪响了。李其洋的人向朱今墨开了一枪。随后，身后一片枪响。两边对峙的人互相开着枪，片刻，尸体躺了一地。

朱今墨肩上中了一枪，倒在了地上。他忍着痛爬起来，从腿上摸出另一把枪，向门口跑去。身后，楼梯边，一个特务从血泊里爬起来，对着朱今墨连开了两枪。朱今墨强忍着痛，回身就是一枪，特务从楼上掉下来，死了。

敏柔回身看着朱今墨。朱今墨想向敏柔走过去，走了几步，摔倒了。敏柔高声喊着："今墨，今墨！"

朱今墨微笑地看着敏柔，闭上了眼睛。敏柔想用力推开李其洋，脚却卡在旋转门里。

饭店对面的楼上，老胡和几个年轻的地下党同志站在街道对面的楼上，担忧地看着敏柔。

一个年轻的队员冲过来："我们去把她救出来吧！她太可怜了！"

老胡咬着牙，沉默了好一会儿，突然拔出枪，对队员："我们走！"飞身从楼上直接冲下来！

街道的对面，传出警车的叫声和巡捕的哨声。老胡警觉地四下看着。

突然，街上冲过来一个女人，不顾一切地往饭店门口跑，冲到了饭店门口。

老胡抬头："艳艳？"急忙往这边跑。

饭店门前，敏柔的脚仍然卡在门里，她还在努力往外拉自己的脚，拼命往外推李其洋。

李其洋还没有断气，血从他的脖子里往外涌，泛着气泡。他大口大口喘着气："想不到你心这么狠！敏柔，我真是看错了你！"

敏柔用力往外推他，却怎么也推不动。

门外，冲过来一个穿高跟鞋、着旗袍的女人，冲到了敏柔面前，掏出枪对着李其洋的脑袋就补了一枪。敏柔一声尖叫，看到了艳艳的脸，她尖叫一声："艳艳？"

敏柔的脚依然卡在门缝里。艳艳拼命转动门，敏柔尖叫一声，脚被拔出来，鞋子落在地上。

远处，传出车声，接着一队穿便衣的七十六号特务开过来，再接着，巡捕们也冲了过来，

艳艳看看一步步走近的特务，再看看巡捕，再向老胡他们所在的方向看了一眼，把枪对准了敏柔的头。

敏柔震惊的表情："艳艳！"艳艳说了声："别怕，我不会真开枪的！"

敏柔更加震惊了："艳艳？你？"

艳艳深情地看着敏柔:“别怕!有我在!”

一颗子弹打在了艳艳的手上,艳艳的枪掉在了地上。七十六号的特务向艳艳开了枪,又是一枪,艳艳倒在了地上。敏柔扑过来尖叫着:“艳艳!”艳艳狠狠地把敏柔推开了。

巡捕们冲到了跟前,对着特务们开枪。两边的人马打成了一团,地上躺满了尸体。

接着,镁光灯一闪,闪光灯照在敏柔苍白的脸上,她身边是倒在血泊里的李其洋,这一刻被定格在历史上。敏柔知道自己完了。她知道朱今墨就在离她不远的地方,她多么希望自己能跟朱今墨出现在同一个画面里,哪怕是面对死亡。

老胡的人不顾一切地冲上来,架起敏柔就走。另外的队员想冲上来救艳艳,巡捕向这边开枪,一个队员中弹倒下了。

一辆汽车开到了街口,老胡的人架起敏柔上了车,又有人把中弹的队员背上。队员踩在挡板上,边还击边向街口开去。

06

清晨的街道,一大早报童就站在街角上边跑边喊了:“看报了,看报了!上海滩头号新闻!76号特务头子李其洋死于情杀,横尸街头。看报了,看报了!上海滩女明星林燕妮卷入其中,多角关系。前所未闻!”

行人们纷纷驻足,买报纸。

老胡站在街角,拿了一张报纸,看到了敏柔与李其洋在饭店门口的照片,李其洋躺在离敏柔不远的地方。他表情变得十分沉重,急忙向教堂方向走来。他走进教堂,牧师带他来到敏柔的房间。敏柔的房间是一个阁楼,屋顶是斜坡的,有一面天窗,光洒下来,屋里一半阴一半阳,屋里只放了一张铁床。敏柔静静地躺在床上,她身边,一个粗陋的铁架子,上面挂着输液瓶子。

老胡走过来,看到敏柔安静地熟睡着,又掀开被子看看敏柔的脚,脚上缠着厚厚的纱布。

牧师:“今天早上,我请一个医生朋友来看过了,没伤着骨头,养一阵就会好。外面情况怎么样了?”

老胡:“因为有记者昨天晚上在饭店看到过李其洋和敏柔吃饭,昨天晚上的现场还拍了照片,加上,有人透露出朱今墨和敏柔从前的恋爱关系,还有艳艳的介入,所以证实了这种猜测。外面的人都在传,这是两男两女的纠缠!”

牧师目瞪口呆:“我的上帝!真不知道这对一个女人来说是好消息还是坏消息!可怜的敏柔,她真是太不幸了!”

老胡和牧师陷入沉默，好一会儿，老胡缓缓地说："是啊，干我们这一行，下场都会很惨。为了完成使命，我们随时都会牺牲，尤其是女人。她真了不起，昨天晚上，我们杀了李其洋，还把他的特务队打掉了一半！"

牧师焦急地问："那么，朱今墨怎么样了？"

老胡："还没消息。他和艳艳、李其洋昨天都被送进了一家法国人的医院。那边传出的消息是，李其洋死了，朱今墨和艳艳还没消息。中森透过日本领事馆跟法国巡捕房办交涉，把人已经转走了，送到了日本人的医院。他们应该很恼火，现在还不清楚结果会怎么样。"

牧师："艳艳小姐她，怎么会出现在那里？"

老胡："她本来就是敏柔的好姐妹，在北平的时候就是。敏柔到了上海，一直跟她住在一起，只是她们彼此并不知道对方的身份。艳艳昨天是为了保护敏柔，也是为了朱今墨。安牧师，请你一定要好好照顾敏柔，不要让她看报纸，也不要告诉她任何事，什么也不要让她知道！"

牧师点头："是！我知道了！"

老胡："李其洋死了，特务机关这几天天天抓人。我这些天不会再来了，请你转告她，我们谢谢她，请她一定安静休养！等着我们安排她离开上海！"

牧师点头："我知道了，一定转告！"

老胡急匆匆走了，敏柔在床上依然熟睡着。

此时的朱今墨，也面临生死关头，他静静躺在床上，身上插满了各种管子。

门开了，中森英带着卫兵走了进来，他走到床边，看着昏睡的朱今墨。

医生跟在后面，中森英问他："他怎么样了？"

医生："他身中三枪，有一颗子弹穿透了肺。现在，只能期待奇迹了！"

中森英脸上没有表情，走到床边，看了朱今墨好一会儿，又问医生："那个电影明星呢？"

医生："今天早上已经死了。"

中森看看医生："嗯，那就好好照顾他吧，醒来后随时通知我！"说着走了出去。他回到办公室。人还没进屋，电话就响了，他急忙冲进来接起电话，听了一会儿，急忙说："哈依！哈依！对不起，是我的错！我现在无法确定到底发生了什么。我知道，这是一个丑闻。对不起，全是我的错！我刚去过医院了，他还没有醒过来，只能等他醒来，我才能知道，到底发生了什么！我知道了，我会留意的！我一定会的。如果能证实这里面有阴谋，我会亲手毙了他！是！"他放下电话，走到窗前，往外看着。

李其洋的死，让日本人大光其火，正像中森英在电话里跟他的上司说的，他无法判断这后面到底是什么？情杀？还是另有阴谋？他从内心里，并不愿意相信这里面另有阴谋,可是又不能放下心来。

他走回桌前,叫了声:“来人!”门外,进来了人。

中森:“去查一下,那个叫周敏柔的人,现在在什么地方?要找到住处!”

07

老胡匆匆忙忙来到教堂,牧师把他带到了敏柔的房间,敏柔依然在熟睡着。牧师告诉老胡,敏柔的状况还不错,只是每天要睡很多,醒来的时间很少。他关切地问起朱今墨的情况,老胡敏感地看了一眼敏柔,他不想在敏柔面前谈论朱今墨,怕她突然醒来,便起身往楼下走:“我们下去说吧!”两人走到楼下的小客厅,老胡告诉牧师:“今天刚得到消息,他还没醒。中森今天还去医院看过他,还派人去敏柔的住处找过她,也派人去了她工作的地方。他已经开怀疑朱今墨了,但是没有证据,所以,他急着找敏柔!”

牧师表情开始沉重了。

老胡:“我在想,这是一个矛盾,如果敏柔就此消失,朱今墨就会危险了,可是,如果放敏柔回去,也许两个人都会有危险!”他为难地说:“这真是两难啊!我真的不知道如何决定,也不知道如何判断。我们敢赌吗?你说我们敢赌吗?”

牧师盯着老胡:“说你的真实想法吧!我还从来没有见过你这么犹豫过!”

老胡:“是!他们两个,是苦命的一对,又都是出色的战士,我真的不知道怎么办。可是,我们现在,情报系统被破坏得很厉害,朱今墨又是我们手里最重要的一张牌,不到万不得已,绝对不能放弃。所以,我想冒一次险,想让敏柔露个面!”

牧师:“可是,现在的情况是,敏柔一离开这里,中森英就会立刻找到她,并把她带走,而后面的事,我们根本就没有办法了。朱今墨受了重伤,也没有办法保护她!”

牧师:“艳艳小姐那里怎么样了?”

老胡叹口气,摇头:“没救过来,听说送到医院就死了!”

牧师在胸前画了个十字:“上帝保佑!这些年轻的孩子们,真是勇敢!”

老胡拿起帽子起身:“敏柔的事儿,就麻烦你照顾她了。等过几天风声过了,我会派人安排她离开上海!”

牧师:“我会尽力的,你也保重!”

老胡起身往外走,突然听到楼上咚地一声,两人急忙往楼上看,楼梯口,敏柔趴在地上。

老胡一惊:“敏柔!你怎么下地了?”

敏柔眼里着含着眼泪:“我要去看艳艳!带我去看看她!”

老胡一怔:“你,都听见了什么?”

敏柔:“我要去看艳艳！她是为我死的！”

老胡与牧师互相看了一眼,沉默。

敏柔爬过来说:“我要去！您刚才说的话,我全听见了。如果我不露面,今墨就会有危险了！”

老胡浑身一震;“不,敏柔,我刚才只是说可能。你不能去,你去了不但救不了朱今墨,还可能搭上你！”

敏柔坚决地:“我一定要去!只要能帮上朱今墨,我就一定会去。我能行的!”

老胡:“不行,我们会自己想办法。如果,感觉他有危险,我们就会把朱今墨抢出来,也不会把他留给敌人——我们不能再让你冒险了——”

敏柔眼泪流了下来:“请你相信,我也是个战士。我从来不后悔我的选择,也没有害怕过。这些天,我惟一担心的就是我做不好。我承认,我也有脆弱的时候。我哭过,我受不了别人的目光,可是现在,李其洋死了,我什么也不怕了。我心里最大的痛苦,就是,就是无法确定今墨对我的感情,还有他的身份。他可以不爱我,但是,他不能做让我不能接受的事儿。现在,我已经全清楚了,我还怕什么呢?”

老胡眼角湿了。他把敏柔抱在怀里说:“敏柔,好姑娘！我相信你,我知道你是最勇敢的,我全明白。我答应你,去吧!只露一面,我来安排,然后,我们就送你回重庆,去跟你的家人在一起！”

08

敏柔推开门走进艳艳的房间,屋里很安静,正中间挂着艳艳的大幅照片。

敏柔走过来,把手里的花放在艳艳遗像下,点上一支香,拜拜,然后把香放在香炉上,跪下来,磕头。

楼梯上,传出杂乱的脚步声,接着门开了,穿着便衣的中森带着一队人马走了进来。

敏柔回头看到中森,脸上没有特别的表情,继续磕头。中森走到敏柔身后道:“敏柔小姐,不认识我了?我可是记得你,并且对你印象很深。我是朱桑的朋友。你愿意不愿意跟我谈谈他?他身上中了三枪,还有一个男人,李其洋,虽然只中了两枪,可是,他死了！”

敏柔一动不动地看着中森。

中森注视着敏柔:“你能告诉我,这之间到底发生了什么事?是情杀还是另有阴谋?我很是困扰！”

敏柔迷茫的目光投向中森英。

中森英平静但有压力地看着她："外面都在传，这是一场多角情杀，你不觉得这一切太完美了吗？为什么死的都是重要的人物？为什么你和艳艳小姐都出现在那个场合？有人告诉我，你和艳艳是同学，而我知道，你和朱桑之间有过婚约，可你为什么又在这么敏感的时候出现在李其洋身边？我不相信你是个爱慕虚荣的女人，你怎么可能喜欢李其洋这样的人？他只是个糟老头子！以你的眼光，怎么可能跟这样一个人投怀送抱？"

中森说这话的时候，敏柔脸上没有一点表情。好一会儿，她才说了一句："如果，你是一个女人；如果，你在婚礼前被抛弃；如果，你在重庆生活过，尝到过炸弹的滋味——"她停了下来。

中森用怀疑的目光看着敏柔："好吧，不管你怎么说，在朱桑醒过来之前，我希望能经常看见你！"他走过来，抬起敏柔的下巴："你长得真美，我早就听说过。美丽的女人是不吉祥的。"

敏柔眼里充满恐惧。中森："现在，就请你跟我走吧！"

敏柔站着不动。两个特务一左一右架起了敏柔往外走，走到楼下，拉开车门，请敏柔上车。

远处街角，突然冲出一队巡捕。中森脸色一下子就变了。

巡捕冲过来，围住了中森的车，为首的是理查孙。他走上来，傲慢地对中森说："中森先生，您也太过分了吧！你一次次出现在我的地盘上，不打招呼，随便带人，怕是不合适吧！"

中森沉着脸，低着头，好一会儿，一声不响，走到车前，扯开敏柔，自己上了车，车子开走了。

黄昏，一辆黑色的汽车沿着街道开过来，在门口停下。老胡拉开车门下了车，他匆匆走进教堂。

敏柔在熟睡着，牧师轻轻告诉老胡："睡了一天了，她需要长时间的休息。她的精神压力太大了。"

老胡看看表，有些着急："船已经在码头了，晚上就走。现在必须得叫醒她了！"他俯下身来轻轻叫了声："敏柔！醒醒！敏柔，醒醒！"

敏柔睁开了眼睛。

老胡拉住敏柔的手说："敏柔，谢谢你！你真了不起！现在我们必须得送你走了，不能再等了。你先回重庆，好好休息一段时间，然后会有人跟你联络，安排你下一步的工作。你明白我的意思吗？"

敏柔点头。

老胡轻轻拥抱了一下敏柔，说："走吧，孩子！"

第二十章 冠忠之死

01

周祖康的车开得像疯了一样。他来不及等司机把车停稳就下了车，冲进了家门，顾不上郭富才和赵蔓君惊讶的目光，一进院就进了顾玉秀的房间，并吩咐不要让外人进来。

他有重要的消息，是关于敏柔的。他从包里拿出有人从上海带来的报纸，上面有敏柔和李其洋在一起的大幅照片。顾玉秀看了报纸，绝望地叫了一声，眼泪就止不住地流了下来："我的天，怎么会出这种事！怎么会这样！柔儿她怎么会做出这种事？"她哭了起来。

几天后的早晨，敏柔回到了重庆。

她依然穿着在上海时的那种行头，微微的卷发，华丽的旗袍，高跟鞋，外加毛皮大衣，看上去很华丽。

她走进家门的时候，所有的都愣住了。家人快认不出了她了！敏柔看见母亲，只是疲倦地一笑，之后就晕倒了。

敏柔躺在床上，一家人围在她床边。敏柔眼睛空洞无神，连转也不转。程婉仪在招呼她："柔儿，你怎么了？你认识我是谁吗？你现在在自己家里，你不认识我了？"

敏柔躺着一动也不动。

雨婷摸了一下敏柔的脉搏，又摸摸她的头，说："妈，大嫂，她这是感冒了，让她睡一会儿吧！有话回头再说吧！"一家人退了出去，不约而同到了顾玉秀房间，围坐在顾玉秀身边。

门外，响起激烈的敲门声，郭富才打开门，两个警察拥了起来，身后，还跟着几个穿蓝衫的特务。警察告诉郭富才，代老板的人有事要找敏柔。顾玉秀急忙从屋里跑出来，特务把报纸递给顾玉秀，让她看。顾玉秀接过报纸，是那张有敏柔照片的报纸。她心里发紧，表面却沉静地："这怎么了？"

特务："怎么了？你说得倒轻巧！周太太，周敏柔已经回到了重庆，本来今天早上在码头就要抓人的，但是看在你们周家身份不一样，所以特别来告诉你，你们要对她严加管教，不许她随便走动、出门，如有违反，我们随时会把人带走！"

顾玉秀平静地："还有别的事儿吗？"

特务眼睛一瞪："这些还不够吗？"说完，走开了。

02

周家人一下子全知道了敏柔的秘密。顾玉秀知道已经瞒不住了，每个人都感觉到了震动和伤害。程婉仪反应更是激烈，直接冲进屋里，搬起行李就走。她无法接受敏柔做下的事，不想再跟她住在一个房间里了。敏柔明白家里人已经知道了她的事，她想解释，却不能开口，便追着程婉仪进了顾玉秀的屋。顾玉秀看见敏柔进来，一时不知道怎么就对。敏柔看到顾玉秀，心里委屈极了，目光里充满渴望，叫了声："妈！"

顾玉秀深深地叹了口气，并不回应她。

敏柔心如刀割，走到顾玉秀面前，眼泪止不住地往下流："妈，对不起！我让您操心了！"此刻她多么渴望能扑到顾玉秀怀里，向她哭诉，让她安慰自己，可是她知道她不能开口。

顾玉秀脸色有些阴沉，但尽量克制着："这哪是操心的事儿啊，简直就是挖我们的心！"

敏柔急忙说："妈，你听我说，我不是你们想的那样！"

顾玉秀严厉地："那是怎么样？你说啊！"

敏柔刚要说什么，突然沉默了。

顾玉秀哭了起来："柔儿，你太让妈失望了！我们这个家，跟别人家是不一样的。你怎么能做出这种事？你实在太让我失望了！"

敏柔一句话也说不出来，只是默默流泪。顾玉秀盯了她一眼，说："你不是说不是这样的吗？那是什么？你有话倒是说啊！"敏柔怔怔地看着顾玉秀，一句话也说不出来，就起身往外走。她走出到院子里，周祖康正从外面走进来。敏柔看见周祖康，停了下来，叫了声："爸爸！"

周祖康看见敏柔,怔了一下:“你回来了?你什么那时候回来的?”目光中充满关切。

敏柔看到周祖康,委屈的眼泪又流了下来:“爸爸,我早上刚到的。”她扑过来,靠在周祖康的肩头。周祖康扶住敏柔,在她后背拍了拍:“好了,孩子,别想那么多了。回来就好。一切从新开始,把那些不愉快忘了吧!”

敏柔心有些发凉。周祖康轻轻推开了敏柔,说:“好了,孩子!你赶快回屋休息吧!”

敏柔的眼神直了,眼里的光芒不见了。她回身走回房间,一眼看见床上放着一张报纸,就拿起来。是那张有她照片的报纸!她一阵晕眩,报纸从她手里掉了下去。她重重地躺倒在床上。

从这天晚上开始,敏柔几乎不再说一句话。她不知道能说什么,也不知道该说什么。她的身体渐渐好了起来,精神却一天天消沉下去。她等着一切从头开始,但是战争并不给她这样的等待,等待周家的却是冠忠的死讯。

03

周冠忠死在他的老对手河田手里,死在他最痛恨的一木清直的手里。确切地说,他死在以死报国的意志里。其实,死亡可能是从一开始就注定了的,也许从他离开南京陆军监狱的那一刻就开始了,从他重回军营的那一天就开始了,甚至是从卢沟桥的第一枪,或者更早地是从他去日本访问时与河田在宴会上的交锋就开始了。

1940年,希特勒以闪电战袭击北欧,一举成功。此举使日本军阀深受刺激,也为之鼓舞,决心将中国战场往前推进。为此,他们采取了政治诱降加军事压力的双重策略,除了不断施放各种诱降言论并派人渗透到国民党内部以外,同时在军事上,也策划发动了旨在控制长江交通、切断通往重庆运输线的“宜昌作战”。

国民政府将几十万精锐部队投放在华中战场,拱卫重庆,准备与日本军队决一死战。由于特殊的地理位置和战略时期,这场战役还没有开始就已经注定了是一场残酷的战争。更残酷的则在于,由于双方的谍报工作都很厉害,双方的通讯密码早已在对方的掌握之中,以至于双方几十万军队基本是在透明的公开的状态下调度、运动,周冠忠就是在这种特定的背景下走向牺牲的。

04

炮火连天,硝烟弥漫,遮天蔽日,一副世界末日的惨象。

一排炮弹打过来，成群的中国士兵的尸体飞上了天，到处是人间地狱般的情景。

日本军队排着进攻的队形，冲上我军阵地，与中国军人拼刺刀。枪起处，尸横遍野。

到处是溃退的中国军队，抱着枪的，拖着伤病的，在一条狭窄的路上拥挤着。

金营长带领的督战队从后面开过来。一声枪响，金营长出现在高处："站住！都给我站住！传我的命令，不准后退！胆敢后退者，一律就地枪毙！"

山坡下的士兵乱成一团，争相往回来的路上跑。一个士兵试图钻到路边的草丛里，金营长冲过去，对准他的后背就是一枪，士兵应声倒地。其余的士兵用恐怖惊惧的眼神看着金营长，往来的路上跑。

一个腿上受了伤的士兵边跑边放声大哭，金营长对着天空又放了一枪，大吼："不许喧哗！不许哭号！"

士兵们立即安静了。人们争先恐后地往阵地上冲。日本兵已经冲上了阵地，士兵从山下往山上反攻，一个个死在日本士兵的枪下。有士兵冲破了火力，冲上阵地，与日本兵展开肉搏。

三天恶战，丢了三个县城，正面、侧面都是日本人的军队，已经形成了半合围，部队伤亡巨大。

这天黄昏，周冠忠带着连生巡视战场，所到之处到处是燃烧的树木、尸体，不时有伤兵哭天抢地的叫声。

李参谋告诉他，他们迎接的是开战以来的老对手日军第十三师团，师团长正是河田。日军集合了4个师团、1个混成旅团、6个支队、4个大队、1个飞行集团和一些特种部队，共15万人。其战役计划是先将襄河东岸五战区部队包围歼灭于枣阳地区；而后推进至襄河西岸，将五战区主力部队歼灭于宜昌附近。

不知为什么，听到河田的名字时，周冠忠的心剧烈地跳动了起来。他不知道河田是不是就在对面的某个指挥所里，也不知道那个可恶的一木清直是不是还活着，但是他心里已经决定了，这一仗，不是敌人的坟场，就是自己的死地，已经没有退路了，就只能前进。他冷静地下令，命令部队正面阻击！绝不允许后退半步；接着又叫来了连生和报务员，给前线部队发报："各战斗部队主官：观最近之敌情，敌人是要夺我宜昌，断我重庆血脉。国家到了如此地步，我等军人除了一死，别无他法！只要我等军人抱着必死决心，国家就一定不会亡！这不是命令，这是我身为师长的心愿，谨以此与各位弟兄共勉！周冠忠！"

连生意外地看着周冠忠："长官，发这样的电报不好吧？"

周冠忠沉重地看着连生："没什么好不好的！我们现在什么都没有了，只有决心！难道我不能跟我的士兵一块发个愿吗？"

此时的日军指挥所里，报务员正在电台前侦听，他飞快地在一张纸上记录着，随后，掏出密码本快速译报，然后拿着一张纸快步跑到一木清直面前，行礼："报告一木清直长官，我们收听到中国军队的无线电讯号，这几天一直在后面咬住我们不放的是周冠忠的部队！另外，中国军队的战区长官也过河来了，已经结集了三个师团的兵力，在我们右翼发动了进攻！"

一木清直接过电报看了一眼："啊，周冠忠！难怪这几天中国军队的士气突然强起来，战斗力也跟前些天不一样了！"他对报务员下令："给河田先生发报，报告这一情况，第一，请求准许我们掉头去跟这支部队作战，第二，请第三师团从侧面进攻！两边夹击他们！"

报务员行礼："是！"跑开去。

一木清直叫住他："慢！换另一套密码发电报，派一个大队从侧面佯动，吸引他们上钩！"

参谋："是！"

接着一木清直冲出指挥所，坐上指挥车，冲到正在行进的队伍前，声嘶力竭地喊："全体都有！就地掉头，跑步前进！去打击我们背后的中国军队！只要两军相遇，立即投入战斗！"

行进中的日本军队立即就地停下，然后掉转头向来的方向跑去。

05

周冠忠骑了一匹白马正在跟随部队行军，路上到处是行进的的军队。

传令兵沿着街道跑过来，高声喊："周长官！周长官！"周冠忠勒住马。

传令兵把电报递上来："电报！"

周冠忠接过电报，意外的表情："让我们左路纵队配合夹攻第三十九师团？"对李参谋说："奇怪，怎么会有这样的命令？"

李参谋飞身下马，摊开了地图，两人在图上寻找着。李参谋："现在南路咬得正紧，我们如果回身就会跟正面的敌人恶战，我们现在人困马乏，根本没有能力吃掉正面的敌人。"

周冠忠继续看着地图说："是啊，这边，北路是孤军。我们不是已经报告战区，先躲开后面的追兵，然后再去打北路了吗？"

李参谋："不然，再发一次电报询问一下？"

周冠忠沉默着。

李参谋:“长官,我知道你一向令行禁止,可是这一次,情况不一样!明显,情报有误。”说着高声叫来报务员,命令他立即与战区长官联络,报告我们的位置,说我们身后有两个师团,绝对不能回身。

报务员就地支起电台,突然抬头说:“长官,又有命令来了!”

周冠忠:“念!”

李参谋:“命令我们今天之内务必赶到左路结集地点,右路已经交上火了!”

周冠忠猛地站起身,在地上来回走着。

李参谋:“长官,怎么办?”

周冠忠铁青着脸,思索了好一会:“打吧!回身!”

李参谋沉重地:“是!”

周冠忠:“赶快呼叫各部,把我们能调动的部队全调上来,跟我们接应!再把预备队也调过来!明天天黑之前赶到胡家集!”

李参谋沉重地点头:“是!”

周冠忠的电令刚发出几分钟就被一木清直截获了。当一木清直看到周冠忠已经掉头向他所在的方向开过来,并正在呼叫他的部队向胡家集结集时,他立即下令所有部队立即全速度赶往胡家集。

06

胡家集其实是一个狭窄的山沟,两山夹一谷,沟底是一片平坦的路,沟边的山坡上散落着一些民居。

周冠忠和李参谋策马过来,停下来。周冠忠指着远处的一个山头说:“命令先头部队攻占那个制高点,布防五公里,分头做饭,不准生火,不准抽烟,不准高声喧哗!”

李参谋急忙策马跑开去。随即早已经人困马乏的士兵不顾一夜行军的疲劳,沿着山路快速向山头冲过来,而在山的另一侧,大队的日本兵也在冲向高地。

带队的中国军官带着士兵快要冲上山头时,突然听到山后面的脚步声,急忙挥手,示意自己的士兵停下:“停下!停下!”

士兵们停下了脚步,却听到山后面杂乱的脚步声。

军官的脸一下紧张得变了形,失声叫了声:“日本兵!”又突然对着天空开了一枪,并大喊:“日本兵来了!弟兄们给我冲!”领头向前冲了过去。山头上,两边的军人几乎同时到达了山头,立刻刀枪相见,拼成了一团。

周冠忠正坐在地上吃干粮,突然听到枪声,他呼一下坐起来问:“哪里打枪?”

一个士兵飞奔过来:“报告长官!日本人从山那边攻上来了!已经交火了!”

周冠忠快步跑了两步,回过身,高声喊:“全体集合,准备战斗!炮兵营!炮兵营!给我顶上!”

士兵们急忙起身,去解炮衣,炮兵们急忙架好炮。周冠忠跑了过来说:“给我开炮!给我开炮!”

炮兵焦急地:“不行啊,长官,山上有我们的人!不能打!”

周冠忠急得吼了一声:“那就往远处打,给我往山后打!”

炮兵急忙移动炮位,瞄好距离,随即中国军队的炮声响了。炮弹呼啸着越过山头,打向山后正在冲锋的日本兵阵营。

与些同时,日本兵的炮弹也过到了这一侧的山坡上。一时间,炮声震天,两边的军人绞杀在了一起。

李参谋跑过来:“周长官!我们的两个旅已经被敌人切断了,预备队刚过河就遇到日本人阻击!金营长的人也过不来了!”

周冠忠惊讶地回头:“你说什么?”他的脸被熏黑,很震惊。

一发炮弹打过来,卫兵扑过来,把他压在身子底下。

周冠忠愤怒地把士兵推开,抓住李参谋问个究竟:“到底发生了什么事儿?为什么会这么巧?为什么我们刚到这个山头就有日本人同时到达?为什么我们的两个旅刚过河就让敌人咬住?”

李参谋焦急地说:“是!长官!我在想,我们的无线电系统一定出了问题,不然怎么会这么巧?”

周冠忠沉默着。

李参谋:“长官,快下令撤退吧!我们前面是整整一个师团,我们现在手上的人马不到一个旅,天一黑就得吃包子!我们一个师就全完了!”

周冠忠蓦然回望山头,山头上杀声震天。

他吐了一口口水,用低沉的声音说:“不行!绝对不能撤!军令如山倒,既然已经打起来了,没有命令,怎么能撤退呢?”

李参谋焦急地看着远处。

周冠忠说:“现在要赶快派人去摸清敌人的情况,再想办法通知其它部队赶来增援。我们,要派人去拿下周围的山头,想办法远距离包抄!告诉大家要有打恶战的准备!”

李参谋答应着,急忙跑开。

山头上,中国军队与日本士兵还在激烈地肉搏。阵地上,堆积了无数的尸体。

带头的中国军官接连斩杀了三个日本鬼子,自己身上也中了一刀,拄着枪站在山头上。他回望山下,山脚下密密麻麻的日本鬼子往山上冲,他失声说了句:“完了,这下我们可全完了!”

方圆几公里的山谷上,到处都是密密麻麻的军人,到处是杀声、枪声、炮声、战斗从早上打到黄昏,依然不见分晓。

周冠忠率领一支部队沿着一条山沟行走。李参谋牵着马,冠忠拄着拐杖。

连生跟过来说:“大哥,天快黑了,我们就在这儿扎营吧!”周冠忠看看连生,点点头。

连生回过身,对身后的卫兵班:“传令兵通知就地露营!不许生火!不许喧哗!不许四处走动!注意警戒!”传令兵行了个礼:“是!”立即跑开了。周冠忠看着前面的一个山头,独自奋力爬上山顶,手下拄着杖,放眼四望,远处的山沟里,四面起火。

李参谋跟过来,站在冠忠身后:“师座,看起来我们已经被包围了!”

周冠忠沉默。

身后,卫兵班的八个小伙子也爬上了山坡,在周冠忠身后站成一排。周冠忠指着远处,问李参谋:“看那边,那,已经成为我们炮兵的射程外了吧?那是谁的军队?我们的,还是日本人的?”

李参谋拿起望远镜向远处看了看。望远镜的视野里,日本军队在快速移动。李参谋放下望远镜,看看周冠忠,没有说话。

周冠忠温和的目光看看李参谋:“分不出来了,是吧?”

李参谋看看周冠忠,沉默。

周冠忠走到山坡前一块大石上坐下,看看众人,看看远处说:“我们赶了一天的路,累了,坐下歇歇吧!”

众人面面相觑。

周冠忠:“看,那边太阳要下山了,天一黑枪声就会停,我们可以休息一下了。”众人小心地坐下。

山那边,巨大的夕阳急速沉落。

李参谋带着卫兵去征集民居,安排住宿。上灯时分,周冠忠被请进了行营,一座半山腰中的青砖瓦房。他刚进指挥所,就有各路消息传来,金营长带了两个团的兵力已经冲破了日本兵的阻击,带兵到了沟口布防,连生也跟着一块过来了。

周冠忠只是轻轻唔了一声,随即命令李参谋通知警戒,并命令手下的参谋派人去联络,确定各部队的位置;另外,呼叫一下,看看周围还有什么友邻部队,请求增援。

李参谋想到无线电已经很不安全,本想提议别再使用无线电,但想到已经身处绝境,只好答应了。

夜晚,无月的夜晚,只有风吹着一棵老树,树梢在摇晃。

一灯如豆，鼾声如雷，连生躺在行军床上四仰八叉地熟睡着。

周冠忠坐在桌前用毛笔写信，信已经快写完了。周冠忠签好自己的名字，用嘴轻轻吹着毛边纸，然后把信仔细叠好，装在信封里，放在桌上，又起身穿好军装，整理好自己的文件箱，拿过佩剑，抽出来，看了看，又放回去，走到床前，叫醒熟睡中的连生，让他把一封信交给金营长。

连生接过信跑了出去。周冠忠听着连生远去的脚步，心头有些难以平静，支走连生是故意放他一条生路，里面有他隐藏的私心，一是给郭叔留下郭家的根，二是让连生能替他照料家人。他知道明天一早，必将有一场恶战，他已经抱了必死的决心。他知道，他面对的是最凶恶的敌人；也知道，这一仗可能很难打胜了，但他必须去参战。

07

一声枪响，打破了山谷的宁静。正在睡觉的士兵惊醒了，睁开眼睛，纷纷起身。

又一声枪响，阵地前面的哨兵应声倒下，血流一地。

指挥官从山坡下冲上来大喊："日本兵攻上来了！准备战斗！"

枪声渐渐密集起来。

第一声枪响，周冠忠就醒了。他冲出卧房，快步冲进指挥所，高声喊："通讯兵！"

通讯兵跑过来："到！"

周冠忠："赶快给我呼叫，看离我们最近的友邻部队在什么方位！给军长发报，请求增援！通报我们所有的部队，在援军没有到来之前，一定要顶住！从现在开始，没有弹药，用刺刀；没有刺刀、用拳头、用牙咬，也要给我顶住！"他越说越激动，挥动着拳头，来回走动着。

指挥部里，电台的滴答声响成一片。

这时，外面跑进一个参谋，高声叫着："长官，不好了，我们西北的制高点牛头峰失去了！刚上去的一个连也全打光了！所有人全都牺牲了！"

指挥所里的气氛再次凝固了。周冠忠冲出指挥所，他一口气跑上山坡，站在这里能看见对面的山头上他的士兵正与敌人恶战，眼看中国士兵敌不过敌人，开始撤退，离他们的指挥所已经很近了。

李参谋看到我们士兵在后退、日本士兵开始追击，就急忙回身，高声喊："赶快护住周长官！后撤！"

周冠忠冲过来："不能撤，不能撤！给我往上冲。"

卫兵们围了过来,参谋们收拾好文件。

周冠忠高声喊:“李参谋,你给我带人往上冲!我们不能撤!”

一发炮弹打过来,在眼前的山坡上爆炸,弹片将周冠忠右肩炸伤,紧接着又飞来一颗子弹将他左臂击穿。周冠忠浑身一震,鲜血浸透了军装。

卫生兵见状,急忙跑来为他包扎。卫兵们一见周冠忠负伤,都惊慌起来:“长官,您!”

周冠忠按了按伤口,满不在乎地说:“没什么,不要大惊小怪的!”

一发炮弹再次呼啸而至,卫兵们都不约而同地围到他身边,以自己的身躯掩护周冠忠。

李参谋从山坡下冲过来,背起周冠忠就跑,边跑边对身边的人说:“赶快后撤!往沟口沿撤!想办法跟金营长会合!”

周冠忠大声叫着:“不能撤!不能撤!”

李参谋已经背着周冠忠下了山。

山坡上,李参谋背着周冠忠沿着山路狂奔,一炮弹打过来,他腿脚部受了伤,摔倒在地上。卫兵冲过来,又要背周冠忠,周冠忠顽强地推开卫兵:“我自己来!”

卫兵们全都围上来,架起李参谋,围着周冠忠,往山下退去。一行人脸上全是黑灰,黑一块花一块,走了不知多少路。他们把周冠忠放在一块大石头上,一个卫兵解下水壶,递给周冠忠。周冠忠喝了一口,另一个卫兵解下水壶,掏出毛巾,倒了些水在上面,给周冠忠擦脸。

李参谋和另外几个参谋摊开了地图,通讯兵就地架起电台,寻找方位。

离这个山头不远,一木的临时指挥所,收到了周冠忠电台的信号;凭信号的强弱判断,周冠忠应该就在不远的地方。一木紧急下令一个联队的兵力迅速赶往对面的山头。

山下,日本兵推着大炮汇集。成群的士兵开始在山下集结。

山头上,周冠忠坐在山头一块石头上。他的衣襟、衣袖上到处是血迹,身边,三个卫兵围在他身边。

通讯兵在努力寻找信号,周冠忠关切地问:“联络上了吗??”通讯兵无奈地摇头。

山脚下,日军调集的大批山炮已经安排就位,炮筒升起来,对准了对面的山头。

炮兵瞄准好位置,高声喊:“一切就位!”填炮手抱着炮弹填进了弹膛。

长官一声令下:“预备,开炮!”

炮弹出膛,呼啸着飞向山顶,在周冠忠身前身后爆炸。卫生兵冲过来,扑在周冠忠身上,自己却中了一弹,后背立刻涌出了血。

卫兵冲过来："长官！周长官！"把卫生兵从周冠忠身上拉下来，卫生兵已经死了。

炮弹再次袭来，卫兵冲上来护住周冠忠。一块弹片击中了周冠忠的腿，他眉头一皱，低头看，血染红了裤腿。

山坡下，日军已经开始沿着山坡往上进攻了。

山口处，已经出现了大批的日军。日本兵说话的声音已经能听到了。

周冠忠向山下看了一眼，用手把烟头掐灭，对李参谋："老李，我命令你，带着机要员、参谋部全部撤离，警卫班跟着我就行了！"

李参谋："不！大哥，我不走！"

周冠忠："老李，听我的，你必须得走！你是文职，没有战死的义务，而且师部的重要文件不能留给鬼子。还有，你得回去向长官报告整个战役的情况，我们中间得有人活着！还有这些参谋们，他们，从北平出来就一直跟着我们作战，积累了大量对日作战的经验，他们也得活着！"

李参谋哭着："长官！要走你走，我留下，我留下受命，总可以说得过去了吧！"

参谋们也纷纷说："周长官，我们不走！我们留下跟你在一起！"

周冠忠眼圈红了："好啦，你们的心意我知道了。我知道你们都是好样的，这就够了。你们走吧！都走吧，按我说的做！"

参谋们哭成一团。

一发炮弹从他们头项上飞过，落到了不远处，所有的人都站到了周冠忠面前，把他挡在后面。

一个卫兵突然冲过来，用头顶住周冠忠的胸口，一边往后退一边说："周长官！我们弟兄不怕死，求你先走一步吧，赶快走吧！"周冠忠被他顶得后退了好几步。

另一个卫兵冲过来就背起周冠忠，周冠忠用手里的枪拼命打卫兵的头。

李参谋大声喊："赶快送周长官走！我来断后！"说着拔出了枪。

周冠忠从卫兵的后背上挣脱下来，高声喊："别管我，你们赶快给我走！"说着掏出了枪，对准了李参谋。李参谋泪流满面，急忙挥手，示意不带枪的参谋扛着文件往另一面山坡下走。自己则一步步后退，边退边叫："大哥，你这是何苦！"

周冠忠对着天空开了一枪，李参谋跪在了地上，放声大哭。

山坡下，日本兵开始向山头上运动。

冠忠站起身来，向山下望去，日本兵弯着腰，之字形运动着。

周冠忠轻蔑地哼了一声。他沉重地回头看着眼前仅有的六个人："弟兄们！最后的时刻到了！多余的话我不说了，能打死几个就打死几个，死得壮烈点吧！"卫兵们一言不发看着他，冲到了他面前，把他护在了后面。日本兵怪声吼叫着向山头逼近。周冠忠的卫兵们搬来石头，垒成工事，把所有的枪枝、弹药均摆在面前。

山下，鬼子越来越近，已经能看清他们的脸了。周冠忠抓起机关枪开始扫射，身边的卫兵把所有的手榴弹扔了出去，面前的敌人立刻倒下一片。

敌人沉默了一下，再次往上冲。这边周冠忠的兵再次开始攻击。身边的士兵一个个倒下，最后只剩下了四个人。

周冠忠提起冲锋枪，起身，再次扫射，十几个日本兵纷纷倒下。就在这刹那间，远处的日军机枪向他射来，周冠忠全身数处中弹，右胸洞穿，血如泉涌。

日军一窝蜂地冲了上来，对着卫兵开枪。卫兵们用胸膛替周冠忠挡着子弹，一个个中弹牺牲。

周冠忠躺在地上，一动不动。

这时，山后面，李参谋突然跑上来，手里抓了一支冲锋枪，一连打死了五六个日本兵。所有的人全镇住了。

一个日本兵对着李参谋就开了一枪。李参谋浑身一震，随后蜂拥而上的日军一齐用刺刀把他捅死。

周冠忠凄厉地叫了一声："老李！"

李参谋忍着痛苦微笑地看着周冠忠："大哥，我回来了。他们已经转移了。我要跟你死在一起！"说着倒下了。日本兵转过身来，围上了周冠忠。一个日本兵从山坡上端着起刺刀对着周冠忠冲过去，周冠忠猛然从地上站起来，眼睛死死盯住这个日本兵，日本兵冲到离周冠忠不到三米的距离时，看到了周冠忠威严的目光，不由自主地愣在了原地。这时，背后响起了枪声。一个日本军官的枪响了，打中了周冠忠的头部。

周冠忠的脸上出现了难受的表情，他努力保持身体的平衡，让自己不晃动，也不倒下。

周冠忠面前的那个日本兵像是被枪声惊醒，他狠起心来，举起刺刀，向周冠忠的身体刺去。周冠忠努力保持着平衡，随即轰然倒地。

枪声骤停，格外寂静，只有硝烟笼罩在阵地上空。

第二十一章 顾玉秀的眼泪流干了

01

周冠忠牺牲的消息传到金营长那里的时候，已经是晚上了。金营长立即向上级报告，随即集合所有的人马，火速赶往日本师部，他们得了死命令，无论如何也要把周冠忠的尸体抢回来。

日本人早就知道中国军人会来抢尸体，所以早就派了重兵把守。两边人马一见面，立刻交上火。战斗打得异常艰苦，从夜晚打到天亮，直到第二天黄昏时分，不知道经过了多少次冲锋，死了多少士兵，才把周冠忠的尸体抢回来。

周冠忠的尸体运回部队的时候，士兵全部出营迎接。

士兵把担架放在两条长凳搭成的架子上，连生扑在周冠忠身上放声大哭："大哥！大哥！我们回来了！我要带你回家！我要跟你在一起，我们再也不分开了！"说着拔出枪就要自尽。金营长手快，手一抬，枪打在了天棚上。连生躺在地上痛哭，两个士兵把他拖了出去。

成群的士兵蹲在指挥所院子里，抱头痛哭。

指挥部来电，命令即刻将周冠忠遗体就地掩埋！不得竖碑，不能有任何标志！连生听到这消息的时候，几乎要疯了。金营长带领士兵哭着把周冠忠埋在了山上，只有一个小小的坟包，没有任何标志。连生哭得死去活来，他无法接受周冠忠死去的事实，更无法接受这种草率的掩埋。还是金营长提醒他，找来一张地图，在上面做了记号，连生才安静下来。

士兵们对着天空鸣枪，为周冠忠送行；之后，连生奉命回重庆向周家做最后的交待。

02

“母亲大人：见信如面。儿连日行军，未及给母亲写信，是儿不孝。想到您老人家率领全家妇孺，坐守乱世危城，儿每念及此，常涕泪满襟。儿近日奉命率部拱卫重庆，天天与敌恶战，今夜更是与敌纠缠在一起，恐怕凶多吉少。儿自南下参加作战，多次濒临死亡，濒死而不死，是老天爷垂悯，留下我一命用以报国。儿自幼从军，为国尽忠而不能在母亲膝前行孝，每每念及此，常常悲伤。多年军旅，常感疲惫恐怖，这一次与敌作战，更是疲惫之极。但转念当此国家民族生死存亡关头，儿幸能成为一名军人，又幸而能复出前线，出入枪林弹雨之中，虽然艰苦，但心里则甚感安慰。大敌当前，国难当头，儿一日不死，必尽一日杀敌之责；敌一日不去，儿必以忠贞至死而已。儿既以身许国，家事则全赖母亲，只是不能为母亲尽孝，心中常感不安，万望母亲大人多加保重，即便生活困苦，亦请常怀希望之心，遥看儿破军杀敌，即令马革裹尸，亦应视做家门幸事！

不孝儿冠忠于前线灯下。”

顾玉秀捧着儿子的信，泪如雨下，周祖康也泣不成声。顾玉秀哭了好一会儿，翻身下床，让守候在屋子里的家人退出去，随即换上了一件黑色旗袍，在镜子前梳头。她把头发梳得一丝不乱，然后盘好，随后走进了堂屋，吩咐郭富才为她预备点纸钱香烛，就出了门。

周祖康跟在后面不放心地问：“他娘，你这是要去哪儿？”

顾玉秀回头，未先开口，眼泪滑落：“去江边，看儿子！”

石板路上传来笃笃作响的声音，是高跟鞋敲击石板路的声音，顾玉秀沿着江边的石板路走过来，她身后，周家的人跟了一串。一家人沿着夜色的石板路，走下台阶，走到江边。

顾玉秀在江边站住，看着浩浩江水，抬头看看天空的明月，双手合十，跪了下去。

周祖康先是愣了一下，随后也跪了下去。

郭富才放下手里的纸钱、香烛，急忙上前扶周祖康和顾玉秀：“老爷，太太，快起来，这使不得！自古只有儿女跪父母，没有父母跪儿女的！”

程婉仪也走过来，跪在两位老人面前：“爹，娘，快起来！”

顾玉秀看看郭富才，拉住程婉仪的手说：“孩子，别拦着我！我要跪，一定要跪！忠儿他是国家的忠良，我们周家的荣耀。他活着为国尽忠，死了，连尸首都不能回家。这样的儿子，有什么不能跪的?！我要给我的忠儿跪下，让他知道，他的爹娘心疼他，惦记他！”

周祖康拉住顾玉秀的手：“孩子他妈，你说得好！青山处处埋忠骨，马革何必裹尸还——忠儿他死得光荣！”身后，周家人齐刷刷跪了下去。

嘉陵江呜咽，为冠忠、为周家人，也为这座英雄之城。

03

夜半时分，周家人才从江边回到家。一家人进了院，互相看看，都没有说话，各自走回自己的屋子。

门外，传出敲门声，郭富才有些意外。敲门声继续，郭富才走过去拉开了门。

项南方站在门外，身边跟了两个人。

郭富才有些意外：“你，你们？”

项南方直接走了进来，轻声说了句：“我们要找周祖康先生！”说罢直接进了堂屋。

周祖康、顾玉秀、一家人用意外和惊异的目光看着项南方。

项南方从口袋里掏出一封信：“周先生，我，代表八路军驻重庆办事处，代表朱德总司令、周恩来先生来看你们。冠杰在前方打仗，我们已经把这个消息告诉了他。因为他在山里，日本人把我们的根据地层层封锁了，他没办法回来，所以，周副主席派我来看望你们！这是冠杰发来的电报！”

顾玉秀意外的表情：“冠杰？八路军办事处？你不是那个记者吗？怎么成了共产党？”

项南方：“是，周太太，周副主席本来想亲自来，但考虑到你们的安全，所以派我来了！”

周祖康和顾玉秀都很激动。顾玉秀接过电报，上面写着：“父亲母亲，儿在前线，惊悉噩耗，涕泪满襟。大哥为国捐躯，虽死犹荣，是儿等好榜样。儿在前线一切均好，请父母释念。唯望父母保重身体，节哀！儿冠杰叩首。”

顾玉秀捧着电报泪如雨下：“我的老二，我的冠杰，他也知道妈妈的心。他给我们磕头了，他也为大哥流泪了！我这两个儿子都没有白养！”

周祖康也泪流满面，轻轻扶住了顾玉秀。

项南方也哭了。

这时，程婉仪房间里传出压抑的哭声，接着，又放声大哭了。

顾玉秀听到了程婉仪的哭声，怔了一下，冲进了里屋。

程婉仪扑在床前放声大哭。顾玉秀冲过来，抱住程婉仪："婉仪，孩子，我可怜的孩子！妈不好，妈这几天都没有顾上你！"程婉仪跪着，扑在顾玉秀怀里。

顾玉秀抚摸着程婉仪的脸："孩子，哭吧，你好好地哭一场吧！这么多年，你在这个家没有过过一天好日子。忠儿在前线打仗，你在家担惊受怕，这么大一家子人都是你在操心！"

程婉仪号啕大哭："妈，我不苦。忠儿他是为国家死的，我只是心疼他。他这一生太苦了，太苦了！他死了，我们还活着，我觉得对不住他！"婆媳两人哭在一起。

周祖康夺门而出，项南方也跟了出来，一边擦眼泪一边悄悄出院。

周祖康冲到院子里扶住院里的树，老泪纵横。

悲伤的周家人还来不及从悲伤中走出来，一个更大的打击接踵而至，程婉仪自杀了。

04

程婉仪是17岁上嫁到周家的。她本也是大家闺秀，家境说起来比周家还要好。从小琴棋书画，德言工容。15岁上红鸾动了，不断有人上门说亲，她却只看上了周家大少爷。父母劝她不要嫁当兵的，她却一心一意。17岁上过门，进得门来，才知道周家的日子并不好过，只是婆婆一人独撑门户，可谓外祥内苦，于是她脱下嫁衣，除去罗衫，一心一意辅佐婆婆过日子。丈夫常年在外，她心里何尝不想念，只是冠忠一向以母亲为重，偶尔回家，总是先到母亲房里请安，家书往来也是寄给母亲，留给她的只是片言只语，甚至一句特别的话也没有。十几年来，她就在这份寂寞的守候中度过的，从不叫一声苦，也不喊一声冤枉。她知道丈夫心里是疼她的，她坚信这一点。南京一别，已经四年，她和家人一块苦捱，盼的就是冠忠能早一天打胜仗回家。现在斯人已去，连遗体也不曾还家，程婉仪内心一面感觉到无上的光荣，是真的感觉到光荣，一面也觉得心无它念了。她想念冠忠，想起他十几岁离家，戎马生涯，披星戴月，没过过几天安生的好日子，她心里无限疼惜。她要去找他，要去与他瑶台相会，要与他终生相守。这个想法是从她知道冠忠死讯的一瞬间就有了的。这几天，她天天想的就是这件事，现在婆婆已经能起床了，一家人去过了江边，是时候了。

这天一早，她早早起床，梳洗完毕，坐在屋里，听到雪儿在院子里又唱又跳：

小矮子，矮又矮

脚上穿木鞋

样子真奇怪
我问他从哪里来，
他说他从日本来。

她心里不由得生出一种愤怒。她无法理清内心的愤怒，只是觉得仇恨。雪儿是在逗敏柔开心，敏柔却一直打不起精神来。程婉仪看到敏柔的样子，心里更是有一种说不出的难过。她这辈子没有什么遗憾的，只有敏柔的事让她不舒心。于是，她走到院子里叫住了雪儿，让她赶快回屋。

敏感的敏柔感觉到了大嫂的敌意，有些受不了，进屋想跟程婉仪说几句话，想劝劝大嫂，但两人话不投机，就吵了起来。敏柔告诉大嫂，知道她心里苦，有话就说出来，不要拿孩子出气。程婉仪却爆发地喊起来："我心里苦？我不苦，我心里很甜。我丈夫死了，可是他是为国家死的。我自豪，我光荣！我有什么可苦的？想想你大哥，他，他为这个家，为这个国家付出那么多，你却跑到上海去当什么汉奸，就为了你那狗屁爱情，你就不怕为你大哥脸上抹黑？"

敏柔目瞪口呆："大嫂，不是这样的，不是，不是。朱今墨他不是，不是坏人！我，我？"

程婉仪："我什么？你别告诉我你是为了革命！别告诉我，这一切都是假的！以前，你是我最喜欢的人。在北平的时候，你为了抗日，被抓到牢里，我心里虽然急，可是心里是甜的，可是你现在变成了什么样子？从北平到南京，再到重庆，你动不动就跑，动不动就离家出走，让家人为你操碎了心。你最后就弄成这个样子回来？你为这个家做过什么？你还敢提周家的人怎么样？你还说得出口？"

敏柔震惊的表情，看着程婉仪。

顾玉秀站在门口，听着程婉仪的话。

敏柔回头看到顾玉秀，委屈地叫了声："妈！"

顾玉秀看看敏柔，再看看程婉仪，一句话也没有说，转身走开了。

敏柔一阵头晕目眩："大嫂，你骂吧，你骂吧！我什么也不会解释，有一天你们会明白的！"说着跑了出去。

姑嫂两个的口角，竟成了永别。当天晚上，程婉仪就吞了鸦片自杀了。

当顾玉秀发现的时候，程婉仪已经快不行了。顾玉秀抱着程婉仪号啕大哭，程婉仪用最后的力气告诉婆婆，她不是因为心死了，只是想去陪冠忠。程婉仪流着眼泪，一动不动地看顾玉秀说："妈，快把孩子们带出去，别让她们看见！妈，对不起！媳妇不孝，比你先走了。妈，替我跟柔儿说一声对不起，让她以后好好做人！"说着气绝了。

顾玉秀抱着程婉仪，失声痛哭："婉仪，婉仪！"

一家人都跑了过来，围住程婉仪。敏柔看到死去的程婉仪，昏了过去。

程婉仪的死把她彻底逼到了绝路，她觉得她已经无法在家里再呆下去了。

05

敏柔坐在桌前，打开她面前的一只小箱子，翻动箱子里面那些零零碎碎的东西，一些信件，还有一个本子，那里面断断续续写着她的心情记录。她拿出了朱今墨从日本写给她的那封信，翻看了一遍，随即淡漠地放下了。她把那些东西放在地上，划着一根火柴，把它们全烧掉了。

天还没亮，她就起床了，草草梳洗。家里人还没醒，就是醒了也不会特别注意她，他们已经习惯了她不出声，习惯了她进进出出像个影子。她轻轻推开院门，走出家门，沿着街道缓缓走着。因为身体虚弱，她走得很慢。阳光很刺眼，她用手挡着脸。

八路军办事处的牌子很显眼。她坐在离办事处不远的一处台阶上，远远望着那门口，门口不时有人进出。她下定了决心，要去找项南方问个究竟，她什么时候才能离开重庆、老胡那里是不是有了消息，或者，她可以去另外的地方做点什么工作？

办事处门前街道很混乱，擦皮鞋的，摆烟摊的，还有些挑担子卖小吃的、摆地摊算命的，其实全是特务装扮的，看上去都有些奇怪。

敏柔在门前徘徊着，仍然有些犹豫不决。

门口，不时有些穿着八路军灰色制服的人进进出出。敏柔看见他们一个个英气勃勃的样子，眼里流露出羡慕的神色。

敏柔期期艾艾的样子，引起了那些特务的注意。一个修鞋的特务不时看着敏柔，不小心把锤子钉到了自己的手上，疼得他高声叫了一声。敏柔吓了一跳，急忙往这边看，其余的特务都笑起来。

修鞋的家伙趁机向敏柔这边使了个眼色，算命的特务急忙起身跑过来，拉敏柔："喂，小姐，算个命吧！算不准不要钱！我看你印堂发黑，两眼无光，怕是要大难临头啊！"

敏柔惊恐地看着对方，看到他黑眼镜后面一对狡猾的眼睛，吓得直往后躲。

算命的缠着她："我可是这一带最有名的铁口，让我看看有什么办法帮你逃过这一劫！你从什么地方来？是寻人不遇，还是凶神照命？"

敏柔用力推开对方，转身就跑。

项南方正好从门里走出来，看见算命的正纠缠敏柔，大吃一惊。

门口的特务看见项南方走出来，互相使了个眼色。

项南方已经顾不上那么多了,冲过来拉住算命的。

敏柔也看到了项南方,惊喜地看着他。

项南方不理敏柔,拉着算命的说:“哎,先生,先生,帮我算算命!我家里有个妹妹,24岁,前两天突然离家不见。您帮我看看她现在人有可能在哪?我们应该往哪个方向去找!”

算命先生惊讶地看着项南方:“你,怎么也信起这个了?你不是搞革命的吗?”

敏柔也困惑地看着项南方。项南方对敏柔:“小姐,对不起,你还是赶快回家吧,不要像我妹妹那样让父母着急!”

敏柔困惑地看看项南方,周围的特务也紧张地看着。

项南方对算命的:“哎,快帮我算呐!这儿人太多了,我们到前面,走走,找个地方坐下说!”说着拉着算命先生往远处走,身后的那群人紧张地互相看着。

敏柔仍然站在原地不动。

项南方回头看看敏柔惊讶的表情,扔下算命先生跑过来,拉起敏柔:“你怎么还待在这里?赶快走啊!”敏柔跟着项南方跑了两步。项南方拉着敏柔拼命跑,拐进一条街道,然后进了一座废墟。敏柔已经跑不动了,弯着腰,拼命喘着粗气。

项南方警觉地四下看看,小声但严厉地问敏柔:“你怎么来了?你怎么会不打招呼就出现在办事处门口?”敏柔委屈地看着项南方。

项南方:“你知不知道自己的身份?这个时候怎么能随便乱跑?”敏柔一句话也说不出来。

项南方有些心疼她了:“这里不方便说话,你先回去吧!有什么消息,我会想办法通知你!”

敏柔默默点头,转身走开。

一群大学生正在拆废墟里的木板,敏柔走过来,学生们停下来看她。有一位女同学,一直盯着敏柔看。敏柔从她面前走过,这位同学突然若有所思。敏柔惊恐地看着对方,低头要走。女同学突然叫了一声:“是她,就是她!”高声叫着:“哎,你们快来看,这个女人,是大汉奸李其洋的情妇!就是她,就是她!”说着举起了手里的油花花的报纸。

学生们纷纷跑了过来,抢过报纸,再看看敏柔,随后冲过来,围住敏柔:“你这个不要脸的女人,怎么会在这里?”

有人在喊:“我们去报告警察,把她抓起来吧!”

另外的人在喊:“我们直接抓她去警察局吧!”

“这个不要脸的女人,汉奸!”

学生们冲过来，抓敏柔。敏柔抱住头就跑，学生们在后面追。情急之中，敏柔尖叫了起来。不远处，项南方听到了敏柔的叫声，回头看，不禁大吃一惊，撒腿就往这边跑，冲到学生的圈里，分开众人。

学生们看到项南方，惊喜地："项先生！怎么是你？你怎么会在这里？太好了，我们抓到了一个汉奸！"

敏柔脸色苍白，一句话也说不出。

项南方把敏柔往自己的身边拉了拉，护住了她："同学们，你们听我说，你们可能误会了！"

敏柔眼前一亮。

学生们举起报纸："照片都在这儿，报纸上都登了！"

一个同学："她是大汉奸的情妇，就不是好人，弄不好真的就是特务。我们抓了她送去法办！"

项南方急忙阻拦："同学们，不要冲动！她做了错事，会得到应有的惩罚的！"回身急忙对敏柔："还不赶快走！"

敏柔一动不动地看着项南方。项南方对敏柔："快走啊！离开这里！"

敏柔一步步退着走开了，同学们在她身后喊："打倒狗汉奸！"有人往她身上丢石块。敏柔拼命跑，跑出了同学们的视线，脚下不稳，摔倒在地上。她抬起头，满眼是泪。项南方在不得已的情况下说出的那些话，像一根根刺刺进了她脆弱的心，她完全崩溃了。她艰难地起身，向江边走去。她的心里只有一个念头，到江边去！她不想活了，也不想等了。她一天也活不下去了！

她跌跌撞撞到了江边，看着眼前奔流的江水。

防空警报骤然响起，江岸的山坡上，人们开始奔跑："飞机来了！又来警报了！"

敏柔站在岸边，警报声越来越响，她慢慢向江心走去。

06

街道上，空袭警报一直在响着。项南方冲出办事处，跟着一行人往防空洞里跑。报务员看到了项南方，急忙叫住了他："项先生！这儿有一份电报，钱主任指定交给你的！"

项南方接过电报，看了一眼，大吃一惊，急忙往外跑。警报声越来越响，防护队员开始静街："还有30分钟！赶快进洞了！"街道上的行人加快了脚步，项南方逆着人群在跑。

另一条街道上，连生匆匆沿着街道跑过来。他一早跑去江对岸，去给敏柔弄些好吃的补身子。警报响的时候,他正好回到城里。他手里拎着大包小包猪肉、鸭子急匆匆跑回家。迎面项南方也跑了过来,看见连生急忙迎上来问:"郭——副官,敏柔小姐呢?人呢?"

连生认出了项南方:"我们也正在找她,她一早就出门了!"

项南方眼睛直了:"一早?我快到中午的时候还见过她,我以为她回家了!"

连生震惊的表情:"在什么地方?"

项南方迟疑了一下:"八路军办事处那边!"

连生转身就向外跑。

街道在燃烧,炸弹疯狂地扔下来,连生不顾一切沿着街道跑过来。

一个背孩子的母亲中了弹,孩子被甩在地上,哭了起来,炸弹在孩子周围不停地爆炸。不远处防空洞里的人们都挤到了洞口看着哭泣的孩子。

连生沿着燃烧的街道冲了过来,边跑边高声喊:"敏柔!敏柔!"

洞里的人看到了连生,一起高声喊着:"快跑!快进来!"

连生看到火中哭泣的孩子,愣了一下,随即冲到火边,抱起了婴儿,向江边跑去。洞里的人跑出来,接应他,接过婴儿,有人给连生让出一块地方:"谢谢你!你真是好样的!"

连生摆摆手,目光向洞里寻找:"敏柔?柔儿?你在这里吗?"

旁边的人:"你在找人?这个时候了还怎么找人?"

连生还在往里看,里面是一张张焦虑的脸。

他看看外面的火,又要往外冲。洞口的人拦住他:"你不能出去,外面还在炸!"

连生推开面前的人:"不行,我要去找人!"

洞里的人在喊:"重庆大大小小上千个防空洞,你上哪儿去找?你这不是找人,简直就是找死!"

连生不顾一切冲了出去。他沿着街道边跑边呼喊着:"敏柔!周敏柔!"

周围火光冲天,连生泪流满面。一炸弹扔下来,击中了连生,连生一声不响倒在了地上。

这一次的轰炸也被称作八一九神经轰炸,从8月19号中午到23号,不分昼夜,整整炸了4天。连生死了。三丫腿上受了重伤,侥幸逃了一命,但伤势很严重,住进了医院。吴太太也死了。

警报解除的那天,八路军办事处已经忙成一团,他们的房子也被炸毁了好多间。项南方顾不得处理这些事,急忙就往周家大院跑。轰炸开始那天,他收到的电报是从上海来的,是关于敏柔的事,组织上已经决定让她离开重庆去香港,先做休息，然后在那里开展工作。

项南方沿着街道匆匆走来，周家门前的街道已经是满目疮痍，到处是倒塌的房子。看到街道这个样子，项南方惊讶不已。他跑到周家大院前，看到周家的门还在，心里松了一口气。他进到周家堂屋，顾玉秀正坐在堂屋打盹。她看到项南方时，一时间有些困惑了：“啊，啊，你，是您？”

项南方向顾玉秀施礼：“伯母，您好！还记得我吧？”

顾玉秀：“啊，记得，当然记得！你是，老二他们的人。我记得！啊，你快坐！是不是老二那边有消息了？是不是老二出事了？”

项南方急忙摆手：“啊，不。我来是想找敏柔！敏柔她，还好吧？”

顾玉秀有些回不过神来：“敏柔？啊，对柔儿！”她冲门外叫来雨婷：“婷婷，你柔儿姐姐呢？让她出来一下！”

雨婷跑进屋：“妈，姐姐好几天没回家了！她不在家！”

顾玉秀震惊地：“你说什么？她这么多天一直没回过家？你赶快去找找她！问问郭伯伯，她去哪儿了？”

赵金龙和赵蔓君从外面走进来，看见屋里有客人，有些意外，进也不是，退也不是。

顾玉秀急忙问：“你们，谁看见敏柔了？”

几个人你看我我看你，谁也不说话。

顾玉秀：“怎么都没有看见她？你们都没有看见她？”

赵蔓君小声地：“敏柔她，好像好几天都没有回家了。我记得我最后一次看见她，还是轰炸前一天。”

顾玉秀有些困惑地：“你说什么？你是说，她那天早上出门，再也没回来了？你们都不知道她什么时候走的？”大家你看我我看你，都沉默了。

雨婷跑了进来，手里拿了一封信：“妈，妈，我找到了这个。我在柔儿姐姐的枕头底下找着了这个！”

顾玉秀急忙对雨婷：“快点，念念，看写了些什么！”

雨婷急忙打开信念了起来：

“爸爸，妈妈，亲爱的雨婷，郭叔：我要走了，我要离开这个世界了！我无法向你们解释在我身上发生的一切，因为我不能说，什么也不能说。我知道你们心里对我有很多的责怪和疑问，我都知道，可是，我不会解释的，解释并不能让我轻松，解释也不能还回我的青春岁月，一切都发生了，一切都会结束，我却等不到希望到达的那一天。我只希望你们想起我的时候，不那么难过，能原谅我从前因为年轻任性冲动而说过的那些话、犯下的那些错，让你们为我一次次担惊受怕,为我的行为感到耻辱,可又不忍心当着我的面说一句任何伤害的话。我们这个家,是个忠勇之家。这个家的任何人,可以勇敢地死,却不能屈辱地生!可是,我要告诉你们,我并不是你们想象的那样!我所做的一切,总会有真相大白的那一天!在这之前所有的误会冷眼,我都不在乎!扪心自问,我所做过的事,并不比大哥、二哥差,这是我唯一能宽慰自己的了!现在我就要走了!我已生无可恋,但是却死而有憾,因为,我不能向你们解释任何事情。我让一直深爱着我的大嫂带着对我的蔑视离开了,我让连生哥哥带着遗憾离开了,还有,你们对我的冷漠,也给了我深深的伤害。我宁愿你们骂我、打我,可是不能忍受这种冷漠。现在我要到一个没有战争、没有轰炸、没有冷漠、没有猜忌的地方去了。我相信,在那里,我能找到属于我的宁静。请不要怪我,也不要为我难过,让我走得干净一些!"

项南方早已经受不了了,捂着脸痛哭起来。

雨婷也哭了起来:"你们,都不理她,都不跟她说话——她在家的时候,谁都不跟她说话!"哭着,跑了出去。

周祖康走进屋,看到一屋子人都坐着不动,感觉很奇怪:"你们,哎,项,项同志,你,怎么来了?"

顾玉秀悲伤地看着周祖康,项南方迟疑地看看周祖康:"你们两位,能不能跟我来一下?"两人跟着他进了屋。

项南方把手里的文件交给周祖康:"这是,组织上给敏柔去香港的介绍信,因为,敏柔她,曾经为我们做了很重要的工作。她在上海,参加七十六号,是受组织上的委派。她接近李其洋,是为了刺杀他。敏柔同志很好地完成任务了,也为此而付出了沉重的代价!"

周祖康瞠目结舌:"这,这,都是怎么回事儿?"

顾玉秀震惊地:"你说什么?你是说我的柔儿,她也是个,搞革命的?"

项南方点头。

顾玉秀瞬间泪如雨下:"我的柔儿,我的孩子!妈妈对不起你!妈让你受了那么多委屈,你看了多少别人的白眼!我可怜的柔儿!"她跪在了地上。

周祖康急忙抱住她:"孩子他妈,别这样!"顾玉秀头埋在手里,无声地哭着。

07

周家后院的坟地,一座新坟立起来,周家人齐刷刷地站在坟前。

顾玉秀抚着墓碑哀哀地哭:"柔儿,妈妈对不起你!让你带着委屈走了!妈妈现在全知道了,全都知道了!你安心地去吧!你是妈妈的好女儿,你是周家的好女儿!”

一直站在后排的赵金龙走到墓前,突然跪下:“敏柔小姐,我对不起你!都怪我,是我没出息!”

顾玉秀和周祖康困惑的表情:“金龙,怎么了?”

赵金龙哭着:“姐夫,周太太,我是混蛋,我是罪人。是我告诉吴国喜朱今墨的住处,她才去找朱先生算账的。要是我不说,敏柔小姐就什么都不会知道,就不会去上海了。”顾玉秀惊讶地看着赵金龙。

晚上,吃完饭,顾玉秀把周冠忠和冠杰的那张合影照片摆在堂屋里的墙边上,然后是程婉仪的照片,然后是敏柔的、连生的。

她点上一炷香,默念,坐下来开始闭目。

周祖康走过来,目光扫过照片,看到了周冠忠和冠杰的照片,心头一动,急忙对顾玉秀说:“孩子他妈,这张照片,这杰儿——”

顾玉秀看看照片:“怎么了?”

周祖康:“这张照片,还是拿下来吧!”

顾玉秀不安地:“我都找遍了,家里没有冠忠的单人照,要不就把忠儿的单独剪下来。”

周祖康急忙:“啊,别,别剪,我改天去打听一下项先生,问他还有没有忠儿的照片。实在不行,就找他要一下底片,让照相师把忠儿那一半重洗一张。”

顾玉秀:“也不知道,杰儿那里现在怎么样了?我只希望孩子们都好好的!”

第二十二章 冠杰之死

01

冠杰骑了一匹快马，带着一个警卫员沿着乡村公路急驰。他刚从前线回来，要去蔡家崖八路军总指挥部报告。

八路军在华北发动了前所未有的战役，从20号晚上10点钟开始，野战部队、各军区、县大队、民兵全线投入破路作战，正太、同蒲、白晋、平汉、平绥、津浦、北宁各铁路及各公路干线，全部展开作业。一夜之间，敌人的华北运输线全线瘫痪，八路军在正太线投入了30个团，平汉线从卢沟桥到邯郸段15个团，同蒲线大同至洪洞段12个团，津浦线天津至德州4个团，参战兵力达到105个团，副总指挥把这次行动命名为百团大战。冠杰这一次就是到前线各参战部队了解战况，再回来复命的。

他在蔡家崖八路军指挥部前飞身下马，把缰绳交给警卫员，快步跑向指挥部。指挥部里忙忙碌碌，电话响成一片。

副总指挥彭德怀正在接电话："嗯，好，打得好！我知道了！"

冠杰冲进指挥部，行了一个礼："报告副总指挥，报告参谋长，我回来了！"

彭总放下电话说："好，回来得正好，我们正准备开会！"说着拉着冠杰走进作战室："快汇报！"身后，参谋们也跟了进来。

会议室里很快就围了一桌子人，冠杰开始做汇报："报告彭总，我这一次去前线，感觉到我们的士气空前的高涨。这次战役，显示了八路军的力量，日本鬼子在华北寸步难行，基本上不敢轻易出来了！"

彭总和指挥部的参谋们都高兴地笑了。

彭总高兴地："好啊！我们要的就是这种结果！"说着他起身兴奋地说："参谋长，你起草一个电报，给军委和各兵团统一发报，报告我们的战况！告诉他们，我们在前线打了百团大战！遍地开花，华北的铁路全部被我们拧成麻花了！"

众人笑成一片。

一位参谋跑过来，递上电报说："总指挥，延安来电，日本飞机从8月19号开始在重庆进行了神经轰炸，不分昼夜炸了四天！"

彭总疑惑地："神经轰炸？"

参谋："是，这是日本人的说法，就是刺激人的神经，让人神经崩溃！"

指挥部里的人全都呆住了，你看我，我看你，气氛有些沉重。

冠杰的手在桌子上发抖。

彭总在地上来回走动着，悲愤地："无耻！有本事找军人打仗！杀害老百姓算什么本事！去，起草一份电报，以朱德总指挥的名义给重庆人民发慰问电，还有，把我们的战报也发到重庆，发给周副主席！请他告诉重庆人民，我们八路军，正在华北跟日本鬼子进行着殊死的搏斗，我们的心永远跟重庆人民连在一起，我们在前线会为重庆人民报仇！"

参谋坚决地答应着："是！"跑了出去。

彭总走过来，看着有点失神落魄的冠杰。冠杰回过神，急忙站起来。

彭总的手有力地搭在冠杰的肩上："周参谋，我知道，你父母妹妹都在重庆，你家里人也受苦了！有机会我会让那边办事处的同志去看看，替你去看看他们！"

冠杰感动地看着总指挥："谢谢彭总！您放心吧，我一定会更加努力的！"

02

十几个报童背着报袋沿街道奔跑着："看报了，看报了！看新华日报！刚出版的新华日报！看八路军发动百团大战，抗击日军！朱德总指挥向重庆人民发来慰问电！"

街上的行人停下了脚步，互相看着。

周祖康的车沿着街道开过来，他听到了报童的叫卖声，急忙叫司机停下："停车！停车！"

周祖康下了车，买了张报纸，往车里走，突然一抬头，见项南方和一群年轻人正站在街角向过往的人们散发报纸。

周祖康看到项南方，急忙跑了过来："项先生！"项南方看到了周祖康，也愣住了，快步走过来："周先生，您好！"看看周祖康手里的报纸："您，也看新华日报？”

周祖康:“是,刚听见娃娃们在说百团大战,觉得新鲜!项先生,恭喜你们,八路军打了大胜仗,给重庆人民报仇。真为你们高兴！”

项南方开心地笑笑:“周先生,应该是一块高兴。您别忘了,这里面也有冠杰的功劳！”

周祖康怔了一下,连连点头:“是啊,是啊,您看我这脑子！对了,项先生,我正好有事儿想麻烦您呢!”他有些难为情地:“其实也不是什么大事,就是想问问您,您上次给冠忠和杰儿拍过照片,您有没有冠忠他一个人的照片？”

项南方想了一下:“有,应该有,我记得当时是拍了不少。那如果你现在有时间,我们一起回去找？”周祖康点头答应。

项南方把周祖康带到宿舍。周祖康好奇地四下看着,项南方招呼他坐:“您请坐！”为周祖康倒了一杯茶,随后在书架前翻动着,找出一个大信封,拿过来,打开,里面是一些冠忠在火车上接受采访的照片。

周祖康接过来,端详了一会儿:“谢谢你,项先生！你不知道,我家里连孩子们单独的照片都没有。冠忠他娘在家里设个香堂,把冠杰的照片也放在里边,我看了心里很不是滋味。”

项南方温和地笑着:“知道,周伯伯,我全明白。冠杰他们在前线打仗的确很危险。”

周祖康担忧地:“说实话,我今天看到百团大战的消息,作为重庆人,心里很高兴。可是,作为一个父亲,儿子在前线打仗,心里也很惦记。我离开家去德国的时候,冠杰只有5岁,我回来以后,就再也没见过他。我这个当父亲的,对孩子们亏欠的太多了。”

项南方:“周伯伯,我知道您心里的感受。您,看见我就想起冠杰,以后您就把我当成自己的孩子吧！”

周祖康激动地:“哎,不敢,不敢！你们,你们,别看你们年轻,可是我知道共产党里藏龙卧虎！”

项南方孩子气地一笑,他为周祖康的认真劲而感动。

周祖康:“说真的,项同志,我看见你的确感觉很亲切!说实话,冠杰他,虽然是我的儿子,可是在心里,我对他却感觉很不一样,有一点好奇,还有那么一点敬佩,说不清楚。”

项南方:“这我理解,是因为这么多年,政府一直不承认我们,所以让人感觉神秘。”

周祖康连连点头:“对对,就是这种感觉,不过也不全是,是又陌生又神奇,虽然是我的儿子,可是我心里也常常在想,我的儿子,他每天过着什么样的生活?他吃什么?穿什么?是怎样在前线打仗的?那种感觉,觉得很神奇。有时候,我常常想,那些共产党人到底是些什么样的人?他们为什么身上都有一种神奇的力量?就像我的柔儿,她那么柔弱的一个女孩子,哪儿来的那么一股精神力量,能让她忍受那么大的压力和痛苦?她在上海做过的那些事,真是到死也没有跟我们吐露过半句。所以,我就想,我的孩子,一个普通的孩子,能有这么强的精神力量,那一定是她的信仰给她的,所以,这样的信仰,一定是有力量的!"

周祖康在项南方的宿舍里逗留到很晚才离去,项南方甚至特意招待他吃了一顿简单的晚饭,是他自己用煤油炉下的面条,少盐没味,他却吃得津津有味,他感觉就像与他的儿子冠杰在一起,心里有一种说不出的温暖。离开的时候,他向项南方要了几十张报纸,回到家里让家人一块看。第二天,他带到学校,分发给学生和老师们,老师们对他的行为惊讶不已:一向沉稳的周校长居然也有这么狂热的时候!接着他又组织学生们参加了周恩来在政协礼堂召开的百团大战形势报告会,甚至把项南方请到学校,让他给学生们讲八路军在前线打仗杀敌的英勇故事。虽然中间有特务假扮成学生冲击会场,但结果依然是圆满的。那些日子里,学校里最热门的话题就是八路军,而重庆街头最流行的歌曲居然是游击队歌,就是那首:我们都是神枪手,每一颗子弹消灭一个敌人。我们都是飞行军,哪怕那山高水又深!

那时候的重庆,国泰电影院前面的广场上,每天都有抗敌演出团在广场教人们唱这首歌。百团大战、八路军的英勇战迹,给苦难中的重庆人民带来了强有力的精神支撑,国统区的人民也对八路军的战斗给了热烈的赞扬!周家人也为自己有冠杰这样的儿子而扬眉吐气。

只是,这样的局面没有经过多久,一场新危机就到来了。日本军队调集了大批兵力开始对华北扫荡,而蒋介石也开始对八路军的战绩感到不爽;八路军决定进行反扫荡,而就是在这空前的扫荡中,冠杰牺牲了。

03

那是一个炎热的下午,杨团长带领战士们在阻击敌人,他们已经在这里跟敌人打了一天一夜,他们得到的命令是死守。总部的转移行动十分缓慢,后勤机关、印刷厂、被服厂、兵工厂、报社、医院、伤兵,还有大批的家属。从八路军北上山西到创建晋察冀根据地,几年的工夫已经攒下了份巨大的家当,现在就要转移,人们舍不得丢弃得之不易的任何东西,于是撤退变得十分艰难。

冠杰本来是要跟总部一块行动的,是他自己坚决要求下部队的。一向轰轰烈烈的战役,部队情绪正在高点,突然撤离战斗,战士们情绪上转不过来,需要做耐心细致的思想工作，更需要缜密的部署。指挥部同意了他的请求，并做出决定，派出大批政治干部深入部队，以保证撤离计划能很好地执行，所以冠杰重新回到了杨团长的部队，与他一起行动。

现在，两人正在山头上指挥作战，从山上往下看，成群的鬼子哇哇叫着冲上山坡。

一个战士中弹倒下了，冠杰冲过来，抓了一挺机关枪开火。

前面，报务员跑了过来："杨团长！团长！"

杨团长回头。

报务员："报告团长！旅部来电，总部已经撤离了，命令我们可以撤下去了！"

杨团长停了一下："好，去报告旅长，我们消灭这股敌人就撤！"回身高声喊："通讯员！"通讯员跑步过来："到！"

杨团长："传我的命令，准备冲锋！冲下去，把这股鬼子干掉，然后转移！"通讯员答应着："是！"跑开了。

杨团长从工事中跃起，掏出枪："同志们，冲啊！干掉鬼子，进山猫冬去！"率先冲了出去。战士们全部跟上，冠杰抄起了一支步枪也跟了上去。

杨团长带着战士们冲下山坡，与鬼子拼起了刺刀。

一阵厮杀后，地上留下无数鬼子的尸体。

冠杰端着枪，与一个日本兵正面相对。因为是第一次，他有些不熟练，两人对着枪原地转着圈。冠杰看准机会出枪，左冲右突，他一刀刺中了日本兵的胸膛，日本人叫了一声，死了。冠杰眼睛都要瞪出来了，紧张地注视着倒下的鬼子，拔出枪，回身寻找下一个目标。

杨团长看到了冠杰的动作，大叫一声："老周！好样的！"

冠杰回身一笑，洁白的牙齿，灿烂的笑容。

远处，一个士兵快步跑了过来："团长！团长！"团长回头。

战士跑过来："报告杨团长，旅长刚派人传出命令，总部机关还有人没撤出来，被3000鬼子包围了。旅长命令我们立刻回去打援！"

杨团长一惊，立刻跑上高坡："同志们，全体都有，向后转！目标总部机关，跑步前进！"

士兵们立刻原地调头，向远处跑去。杨团长带着战士们在路上狂奔。

一个战士飞奔过来："报告团长，前方村庄发现一股敌人！"杨团长拔出了枪。

村庄打谷场上，成群的鬼子正在端碗吃早饭。

伙夫端着锅，正在给鬼子兵发饭。

日本兵显然也是人困马乏，有的士兵已经睡着了，枪、弹药丢了一地。

村庄外的土路上，杨团长带着战士们摸了过来。他站到一处高坡上，把敌人的布防看了个清楚，随即回身，小声但有力地喊："通讯员！"通讯员跑过来。

杨团长："前面的打谷场上，大约有一百多人，估计也是前面退下来的。你让三营在前面冲锋，二营在后面包抄，咱们打掉这伙鬼子，冲过去！"

通讯员答应着跑开了。

杨团长回身看看冠杰："老周，你带一个班的战士留在村外，负责留守！"

冠杰一笑："怎么了？老杨，有好吃的就想吃独食？我可不干！我昨天晚上刚开了杀戒，手正痒呢！"

杨团长眼里是欣赏的表情："好，那你跟着我！一步也别离开！"

杨团长带着战士们沿着村前的小路摸了过来，爬上了屋顶。他们弯着腰，动作很轻，很快就到打谷场边上，从这边看去，约有一百米多的距离。

杨团长回头轻声说："放近一点再打！尽量节省子弹！"

战士们轻轻往下传着杨团长的命令。一行人向屋顶下摸去，脚下的泥土有些松动，不时发出轻微的响声。

打谷场上，日本兵还在睡。八路军士兵从四面围了过来，战士们开始在捡散落在地上的枪，背在自己身上。冠杰手里拿了一支枪，小心地往前走。

突然，远处一个日本兵睁开了眼睛，看到眼前到处是八路军士兵，再看远处，屋顶上，更多的八路军正开过来，他张大了嘴，跳起来，大声喊："八路军来了，八路军来了！"一颗子弹打中了他，他当即倒下。日本兵全惊醒了。

指挥官挥动着军刀高声叫："全体出击，抢占制高点！炮营！炮营！"杨团长抬手就是一枪，指挥官一闪，子弹擦着他的耳朵飞了过去。

八路军战士已经冲进了敌阵，两边人马不由分说拼起了刺刀，枪声、喊杀声不绝于耳。

冠杰端着枪，边跑边射击。他的枪法很准，一枪就打倒了一个日本兵！

杨团长赞叹地向他竖起大拇指。冠杰继续往前跑，与杨团长离开了一段距离。

日本兵且战且退，向村内退去。八路军战士冲了进去。

村内，日本兵被打散了。八路军士兵开始追击，三五个一组，捉对厮杀。

冠杰端着枪领着两个战士，三人一组追击着三个日本兵。三个人出手利索，几下就把日本兵刺死了，又向远处跑去。

冠杰的装束引起了鬼子的注意。因为他戴着眼镜，身上还背着一个很大的黄牛皮挎包，里面装的是冠忠送给他的相机。

三个日本兵围成一圈，向冠杰包围过来。冠杰停下来，准备应战。日本兵冲上来，三个人一块向冠杰进攻。冠杰端着枪左闪右挡，与鬼子对枪。边上冲过来一个八路军战士，加入了对阵。三对二，喊一声，杀一下，打得难解难分。

冠杰突然大吼一声，端着刺刀来了个连环刺，接连出枪，这种枪法没有防守，只有进攻。日本兵连挡两枪，回不过身，被冠杰一下刺中了心窝，倒下了。

冠杰回过身与同伴对付另外两个。他又使用了同样的方法，几枪之后，刺中了另一个，同伴也把另一个鬼子刺死了。他端着枪，英气勃勃，回身四顾，战场上枪声四起，杀声震天。他心里涌起无限的豪情，感觉到从未有过的力量。他看到不远处，日本兵在村庄的另一角支起了迫击炮，便端着枪大吼着冲向了敌人阵营。

一个日本兵正要向一个小战士刺去，冠杰冲过来，从后面给了鬼子一枪，鬼子中了一枪，反身用枪挑了冠杰一下。冠杰的眼镜飞了，脸上划出了一道口子，血一下流了下来。冠杰眼前一片血红。他伸手去摸眼镜，受了伤的日本兵再次冲过来，给了冠杰一枪。

冠杰身上中了一枪，弯下腰，走了两步，突然扑到了日本兵身上，两人扭打了起来。

日本兵把冠杰压在身子底下，用力掐他的脖子。杨团长冲过来，看到冠杰，高喊了一声："老周！"冲过来给了鬼子致命的一刺，随即帮助冠杰去捡眼镜。

突然，一发炮弹打过来，声音离得很近。冠杰急忙回头，正好炮弹飞来，他叫了声："老杨！"一跃而起，把杨团长推开了。炮弹炸了，冠杰倒在了血泊中。杨团长撕心裂肺地叫了一声："冠杰！"

冠杰回头，满脸是血，朝着杨团长一笑，然后倒了下来。

冠杰就这样死在了自己的信念里！似乎没有想象中的伟大、悲壮、曲折，但在整个抗战期间，像冠杰这样牺牲的八路军干部太多了，他们本来是书生，是经历过长征的英雄，是身经百战的壮士，然而在民族最危难的时候，他们冲到了最前线，用血肉之躯抵抗着凶恶的敌人。而八路军就是在这样的牺牲中一点点壮大，成为华北战场上的中流砥柱的。敌人对华北八路军的围剿整整进行了三年，冠杰所在的部队指战员全部牺牲，直到半年以后，他的死讯才传回重庆。

04

细雨淅淅沥沥，山间浓雾缭绕，街道上到处是残垣断壁。

街道一边的水井边，三三两两的人们在打水、洗菜。人们对残存的家园好像并不在意，依然神态悠然，只是沉默。街上的面包店已经剩下一角，里面依然冒出炊烟。

三丫蹲在地上，一只手撑着一只小板凳，叮当叮当地走来。她的一只腿已经截了一大半,用一棉布包着。她一只好腿蹲在地上,一只手支着板凳,那条坏腿就在地上拖着,胳膊里还夹着一个小包。

雨婷从街道的另一边走过来,看到三丫,急忙跑过来:"舅妈,你怎么出来了?你怎么会在这里?"

三丫抬起头,脸上洋溢着笑:"那边面包店的小伙计让我帮他做件过年穿的棉袍。我做好了,刚给他送过去。"说着从口袋里掏出一张纸币:"看,他给了我20块钱!我拿10块钱买了面包,给雪儿和虎子吃!剩下这10块,给金龙买双鞋。"雨婷很惊讶地看着她。

三丫有些兴奋地说:"你能不能帮我拿着这些面包?我早就想给两个孩子买点好吃的了,正长个子的时候,什么好吃的也吃不上!"

雨婷接过面包,依然是惊愕地看着三丫。她惊讶于三丫如此乐观,也折服于她的顽强。

三丫用手撑着板凳往前走,边走边问:"你今天怎么回来得这么早?"雨婷跟上来说:"啊,不是快过年了嘛!这些日子起雾了,飞机不怎么来了,医院里伤病员也不太多了。"说着扶着三丫:"舅妈,我背你走吧!"

三丫一笑:"不用!真的不用!我自己能行的!"说着,艰难地往家里走去。雨婷跟在后面,有些不知所措,她完全被三丫的样子震撼了。

晚上,周家人围在一起吃饭。雨婷把面包放在一个小竹筐里,放在桌上。

三丫拿起一个面包,递给瑞雪,热情地说:"雪儿,快尝尝,这叫吐司!"又拿起一个递给飞虎,随后拿起一个双手递给顾玉秀:"大姐,您也吃!我到这个家这么多日子,从来还没给家里买过一根菜叶呢!"

顾玉秀一口饭含在嘴里,眼泪在眼圈里转,接过面包说:"谢谢三丫!你真是有心人!"她咬了一口,眼泪再也忍不住了,起身往外走。雨婷也急忙放下筷子:"妈,您怎么了?"

顾玉秀一句话也没说,走了出去。她走回自己的屋,背对着门,用手捂着嘴,在哭。她一边哭一边爬上床,打开床边的小箱子,把里面的东西全倒在床上。

郭富才跟了进来:"太太,你,这是要干什么?"顾玉秀回头看看郭富才,急忙擦眼泪。

郭富才愣住了:"太太,您这是怎么了?"

顾玉秀用手拨拉床上那些零碎首饰:"我想找点值钱的东西,换点钱给三丫看病!她那样子,太可怜了,我们得帮帮她!"

郭富才黯然,好一会儿才说:"太太,你,别难过!我也打听过了,她的腿没办法!大夫说,能保住命就不错了。营养不够,又没药,她那伤口老也长不上,天天往外流水——"

顾玉秀悲伤地:“那也不能看着她就那么受罪！我一听见她那小板凳响,我的心就要碎了！”

郭富才唏嘘着:“太太,你别难过!你要是不愿意听,我让她以后走路轻点。”顾玉秀责怪地:“你说到哪儿去了！”

门外,传出小板凳的声音,随即,停了下来。郭富才转身走到门外,看见三丫正蹲在门口,他有些尴尬:“三丫！”

三丫看见郭富才,也有些尴尬。她把板凳扔到一边,正在往回爬。郭富才急忙追上来:“三丫,三丫,你这是干什么？你赶快起来！”说着上前要背三丫。

三丫急忙往外推郭富才:“郭叔,对不起！我让你们心烦了,我给你们添堵了。我以后不让小板凳响了！”

顾玉秀从屋里走出来,走到三丫身边,蹲下:“三丫儿,你别这么想！我不是这个意思。我,我是看你受罪,心里替你难受!三丫儿,我们照顾你,往后再有人让你帮着干活,我给你取活送活。你就用你的小板凳走路,我们不嫌弃。我们就是要让那些日本人听听,中国人是炸不死的！”

三丫哭着点头。

门外,一声爆竹响,在天空中炸开。

街道上立刻跑出好几个人,紧张地看着:“怎么回事儿？日本飞机又来了？”走近一看才知道,原来是几个孩子挑着一挂鞭炮在放。

人们抱怨地:“放什么放？不知道的以为飞机又来了！”

孩子们点着挂鞭,跑开了!

顾玉秀也长出一口气,回身问郭富才:“饭好了没有？准备吃饭吧！”

郭富才急忙答应着:“好了好了,这就好了！”急忙回身去摆桌子摆菜。

桌上摆了年夜饭,一家人围坐着。顾玉秀拿起筷子,看看众人说:“来吧,今天是除夕了,咱们吃个团圆饭吧!老爷他,学校里有事儿,不能回来了。还有冠杰和英儿,在前线打仗,回不来,我们给他们也都摆双筷子。一会大伙多吃点,替他们多吃点！”

一家人端起了酒杯,碰杯。顾玉秀喝了一口酒,放下杯子,替瑞雪和飞虎夹菜,又替赵蔓君和三丫夹菜:“这一年,我们家出了太多的事儿,老大,老大媳妇、柔儿、生子,一个个都不在了。可是我这心里,觉得这一年,过得值!今年过年,是我活这么大岁数最高兴的一个年。这个年谁也不许哭,都高高兴兴的,吃完了咱们也上后山放鞭炮去！”

一家人望着顾玉秀,点头。

郭富才端起酒杯:“来吧,咱们再喝上一杯！太太,这杯酒是我老郭敬你的,你支撑这个家不容易！”一家人都再次举杯。

门外，响起敲门声，顾玉秀紧张地往外看：“这么晚了，谁啊？”

郭富才急忙放下酒杯：“我去看看！”走出去拉开院门，项南方站在门外，手里捧着一个布包。

郭富才看见他，意外又高兴：“哎，项先生，快，快请进！什么风把您吹来了！快快，我们刚开始，一块吃年夜饭吧！”

项南方神情沉重，往里走去。郭富才有些困惑，脸色也变了，急忙跟了上去。

项南方很悲伤地说：“周妈妈，冠杰他——”

顾玉秀浑身一震：“冠杰？什么时候？”

项南方难过地：“还是9月底的时候，鬼子扫荡，他和部队一块掩护指挥部转移，眼看就要进山了，在山口的河滩上！”

顾玉秀欲哭无泪。

项南方：“本来他是可以跟着指挥部转移的，可是他坚持留在作战部队里。团长让他先走，他不走。他拿起枪参加战斗，还跟三个鬼子拼刺刀。他一个人连刺了三个鬼子，死得很英勇！”

顾玉秀喑哑的嗓子：“你是说，杰儿他，跟鬼子拼刺刀？他敢拼刺刀？”

项南方拼命点头：“是的，冠杰同志死得很英勇，所有战士都哭了。只是作战环境太恶劣了，部队被打散了，消息一直送不出来，直到前几天，才送出信儿来！”

顾玉秀颓然坐在椅子上。

项南方把手上的皮包放在桌子上，打开，里面是几个笔记本、冠忠送给他的那架照相机，还有一把军刀：“这是冠杰同志的遗物，是山里的同志带到延安，又带回重庆来的。我们的彭总听到冠杰牺牲的消息，难过了好长时间。他让我们转告您，一定要节哀。他说冠杰同志是好样的，是我党优秀的战士！”

顾玉秀打开那些笔记本，里面有一些照片：八路军战士参加战斗的照片；不同时期冠杰的照片：他的青年时代，他的战争生活，他年轻儒雅的笑容——顾玉秀把笔记本紧紧抱在怀里，就好像冠杰小的时候，她抱着他。

郭富才把一张冠杰的照片摆在了屋角的香堂里，点上一支香，插在香炉里。

白烟袅袅，萦萦绕绕，然后扶摇直上。

顾玉秀望着那白烟，轻轻地说：“你们看，杰儿知道了。他已经知道他回家了！你们看，烟是白的，我的孩子他，心里是高兴的！”

她身后，周家人泪眼滂沱。

第二十三章 六五惨案

01

校场口，大隧道门外，成串的爆竹噼里啪啦地响着。

二十几个话剧演员在台上表演着节目，是那种类似三句半、活报剧一样的群口诗朗诵。一人一句，每个人都带着动作表演，其中一个人手里拿着一面小锣，说到三句半的后半句，敲一下锣。

让你龟儿子轰！
让你龟儿子炸！
老子们有很好的防空洞，
不怕！

让你龟儿子轰！
让你龟儿子炸！
老子们有广大的农村，
不怕！

让你龟儿子轰！
让你龟儿子炸！
老子们总要大反攻，
怕啥！

上百人在隧道前欢呼。赵金龙穿了一身整齐的新衣服，背着三丫，赵蔓君穿了一件漂亮的旗袍，戴着珍珠项链，头发梳得一丝不乱，手里拎着她的小包，站在一边。

赵金龙兴奋地指给三丫："哎，你看，我给你说，那个前面的是防空司令，我们挖土的时候他还来看过我们，还给我们送过吃的！"

三丫娇嗔地打着赵金龙的后背："金龙，你放我下来吧，你这样背着我好辛苦！"

金龙咧着嘴在笑："哎，不怕，不怕！"他兴奋地对赵蔓君说："哎，姐，你知道吧？这隧道里面大得很，是最大的！里面九曲十八弯，好多出口，差不多把整个重庆城中心区全都连起来了。他小日本的飞机再来炸，不管走到哪个地方都随时能进得洞来，我们再也不怕他了！"

赵蔓君用异样的眼光看看赵金龙，觉得金龙好像变了个人。

赵金龙兴奋地："姐，咋了？你不信？"此时的赵金龙因为劳动的光荣感，第一次让人感觉到他单纯得像个孩子。

赵蔓君喃喃地说："我信我信！我信不信有什么用？只怕是，给重庆人挖了个坟！"

赵金龙不满地："姐，这么好的日子，你咋这个说话？"

赵蔓君捂着胸口，面色苍白："我不知道，我心里难受！我真想早点离开这个地方！我不像你们，你们比我强，比我有出息。我实在是撑不住了！"说着她摇摇晃晃晕倒了，手里的小包掉在地上，里面的东西掉了出来，是一些首饰、珠宝。

赵金龙急忙放下三丫，扑过去："哎，姐，姐，你怎么了？你怎么了？"赵蔓君面色乌青，没有气息。

赵金龙大声喊着："快来人，有人晕倒了！"一群防护队员担着担架跑了过来。

02

赵蔓君被抬进了周家大院，顾玉秀和郭富才都吓了一跳，急忙去请来了常来看病的大夫。大夫替她好好地诊了下脉，随即告诉顾玉秀，赵蔓君的心脏不太好，精神上好像也受过刺激，因此她只是心脏功能不太好，有一些神经衰弱，没有什么特别大的毛病，就是所有的功能都弱。

顾玉秀连连点头："啊，是，明白，就是身子虚，是吧？"

顾玉秀一面派郭富才去抓药，一面派赵金龙赶快去学校把周祖康请了回来。周祖康急匆匆地赶回家来看赵蔓君。赵蔓君躺在床上一动不动，眼泪不住，没有声音，没有表情，一个劲儿地往下流。

周祖康抱住赵蔓君，伤心地说："蔓君，别这样！你哭出来吧，想哭就哭出来，大家都不容易，都在忍着。忠儿死了，杰儿死了，柔儿也死了，大儿媳妇也走了。这个家，不能再出事儿了。咱们得好好活着，听见了没有？"他何尝不知道赵蔓君心里的苦、不知道她的难过，只是，他也快受不了了，这个家，谁也安慰不了谁，大家都在熬着。

赵蔓君终于哭了出来。她靠在周祖康的怀里说："祖康，你别说了！我知道你心里难受，也知道你应该去安慰姐姐，可我心里就是委屈。还有，我是担心我的英儿，我心里害怕！我求你了，带我们走吧。带上全家人，姐姐、婷婷、孩子们！老郭，金龙和三丫，能带的都带上，我们离开这儿！这个地方我一天都不想待了。我求求你了！"说到最后她已经是嚎啕大哭了。这个骄横的赵小姐也学会为别人着想了，也学会体谅顾玉秀了。顾玉秀在门外听到赵蔓君的话，听到赵蔓君的哭声，也忍不住掉下了眼泪。无区别轰炸固然可怕，战乱中的人生固然没有尊严，但人与人之间心灵的屠杀、冷漠、防范才是真正的可怕。顾玉秀感到欣慰，苦难没有磨灭人性中的光芒，哪怕有时是微弱的，但最终会闪亮。她没有那么高深的文化、思想，但她的感觉却是真实的。她知道，周家人不会垮，因为他们的心最终还是连在了一起，跳在了一块。这比什么都重要。

03

转眼就到了夏天，到了6月。这天一早，郭富才就早早起床，开始忙活。周祖康已经安排好，他们要去100里外的空军基地看汉英。

汉英和几十个同学一道从昆明受训回来，转场到空军基地。他已经学成，成了一位出色的飞行员，能独立升空作战了，并且已经参加了大大小小十几次战斗了。赵蔓君病中的时候，他写来了家书，信里充满了自豪与自信，这让赵蔓君感到欣慰。她不让周祖康告诉汉英她生病的事，怕他分心。周祖康告诉她要去看汉英，她也吵着要去，但是山高路远，她又病刚好，周祖康坚决不让她去。她哭了几回，求了几回，甚至顾玉秀都为她说情，周祖康还是没答应。郭富才把大包小包吃的用的全装在一个背篓里，跟雨婷和周祖康一块出门。飞虎也吵着要去，周祖康一样没答应。他们的车开出家门，上了山路走出了好远，才发现飞虎一直跟在后面，只好停车让飞虎上来。

周祖康已经在信里把家里特殊复杂的关系告诉了汉英，只是隐瞒了他的身世。汉英知道这个消息的时候，表现得并没有特别的反感和排斥，反而劝周祖康想开些，不要为从前的过失负责任，更在信中请求赵蔓君对顾玉秀好一些。这让周祖康很安慰。他其实很想告诉他，他所做的一切其实是为了他——那时并没有出生的他，但他还是忍住了。他并不想打破汉英对他的感情和对自己血缘的信心，他在心里并不愿意因此而失去这个儿子。

车子在山路上行驶。眼看就要到汉英的驻地了，雨婷的心也越来越激动。涪陵一别，已经两年，雨婷天天在想汉英。汉英一直有信来，每次都对她说无数热情的话，这让雨婷多少觉得有些安慰。汉英告诉她，他的战友们都很爱她，他们觉得雨婷是他们心目中的英雄，是他们心目中的战地玫瑰，是他们年轻的小伙子心中的美丽之花。温柔的女神。他们在昆明的时候，经常讨论的话题就是雨婷，经常猜测汉英和雨婷到底有没有行过夫妻之实，有时还围着汉英问东问西，每当这个时候，汉英总是不好意思。他不愿意承认没有，于是就故意遮遮掩掩，让人浮想联翩。这个时刻几乎成了全宿舍的保留节目。他们就是用这种方式打发时光，抒发他们心中的激情。

黄昏时分，周祖康的车终于到了基地，远远地已经看到机场上空的塔台了。

就在这个时候，防空警报突然响了起来，随即四架日本飞机突然飞临机场上空，顷刻间炸弹倾泻而下，军营燃起了大火。

接着塔台里跑出了很多军官和参谋。周祖康急忙命令司机把车开快。车子开到营区，一家人下了车："机场被炸了！"边喊着边往跑道上跑。

指挥官看见周祖康，急忙冲过来问："你们是什么人？在这儿干什么？赶快进防空洞去！"

周祖康拉住了指挥官："长官，天上怎么样了？那些飞行员怎么样了？我儿子在里面！我儿子在上面！"

指挥官听到周祖康的话，心头一震，注视着周祖康，好一会儿才说："你儿子叫什么名字？"

"周汉英！他叫周汉英！"

指挥官长时间定定地看着周祖康，一句话也不说。炸弹不时掉下来，在周围爆炸，时间好像停止了。雨婷走上前悄悄地问："长官，他们会怎么样？机场炸毁了，他们怎么降落？"

指挥官痛苦地："他们回不来了！他们8个飞行员，我们的8个小伙子，已经全部牺牲了！升空不到20分钟，在万县！"

雨婷凄厉地叫了一声："汉英！"往火中奔跑。周祖康呆呆地站在原地，已经不能动了。郭富才冲出去拉雨婷，一发炮弹打过来，郭富才扑到雨婷身上，护住她，自己却受了伤，倒在地上。周祖康、飞虎、指挥官急忙冲过来救护郭富才。雨婷从地上爬起来，在火中回望，满眼里充满绝望。

片刻之间，生死永隔，她永远失去了他心爱的丈夫。21岁的雨婷，没有来得及当新娘，从此成了战争寡妇。

周祖康更是五内俱焚。他从地上爬起来，追着飞机边跑边怒吼，他几乎疯了！但他们并不知道，更大的灾难在等着他们周家、等着重庆人，因为那一天是6月5号，可恶的日本侵略者在那一天，制造了震惊世界的六五惨案。

04

黄昏时分，警报响彻整个重庆城。一瞬间，街道上的人都停止了动作，随即，人们像上了发条，开始奔跑。警报响起的时候，吴国喜带着女儿正在吃饭，听到警报声，他急忙放下碗，拉起女儿就往外跑去。

乡村街道上，赵金龙背着一筐木柴，沿着山路在走。警报声响起来，身边的人在匆忙逃走，赵金龙背着木柴往山下跑。

三丫正拄着小板凳艰难地走着，她是去给人送活儿的。人们不时从她身边跑过。有人跑过去，看到她艰难的样子，回头过来，想拉她。

三丫固执将对方推开："你们赶快跑吧，别管我了！我当家的会来接我的！"

赵金龙背着木柴跑过来，看到了三丫，急忙逆着人流往回跑，费了很大劲才到三丫面前。他放下背篓，背起三丫。三丫趴在他背上嚷："当家的，别管我了！快去回家看看姐姐，她身子不好！你赶快去！"

赵金龙头也不回地说："别说那么多了，赶上谁就是谁吧！"

三丫在他肩头大声骂着："你这个没有良心的！你姐白疼你了！还不快去！"赵金龙背着三丫往前跑。

三丫突然把头趴在了赵金龙肩上，热泪盈眶。

赵金龙看到一个防空洞的洞口，很多人往里跑。他背着三丫冲进去："你先待在这儿！我回去找我姐！听好了，警报不解除，千万别出来！"三丫答应着："我听你的，你赶快去吧！去吧！"

赵金龙跑开了。

警报声中，顾玉秀匆匆冲进屋里，背起瑞雪，对着赵蔓君屋里喊："蔓君！快，快！警报来了！"

赵蔓君手里端着一只碗跑出来。

顾玉秀看看赵蔓君："你，你端着的什么？"

赵蔓君尴尬地说："这是熬好的中药，郭叔忙了一早上给我弄的！"

顾玉秀噢了一声，异样地看看赵蔓君。赵小姐知道疼人了，这让她有些意外，便说："好好，那带上吧！找个罐子装上吧！"顾玉秀领着瑞雪跑了出来。

周家门前的街道上，人们在奔跑。防护队员边走边高声喊："警报来了，赶快出来啊！"

顾玉秀背着瑞雪，赵蔓君手里抱着个黑罐子，怀里还夹了个布包，一脚高一脚低地跟在后面。

她们跑到了离家最近的十八梯的洞口前，进了防空洞。身前身后，不时有人进来。

吴国喜带着细妹也钻了进来，一眼看见顾玉秀，急忙把女儿推到她面前说："周太太，帮我看着我女儿。我有事！"

顾玉秀："哎，你要去哪儿？"吴国喜已经跑开了。

05

一个小时以后，日本飞机飞临市区，炸弹倾泻而下，市区烧成了一片火海。人们在街上奔跑着，跑进就近的防空洞。因为常年轰炸，人们对警报已经麻木了，加上大隧道全面开通，到处是出口，随时可以进洞，所以就等飞机开始扔炸弹他们才会进洞。这天是星期天，靠近校场口的地方来来往往的人比较多，于是这个洞口就挤进了太多的人。

校场口大隧道里，人们听到一声声巨大的响声，炸弹好像就在头顶上爆炸。不时有人往洞里拥，里面的人就不停地往里挤。

有人在高喊："让一让，里面的人往里让一让，外面还有人要进来！"洞里十分拥挤。顾玉秀带着赵蔓君、瑞雪儿和细妹往里挤去。

另外的洞口，三丫坐在靠近门口的地方，外面的人不时往里挤。

三丫高声喊："不要挤，慢一点！这里腿脚不方便啦！"

有人跑过来，架起三丫往里走，外面的人拥了进来。

防空洞里已经挤满了黑压压的人。人们静坐着，洞里很热，孩子在哭。

一个母亲抱着婴儿，焦急地："这警报什么时候结束？孩子已经饿了！"

一个30多岁的商人模样的人，长得很胖，浑身已经被汗湿透了，挤到了洞口说："轰炸结束了没有？已经炸了一天了，怎么还不放我们出去？"说着就要往外冲。

门口防护队员看到有人要冲出来，急忙冲过来拦住说："警报没解除，不能出去！"

胖商人："求求你，放我出去吧！我长得胖，实在热得受不了。我情愿让飞机炸死，也不待在里面了！”

洞里的人不断想出来，防护队员们把他往回推：“不行，绝对不行！”他们把往外冲的人推到里面很远的地方，开始拉动大门。门是往里开的，防护队员把门往外拉，然后重重地把门关上了，里面的人还在吵着要出去，拼命推门。防护队员拿来大锁，把门锁上了。

顾玉秀和赵蔓君所在的洞口，已经拥挤得不成样子了，洞里又热又闷，人们开始不安了，蜂拥着往外冲：“放我们出去吧，太热了，时间太长了！”

防护队员冲过来：“不要挤！警报还没解除！”他们冲过来，把门也锁上了。人们都堵在了门口，用力打门，但是门根本打不开。

顾玉秀带着瑞雪、赵蔓君、细妹静静坐在靠墙的石凳上，他们不远处，有个年轻的女人突然晕了过去。有人高喊：“有人晕倒了！谁有水？拿点水来！”有人递上了水。

时间一分一秒地过去了，转眼已经到了晚上，人们在洞里已经待了七八个小时了。头顶上，不时传出爆炸声，洞里的空气越来越稀薄。人们开始骚动了，拼命往洞外挤。在洞口的人努力在喊：“别挤了！出不去，别挤了！”

洞里的人拼命喊：“闷死了！把门打开吧，哪怕能透点气也好！”

洞口的人喊：“不行啊，门是往里开的，外面锁死了，里面打不开。”

顾玉秀和赵蔓君拼命把瑞雪往高处举，赵蔓君拼命护着手里的药罐，孩子们哭着叫着，洞里乱成了一团。

顾玉秀和赵蔓君用力把身子贴在墙上。顾玉秀脸贴在墙上，突然感觉到有一丝凉意，便急忙回头喊：“蔓君，把脸贴上来，把脸贴上来！这墙上有点凉气！”

赵蔓君已经疲倦得没有力气了。她用微弱的气息说：“大姐，我不行啦。我不想努力了，我坚持不了了。我真想死，现在就想死。”

顾玉秀一手托着瑞雪，一手用力拉赵蔓君：“蔓君，不能这么想！要努力，你要活下去，我们都得活下去！”

赵蔓君脸贴在了墙壁上，长出了一口气：“啊，我喘上一口气了！”头一点点低下来。

顾玉秀伸手拉着赵蔓君，赵蔓君迟疑了一下，把手伸了过去，她用微弱的口气说：“大姐，我一直有话要跟你说。”

顾玉秀脸也贴住墙壁：“别说了！省省力气吧，有话回去说！”

赵蔓君：“不，我要说，我想说。大姐，其实只有一句话，就是想说声谢谢！谢谢你包容我、照顾我。我活不了了，我得告诉你。当年，祖康娶我，不是因为他喜欢我，不是因为他对你、对孩子们变了心，是因为可怜我，为了我肚子里的汉英！”

顾玉秀急忙打断赵蔓君："蔓君，别再说了！那些东西算什么？"

赵蔓君虚弱地："不，大姐，我得说。当年在德国，我的男朋友因为参加革命，被警察抓走了，我当时已经怀了汉英。祖康和我的男朋友是住在一起的，他为了救人，花光了所有的钱，可人还是死了。为了救我和我的孩子，他跟我结了婚。这么多年，他心里一直都想着你们！"

顾玉秀泪流满面："蔓君，我知道了，别再说了！"

赵蔓君也流出了眼泪："大姐，我觉得对不起你，其实心里一直觉得对不起你。有时就假装强硬，说了很多不该说的话，做了很多不该做的事。"

顾玉秀的手用力握了赵蔓君一下："不说了，好妹妹，知道！我都知道，我们全家人都知道你是个什么样的人。你没坏心，没人生你的气，也没人怪你。"

赵蔓君的眼泪扑簌簌流下来，身边，人们挤得更厉害了。赵蔓君和顾玉秀被挤得几乎贴到了墙上。顾玉秀手软了，雪儿掉了下来，赵蔓君急忙接住雪儿，叫顾玉秀："大姐，大姐！"

顾玉秀眼神迷离，用力扯自己的衣领。

赵蔓君倒在了地上，手里一直提着的药罐掉在了地上，汤药洒了一地，随即，后面拥挤的人踩着赵蔓君往外挤。

顾玉秀失声尖叫："蔓君！蔓君！"后面的人挤倒了瑞雪。顾玉秀急忙回过身，拼命护住孩子。看到脚下有一块碎片，里面有残存的药液，她急忙抓起来，往孩子嘴里灌，药顺着瑞雪的嘴角流了下来。

顾玉秀抱起瑞雪："雪儿！醒醒啊！雪儿！"身后，人们朝这个方向涌过来，有人踩到了顾玉秀的头顶，又从赵蔓君身上踩过去，然后拼命往洞顶爬。

一个中年妇女艰难地从顾玉秀面前挤过来，双手拼命抓挠，手伸向顾玉秀的脖子，扯下她的衣服。顾玉秀努力挣脱开。这个女人在她面前睁大了眼睛，随即倒了下去，顾玉秀很震惊。

洞门口，人压人，人挤人，已经到了洞顶。顾玉秀急忙抱起雪儿向相反的方向挤去。人头攒动，一双双绝望的手，抓挠，在空中抓挠。

顾玉秀抱着雪儿站到了石凳上，俯视着。她的身边，微弱的油灯灯芯跳动着，一点点变得微弱，最后终于熄灭了，洞里一片黑暗。有人用微弱的声音喊："灯怎么灭了？"

洞里，乱成了一团，人们拼命踩踏，互相撕扯。

隧道内完全漆黑了，人们的哭喊声像是在活活被埋进坟墓时一样绝望。

周祖康的车在山路上急驰，在夜色中穿行。汉英的死，这一突如其来的悲痛已经让他们无话可说了。

车拐过山路，驶到高处，从这里可以看到市区。飞虎突然指着前面："爷爷，你看！"

远处，不时有爆炸声传出，整个市区变成了一片火海。

周祖康表情惊异地看着远方，对司机："快，开快点！"司机紧张地："周先生，飞机还在炸，我们不能进市区，还是找地方躲一躲吧！"

周祖康："躲什么躲？赶快开回去！"司机答应着，加快了速度，车子飞快地开进了市区。头上，扔下一颗炸弹，司机拼命打了一把轮，车子向路边冲去。

炸弹爆炸了，巨大的气浪把车掀翻了。周祖康用力把雨婷护住，高声叫了声："虎子，老郭！"

车子翻到了路边，周祖康和雨婷被甩出了车外，晕了过去。

06

凌晨4点，日本飞机扔下最后一批炸弹，飞走了。

整个城市突然安静下来，死一样的寂静。

火光冲天，但是无声地燃烧。

街道上，到处是尸体，防护队员的尸体。

市区的街道上，周祖康背着受伤的郭富才，雨婷、飞虎在一边扶着，一家人沿着燃烧的街道走了过来。他们已经沿着山路走了好几个小时。他们看到高高的山坡上依然挂着红色的灯笼，可街道上没有人。

周祖康对飞虎说："虎儿，飞机已经飞走了，这警报怎么还不解除？"

飞虎看到了街道上高处到处挂着的灯笼，便立即冲向山坡的警报台，用力摇响了解除警报。

一群防护队员冲过来，看到了飞虎，十分意外："日本飞机走了？真的走了吗？"十几个人一块冲过来，合力摇起了解除警报的声音。

远处，更多的防护队员不知道从什么地方冲出来，高声喊着："快，去十八梯！快去校场口，把里面的人放出来，时间太长了，里面的人怕是不行了！"

周祖康听到防护队员的声音，急忙对雨婷说："婷婷，你们慢慢走，先回家。我去十八梯看看！"说着跑了出去。

十八梯门口，尸横遍地，是防护队员的尸体。轰炸警报解除的声音传来，这里却一片安静。整个轰炸过程中，他们这些队员就一直待在洞外，炸弹就从头上往下扔，他们不时有人中弹。这次的轰炸时间太长了，整整持续了三十几个小时，以至于防护队员基本都死光了。

防护队员尸体中，突然有人动了一下，随即，一个防护队员坐了起来。他脸上全是血，听着警报声，有些困惑，随即，他的目光投向隧道的门，眼睛一下瞪了起来。他猛地起身，却又摔倒了，又努力向门口爬去。一步一挪，终于爬到了隧道门口，用手摸着把手，用力摇，却打不开。

远处，传出一阵脚步声，火光中，防护队员冲了过来。为首的高声喊："赶快把门打开！把所有的门全部打开！要快呀，快呀！"

两个防护队员冲过来，用力开门。两个人打不开，又过来了两个人，几个人合力拉开了闸，门却是往里开的。几个人用力推，却怎么也推不动。

防护队员高声喊："里面的人让一让，要开门了，要开门了！"

里面没有任何声音，防护队员紧张地互相看着。两个人扛来了门杠，几个人用力一顶，门开了。

防护队员拿过火把，对着洞口一照，随即发出一声惨叫。后面的人跟过来，也一起发出了痛苦的嚎叫。

周祖康沿着台阶跑了过来，冲到洞口，也往里看了一眼，眼睛一下全直了。他一下子跌坐在地上，突然，发出了狼一样的叫声："啊，啊，啊，哈哈哈，天呐，天呐，老天爷啊！"踉踉跄跄往里冲，后面的防护队员把他拉开了。

周祖康像狼一样哭喊着："天呐，我的天呐！可怜的重庆！天呐，天杀的日本人！天呐，我的天呐！老天爷，你是有眼睛的吗？可怜可怜重庆吧！救救我们的重庆吧！救救我们的人民吧！老天爷啊！"

第二十四章 苦难与救赎

01

黎明时分，校场口隧道的洞口打开了，防护队员打着火把冲进了洞里。里面的景象让所有的人都呆住了。尸体摞到了洞顶，没有一丝生气。防护队员们手持着火把，一个个呆呆地站在洞口，都不说话。一个队员听到了喊声，上前拉住一个人的的脚，尸体堆倒了下来。队员往外跑，有一只手抓住了队员的脚。他失魂地大叫："救命啊！还有活着的！"人们冲了过来，搬尸体，尸体被一具具搬出来。

死相惨烈。

防护队员们边哭边往外运。

尸体沿着洞外的台阶被胡乱摆在外面。

有的衣服已经被扯光了，胸前一道道血印。

雨婷跑过来，看到一具尸体卧在地上。她把它翻过来，尸体的鼻子里流出了血。她大声喊起来："这儿有人流血了！她的鼻子流血了！"天真而又仁慈的雨婷看到有人流鼻血就开始大呼小叫，但很快，她就不得不变得坚强起来，甚至麻木了，因为她即将看到的可能就是这个世界上最悲惨的景象了。

两个队员跑过来，其中一个医生上前替流鼻血的人把脉："已经死了！"

台阶上面的防护队员在呼喊着："赶快进洞去救人吧，先不要管外面的了！"所有的人都往洞里冲去。

洞口，闻讯赶来的记者有的在拍照，一个政府官员在高声喊："不许拍照！赶快分散到其它洞口去，把所有的出口全打开！赶快去调发电机鼓风机来！往洞里吹新鲜空气！"他高声喊着："严密警戒！全部警戒！"

随即，一队队士兵荷着枪，在外围拉起了警戒线。

周祖康在山坡上呆坐着，看到士兵拉起警戒线，就急忙冲过来。

十八梯外，尸体已经摆满了整个台阶，有的舒展，有的蜷缩着，都是被抬出来匆忙放下的姿势。

尸堆上都是在找亲人的人，一片嚎哭声。

雨婷也在翻着，她每翻开一个尸体，就仔细辨认，看是不是周家人。她翻开一个，看到一张张脸，有老人的，有孩子的，还有女人的，但是没有她的家人。担架在从洞里往外抬人，雨婷起身就往洞里冲，不顾一切地冲了进去。

她冲进洞里，里面很黑。她一进洞，就剧烈地呕吐起来，觉得喘不上气来。她一面大口大口喘着气，一面往里跑。洞口的位置已经空了一些，防护队员正从墙壁上往外拉人。雨婷冲过来，帮着一块往外搬。

一位防护队员把点着的油灯放在墙壁上的灯台上，洞里亮了起来。

雨婷目光扫过洞里，靠近拐弯的一张石凳上，赵蔓君坐在那里。雨婷冲过来，拉起她："太太，太太，你还好吧？"一伸手，赵蔓君顺势倒在她身上。

雨婷急忙叫："太太，你还好吧？能听见我说话吗？我现在带你出去！"刚一转身，赵蔓君直通通地躺下了。

雨婷凑过来，对着微弱的灯光看了看，发现是赵蔓君。她大惊失色："妈！妈！怎么是你？"

赵蔓君脸色铁青，了无生气地躺着。雨婷急忙在尸体堆里翻动着："瑞雪儿！大妈！"

每翻动一具，都不是。

外面的防护队员冲过来："你在干什么？赶快出去！"上前就拖赵蔓君的腿。雨婷失控地尖叫了一声："她是我妈！！你们轻一点！"

防护队员停了下来，怔怔地看着雨婷。

雨婷强忍着泪水。防护队员把赵蔓君背在了背上，走了出去。

雨婷抹了一把眼泪，四处翻找着。在人堆的下面，她看到了一双小手，急忙扑过来，拉开上面的人，瑞雪儿的小脸露了出来。她大声叫着："雪儿！雪儿！奶奶呢？"防护队员上前就要抱起瑞雪。

雨婷冲过来就抢："不要动，让我来！"她抱过雪儿："雪儿，雪儿，奶奶呢？"

一股鼻血从瑞雪儿的鼻子里流下来。雨婷失声叫着："雪儿！雪儿！"雪儿已经没了气息。雨婷哭着把雪儿放在石凳上，好一会儿，她取下墙上的油灯，用它照着，察看地上的人们。突然，她看到眼前的油灯灯芯跳了一下。她继续找着，油灯的芯又跳了一下。她眼前一亮，继续移动着油灯，寻找着风吹来的方向，然后她看到了顾玉秀。

雨婷把手里的油灯放在石台上，扑上去哭喊：“妈，妈，大妈！”她用手摸住她的脉，又在她鼻子上试了一下，突然大声喊：“快来人，这儿还有活着的！”身后，一位防护队员冲了过来，背起了顾玉秀。她身后，躺着细妹，但是人们忙着往外跑，谁也没看见她，雨婷也跟着跑了出来。

十八梯前的街道，士兵们拉起了警戒线。

周祖康从人群后面冲过来，士兵拦着他：“不准进去！退后，回去等消息！”

周祖康用嘶哑的声音喊着：“我得进去，我得进去！”人们跟在他后面往前挤。

防护队员抬着赵蔓君、顾玉秀走出来，雨婷怀里抱着瑞雪儿。

周祖康冲过来，看到了雨婷，雨婷抬起泪眼叫了声：“爸爸！”

周祖康看到这一幕，呆住了。

02

天下着雨，屋檐滴着水，周家大院成了陈尸场，院子中间并排摆了三具尸体：赵蔓君、瑞雪、三丫。

周祖康拉着赵蔓君的手伤心欲绝：“蔓君！蔓君！你死得好惨！我要是让你跟着一块去看英儿，就不会这样了，可是英儿也死了，你要是去，也一样受不了啊！我对不起你，你好好歇息吧！我知道你累了。你活得累，你在重庆待得不舒心，你不喜欢这儿，这儿天天下雨，这儿天天挨炸。可是，不管怎么说，你还是在这儿待下了。你没走，你活得好好的，你每天打扮得整整齐齐。收拾得干干净净。你活得干净，走得也干净。我明白你的委屈。你安静地走吧！我会经常来看你，你听到了吗？”

郭富才捶胸顿足，哭得上气不接下气：“雪儿啊，我可怜的雪儿啊，全是爷爷的错。我要是在家，就不会让你死。我拼了老命也不会让你死的！我可怜的孩子啊！”

顾玉秀房间，顾玉秀昏昏沉沉躺在床上。她被从洞里救出来之后就直接被送回了家里，医院里早就没有下脚的地方了。雨婷坚持把人留在家里，不管怎么说，有张床，有新鲜的空气。

周祖康走进屋，浑身颤抖着坐在床边，拉起顾玉秀的手：“玉秀，醒醒啊！我是祖康，你不能就这么倒下，丢下我一个人啊！重庆人遭了大难了！尸体成山，血流成河了。英儿、蔓君、三丫都死了，老郭也受伤了。你不能就这样走了，丢下这一家人怎么办呐？你醒来，醒来啊！我活了这么大岁数，我在德国经历过一战，也没见过这么惨的事儿。你是咱们周家的顶梁柱、主心骨，什么事儿都得靠你张罗呢。求求你，醒来吧！”院落子里哭声一片。顾玉秀依然沉沉睡着，一点声音也没有。

周家后院的山坡上，赵金龙一声不响，拼命地刨土。整整一个下午，他就一直在刨土。他能做的惟一一个动作就是拼命挖土。三丫死了，姐姐也死了，他却活下来。他自责，他心里难受，只好把墓坑挖得更深一点。直到雨婷跑来叫住他，他才停下来。他扔下镐头，坐在地上放声大哭。雨婷也在一边哭。两人哭过之后，雨婷又来劝他，告诉他，偌大一个周家眼前只有他一个有用的男人了，他得坚强点，把这个家撑下去。赵金龙哭着答应了，打起精神张罗着后事。

周家墓地再添三座新坟。

03

重庆的街头响起了刺耳的警报。街道上，正在走动的人们都停止了手里的工作。

街道上挂着的广播喇叭里，突然传出一个男人的声音："重庆的市民们！我是本市市长。我们正在经历着我们国家最困难的时期，也是我们这城市最惨痛的时刻！这一次的隧道惨案，我们有成百上千的人死去。如果说必须有人要对此事负责，那么首先是日本侵略者，然后，便是我本人。"

人们都停在街道上，听着广播里的声音，只是麻木。

吴国喜后背上背着一块牌子，沿着街道走过来，边走边哭着："哪位好心的大爷大妈、兄弟姐妹行行好，谁看到我的细妹？她死了，可是我不知道她死在哪儿。求求你们，谁看见了我的孩子！"

赵金龙走过来，吴国喜看见他，急忙冲过来："金龙，金龙，找到没有？"

赵金龙失神地摇头。

吴国喜拉住赵金龙的手失声哭起来："金龙，求求你，帮帮我！帮帮我！"

赵金龙虚弱地："吴先生，对不住！我现在顾不上你了！三丫死了，我得先顾她！"

吴国喜失望地看着赵金龙。

赵金龙："吴先生，我听说，尸首都被拉到江边了！等着送上船运到江北去，你再去找找吧！"

吴国喜急忙往江边跑去。

04

江边货场。

堆积如山的木材，堆积如山的煤炭，还有堆积如山的尸体。一辆卡车开过来，车在货场停下，士兵们跳下车，从车上往下搬尸体。

士兵抱着一个孩子，对车下的人："孩子送到这一边，大人送到那一边！不要搞错了！"

士兵接过孩子，抱着往孩子的堆走过来，轻轻放在一边。

吴国喜从货场一边跑过来，一眼看到了堆积的尸体，哭着扑上来："细妹啊！细妹啊！"看到堆积的尸体，他一下子呆住了，困惑地："我的孩子在哪儿？这儿怎么这么多孩子？我的细妹呢？"

士兵们忙碌着，没有人跟他搭话。

尸体堆里，十几个人围着翻动着。吴国喜一屁股坐在地上："我的天呐，我的天呐！我不活了！我不活了！"没有人回应他。他爬起来："长官，求求你，求你，这些人是要运到什么地方去？"

一个士兵长时间看着他，说了声："江北，黑石头！"吴国喜直愣愣地看着对方。

叫黑石头的地方历来就是一片乱葬岗子，这一次，政府出面买下一些义地，用来安葬那些死难者。

山坡上，有人正在挖土。山路上，背尸体工们在背着尸体，沿山路走过来，把尸体放进挖好的墓坑里，又有一些工人过来埋土。

吴国喜和赵金龙沿着山路跑过来。看到眼前的一幕，完全傻掉了：死亡就是这么恐怖，这么直接，没有回旋的余地。吴国喜望着坑里的尸体，有些回不过神来："都埋了？怎么都埋了？"他冲过来，拦住一个正在埋土的工人："别埋，别埋，我的细妹还没找着！"

工人看看吴国喜，叹了口气。

吴国喜抓过铁锹把埋下的土要铲回来，工人拉住他："你要干什么？人都死了，你不让他入土为安，你要干什么？"

吴国喜急得快哭了："我要看是不是我的女娃，是不是我的细妹，她只有8岁！"

工人同情地："老板儿！别吵了！下面埋的是个老头！你不要吵了，不光是你一家，也不是你一个人。你的娃要是真的能下葬了，就烧香了！就这儿，日本飞机还天天来炸！运尸体的船都不放过，好多尸体都沉江了，喂鱼了！"说着抢过铁锹，朝手心啐了口唾沫，挖起了土。

吴国喜蹲在地上，抱着头。

远处，传出警报声。

山脚下，人们在跑动："飞机来了！飞机又来了！"挖土的墓工却仍然忙着。

警报声越来越响。

赵金龙跑过来，拉起吴国喜："我们快走吧！快走吧！"又对挖土的人说："赶快跑吧！"

工人回头看看天："不急，飞机还有10分钟才能到！不埋好了，一炸，又跑出来了。已经死了的人，不能再死二回了！"赵金龙怔怔地看着他。

警报声越来越响，远处已经传来爆炸声，赵金龙拉起吴国喜就往山下跑。

一颗炸弹在江中爆炸，激起了冲天的巨浪。

山坡上的人们高声喊着："狗日的日本鬼子，连运尸体的船也不放过！"

人们边骂边冲下山坡往江边跑，去救运尸体的船。赵金龙和吴国喜也跟着往江边跑。

随即，炸弹倾泻而下。飞机上的机关枪在追着路上背尸体的人们扫射，不时有人中弹倒下。赵金龙拉住吴国喜，趴在江边的一块石头上。吴国喜发疯了一样大喊大叫："死人了，死人了！"

赵金龙死死抱住他。

05

黄昏时分，赵金龙才跟吴国喜一块回到家。吴国喜失魂落魄，赵金龙把他送回屋，刚要离开，吴国喜叫住了他："金龙！"他从身上摸索着掏出一把钥匙："帮我做件事，去把仓库的门打开，把里面的药全交出来，送到医院去。"

赵金龙目光有些困惑，吴国喜咧咧嘴，看起来想笑，但却比哭还难看说："我对不起你。我藏了一批盘尼西林，三丫伤得那么重，要是早点给她用上，她就不会死了！"

赵金龙沉默着，一声不响接过钥匙，走了出去。

吴国喜在屋里坐了好一会儿，想哭，却又哭不出，走到床边的柜子前，打开，在里面摸索了半天，摸出一个很大的口袋，提着，走到周家门前，叫了声："周老爷！"周祖康从屋里走出来，有些困惑。吴国喜把袋子放在周祖康面前，惴惴不安地说："周老爷，这是，我这几年挣下的一点钱，全在这儿了。本来预备好了，留着给娃娃用的，现在用不着了。您能不能帮我把这钱捐出去，买一些墓地，把那些，没人认的尸体，安顿了吧！"

周祖康困惑地："你，自己去不是更好吗？"

吴国喜苦笑着："我不是什么好人，怕人家不收。我发的这是国难财，黑心钱！"

周祖康惊讶地看着吴国喜，吴国喜困惑地看着周祖康说："周老爷，我是个粗人，没文化。你来的那天，骂我的话，我还记着，可是我不明白你的意思。你能不能告诉我，是啥意思？你告诉我，咋样当一个中国人？”周祖康一脸震动的表情望着他。

吴国喜继续说：“周老爷，我心里敬重你，虽然你骂我，看不起我，可是我服你。你们周家人，我都服气。我不是人，不是好人！你以后带着我，教我做个好人。我要当了好人，为我死去的儿子、姑娘、我老婆！”

周祖康伸手拍拍吴国喜的肩膀说：“哎，吴先生，你别这么说！我现在对你的看法改变了。”吴国喜感动地看着周祖康：“周老爷，你叫我啥？你叫我吴先生？”周祖康看看吴国喜，点点头，吴国喜突然哭了起来。

赵金龙从外面走进来，背上背着好几箱药。他一箱箱把药搬进院子。吴国喜和周祖康都有些困惑。赵金龙把药放好，把钥匙还给吴国喜：“老吴，药我都背回来了！你自己去送吧！我要走了！”

吴国喜不解地：“你，要去哪儿？”

赵金龙低声说：“去黑石头！”

周祖康困惑地：“金龙，你，去那儿干什么？”

赵金龙：“我，要去背尸体。三丫跟了我，一辈子没过过好日子。我这辈子对她不好，我得去赔罪！”

周祖康惊讶地：“金龙，你想干什么？”

赵金龙满眼是泪：“姐夫，我求你件事，我想把我妈和三丫的坟迁走。我们是下等人，不能待在你周家的坟里。我要把她背上黑石子亲手埋了，然后就留在那儿背尸。”

周祖康拉住赵金龙手：“金龙，别去！别去！”

赵金龙感动了一下，看看周祖康的手，推开了：“姐夫，你别劝我了！我是个粗人，说不出什么来。我谢谢你对我娘好，也不嫌弃我和三丫。可是我知道，三丫，她待在周家，心里不痛快。我要把她和我娘都带走，埋在我赵家的坟里；至于我姐，就算了，就让她待在这儿吧！不为别的，为陪着英儿！”

周祖康激动地：“金龙，你说的这是什么话？难道，难道，我们不是一家人？难道这个时候，你还要分出个你我？”

赵金龙抱着头蹲下来：“你不用劝了，不用再劝了！”

06

野狗在狂吠，两只狗互相咬了起来。

山脚下，赵金龙冲出窝棚，抄起棍子对着野狗就是一通打：“滚，滚！你们这些狗日的，又来了！连死人也不放过，滚呐！滚呐！”他追着野狗一通狂打，狗呜呜叫着跑开了。

赵金龙站在野地里，拿着棍子愤怒地叫喊着。

远处，一个背夫高声喊：“哎，老赵！快点过来，又来船了！”

赵金龙愤怒地喘着粗气。

背夫在喊：“你个狗日的老赵，跟个野狗生什么气？那些个东西都是小日本儿托生的，不要理它！快，又来船了！”赵金龙扔下棍子跑过来，跟背夫两个人一块往江边跑去。背夫边跑边告诉赵金龙：“又来了三条船，怕是有几百个尸体，老子真的快要崩溃了！天一黑，这里阴森森的，老子真的不想做了！”

赵金龙：“说那些没有用的干啥？你不做，你就不担心死了没人埋你？”

背夫：“老子命大，死不了！要不是看在一天10块钱的份上，谁来干这个？”

赵金龙：“别说那些个了，我们干的是积阴德的事！这辈子干了坏事，做了这个，就不怕下地狱了！”

山坡上警报声再次响起。赵金龙骂道：“狗日的，小日本！咋又来了？”

赵金龙对着天空喊：“狗日的，狗日的！人死了还不放过！你们这些畜牲！”说着，他冲上山坡，把尸体放在一边，又冲下山来，向江边跑去。一个船工在喊：“金龙，快躲一躲！飞机要来了！”

赵金龙看看天空，冲上了船。

江面上，突然涌起巨大的水浪。船翻了，船工们全掉进了水里。

赵金龙也掉进了水里，拼命扑腾。他身上中了弹，血把江面染红了。一个船工向他游过来，把他救出水面。

船工把赵金龙背到岸边，放在一块石头后面。赵金龙身受重伤，身上全是血。

一个船工跑过来，高声喊：“日本飞机打下来一架！我们打下了一架日本飞机！”

赵金龙睁开眼睛。

船工跑过来：“老赵，老赵，我们的船刚刚翻了，是因为，我们打下了一回日本飞机！飞机掉进了江里，把我们船也弄翻了！”

赵金龙脸上是欣慰的表情：“好，好！只要能打下鬼子飞机，老子就在死上十回也认了。”说着痛苦地闭上眼睛。

船工叫着他：“老赵！老赵！”

赵金龙勉强睁开眼睛说：“老哥，我够意思吧？就死在墓地里，不让你们多受累！”说着竟嘿嘿笑了起来，然后又哭了起来：“我这个人，一辈子胆小，害怕出头露面又嘴馋，爱吃好的，打老婆，可是我孝敬我妈。”

船工抱着他说："老赵，别说了！你是个好人，是个善人。"

赵金龙："老哥儿，求你们件事。我死了，就把我埋在山坡上，跟我老婆放一起。还有，帮我往周家送个信，告诉他们，金龙死了。"

船工："你是说，周家，周师长家？"

赵金龙："是，告诉他们，我死得不窝囊。"船工答应着。

赵金龙："还有，求老哥儿一件事。我们干的这事儿，过去是让人看不起的，可是这一回，重庆人让人炸惨了。好好对待这些死去的人吧！他们没人认，可他们也是有家人的，里面说不定有什么大人物、了不起的人地坑挖深点！埋仔细点，看着点那些野狗，清明节给烧上点纸！算我老赵求你们了！"

船工们哭成一团。

07

顾玉秀昏昏沉沉在床上躺着。周祖康在顾玉秀床前久久站着，缓缓坐下，俯下身去，深情地抱着顾玉秀的头。

门外，传出敲门声，吴国喜走过去拉开门，几个光着脊梁、面色黑黑的船工汉子站在门口。

吴国喜有些紧张："你们是什么人？你们找谁？"

为首的船工："这里是，是周家吧？赵金龙死啦！我们，来报信！"

吴国喜一听，急忙说："快请进，快请进！屋里坐！"

船工："不进啦。我们是，不干净的人，就不进屋了。老赵他，下午走的，让我们给周家送个信，告诉你们，他，活着的时候，对不住周家。人，我们已经埋了，跟她老婆埋在一起了。他说，他下辈子会做个好人，再报答你们！"

周祖康从屋里走出来，看见一地的人，愣住了，急忙走过来，焦急地问："金龙死了？你们是说金龙他死了？"

船工看着周祖康，点头。

周祖康悲伤地："金龙他在哪儿？你们快带我去看看他！"

船工向周祖康施了一个礼："周老爷，您不要去了！那里，太惨了，还是不要去了。我们会把你的心意带给他！"

吴国喜也急忙拉住周祖康："周老爷，您不要去了，我去就行了！我去送送他，替您去看他！"周祖康拉住吴国喜的手，不住地点头。

赵金龙的坟前，简陋的三个土坟包。吴国喜站在坟前，用牙咬开一瓶酒洒在坟前，把带来的几样点心供上，随后跪在坟前，磕头。

吴国喜去探望了赵金龙，完成了内心的自我救赎。

六·五惨案，成了重庆人心头永远的伤痛。国民政府不想让日本人得知确切数字、让敌人庆祝，也因为无法承担民众的压力，一直没有公布确切的死亡人数，有人说几千，有人说上万，也有人说是三万。

在日本飞机疯狂的无区别轰炸下，重庆人经历着前所未有的压力，此时的同盟国还没有成立，英美还在观望，日本人穷凶极恶，速求一胜而不得，于是更加变本加厉。上帝欲让其死亡，必让其先疯狂。然而死亡前的疯狂，却是可怕的，也是可耻的。这一切，都被重庆人民承受着。如果说，战争，是一座绞刑架，日本人手里拿的是绞索，而重庆，就像绞架上的那只绞轮，它被反反复复地拉拉扯扯，上下绞动。重庆人民，替所有的人，承受着压力与苦难。这个城市奄奄一息，却在一息尚存的时候，仍顽强地挺立着。

08

几天后的一个下午，睡在床上的顾玉秀突然醒了。她睁开眼睛，茫然地四下看了看，目光扫过天花板、家具。看到墙上的全家福，她的目光停下了，眼神由虚变实。看到了全家人一张张笑脸，她眼神突然僵住了，随即，一行清泪流了下来。

她努力挣扎着坐起来，身子有些软。她轻轻叫了声："有人吗？雨婷？飞虎？老郭？"没有人回应她。她挣扎着下了地，扶着墙走出房间。

外面，强光照射下，她眯着眼，四下看着，并叫了声："有人吗？有人在吗？"

她听见老郭的屋子里发出郭富才呀呀的声音，还有哭声，急忙向屋里走去。

郭富才正躺在床上，满脸是泪地看着她。她跑过来，拉住郭富才的手问："老郭，你怎么了？你怎么了？"她的表情由惊讶到确定："动不了了？"

郭富才呜呜哭起来，拍拍床沿，指着自己的腿，又指指耳朵，又指指顾玉秀。

顾玉秀一脸困惑的表情问："话也说不了？"

郭富才呜呜哭着，指着顾玉秀，顽强地用手势和呜呜的声音告诉她："你，睡了好多天，已经醒了。赵蔓君死了，瑞雪儿也死了，三丫也死了，汉英也死了，都死了！"

顾玉秀终于明白了郭富才的话，拉着郭富才的手哭了起来："老郭，我听懂了！听懂了！赵蔓君死了，雪儿死了，孩子们都死了，是不是？"

郭富才捶打着胸口哇哇大哭。

顾玉秀拉着郭富才的手："别哭，别哭！哭也没用！我们还活着，我们得好好活下去，不然对不起死去的孩子们，是不是？”郭富才哭得更响了。

门外，雨婷和飞虎、周祖康进了院。听见了屋里的哭声，三个人互相看了一眼，急忙往屋里走。

周祖康看见顾玉秀醒了，惊喜不已，随即，顾玉秀冲过来，抱住了周祖康的头，哭了起来。

一对老夫妻，相隔20年，终于泪流在了一起。

雨婷急忙拉了一把飞虎，往外走。郭富才在床边急忙闭上眼睛，背过身去。

夜晚，周家的堂屋，靠墙的位子上摆了一张供桌，墙上，挂起一张张周家人的照片。

周冠忠、程婉仪、瑞雪，冠杰、敏柔、汉英、赵蔓君、连生。

顾玉秀把一些供果放在灵位前，点起了香，随即，退后。一家人对着满墙的照片行礼。

一阵风吹过来，敏柔的照片倒了下来。顾玉秀心头一惊，急忙捡起照片：“他爹，这是怎么回事儿？难道敏柔她还没死？她还活着？”

周祖康忧虑地摇头：“不要说那些神奇古怪的事儿！”

顾玉秀叹气，接过照片，想重新放回去。周祖康看到敏柔年轻俊俏的面孔，心头一酸，摆摆手：“她妈，还是不要放了！不管怎么说，我们都没有得到过确切的消息，就算是，给自己留点希望吧！”

第二十五章 最后一击

01

1941年11月的上海。

空荡荡的街道，已是深夜，只有路灯发着微弱的光。街角出现一个黑影，慢慢地走着，戴着帽子，穿着长长的黑风衣，只看到一个烟头发着红光。走近了，是朱今墨。

朱今墨走到教堂前停了下来，把烟头扔在地上，用脚踩灭，机警地四下看了看，伸手拉门铃。门开了，牧师闪开，朱今墨进了门。牧师带着朱今墨进了老胡的房间。朱今墨见到老胡，激动地叫了声："老胡同志！"

老胡迎过来，把朱今墨紧紧抱住："今墨！你来了！"

又一次的劫后余生，几个月里头一次见面，老胡真的怕失去这位最好的同志、最好的战友，也是最好的兄弟。

朱今墨面带着沉静的微笑。经历了太多的生死，他已经磨练得百毒不侵。他一一回答老胡那些充满感情的问题，身体恢复了，一切都很好，请老胡放心。他告诉老胡，现在他已经回领事馆工作了，并说中森本来疑心就重，这一次，更是对什么人都不信任了；李其洋的事，让中森也很丢面子，但是中森如果把他打成共党，对自己就更没什么好处，所以，权衡之下，他恢复了他的工作，表面上，都没问题了，但实际上，什么重要的事也不让他插手，只负责一些领事馆的日常工作。

老胡万千叮嘱，一旦情况有变，一定要随时抽身。

朱今墨把近期发生的事一一向老胡汇报：佐尔格被捕了，日本情报小组全面陷入危机，西村要去北平工作，满铁的大野到了上海，日本人频繁调动工作人员，好像在回避什么；此外，日本人已经决定先南后北的计划，并准备诱降蒋介石，现在美国正和日本谈判，如果美日谈判成功，整个东南亚战场就会陷入一个很尴尬的境地，抗战会变得更艰难，而且国民政府也已经抛出消息，准备与日本公开谈判了。

每一个消息都像一颗炸弹，让老胡心惊肉跳。他一面震惊于这些情报，一面暗自庆幸，幸好有朱今墨这样一颗钉子、一把尖刀插在敌人内部，否则他们就无法知道这么多的内幕，也无法做任何的应对。其实，就是朱今墨养伤，不能与老胡见面的这一段时间，朱今墨也一直通过各种渠道频繁送出情报：汪伪政权组织清乡，朱今墨送出情报，报告汪伪军各部的人数、行动路线、时间、计划，让江北的新四军避免了重大损失；大到敌人的战略部署，组织机构，小到具体的战术，一桩桩一件件，数不胜数。

老胡命令朱今墨抓紧搜集谈判的相关情报，并且告诉朱今墨，敏柔在八·一九轰炸中失踪，至今没有消息。

朱今墨听到这消息的时候，比想象得要平静，他甚至希望敏柔已经死了，那样，她就会永远在他心里，再也不用日夜牵挂她了。这种感情只有经历过最深的爱才能体会。

他不知道，就在离他不远的江边码头，一艘客船到岸，他日思夜念的敏柔正从船上被抬下来。她还活着，只不过不是清醒的。八·一九轰炸那天，她被佐伯的人抓住了，之后送到香港，又被转送到上海。中森没有一天放弃过对他的怀疑，他现在把敏柔弄到了上海。他要亲自证实他心中的疑问，只不过事情有了小小的意外，在运送敏柔的过程中，她被使用了过量的巴比妥，神志不清。中森把佐伯臭骂一顿后，命人把敏柔接回他的公馆，随即让人通知朱今墨来见他。

02

朱今墨走进中森公馆，中森正在看一份文件。他故意冷落了朱今墨那么几秒钟，随后让他坐在自己对面，就那么一直看着他。朱今墨对中森叫他来公馆早已经习已为常，但觉得今天的中森多少有些怪。中森开门见山，上来就问："朱桑，你有敏柔的消息吗？"

朱今墨愣了那么一会儿，随即回答没有。

中森问："你对她是什么样的感情？你难道一点都不想知道她的下落吗？"

朱今墨突然有一种说不出的预感，他感觉敏柔可能还活着，而且可能已经落到了中森手里。这个猜想让他心里十分紧张，但他只能保持沉默。

“事情从发生到现在，我是第一次跟你讨论这个问题，”中森来回走动着，边说边看着朱今墨。李其洋的死，让他在上司面前有了巨大的压力，他竭力为朱今墨开脱，其实是为了保他自己，但在他内心深处，对朱今墨有了深刻的怀疑，他一直努力克制着这种怀疑。

朱今墨平静地看着中森：“中森先生，这一次的事情我非常抱歉！我知道，你为我承担了很大的压力。我希望，能用我的努力工作弥补我带来的伤害。”

中森轻轻笑了起来，每次面对朱今墨，他心里总是有一种隐痛，他总想弄清楚朱今墨到底在想什么，而看到朱今墨的平静，他总是很不安，他总感觉那种平静下面有一种压力，他总想看看那下面是什么。今天他手里终于有了一张牌，他想看看他翻开牌面的时候朱今墨是什么反应，便说：“我有一个好消息要告诉你！”

朱今墨眉头一动：“什么好消息？”

中森微笑着：“我们去餐厅吧，一会儿就知道了！”说着起身带着朱今墨往餐厅走。他心情如此紧张激动，以至于走路的姿势都有些奇怪了。

餐桌上放着丰盛的食物。中森客气地请朱今墨坐下，对着门外轻轻拍拍手，然后微笑地看着朱今墨。朱今墨看到桌上丰盛的晚餐，就知道今天晚上会有事情发生。他努力保持着平静。餐厅的门开着，他听到了走廊里传出高跟鞋的声音。接着，一个白色的影子出现了，因为是逆光，看不清人的脸，等他看清那张脸的时候，面前的酒杯倒了，酒顺着桌子流下来。是敏柔，是他日夜牵挂的敏柔！

朱今墨下意识地起身，震惊的表情，无法掩饰。他几乎是头一次不能掩饰自己的情绪。

敏柔看了朱今墨一眼，却毫无反应。

护士扶着敏柔走过来坐在中森旁边。敏柔坐下。

朱今墨意识到了自己的失态，低头看到中森冷静的目光，冷静下来，坐下了。

中森微笑着：“朱桑，很意外吧？”

朱今墨看看中森，轻轻点头。

中森突然大笑起来：“我终于见到朱桑你惊恐的表情了。”

朱今墨无奈地苦笑了一下，随即耸耸肩。

中森为朱今墨倒了酒，然后是自己。他放下酒瓶，端起酒杯，对朱今墨：“朱桑，原谅我没有早一点告诉你。其实，我一直在想，这对你是好消息还是坏消息。后来，我还认为这是好消息，因为，如果你还爱着敏柔小姐，你们能活着见面，当然是好消息；如果你们真的是仇人，也是好消息，因为，你可以亲手惩罚她。”

朱今墨微微一笑：“是好消息，中森先生。不管发生了什么，我都希望敏柔小姐活着。”

中森哈哈大笑：“好，说得好，朱桑，这才是我心目中的朱桑，侠骨柔情，来，为了你们的重逢，干杯！”说着跟朱今墨碰了一下杯，干了酒。朱今墨也把酒喝干。

桌上气氛有些沉闷，中森为朱今墨和自己再次倒上酒，端起来“朱桑，能给我讲讲你跟敏柔小姐的故事吗？”

朱今墨迎着中森的目光：“您想听什么呢？”

中森微笑着：“我想听听，究竟是什么原因，让你能抛弃这样一个美丽的女人；又是什么原因，能让你和她的新男人互相开枪！”

当中森说到开枪的时候，敏柔身子抖了一下，手里夹的菜掉在了桌子上。中森和朱今墨都看着敏柔。敏柔伸筷子又夹起了掉在桌子上的菜。

中森拦住了她：“脏了。”

敏柔看看中森，放下筷子。

仆人上来收拾掉，为敏柔换上一副新筷子。朱今墨迷惑地看着敏柔，感觉到她分明被某种东西控制着，他心里有一种强烈的痛楚。敏柔失去意志了，这让他心头一阵阵发疼。

中森回身吩咐护士：“带敏柔小姐回去休息吧！”护士把敏柔带走了。

朱今墨目不转睛地看着敏柔被带走，目光一直追随着她。中森端起酒杯对朱今墨：“朱桑，还没有回答我的问题呢？有句话我一直想问你，可又一直不愿意问，甚至我也不愿意相信，那不是情杀，而是另有原因。真正的目的是干掉李其洋，我的猜测没有错吧？”

朱今墨从敏柔那里收回目光，平静地对中森说：“中森先生，我感觉你和我之间，已经失去了信任，如果是这样，我宁可选择离开。”

中森微笑着：“是吗？”

朱今墨坚定地回答：“是！”

中森微笑着：“就算敏柔小姐一直留在我身边，你也这样选择？”

朱今墨毫不犹豫地点头：“是！”

中森哈哈笑起来：“朱桑，你这种态度让我，让我很熟悉。你不觉得，在我们之间，从一开始到现在，你一直都是以一种并不害怕失去我的方式在相处？或者说，你看上去并不害怕失去任何人、任何东西？”

朱今墨苦笑了：“那是因为，我本来就没有什么可失去的。”

中森盯着朱今墨：“朱桑，你总是比我想象的要顽强。”朱今墨一笑：“不，我顶多跟你想的一样顽强。”中森继续追问：“我有一种可怕的感觉：你其实，甚至可以牺牲敏柔小姐，这让我替她不值，也替你，难过！”

朱今墨心头一震，沉默着。

中森起身走动着："这种感觉让我很难过。朱桑，我可以坦白地告诉你，从第一眼看到敏柔，我对她就有了一种很奇怪的感情。如果，不是因为你，也许，我会对她做点什么，而当我看到你对她所做的一切，让我——很痛苦。你真的可以牺牲敏柔吗？"

朱今墨沉默了好一会儿，缓缓地："我无法回答这个问题，因为，就算我想牺牲她，或者我为她牺牲什么，我也做不到，因为，我没这个资格，也没这个权利！"

中森侧着耳朵听，试图理解朱今墨的话。朱今墨显然说的是自己的心里话，而中森却恼了。他冷着脸："朱桑，你知道吗？对我来说，你最让我憎恨的，就是你永远都不会失去理智！我只希望能看到你失态一次，"说着从口袋里掏出那面小镜子，放到朱今墨面前。朱今墨拿过来，看到他和敏柔的照片，心头一震，脸上也有些动容。

中森看着朱今墨："我就是不明白，看上去这么恩爱的一对儿，怎么可能会拔枪相向？我想，李其洋一定也想过这个问题，只不过他手里没有这个证据！"

朱今墨额头有些冒汗了："这不是证据！只是，一段历史。你说，我是借着敏柔来杀掉李其洋，那么你想过没有，李其洋其实是想利用敏柔杀掉我？"

中森眉头一动："为什么？"

朱今墨直视中森："为什么？理由很简单，李其洋并不甘愿听命于你、受制于我，他每天派两个人跟踪我所有的行动，这一点你可以去七十六号调查！"

中森："那敏柔呢？她怎么会甘愿这样被利用？"

朱今墨："她不是甘愿被利用，而是根本不知情。李其洋是她的校长，是个有权有势的人物，她怎么敢得罪他？"

中森疑惑地："敏柔是个害怕权贵的人吗？"

朱今墨摇头："不，她不是！好吧，我告诉你我理解的最真实的原因吧！敏柔其实是为了我，她虽然很恨我，但是，她并不希望李其洋对我有什么不利，而李其洋知道这一点，才会迁怒于我！这就是真实的原因！"

中森惊讶地看着朱今墨。

朱今墨叹了口气："这就是为什么我并不愿意过多地提到敏柔，也不想回忆过去，因为，我不能回忆！敏柔她为我承担了很多，我面对她的时候，都不知道应该怎么做——"朱今墨说不下去了，沉默，眼角有些湿润了。

中森长时间看着朱今墨，似乎相信了他的话。他端起酒杯："好吧，朱桑，其实，我比任何人都愿意相信你，只是，要给我相信的理由。你今天让我看到了真实的内心，所以我信了！抱歉，我也感到很有压力，因为你出事就是我出事啊！"

朱今墨端起了酒："我当然理解！谢谢！"一口把杯中酒喝干。

中森看着朱今墨把酒喝完，便自己也把酒干掉了："朱桑，我看到了，你这杯酒是和着你自己内心的感慨喝掉的！我们都是做情报工作的，我们表面上无比坚强，可是内心深处，却特别空虚，因为扮演的角色太多。所以，到最后，我们都不知道自己是谁了，所以，我最渴望看到真实的东西，哪怕是脆弱、懊悔！"

朱今墨又给自己倒了杯酒，中森却把酒杯拿开了："你不能再喝了！"

朱今墨忧郁的目光看着中森，此时他的感觉是真实的。中森感觉到了朱今墨真实的内心，心也动了一下："你刚才看到了，事实上敏柔小姐她，精神状态不大好，她受了一些刺激，所以，到现在神志并不是很清醒。所以，为了她的康复，我希望你搬到我这里来住！"

朱今墨默默点头。他心里明白，中森并没有信任他。敏柔的突然出现，让朱今墨陷入彻底的被动。他知道他事实上已经被软禁了，他和敏柔此时已经处于危险之中。如何脱身，如何完成老胡交给的任务，又如何把敏柔带出去，这一切让他左右为难。此时他惟一能做的只有忍耐，在忍耐中寻找机会。

03

敏柔睡在床上，额头上出着汗。她一直在做梦，各种奇怪的梦，往事在梦中纷至沓来，纠结不清。这半个月来，她一直活在这种可怕的魇梦中，现在，她又梦到了和平饭店那一幕，让她害怕回味又难以忘怀的一幕。她在梦里哭着、喊着："别管我！你开枪啊！别管我！"

护士推门跑了进来："小姐，你怎么了？你做梦了！"

敏柔躺在床上，在喊："别管我！你快开枪！开枪啊，打死他！"

朱今墨睡在床上，头枕着手，听到了敏柔的喊声，猛地从床上坐起来，冲到房间门口，警觉地听了一下，拉开门就冲了出去，

中森披着睡衣正从走廊里跑过来，看见朱今墨，迟疑了一下，向敏柔房间跑去，朱今墨也跟了过来。

敏柔还在梦魇中，她在梦里哭着："打死他！别管我！"

中森冲了进来，护士在推敏柔："小姐，你醒醒！"

中森急忙阻止护士："别叫醒她，让她说！"

敏柔已经惊醒了。她看到中森，有些困惑，坐起来，又看到朱今墨，却没有什么反应，眼神空洞。朱今墨心头一惊。

中森敏感地观察着两个人，俯下身："敏柔，发生什么事了？谁对谁开枪了？"

敏柔在哭。

中森对敏柔："敏柔，你想起了什么？是不是想起了伤心事？"

敏柔依然在哭。

中森伸手抬起敏柔的脸。敏柔泪眼看着中森，眼神迷离。

中森有些心疼地："别怕，我在这儿，什么也别怕！"说着轻轻抱住了敏柔。敏柔的眼珠不易察觉地动了一下。她的神志清醒了，但中森和朱今墨都没有注意到她表情的变化。

朱今墨看到中森抱着敏柔，一声不响走了出去。他走回自己的房间，回身把门关上，顺势蹲在了门前，神情悲怆。这是他第一次失去力量，失去他惯常的从容。他捂住脸，几乎要哭了。

04

清晨，敏柔醒了，睡醒了，她的神志也完全清醒了。她已经完全记起了这些天发生的事，知道自己现在的处境，知道朱今墨也在中森公馆里，知道她落到了中森手里，全知道了。但她没有动，她还想不清如何应对眼前复杂的局面，不知道怎么向朱今墨传递她已经清醒的信息，也不知道如何脱身。她脑子里只有一个想法，就是宁可选择一死，也要保护朱今墨，她想让他活下去。想到这儿，她从床上起身，下床，往外走。她得出去，让朱今墨看见她，然后想办法传递信息，让他知道她的想法，但是在中森面前还得继续假装糊涂。

护士看见敏柔往外走，急忙追出来："小姐，你要去哪儿？"

敏柔一言不发往外走，护士急忙追了出来。

敏柔沿着走廊跑了出来，护士急忙去敲中森的门。

中森和朱今墨的门同时打开，两人同时站在了敏柔面前。

敏柔绕开中森和朱今墨，往楼下走。朱今墨急忙要追，中森叫住了他："朱桑！"

朱今墨倏然转身，中森平静地看看朱今墨："去吃早饭吧！"

朱今墨一怔，随即说了声："好！"护士急忙去追敏柔。

敏柔已经跑了出来，护士跟在后面。敏柔在院子里到处看着。看到院子的花，她冲过去，开始采花。

中森走进客厅，透过落地窗户，看着院子里的敏柔，脸色很难看。朱今墨走了进来在桌前坐下，也不放心地往外看。

透过餐厅的窗户，朱今墨远远看见敏柔在花园里采摘着花墙上的小花。

中森突然起身，走向前："朱桑，告诉我你真实的身份吧！我们不要再捉迷藏了！"

朱今墨一怔，看着中森。

中森一字一句地:“你是不是共产党的人?”

朱今墨一怔:“不知道您在说什么?”

中森恶狠狠地:“你是军统的人,这我是知道的。可是,凭我对你的了解,凭我对军统的了解和国民党的了解,他们的所作所为,你是不可能看得上的——他们配不上你所做的牺牲。真正让你能这么顽强的,只有一种人,那就是共产党!”说到最后他几乎咆哮起来,掏出枪,拍在了桌上。

朱今墨无声地笑笑,一声不响。

中森:“你到底是不是共产党?是还是不是?你告诉我!”说着拿出枪对准了朱今墨的头。

朱今墨一动不动地说:“中森先生,您越来越看得起我了。我是为日本人做事的,在中国人眼里,我这种人叫汉奸,而他们最恨的就是汉奸!”

中森对着朱今墨就开了一枪,枪口高了一点,子弹擦着朱今墨的头顶飞出去。朱今墨闭上了眼睛。

花园里,敏柔听见枪声,警觉地回头,撒腿就往楼里跑。中森看到了敏柔的反应,嘴角闪过一丝冷笑,再一次把枪对准朱今墨。

朱今墨睁开眼睛,没有表情地看着中森。

敏柔和护士冲了进来。看到中森的枪对着朱今墨,敏柔不顾一切地冲过来,拦在了朱今墨面前:“不要开枪,不要开枪!”

中森看到敏柔,一怔,枪继续对准朱今墨。

敏柔冲上来,就要抢中森的枪。朱今墨冲过来,要去拉敏柔。

中森一把把敏柔揽在怀里,枪对准敏柔的头,和平饭店的一幕再次出现了:“朱桑!说,你到底是什么人?”

朱今墨待在那儿一动不敢动。敏柔拼命挣扎,对朱今墨喊:“别管我!你快走!你快走!”

朱今墨紧张地寻找着机会,思索着。

敏柔拼命反抗,与中森撕扯着。朱今墨不顾一切地冲上去,把敏柔扑倒在地上,把中森撞开。三个人全摔倒在地板上。中森的枪掉在了地上,敏柔看到了枪,就要冲过去拿枪,朱今墨伸手拉住了敏柔的手。

中森从地上爬起来,看到枪就在朱今墨面前他却没有伸手去拿。他看了朱今墨一眼,抓起枪,把子弹全打在了对面的墙上。朱今墨紧紧把敏柔抱在怀里。

中森打完枪,看看朱今墨和敏柔,一言不发走了出去。朱今墨紧紧抓住敏柔的手,敏柔惊恐地望着他,朱今墨拍拍敏柔的手,起身跟着中森走了出去。

中森走进书房间,把枪扔在桌上,在桌前坐下。朱今墨跟了过来。中森抬眼看着他,朱今墨一言不发。

好一会儿,中森指指对面的椅子,朱今墨坐了下来。

中森一句话也不说,看着窗外。他看上去有些灰心。屋内一阵死寂,长时间的死寂。好一会儿,中森回头看着朱今墨。朱今墨也抬起了头,目光很平静。

中森:“你走吧!”朱今墨一怔。

中森:“这件事到此为止吧!回你的住处去吧!这里,没你的事了!”

朱今墨意外地看着中森。

中森:“敏柔继续住在这里。等她情况好了,我会送她离开。你走吧!”

朱今墨嘴动了一下,想说句什么,又没有说。

中森:“你想说什么?说出来!”

朱今墨:“我是想,如果可能,我想把敏柔带走!”

中森不满地:“你还嫌惹的麻烦不够多?你把她接走,对李其洋的人怎么解释?”

朱今墨心中一动,知道这件事的危机已经过去了,不再说话。

中森:“好了,你可以走了,我希望你不要再见敏柔,这是我惟一的条件!”说着大步走出了书房。

朱今墨几乎不知道自己是怎么离开中森公馆的。他开着车走在街道上的时候,依然感觉到一切都是那么不真实。他回到住所,虚弱地走到床边坐下。

门外,传出轻轻的敲门声。朱今墨走到门口,门外传出面包店伙计的声音:“先生,你要的面包!”

朱今墨拉开了门。突然看到对面的街道上,两个穿黑衣服的人正在急速闪开。他一把把伙计推了出去:“搞错了!我没要面包!快滚!”大声骂着:“你搞错人家了,快滚!”把伙计推了出去。

朱今墨把门关上了。

随即,他走到卫生间化装,从卫生间的后窗户跳出去,离开了住所,不顾一切地冲向老胡藏身的教堂,找到了老胡,告诉他敏柔的情况。老胡听到敏柔的消息,也是百感交集。他告诉朱今墨,无论如何要把敏柔救出来。

随即朱今墨把一份密写的杂志交给老胡,这是他去中森公馆前大野给他的:“这是大野交给我的。他从满铁绝密通报中看到,日本将于月底结束同美国的谈判,发动南进战事。”

老胡拉过文件,翻看着:“现在是11月,眼看就没有几天了。你估计是在什么时候?”

朱今墨:“我感觉不会在本月底,而应该是12月初,地点应该是美国的太平洋岛屿。”

老胡思索着：“12月初？但，这只是我们的推论。这种推论的情报，我们是不是能拿来用的。”

两人陷入沉思。

老胡：“今墨，现在我们已经没什么可用之人了。你再努力一下，看有没有什么办法能得到什么情报！”

朱今墨沉默了好一会，点点头。

05

一大早，中森就走进敏柔的房间。

敏柔正坐在床前发呆，她穿了一件白色睡衣，头发披散下来。中森走过来，温柔地看着敏柔：“敏柔，你好些了吗？”

敏柔空洞的眼神看着中森。中森有些心疼，拿起梳子，替敏柔梳头：“明天晚上，领事馆有一个酒会，所有人要求带女伴。你做我的女伴好吗？”

敏柔表情茫然。

中森向往地：“我要让我的同事们都看到，我有一个最漂亮的女伴。这对我的将来很有好处。”说着把脸凑到镜子前：“我比朱桑英俊是不是？”敏柔眼神仍然空洞。

中森所说的酒会是日本领事馆为来访的日本海军上将举行的欢送酒会。日本海军上将的来访动静很大，又是南京，又是上海，热热闹闹已经闹腾了一个星期，今天晚上，是他在上海的最后一夜了。

酒会在领事馆宴会厅举行，所以由中森出面招待。中森拼命要在上司面前表现一下，虽然敏柔的状态并不是很好，可是他还是下令让护士给敏柔打扮了一番，带她参加酒会。

朱今墨站在门口迎宾处，正在请来宾签名。中森看见他，盯了他一眼。敏柔看到朱今墨，怔了一下。朱今墨向敏柔微笑，注视着她。两人交换了一下眼神，随即朱今墨闪开了。

大厅里站满了人，很多日本男人和女人。男人有人穿军装，也有一些是笔挺的西装，女人大都穿着和服。中森和敏柔进来。敏柔一下子吸引了很多目光，羡慕和欣赏的目光。

大野迎面走过来，跟认识的人打着招呼，不住地来回寻找着目标。朱今墨出现在大厅一角，目光也在寻找着。中森领着敏柔也在跟认识的人打招呼。

外面传出一阵喧哗声，随即所有的人都往门口拥，原来海军上将到了。

中森急忙迎了上去，与上将握手寒暄。敏柔站在不远处，朱今墨趁机挤到了敏柔身边，对她轻声说了句："柔儿，听我说，一会想办法到后厨去，有人带你走！"

敏柔好像没听见朱今墨的话，一点反应也没有。

中森回头看了一眼敏柔，看到朱今墨在敏柔身边，严厉的目光投过来。朱今墨急忙闪开。海军上将也看到了敏柔，贪婪的目光投了过来，往这边走了几步。中森急忙跟过来。

海军上将向中森颌首致意，随即看着敏柔："这位女士是？"

中森急忙："哦，周敏柔小姐，我的未婚妻。"

海军上将拉起敏柔的手，对中森说："我能请你的未婚妻跳个舞吗？"

中森有些尴尬，随即微笑着："当然，我的荣幸！"

随即向舞台上做了个手势。音乐响了起来，海军上将拉起敏柔："女士，能见到你，真的是太高兴了！"

敏柔漠然地伸出手，两人跳起了舞，全场的目光都投向他们。中森紧张地看着敏柔，脸上的表情又兴奋又紧张。

朱今墨也在一边看着。大野在远处敷衍着和别人点头打招呼，看到朱今墨，走了过来，说了句："车子已经在后门了！"朱今墨点头。

敏柔跟海军上将的舞已经快结束了。音乐停了，上将微笑着看着敏柔，依然不愿意放开敏柔。他的助理匆匆走过来，在他耳边说了句什么，他脸上的表情一动，随即对敏柔笑笑，向中森这边看一眼。中森急忙走过来，接过敏柔的手，走到一边。有人在中森耳边说了句什么，中森一怔，随即匆匆走开。

敏柔站在原地，音乐再次响起。一位服务生走过来，走到敏柔面前，突然手上的托盘一歪，一杯酒泼到了敏柔的衣服上。服务生连声说着对不起，上来就用手擦敏柔的衣服。敏柔急忙闪着，服务生连声说："对不起，小姐，我带你去后面处理一下吧！"拉起敏柔就往外走。朱今墨和大野也从不同方向往外走。服务生拉着敏柔走到休息室，看看四下无人，急忙对敏柔说："沿着后门出去，有车等你！快走！"

敏柔吃了一惊，服务生小声地催促："快！不然来不及了！"

敏柔急忙往门口走，突然，几个卫兵从里面冲过来。服务生拉起敏柔就跑，跑到了门口。后门，朱今墨和大野已经走了出来，一辆汽车已经发动了。大野开车，朱今墨在车下站着。敏柔跑到门口，已经看到了朱今墨，朱今墨也看见了敏柔。敏柔回头，看见卫兵已经追了过来，突然停下了。朱今墨急忙迎上来，敏柔转身跑回了门里。朱今墨一惊，就要追进去，服务生大声喊着："快走！"大野跳下车拉起朱今墨上车，把车子开走了。

卫兵追了过来，对着朱今墨的车就开枪。大野把车开得飞快。

朱今墨坐在车里，紧张地回头看着，一边对大野："停车，放我下去，我要去救敏柔！"

大野一边开车，一边喊："不行，太危险了，今天是一级警戒！"

朱今墨绝望了。

06

中森的车在门廊前停了下来。司机下车，打开车门，把中森扶了下来。中森用含混不清的语气说："把敏柔小姐送到我房间去！"

护士应声着，把敏柔带到中森房间，退了出去。

敏柔安静地坐在那里。柔和的灯光下，她的脸上闪着动人的光泽。面前，一束红色的花，她顺手摘下一朵，放在手里。

中森手伸了过来，在敏柔的脸上游走着，然后蹲下来，捧起她的脸说："你真美啊！我的敏柔。你的脸，像珍珠一样闪着美丽的光泽，可是你为什么不开口说话呢？"

敏柔一动不动，任他抚摸。

中森捧起敏柔的手，放在脸上："今天晚上的酒会，你是最耀眼的珍珠。海军那位将军，他是全日本最铁血的将军，看到你，眼睛都直了。可是，我不会让他得到你，因为，你是我的。你是我最瑰丽的珍珠，我不会让那些人染指你！"

敏柔静静坐着，一声不响。

中森坐在沙发上，从后面抱住了敏柔，把脸贴在敏柔的脸上："敏柔，你知道我喜欢你吗？你知道从第一眼看到你，我就为你倾倒。但是，这种爱只能存在我心里，我不敢占有你，但是，今天，一切都变了。今天，我感觉到我很强大，因为，日本是强大的，因为大日本帝国即将向世界上最强大的美国开战，也许他们活不过这个星期了，那些可怜的海军士兵们，他们无法见到星期天的日出了，大日本帝国的舰队已经在路上了。你们的政府什么也不知道，他们就要向日本投降了！"

敏柔的后背一下僵直了。

中森感觉到了敏柔身体的变化。他把敏柔的脸扳过来，看到了敏柔闪过一丝理智的光芒。他与敏柔对视着。敏柔乌黑的瞳孔清澈见底，中森突然感到有些恐惧。他害怕地抓住敏柔的手，手在她的脸上摸索着："敏柔，你是醒着的吗？你为什么像一具雕塑？你听到我说的那些话了吗？"

敏柔乌黑的目光注视着中森。

中森看到了她的眼睛，手在她面前晃着："你是不是醒了？你醒了，是不是？我看到你的目光里已经有力量了。"他捧起敏柔的脸，仔细地看着她的眼睛："你到底是谁？刚才你跟朱今墨说了什么？你们是不是还在相爱？"

敏柔对着中森微微一笑。

中森突然感到恐惧，摸索着走到床边，突然拿出了枪，对着敏柔："我犯了一生中最致命的错误，就是不应该跟一个女人谈论我所知道的秘密！我告诉过你，我有多么珍爱你，我天天盼着你醒过来，可是现在，我被自己出卖了！"他把枪对着敏柔说："现在，在我们两个中间，必须有一个人为此而死去！"

敏柔看着中森枪口，一点表情也没有。中森举着枪，一直对着敏柔。

敏柔手里的花掉到了地上。她挣扎着要去捡她掉落的花，并且掉下了眼泪。中森看着敏柔的样子，手开始颤抖了。他放下枪，扶着敏柔的手下，帮她捡起花。敏柔捡起了花，又重新坐回到沙发上，抚摩着花瓣，然后一片片撕着。

中森叹了口气，把枪放在桌上，抚摸着敏柔的脸："我现在终于明白了，那么多的男人为什么心甘情愿为你而死。因为你太柔弱了，就像你的名字一样，就算你真的是，真的是特工，我也无法向你开枪！"

敏柔看着手里的花，一动不动。

中森抱起敏柔，把她放到了自己的床上。

07

午夜时分，敏柔被送回了自己的房间。护士为她关上床头的灯，走了出去。

护士刚一走开，敏柔就坐了起来。此时的她是麻木的，也是清醒的。她努力不让自己回想刚才在中森的房间里所发生的事、中森对她所做的一切，但又努力回忆着在那之前中森跟她说过的每一句话。她只有一个念头，她要离开这里，要把情报送出去！

她翻身下床，走到门边，透过门缝往外看到护士走到沙发边，脱下外套，躺下。她回过身，开始在房间里寻找。她目光到处搜寻，目光落到床单上。她把床单扯下来，拿起桌上的剪刀，剪开，撕成一条一条的，拿起来，拿在手里，然后躲在门后，抓起一个杯子扔在对面的墙上。

杯子叭一声碎了，护士推门走了进来："小姐，怎么了？"

敏柔从门后扑了过来，用布条套在护士脖子上，死死勒住。护士尖叫了一声，敏柔抓起毛巾塞进她嘴里，然后用布条把她绑了个结实，拉开门冲了出去，从沙发上拿起护士的外套穿在身上，戴上帽子，拉开门跑了出去。

大门口，卫兵来回走动着。敏柔跑了出来，卫兵看见敏柔，有些意外："护士小姐？大半夜怎么啦？"冲过来要问，朱今墨的车正好开过来，卫兵闪了一下身，敏柔已经跑出了门。

朱今墨在车里回头，看见了跑出去的女人，并没有在意。卫兵叫着："朱桑，快让开！护士小姐怎么跑出去了？"

朱今墨拉开车门下了车。卫兵问："护士小姐怎么跑出去了？"说完撒腿就往楼里跑去。朱今墨一惊，回头看，门外已经没有人了。

卫兵冲进来喊："美子！你在吗？"里间发出响动，卫兵跑进来，看见护士被绑着，正在挣扎。卫兵大吃一惊，转身就跑。

朱今墨也冲了进来。看见了护士，他大吃一惊，满脸惊愕，回身就往外跑，刚跑出房间，中森带着人迎面过来。朱今墨来不及躲闪，卫兵把朱今墨制服了。

卫兵押着朱今墨走进中森的睡房。中森从门外冲过来，变了型的脸抓住朱今墨："你们干的好事！我要你们一个个地死！"指着睡床："看到了没有？今天晚上，我就是在这里占有了她。我占有了你的女人！"

朱今墨一动不动地看着中森，中森对卫兵吼着："给我看好他！"又对朱今墨说："你在这儿等着我。我就是把上海翻个底朝天，也要把周敏柔找出来！只要见到她，我就开枪！"说着冲了出去。

朱今墨一动不动。

08

夜晚的街道，敏柔在街上奔跑。她跑到与老胡见面的那家咖啡馆，咖啡馆已经打烊。她拼命打门，门开了，里面露出一张脸，看见敏柔大吃一惊："小姐，我们，这里已经打烊了。您要干什么？"

敏柔努力思索着："我要一杯卡普其诺，外加两个牛角包。"

伙计惊恐地："不行，小姐，已经卖完了。明天再来吧！"

敏柔坚决地："不行，我现在就要，我现在就要！星期天早上，星期天早上，他们就要死了，我也要死了。我现在就要！"

伙计大吃一惊："赶快离开这里！走走！"把敏柔推了出来。敏柔站在街上，茫然无措。

几辆汽车开出了公馆，中森坐在最前面的一辆车里。

街道上，敏柔跌跌撞撞地在路上跑着。

中森的睡房，朱今墨坐在沙发上，卫兵手里拿着枪，一动不动站在朱今墨的身边。

朱今墨拿出香烟，摸了摸身上，要伸手进怀里，样子像要拿枪。卫兵紧张地说：“别动！”

朱今墨沉着地：“我要火！”卫兵紧张地看着朱今墨：“不许抽烟！”

朱今墨盯着卫兵看：“你说什么？不准我抽烟？”身子往前凑，卫兵往后退。朱今墨猛地抓起桌上的水晶大烟灰缸狠狠地砸到卫兵头上。卫兵的枪也响了。朱今墨一闪，子弹打到了墙上。朱今墨扑过来，抓起枪对着卫兵开了一枪，冲了出去。走廊里跑来一队卫兵。朱今墨跑向边上一个房间，砸开玻璃，飞身跳了出去。

街道上，中森带着人在街上到处寻找着敏柔。

另一条街上，咖啡店伙计在街上狂奔。远处，巡捕看到了伙计，吹着哨往这跑。伙计飞快地跑开了。他冲到老胡的住处前，不顾一切地拼命打门。老胡惊醒了，拉开门。伙计一头撞了进来，大口喘着粗气：“我看见周敏柔了，我看见周敏柔了！”

老胡一惊：“在哪儿？”

伙计：“咖啡店，她自己跑来的，光着脚，穿着睡衣，要卡普其诺咖啡和两个牛角包！”

老胡一惊：“那是我跟她见面的时候点的东西，她以为是暗号，说明她是清醒的，她什么都记得。”

伙计紧张地：“我，我不知道。我怕出意外，所以就把她赶走了！”

老胡懊恼地：“真糟糕！她还说了什么？”

伙计：“她说星期天早上她就要死了，所以一定要卖给她！”

老胡震惊的表情：“星期天早上她就要死了？什么意思？什么意思？”急得转了两圈，对店员：“你赶快招集人，能招集多少就招集多少。去教堂，不惜任何代价，也要找到她！”

伙计：“是！”急忙出去，老胡转身从柜子里拿出枪，上好了子弹，也出了门。

敏柔沿街道跑过来，远远地已经看见了教堂的屋顶。她拼命往前跑，中森的人却出现在街道上，敏柔吓呆了。

一只手把敏柔拽到了隐蔽的地方。敏柔惊恐地回头，看到拽她的人是朱今墨。敏柔紧紧抱住了他。朱今墨拉着敏柔就跑。中森的人在喊：“这边有人！这边这边！”

月光下朱今墨和敏柔跑着。敏柔气喘吁吁，到了一个拐弯处，摔倒了。朱今墨急忙去拉敏柔：“柔儿！快起来！”

敏柔坐在地上,已经跑不动了:“今墨,我跑不动了,我有话跟你说!听我说,日本已经准备偷袭美国了,地点是珍珠港,船已经在路上了。是中森亲口说的!”

朱今墨震惊的表情:“他怎么说的,他为什么对你说这个?”

敏柔喘着气:“绝对可靠!他晚上喝多了酒,不小心说出来的。他说大日本帝国即将向世界上最强大的美国开战,他们也许活不过这个星期了,因为大日本帝国的舰队已经在路上了,那些可怜的海军士兵也许看不到星期天的日出了,而中国政府却什么都不知道,你们的政府很快就会向我们投降了!”

朱今墨眼神僵直了。

敏柔把朱今墨推开:“你赶快去找老胡,别管我了!”

朱今墨背起敏柔就跑。

身后,中森的人越来越近。敏柔趴在朱今墨的背上:“今墨,你别管我了!要赶快去送信,不然,一切都晚了,我们付出的一切不就是为了这一天嘛!别管我了!”

朱今墨停了下来,他把敏柔放下来,紧紧抱在怀里。看着远处不断奔跑而来的日本人,看着怀里的敏柔,他紧紧抱住她:“不行,我不能丢下你!你不能落在他们手里!”

敏柔激动地:“那就一枪打死我!”

朱今墨猛地抱住敏柔。敏柔狂吻朱今墨,然后猛然把他推开,向另一个方向跑去,边跑边弄出很大的动静。中森的人也跟着敏柔追过去。

朱今墨站在原地一动不动,随即撒腿从另一条路跑开。刚跑了几步,就听到不远处枪声响起。他猛然回头,敏柔中枪倒在了地上。朱今墨一下子跪在了地上。

敏柔肩上中了一枪,倒在地上。中森的人往这边跑来,敏柔目光却投向朱今墨所在的方向,努力向他微笑。朱今墨满眼是泪,起身往前面跑去。

中森冲了过来,看见敏柔倒在地上,一步步往前走过来。突然,一声枪响,老胡领着人赶到了,和中森的人开了火。

咖啡店的伙计冲过来抱起敏柔就跑。中森的枪打过来,伙计中弹倒地。又一个人冲过来,抱起敏柔接着跑。

中森的人与老胡的人对着开枪,距离太近了,几乎是面对面,不断有人中弹。中森那边的人越来越多。

老胡眼看敏柔已经撤到安全地带,上了车,便开始后撤。中森追过来,对着车子就开枪。老胡挥枪向中森打去,中森一躲,枪打中他的手臂。中森的枪掉在了地上,车子开走了。

中森绝望地站在那里,看着远去的老胡,从地上捡起枪,对着满地的尸体开枪。

一位受伤的日本人叫着："中森先生，别开枪，是我！"

中森把枪举起来："我要打的就是你们，因为，我无法承担这样重大的失误，我必须把所有知情人全部杀掉。不是我的错，不是我的错！"说着他开了一枪，对方应声倒地。他跪在地上，号啕痛哭。

09

朱今墨抱着敏柔冲进了教堂，老胡和队员们跟在后面。

牧师冲过来，看见了浑身是血的敏柔，震惊地说："敏柔？怎么是你？怎么又是你？我可怜的孩子！"

朱今墨脸上已经分不清是血是泪，把敏柔放在床上："神父，请你救救我的敏柔！求你无论如何也要救救她！"

老胡冲过来"今墨，快发报，来不及了！"

朱今墨冲进地下室，开始发报："延安，十万火急。日本海军将于12月8日袭击珍珠港，舰队已经在路上！绝对可靠！"

朱今墨发完电报，满头是汗，几乎晕倒了。过了好一会，回电来了，他紧张地抄码，随后拿起电报纸交给了老胡："延安回电了，同意把情报转给国民政府。"

老胡接过电报，长出了一口气。

10

1941年12月8日，日本袭击珍珠港，第二天，美国政府对日宣战。

这天黄昏，老胡匆匆走进教堂，他有一大堆的事情要处理，但是他拿到这个消息的第一时间，还是先赶到了这里。他要把这个消息告诉敏柔！

他跑上楼梯，看到朱今墨正坐在地板上抱着敏柔，一声声呼唤着她。他心里一惊，一种不祥的预感袭上心头，敏柔伤势严重，已经是弥留之际了。

老胡心疼地拉住敏柔的手："敏柔，告诉你一个好消息，日本人在12月8号攻击了珍珠港，美国已经于今天早上向日本宣战！"

敏柔困惑地看着老胡，虚弱地问了声："那怎么了？我不明白。"

老胡拉着敏柔的手："敏柔，这个结果就是说，中国人民的抗日战争会继续进行下去。有了国际支持，中国人苦苦抵抗的五年，有了结果。再说明白一些，重庆人替全世界人抵抗了日本人的进攻，替世界人民承担了最大的苦难。而你和今墨，很多人共同努力的结果就是，我们没有让这苦难变成永远。你是个了不起的姑娘！"

敏柔脸上露出了欢欣的笑容，随即闭上了眼睛。

朱今墨俯下身来："柔儿，你怎么了？"

敏柔再次艰难地睁开眼睛，笑着："今墨，我好累，我要睡一会儿。"

朱今墨摇晃着敏柔："柔儿，别睡！你要挺住！"

敏柔艰难地笑笑："今墨，我好困，别为我难过！我心里很高兴，真的很高兴。给我讲讲我不在你身边的时候你的生活吧。我想知道，我想听！"

朱今墨眼泪流了下来，落在敏柔脸上。敏柔想伸出手为朱今墨擦眼泪，手抬起来，又落下去，头一歪，闭上了眼睛。

朱今墨紧紧抱着敏柔，痛哭失声。

老胡和牧师都泪流满面。老胡摘下头上帽子，对着敏柔默默地哀悼。

朱今墨抱着敏柔，痛哭着，从黄昏到天明，一直就抱着敏柔。

几天后的一个黄昏，郊外的墓地，一座墓地前，敏柔的墓立了起来，上面一行字：爱妻柔儿安息。下面的落款是：夫泣立。

朱今墨默立坟前，他心里有无数的话要对敏柔说，现在这一切只能留在心里了：柔儿，委屈你了，你的墓碑上连名字也不能刻。但是，请你相信，你已经在我心里了。不管走到哪儿，别忘了我！别忘了，我是爱你的，一直都爱，永远都爱！我知道你最想知道的就是这个，最想听的就是这句话，以后，我会天天对你说，说上一千遍、一万遍！

11

阴雨绵绵，风吹动着树梢。

周家堂屋燃起了香。

顾玉秀和周祖康静静坐在桌前，一言不发，没有眼泪。

朱今墨在项南方的陪伴下回到了周家。亲人相见，早已经物是人非。

朱今墨头一次跟顾玉秀这么亲近，也是头一次在顾玉秀面前表露自己的感情。这个深沉的男人，这个从不轻易表达感情的人，这一次他再也无法克制悲伤。男儿有泪不轻弹，只是未到伤心时。现在，他不想再压抑自己了："爹，娘，我对不起你们，我没能把柔儿带回来，我把她埋在上海了。柔儿她，什么东西也没留下来。我在上海，到处都找过了，除了她身上穿的衣服，她什么也没有，连一条手帕、一只手表、一支钢笔，任何一样东西都没有。我真的不知道，拿什么来安慰你们！"

顾玉秀悲伤地拉过朱今墨的手："孩子，你不要太难过了！柔儿她，留给我们的太多了！我们周家，有这样的女儿，祖上有德，脸上有光，这就够了，别难过，孩子！”

朱今墨脸贴在顾玉秀的手上："爹，娘，以后，您就把我当成自己的儿子吧！我这辈子没有跟敏柔生活在一起，我会为二老养老送终的！”

顾玉秀含着泪笑着看朱今墨："孩子，我认你这个儿子。我们认，我们周家，后继有人了。我会好好活下去，别为我们操心！”

她带着朱今墨到了后山的墓地。黄昏的山坡上，一座座坟墓，整整八座。

顾玉秀一一指着坟上的墓碑说："你大哥，他战死在湖北；你二哥，战死在山西；你大嫂，在大哥死后自杀去陪你大哥了；瑞雪是他们的女儿，十八梯空难闷死了；这是连生，八·一九的时候，为了找敏柔，死了；这是赵蔓君。还有赵家老太太、金龙、三丫，她们一家三口埋在别的地方了——”

朱今墨听到三丫的名字，心里一动："三丫？她埋在什么地方？她是怎么死的？”

顾玉秀伤心地说："腿上受了伤，拖着一条腿，没有药，伤口怎么也长不好，拄着一条小板凳，走来走去，给人家洗衣服，缝衣服，后来也是大轰炸——”

朱今墨泣不成声："带我去看看她，我要去看她！”

12

朱今墨把一支盘尼西林药瓶放在坟前，接着又把一束野花放在坟角下。他站在三丫的坟前，摘下帽子，深鞠三躬。他不知道该对三丫说些什么，这个平凡又伟大的女人，就像这个城市，就像他的母亲，又像他的姐妹，他已经无法报答她了，这让他很难过。他在坟前坐下，抚摸着粗糙的墓碑，一坐很久。天快黑的时候，他点上一支烟，抽了一口，把烟放在赵金龙的坟前，起身离去。

他就要去香港执行新任务。日本人占领了香港，那里有无数的文化人，民主人士，演艺精英，他要去把他们接出来，无数艰巨又琐碎的任务。他不知道何时才能回到这座城市，这座保存了他太多记忆的城市，这座记录了他无数伤心和痛苦的城市。

他走到江边的山坡上，这个他曾经放声大哭过的地方，俯视山脚下疮痍满目的城市，无限惆怅。但他知道，不管发生什么事，这个城市是不会垮的，而他不论走到哪里，这里永远是他的故乡，是他精神上的家园。

尾声 永远的记忆

01

太平洋战争爆发后，美国对日宣战。飞虎队在重庆上空与日本人展开了激战，沉重地打击了日本人的气焰，日本空军失去了制空权。1943年，轰炸停止了。

转眼又到了6月5日，1943年的6月5日，十八梯遇难者两周年的日子。

这一天，无数的人们聚集在十八梯前，纪念死去的亲人们。一位政府官员正在主持仪式："同胞们，朋友们，今天，我们在这里集会，怀念我们死去的亲人们。重庆上空的这场屠杀，终于结束了。我们的抗日战争也取得了阶段性的胜利，我们终于没有被打垮。"

人们欢呼着。

官员继续："美国副总统华莱士先生因公务到重庆访问，罗斯福总统托他携带一幅精美的卷轴，上面有颂词，赠给重庆市民，对重庆市民进行慰问，表达对山城在日机轰炸中表现出来的坚毅精神之赞佩。现在，请允许我将这幅卷轴的全文在这里宣读一下，让所有的重庆人，感受这共同的光荣：

"我谨以美国人民的名义，向重庆市赠送这一书卷，以表达我们对英勇的重庆市男女老幼的赞美之情。在空袭的恐怖中，甚至在这种恐怖尚未为全世界所知悉的日子里，重庆市及其人民一直表现出沉着和不可征服的气概。你们的这种表现，自豪地证明了恐怖手段决不能摧折决心为自由而战斗的人民的意志。你们对自由事业的忠贞不渝，必将激起未来一代又一代人的勇气。"

台下，成千上万的民众发出了欢呼！

这天黄昏，雨婷早早回家，就急忙去厨房做饭。

空袭停止了，生活恢复了正常，周家大院从没有过如此安静。

郭富才一病不起，顾玉秀身体已经大不如前，周祖康每天忙学校里的事，很少回家，照料一家人生活的重担就落在了雨婷肩上。她已经磨练出来了，手脚麻利，干什么像什么。很快，饭就做好了，她把做好的菜盛到碗里，端了走出灶房，进了堂屋，摆桌子准备吃饭，然后走到门口，叫了声："妈！吃饭吧！"

顾玉秀应声从里屋走进来，周祖康也走了过来。

雨婷盛好饭，放在顾玉秀和周祖康面前，端起一碗饭说："妈，您跟爸爸先吃吧！我去喂郭伯伯吃饭！"顾玉秀答应着："哎，好！孩子，辛苦你了！"

雨婷端起碗要走，顾玉秀叫住她："哎，飞虎呢？哪儿去了？"

雨婷一怔："啊？不知道。我回来的时候就没有看见他了，说不定找同学玩去了！"

郭富才在屋里发出喔喔的声音，拼命拍床帮。雨婷急忙走过来，她边走边笑着说："伯伯，对不起，着急了吧！"郭富才还在拼命拍床帮。

雨婷在床边坐下："伯伯，是不是饿了？我烧了鱼的，您等一下，我帮你挑一下鱼刺。"说着放下饭碗，从碗里夹出一块鱼，挑着鱼刺。

郭富才拼命拍床帮，嘴里呜呜叫着，指着墙上飞虎的照片，然后又往外指，好像要哭。

雨婷困惑地："伯伯，您是说飞虎吗？你是说虎儿吗？"

郭富才拼命点头，指着外面。

雨婷这才回过味来："您是说飞虎走了？他去哪儿了？"郭富才呜呜地叫着。

顾玉秀走了进来："怎么了？伯伯怎么了，他想说什么？"

雨婷急忙起身："不知道，他指着飞虎的照片，说他走了？伯伯，你是不是说飞虎走了，再也不回来了是吗？"

顾玉秀急忙问郭富才："到底怎么回事儿？你看见什么了？"

郭富才比划着飞机的样子，比划着飞虎走了。

顾玉秀心头一沉："你是说，飞虎他，飞走了？"郭富才用力点着头。

顾玉秀自言自语地："天呐，他不是当飞行员去了吧？前几天我就听见他一直说想去参加飞虎队！"郭富才点头："嗯嗯！"

顾玉秀明白了，抓住郭富才的手，替他擦去眼泪说："我听明白了，飞虎去参加飞虎队了，是吗？他走之前是不是跟你说了？"郭富才点头。

顾玉秀怔住了，好一会儿，回过神来，说："我知道了，去就去吧。咱们周家的孩子，都是这样的，都喜欢说走就走。说不定哪天就回来了！"郭富才眼泪不停地往下流。

顾玉秀为他擦着眼泪："走了就走了，别担心！不用担心，有他爸妈的灵魂保佑他，他会没事儿的！"

02

两年之后的一个下午，雨婷从医院回到家，匆匆忙忙跑进堂屋，手里拿着报纸："伯伯，伯伯，有特大好消息了！"

郭富才躺在床上，正在默默流泪。

雨婷："伯伯，您怎么了？怎么又流泪了？"

郭富才仍然在哭。

雨婷："伯伯，您是不是又想雪儿了？是不是又想连生哥哥了？"

郭富才拼命点头。

雨婷拿过报纸："伯伯，我给您念报纸吧！你看这个，轰炸东京！你听，盟国军队轰炸东京，大获全胜，我今天看见了，就特意拿回来要念给您听的！"

郭富才拍手叫好，笑得像个孩子。

雨婷笑起来，随即清了清嗓子开始读报："美联社战地报道，东京一夜之间成了地狱火海。"

郭富才拼命点头，用拳头拼命打床帮。

雨婷："好，伯伯，我知道您想听。您想听日本人是怎么挨炸的，是不是？想听听那些欺负我们的人是什么下场，是不是？这文章好长好长，我给你念，全念完，好不好？"

郭富才拼命点头。

雨婷认真地读起了报纸：

1945年3月9日上午，第21轰炸机指挥部的飞行员们聚集在作战室里，等待出发前的任务指令。任务指令发下来了，他们将于当晚低空轰炸东京，轰炸高度为5000到8000英尺，低空轰炸；全部携带燃烧弹；除尾炮外，其余全部武器都拆除。

3月9日下午5时36分，随着1颗绿色信号弹划过天空，第1架B-29轰炸机从关岛机场飞上天空。50秒后，第2架飞机腾空而起，随后的飞机在震耳欲聋的发动机声中一架接一架地起飞了。晚6时15分，从塞班岛和提尼安岛起飞的B-29轰炸机开始加入这个庞大的空中行列，引擎的隆隆声响彻海空。333架轰炸机编好队形，向北飞去。

12时15分，导航的B-29飞临东京上空。夜空中响起刺耳的警报声，一些探照灯开始向空中照射。由于以往美机轰炸对东京造成的破坏不太严重，许多居民对警报声并不在意。但这次他们错了。

领头的两架导航机以300英里的时速交叉掠过目标上空，日本的高射炮手还未调转炮口，B-29便隆隆飞走了，它们的身后甩下了两串燃烧弹。几秒钟之后，两条火龙骤然腾起，似两道交叉的闪电划过东京市区，每条火龙长达10英里，在漆黑的地面上显得格外耀眼。又有10架导航机飞来，朝这两条交叉火线投下燃烧弹，似天女散花一般，"天火"降临了。

大队的轰炸机跟上来了，铺天盖地投下的燃烧弹在火光映照下像一串串香蕉。一位法国记者在远离目标区的高地上目睹了这一战争奇观：

'明亮的闪光照亮了夜空，圣诞树在深夜开放出火焰花，然后大串烟火猛然落下，发出嘘嘘声。空袭开始后只过了15分钟，大火乘着风势已蔓延到全城的木屋。'

半个小时后，熊熊烈火已蔓延得无法控制，人们放弃了救火的打算。速度达每小时30海里的大风助长了火势，巨大的火球夹带着繁星似的火渣，从一所建筑物跃至另一所建筑物。大街上，日本的消防人员和警察既控制不了四处乱窜的火焰，也拦不住吓坏了的四处奔逃的人群。人们四散奔跑逃命，像老鼠似的疯狂乱撞，头顶上是雷鸣般的爆炸声，街道上火蛇乱窜，火光中到处是恐怖的尖叫。

熊熊的火焰逐渐由橘黄色变为白色，阵阵浓烟升向高空，地面则被火光映成橙色。火焰吞噬着一切可以燃烧的东西，金属融化了，瓦片在火中变成黑色粉末，许多藏在防空洞里的人被活活烤死。人们疯狂了，见到水就不顾一切地跳进去，公园的池子里、医院的蓄水池里密密麻麻挤满了想逃命的人，但高温使这些池子变成了大锅，人们成百上千地死去。

黎明时分，大风停了，东京陷入死一样的寂静。透过微露的晨光，人们发现东京市中心已经消失了，只有几根电线杆和铁架子孤零零地站立着。一些电线杆上还在冒着青烟。逃难的人群陆续回来了，他们木然地走过隅田川上的小桥，河水已变成了黑色，河面上漂浮着无数烧焦的尸体，分不清是男是女。

这一夜的大火，使东京25万座建筑物付之一炬，100万人无家可归。

雨婷一边读，一边想象着那些画面，想象着十八梯，想象着炸弹下的重庆，那一幕幕的惨象。她泪流满面，想到汉英如果活着，一定也会像飞虎一样参加战斗。不知过了多久，她停了下来，问郭富才："伯伯，好听吗？"

郭富才静静躺在床上，却没有声音。

雨婷俯过身来："伯伯，您知道吗？咱们家飞虎也参加了这次行动，不过没有升空，他是在咱们的空军基地，帮助那些受伤的美军飞机降落来着！对了，现在重庆市民发明了一道菜，叫轰炸东京。其实就是咱们吃过的浇汁锅巴，您想不想尝尝，明天我给您做吧，好吗？"

顾玉秀端了饭进来："累了吧？赶快让伯伯吃饭吧！"

郭富才躺在床上没有声音。

顾玉秀走过来："怎么了？老郭，睡着了？这边炸得那么热闹，您怎么能睡着呢？"她感觉有些不妙，推他："老郭，醒醒，吃饭了！吃完了再睡啊！"

郭富才身子一硬，头歪了下来。

顾玉秀震惊的表情："郭大哥，你怎么了？你怎么了？"

雨婷也扑过来："伯伯，你醒醒，我们就要胜利了，你怎么死了？我还要给你做轰炸东京呢！"

郭富才脸上挂着笑，安详地死去了。

雨婷哭了起来，周祖康在外屋听到雨婷的哭声，呆住了。

郭富才还是没有活着看见胜利，但他死在希望之中，走得很平静，也算是有福了。

03

1945年8月15日。夜晚时分，巡街道的人打着梆子开始吆喝："各家各户关门关窗，熄灭火烛！小心不要大意啦！"

声音过处，一支支蜡烛熄灭了。

顾玉秀把里间外间的蜡烛一一熄灭了。

周家院子一片安静。巡街的人敲着梆子，敲响九下。

突然，远处传出一阵嘈杂的声音，噢，噢！然后是像雷声闪过一样的声音。顾玉秀听了一下，有些疑惑，急忙冲出屋子来到院子里仔细地听："怎么回事儿？日本飞机又来了？"又抬头困惑地看着天空："没拉警报，也没挂气球哇！"说着往院外走去。

她一拉开大门，就看到街面上到处是人，人们互相询问着："到底怎么回事儿？是不是日本飞机又来了？"

远处的声音越来越响，如雷鸣，接着，人们看到远处的山坡上，一条火把组成的长龙，在向这边游动。人们惊奇地："看，火，火，山上着火了，这是什么飞机？这是什么炸弹？怎么没听见爆炸？"有人在喊："赶快到防空洞躲一躲吧！"有人在奔跑，顾玉秀急忙往家的方向走。

突然，雨婷从街角跑过来，边跑边用哭着的声音在喊："所有的人都出来啊！日本人投降了，日本人投降了！我们胜利了，胜利了！"

街道上所有的人一瞬间像定格一样看着雨婷。她哭得上气不接下气，用了最后一丝力气说："我刚从山上跑下来。日本投降了，我们胜利了！"

人们一下子围上去，七嘴八舌地问："谁说的？哪儿来的消息？是真的吗？"顾玉秀冲过来，挤到雨婷面前："孩子，别急，慢慢说！"

雨婷看到顾玉秀，疲惫地一笑："妈，日本投降了，我们胜利了！"

街边上，一队打着火把的队伍正走过来，边跑边喊："我们胜利了！日本人投降了！"

街道上的人们惊喜地看着队伍走过，齐声叫着："原来是真的！原来是真的！"立刻有人追了过去，也有人抓起火把就往外跑。顾玉秀拉起雨婷向家走去。

顾玉秀和雨婷刚一进院，周祖康正从屋里走出来。

顾玉秀呆呆地看着周祖康，好一会儿，说了句："他爹，我们赢了！日本人投降了！"

周祖康眼泪在眼眶里转了好久好久，终于流了下来。

顾玉秀冲进堂屋——那间摆满牌位的屋子，把牌位前的油灯一一点了起来，行了大礼，然后跪在地上："孩子们，我们胜利了！我替你们看到了。现在是晚上，可是天是亮的，因为，庆祝胜利的火把把天空都照亮了！大家都在哭，可是是因为高兴！娃们，你们都可以安息了，你们安息吧！"

在她身后，周祖康和和雨婷泪流满面，但是都露出了笑容。

顾玉秀扶着周祖康到街上看热闹。街道上，无数的火把，无数的人群，人们唱着，跳着，哭着，打着火把，绕着火圈，舞成了一条火龙。

顾玉秀问周祖康："他爹，你说，我们那些娃儿们，现在都在干啥？要是他们还活着，现在会咋样？"

周祖康老泪纵横："在笑！他们一定在笑！"

顾玉秀也流下了热泪："对，在笑，一定在笑！我们胜利了！他们怎么能不笑呢？"

周祖康拉着顾玉秀的手，眼泪纵横："所以，我们也要笑！一定要笑！全中国的人，全重庆的人，没有人比我们家更有资格笑了！不，是全中国的人都有资格笑！那些该死的日本人才应该哭！"

热闹的街上嘈杂的声音渐渐淹没顾玉秀和周祖康的声音，也淹没了他们的身影。

后记　无尽的感谢

写作《记忆之城》是一个艰难而孤独的历程。

我在黑暗中寻找光明，寻找一个城市和我们民族记忆中的亮点。

我要一个人面对战争和灾难。

那是一段痛苦而压抑的日子，一家人全为我捏一把汗。母亲、姐姐每次打电话来问我怎么样了，我都恶狠狠地告诉她们："我在杀人！"。先生就更苦了，孩子正要上一年级，保姆走了，他一个人又当爹又当娘，买菜做饭，接送孩子，晚上还要陪我，因为写那些恐怖的场景，神情恍惚，一到晚上就害怕。一边在厨房做饭，还要一边听我在他耳朵边讲我的那些破碎的、不连贯的故事；有时遇到坎儿，过不去了，半夜把他眼皮扒开，让他帮我理顺那些故事；星期天还要陪我上庙，烧香——为那些亡灵祈祷。要知道，人家可是堂堂的北京电影学院的大教授，录音系主任，七八级的，与张艺谋、陈凯歌是一拨的，做过十几部电影的录音师，头上一大堆耀眼的学术头衔，说戏聊戏对他来说就像炒菜一样信手拈来，却甘愿为我牺牲一切。

连我7岁的女儿也跟着受罪。知道不要打扰妈妈，有时放学回来，实在想妈妈了，就会闯进书房，坐到我腿上，我心软了，就让她坐一会儿，她会在电脑上看我写的那些东西，她已经认得好多字了，已经能整本地阅读《明亡清兴六十年》了，所以就会问我戏里那些事："朱今墨为什么要抛弃敏柔？"感慨说那些人死得可真惨。有时会溜进来看上几页，然后认真地批评我说："妈妈，你今天一个字也没写，你要用功了！"

任何写作都是艰苦的，说这些不为诉苦，是为了告诉大家，一个作品后面有无数的人在支持。感谢海润集团总裁刘燕铭先生把这么重的担子交给我，为我提供这么好的创作平台。制片人唐莉莎几乎每天打电话来，问长问短，告诉我她看到的那些部分经常落泪，而且每次总是说，实在写不动就不写了，身体要紧。要知道这是对一个创作者最深的爱、最大的体贴！重庆电视台有才华的记录片编导徐蓓小姐，特意为我找来他们拍过的记录片《下江人》，为我能找到剧中人的感觉提供了重要帮助。重庆电视台著名编剧张鲁，多年来一直坐轮椅，听说我在创作这个作品，经常打电话、发短信，提供细节及人物感觉。作品完成后，他两天就看完了，并提出了大量意见。还有央视电视剧中心的领导、同事，每次见到我都嘘寒问暖、关怀备至，他们内心一直都相信并期待我能写出大作品，希望这次没有让他们失望。

太多的人，太多的事，需要感谢，需要记住。

写作需要想像力，更需要能量。创作这样一个巨大的作品，对我的智力与体力都是双重考验，驾驭那些历史人物与历史场景也需要相当的想像力、气魄及深刻的悲悯。我希望读者对这部作品抱有一份宽容。在创作中，我始终面临三岔路口，面临艰难的平衡，由于它首先是作为一部电视剧剧本来完成的，所以我不能在作品中一一把历史事件的背景做详细的展示与考据，相反，还要把它不断隐藏和变形，同样，我无法用细腻的小说式的笔触，详细描摹那些场景、刻画人物的内心，所以它看上去可能是粗糙的，但请相信，它是真诚的，充满责任的。

徐萌

2007年8月27日于北京

(京)新登字 083 号

图书在版编目(CIP)数据

记忆之城/徐萌著. —北京:中国青年出版社,2007
ISBN 987-7-5006-7644-7

Ⅰ.记... Ⅱ.徐... Ⅲ.长篇小说—中国—当代 Ⅳ.I247.5

中国版本图书馆 CIP 数据核字(2007)第 128632 号

*

中国青年出版社出版 发行
社址:北京东四 12 条 21 号 邮政编码:100708
网址:www.cyp.com.cn
编辑部电话:(010) 84049126 营销中心电话:(010) 64010813
聚鑫印刷有限公司印刷 新华书店经销

*

700×1000 1/16 21.5 印张 1 插页 380 千字
2007 年 9 月北京第 1 版 2007 年 9 月河北第 1 次印刷
印数:1—10000 册 定价:28.00 元